TROPEN

THRILLER

MONS KALLENTOFT &
ANNA KAROLINA

IN DEN KLAUEN DES FALKEN

AUS DEM SCHWEDISCHEN VON ULRIKE BRAUNS

Ebenfalls in dieser Reihe erschienen:

Die Fährte des Wolfes (Band 1)
In den Fängen des Löwen (Band 2)
Das Blut der Hirsche (Band 3)
Der Schrei des Engels (Band 4)

FSC www.fsc.org
MIX
Papier aus verantwortungsvollen Quellen
FSC® C083411

Tropen
www.tropen.de
Die Originalausgabe erschien unter dem Titel »Falco«
im Bookmark Förlag, Stockholm

Printed in Germany
Umschlag: Zero-Media.net, München
Unter Verwendung eines Fotos von FinePic®, München
Gesetzt von Dörlemann Satz, Lemförde
Gedruckt und gebunden von CPI – Clausen & Bosse, Leck
ISBN 978-3-608-50426-2

Wer stoppt die Wut der menschenfressenden Vögel?
Wer stutzt ihre strahlenden Flügel?
Wer stürzt sich ins Nichts?
Unser Held, unser Held, unser Held.

1

Stockholm
Freitag, 4. Mai

Zack Herry streift mit dem Unterarm über seine Dienstwaffe, die er unter dem T-Shirt trägt. Neuerdings ist er rund um die Uhr bewaffnet, auch wenn er freihat. Zu viel Mist ist in letzter Zeit passiert. Nicht nur hier, sondern überall auf der Welt. Er steht am Ufer und schaut über den Riddarfjärden, der sich im schwachen Frühlingslicht vor ihm erstreckt. Boote schaukeln auf den schüchternen Wellen, und in der Ferne verbinden die gewaltigen Bögen der Västerbron die Hochhäuser von Kungsholmen mit dem durstigen Grün von Södermalm. Zack lässt die Altstadt hinter sich und steuert die Götgatan an. Dabei muss er sich den Weg durch die übrigen Passanten bahnen, die offenbar darum konkurrieren, wer mit seinem Karohemd und der starken Gesichtsbehaarung am sanftesten aussieht. Warum finden so viele Männer in diesem Stadtteil einen Talibanbart so erstrebenswert? Auch der Typ hinter ihm trägt einen.

Zack wirft einen Blick über die Schulter. Ja, er ist immer noch hinter ihm, schon seit er Gamla stan verlassen hat. Oder bildet er sich das bloß ein? Zack geht weiter geradeaus, sieht sich noch einmal verstohlen um. Der Typ biegt in eine Nebenstraße ab. Zack runzelt die Stirn. Dann hat er sich das wohl doch nur eingebildet.

Er nickt dem Bettler zu, der am Eingang zur U-Bahn am Götgatsbacken sitzt. Der zahnlose Mann bettelt dort schon den ganzen Winter. Immer dieselben kaputten Turnschuhe, dieselbe schmutzige Decke. Armer Teufel. Aber heute muss er wenigstens nicht frieren, Frühling liegt in der Luft. Die Vögel zwitschern praktisch in Zacks Brust. Er möchte feiern, tanzen, ficken. Die Sonne hat diese Wirkung auf ihn, und er hat mit Abdula verabredet, heute einen illegalen Club unsicher zu machen. Aber erst will Zack ins Dojo in Skärholmen, um mit Sensei Hiro zu trainieren. Tritte und Schläge üben, die Technik verfeinern, die Psyche stärken. In letzter Zeit hat er hart an sich gearbeitet, schon lange war er nicht mehr so in Form. Und er ist clean, hat seit einem halben Jahr nichts genommen. Seine Seele hat sich erholt, soweit die Umstände es zuließen.

Zack schiebt sich die Sonnenbrille auf den Kopf, während er durch die automatischen Schiebetüren tritt und zum Ticketschalter geht. Er hält seinen Polizeiausweis hoch, woraufhin ihm der Mann am Schalter zunickt, der orange Sikhturban verrät, dass es sich wohl um einen Inder handelt. Kurz darauf ertönt das Klicken, das den Durchgang entsperrt. Umsonst mit den Öffentlichen fahren zu dürfen, gehört zu den unausgesprochenen Vorteilen seines Jobs. Das Personal fragt nie nach, ob er wirklich im Dienst ist oder nicht. Weil sie wissen, dass sie damit womöglich polizeiliche Ermittlungen oder sogar eine Festnahme behindern würden. Außerdem ist es immer gut, die Polizei in der Nähe zu wissen – falls etwas passieren sollte.

Zack nimmt die Rolltreppe nach unten und steckt sich die Kopfhörer in die Ohren. Er hört einen Podcast von zwei Professoren aus Cambridge, die darüber diskutieren, wie die Mythen der Antike noch heute unser Leben beeinflussen. Mithilfe ihrer Stimmen kann er die Welt aussperren und sich ganz darauf konzentrieren, die stickig warme Luft einzuatmen. Vor den Werbetafeln kann er sich jedoch nicht schützen, an denen er vorbeigleitet. Die Sängerin Carola, lächelnd und mit funkelnden Augen. Sie ist Headlinerin einer christlichen Gala im Globen, und zusätzliche Aufkleber auf dem Poster informieren: Nur noch zweitausend Karten! Schlagen Sie heute noch zu!

An den Wänden gegenüber vom Bahnsteig hängen weitere Werbeplakate an den abgenutzten, blauen Fliesen. Die gesamte Station scheint gepflastert mit der Werbung für die christliche Gala. Außerdem wimmelt es hier von Leuten, die beim Warten an ihren Handys herumfummeln. Sie stehen jeder für sich, distanziert von ihren Mitmenschen und ihrer Umgebung, vielleicht nach der stressigen Arbeitswoche sogar von sich selbst. Sie verschicken SMS, surfen im Netz. Kümmern sich in der Öffentlichkeit um ihr Privatleben.

Zack kann sich in der Anonymität der Masse entspannen, läuft im Slalom um die verschwitzten Menschen, Tüten aus dem Spirituosengeschäft und den Lebensmittelläden des nächstgelegenen Einkaufszentrums. Dann macht er einen großen Schritt über eine Urinlache und stellt sich neben eine Bank. Er sieht eine Frau mit Kinderwagen, die jenseits der deutlich am Boden markierten Gefahrenlinie steht. Viel zu nah an der Bahnsteigkante. Ein unbedachter Knuff und schon läge sie unten im Gleisbett. Warum denken die Leute nicht mit? Aber außer ihr stehen noch viele andere zu nah an der Kante, weshalb er nichts sagt, sondern weiter dem Podcast lauscht. Die Antike fesselt ihn, als wäre er selbst Teil davon. Besonders faszinieren ihn die griechischen Helden, die halb Götter, halb Sterbliche sind. Manchmal erkennt er sich in ihrem Zorn wieder, in ihrer Macht und ihrem Schicksal. Als trüge er selbst ein paar Tropfen ihres Bluts in sich.

Er schielt zur Anzeigetafel an der Decke. Noch eine Minute, bis die Bahn kommt.

Vor ihm stoßen zwei Männer versehentlich zusammen, und Zack hört trotz Kopfhörern, was sie sagen: »Pass doch auf!« »Selber!« Die schöne Stimmung, die oben auf Stockholms Straßen herrscht, scheint es nicht bis unter die Erde geschafft zu haben.

Er sieht ein junges Mädchen die Treppe herunterkommen. Sie wirkt nervös. Hat sie ihre Eltern verloren? Zack will zu ihr gehen, hält sich dann jedoch zurück. Sie sieht aus wie zwölf oder dreizehn. Aber irgendetwas stimmt nicht. Sie trägt einen Mantel, der viel zu warm für diese Jahreszeit ist. Außerdem würde er besser einem Mann passen als einem Mädchen. Sie wirft Zack einen Blick zu, bevor sie zur Bahnsteigkante abbiegt.

Im Tunnel rauscht es, die U-Bahn ist nicht mehr weit.

Zack stellt sich auf die Zehenspitzen, um das Mädchen im Blick zu behalten, das nun geradewegs auf die Frau mit dem Kinderwagen zuläuft. Der Frau scheint etwas hinuntergefallen zu sein, denn sie beugt sich zum Boden, wird dabei aber von dem Mädchen überrumpelt, das nach dem Kinderwagen greift und ihn auf die Gleise schleudert. Auch auf den darauffolgenden Stoß ist sie nicht vorbereitet. Die Frau wedelt mit den Armen in der Luft, kämpft an der Kante gegen die Schwerkraft.

Dann fällt sie mit einem angsterfüllten Schrei auf die Schienen.

Zack kann gerade noch denken: Was ist denn hier los?

Da bricht auch schon das Chaos aus.

2

Das Mädchen schaut zum Kinderwagen im Gleisbett und zu der Mutter, die bald dem Tod ins Auge sehen wird. Ein Mann springt vom Bahnsteig zu ihr und brüllt, dass sie wegmüssen. Das Mädchen lächelt. Noch ein Ungläubiger, der sterben wird. Der Stolz rauscht durch ihre Adern wie die U-Bahn durch den Tunnel – direkt auf die Ungläubigen zu.

Sie werden mir alle in den Tod folgen.

Gleichzeitig zittert sie innerlich, weil sie so schockiert darüber ist, es wirklich getan zu haben. Auf dem Hinweg hatte sie noch überlegt, ob sie nicht doch lieber versuchen sollte zu fliehen. Die Angst hatte sie gelähmt, während sie vom Mantra der Männer wie aufgeputscht war.

Das ist der Sinn deines Lebens.

Dann kommst du ins Paradies.

Und tief in ihrem Inneren weiß sie, dass sie recht haben. Nach dem langen Warten ist es an der Zeit, und jetzt ist der erste Schritt geschafft, sie muss nur noch weitermachen.

Sie dreht sich um und reißt den Mantel auf. Entblößt den Sprengstoffgürtel, den sie um den Bauch trägt. Die Leute, die sie im Blick behalten haben, weichen zurück, aber die meisten deuten aufgeregt ins Gleisbett und schreien: »Rettet das Baby! Rettet das Baby!«

Hinter ihnen leuchtet das Poster mit der christlichen Sängerin. Ihr Gesicht ist verschwommen.

Das Mädchen holt die kleine Axt aus dem Ärmel und hackt mit voller Wucht dem jungen Mann in den Hals, der ihr am nächsten steht. Die schmale, scharfe Klinge dringt problemlos in seinen Hals ein und durchtrennt seine Schlagader. Der Mann sackt zusammen, und das Mädchen blinzelt, um die aufkeimende Panik abzuschütteln. Sie hat schon viele Menschen sterben sehen, aber heute ist zum ersten Mal sie es, die die Tat ausführt. Wärme breitet sich in ihrem Brustkorb aus – jetzt kann sie es spüren, sie kommt ins Paradies. Vor ihrem inneren Auge sieht sie einen Strand, den blauen Himmel, der am Horizont mit dem Meer verschmilzt, im Wind wogende Palmen und ein großes Glas süßen Tee mit Eis.

Dorthin komme ich heute.

Diese Erkenntnis treibt sie an, sie hackt erneut zu.

In einen Arm.

In das Bein einer Frau.

Blut strömt aus den verletzten Körperteilen.

Sie ist größer als das Leben, und in ihr wiederholen sich immer dieselben Worte: Allahu Akbar, Allahu Akbar.

Als sich ein Mann zur Seite wirft, sieht sie den großen Mann wieder. Den mit den blonden Locken. Er bewegt sich auf sie zu, sie hat die Chance, ihn mitzunehmen in den Tod, ganz wie der Imam im Darknet es wollte. Sie schlägt mit der Axt nach jedem Menschen, der sich ihr nähert. Sieht, dass der Blonde stehen bleibt und auf den Sprengstoffgürtel starrt.

Jetzt, jetzt, jetzt. Allahu Akbar.

Im Tunnel quietschen die Bremsen der U-Bahn.

Sie bemerkt den Eisengeschmack im Mund, es ist das Blut der Ungläubigen. Sie spuckt auf den Boden und geht weiter.

Auf den Mann zu, den sie töten soll.

Die Kopfhörer sind aus seinen Ohren gefallen, die Welt dröhnt um ihn herum.

Was zur Hölle soll das? Ein Mädchen mit einer Axt, das auf wildfremde Menschen einhackt. Ein Mädchen mit einem Sprengstoffgürtel. Werde ich jetzt sterben? Werde ich mit allen anderen in die Luft fliegen?

Terroranschlag. Das Wort blitzt in seinem Bewusstsein auf. Aber von einem kleinen Mädchen? Er versucht, das, was sie tut, mit dem jungen Gesicht in Einklang zu bringen, das er vor sich sieht. Das Gesicht einer Jugendlichen, die gerade auf dem Heimweg von der Schule sein und sich auf das Wochenende freuen sollte.

Stattdessen sorgt sie hier für Mord und Totschlag.

Der Mann, der auf die Gleise gesprungen ist, durchsucht den Kinderwagen. Die Mutter schreit und kriecht auf allen Vieren zu ihm. Die U-Bahn lässt die Schienen kreischen.

Zack sieht die Panik, die Menschen am Boden. Sieht, wie sie fliehen, aber dass nicht alle entkommen. Sie laufen in unterschiedliche Richtungen. Nehmen die Treppen hinauf zum Södermalmstorg, runter zu den Bussen, hoch zur Götgatan. Sie stoßen zusammen, stoßen sich um. Und das Mädchen hackt weiter um sich. Sie scheint sich an Zack zu orientieren, der nur noch fünfzehn Meter entfernt ist, denn sie schaut immer wieder verstohlen zu ihm. Als wolle sie sich versichern, dass er noch da ist.

Er zieht die Sig Sauer. Das ist das Einzige, was er tun kann.

Sie erschießen.

Aber sie ist noch ein Kind.

Ein Kind mit einer Bombe, die jederzeit hochgehen kann. Noch mehr Tote auf dem Bahnsteig.

Er hebt die Waffe, versucht, auf die Stirn des Mädchens zu zielen. Aber seine Hände zittern zu sehr. Ein Kind. Sie ist ein Kind, das noch sein ganzes Leben vor sich hat. Sie ist jemandes Tochter.

Reiß dich zusammen, Zack. Reiß dich zusammen.

Also zielt er auf ihren Brustkorb, aber der ist zu nah an der Bombe. Was soll er nur tun? Hinter dem Mädchen sind Menschen, vor dem Mädchen sind Menschen, die ständig in die Schusslinie drängen. Trotzdem zielt er weiter auf sie, muss verhindern, dass noch mehr Menschen sterben.

Und dann schaut sie ihn direkt an. Macht eine ruckartige Bewegung zum Sprengstoffgürtel.

Ein Echo in Zacks Kopf – jetzt sterbe ich. Jetzt fliegt die ganze Welt in die Luft.

Er hat eine Waffe!

Damit hat sie nicht gerechnet, sie muss sich beeilen. Wie viele habe ich getötet? Allah wird zufrieden sein.

Allahu Akbar.

Ein Stück entfernt steht eine ältere Frau, hält ein Geschenk. Sie sieht sich hektisch um und schreit: »Bosse! Bosse!«

Das Mädchen eilt zu ihr, schwingt die Axt, aber verfehlt die Frau. Holt noch einmal aus und hackt nach den anderen Ungläubigen in der Nähe, aber sie weichen aus, können der scharfen Klinge entkommen.

Sie schaut an sich hinab, sieht den blutigen Mantel. Ihr Verstand ist so rein, als könnte sie erst jetzt richtig klar denken. Jetzt werde ich sterben.

Das Paradies erwartet sie, eine schillernde Palette warmer Farben. Nicht länger das triste Grau der Wohnung in Rinkeby.

Dann schaut sie sich wieder nach dem blonden Mann um, bewegt sich auf ihn zu, legt die Hand an den Sprengstoffgürtel.

In diesem Moment hört sie einen Knall, dann brennt es in ihrer Schulter. Sie taumelt rückwärts, nähert sich der Bahnsteigkante. Ihr Fuß findet keinen Halt, sie tritt in die Luft.

Die U-Bahn donnert heran.

Das Mädchen wedelt mit den Armen, kämpft ums Gleichgewicht, stürzt aber trotzdem hinunter auf die Gleise. Sie dreht den Kopf zur U-Bahn, spürt die Schiene am Hals.

Muss hier weg, muss wieder hoch.

Doch das wird ihr unmöglich gelingen.

Nur die Bombe wird sie jetzt noch ins Paradies bringen. Sie tastet sich zum Sprengstoffgürtel vor, sucht den Auslöser.

Die Bremsen kreischen, versprühen einen Funkenregen.

Über ihr taucht der blonde Mann auf, die Pistole in den Händen.

Und da muss sie sich eingestehen, dass sie auf dem Weg in ein anderes Jenseits ist als gedacht.

Kein Paradies.

Kein Strand, kein Meer, kein erfrischender Eistee, keine Wärme.

Erst Kälte.

Dann nichts als Dunkelheit.

Die Sig Sauer zittert in Zacks Händen.

Ich habe auf sie geschossen, erst in die Schulter, dann in den Kopf. Aber ich hatte keine andere Wahl, ihre Hände wanderten zum Sprengstoffgürtel.

Er streckt eine Hand nach dem Mädchen aus, obwohl er weiß, dass es zwecklos ist.

Der Hass ist aus ihren Augen gewichen, zurück bleibt nur der leere Blick des Todes. Und das kleine Einschussloch an der Stirn.

Er zieht die Hand zurück.

In der nächsten Sekunde spürt er den Windzug der bremsenden U-Bahn, die das Mädchen überrollt. Und den Sprengstoffgürtel.

Werden sie nun alle in die Luft fliegen?

Alles in Zack schreit, er solle Schutz suchen, aber er bleibt stehen. Er hat gerade ein Kind getötet, das Schicksal soll entscheiden.

Aber nichts passiert. Noch nicht.

Er kommt wieder zu sich und rennt neben der U-Bahn her. Sieht, dass der Mann, der ins Gleisbett gesprungen war, noch immer dort ist. Dass er das Baby hinauf zum Bahnsteig reicht. Dass er sich wieder zur Mutter dreht, die noch nicht wieder auf die Beine gekommen ist. Er zerrt an ihrem Arm, schaut zur U-Bahn, auf seinem Gesicht steht die Frage: Sterbe ich jetzt?

Vielleicht ist das Glück auf ihrer Seite, denn die Bahn wird langsamer.

Aber wird sie rechtzeitig zum Stehen kommen?

Jetzt hätte Zack gern die Kraft der Götter, um das schwere Ungetüm mit bloßen Händen aufzuhalten. Aber er kann nur zusehen.

Nur noch wenige Meter.

Bleib stehen! Er weiß nicht, ob er es laut sagt oder nur denkt.

Aber eine höhere Macht scheint ihn gehört zu haben, denn nun steht die Bahn wirklich still. Zack rennt nach vorn. Die Frau und der Mann haben es geschafft, wenn auch um Haaresbreite.

Er hilft ihnen auf den Bahnsteig, hört immer wieder Schreie, dazwischen aber auch eine sonderbare Stille.

Dann schaut er sich um.

Blut, Tod, Gewalt.

Und es sind noch viel zu viele Menschen hier. Sie riskieren, in tausend Stücke gesprengt zu werden. Er schreit:

»Weg hier! Da ist eine Bombe! Wir müssen raus! Sofort!«

3

Die U-Bahn ist schnell evakuiert, trotzdem hört Zack noch die Schreie der Menschen, das Kreischen der Bremsen. Er hat ein sonderbares Rauschen in den Ohren, als würden sie nach den lauten Schüssen nicht mehr richtig funktionieren.

In der Luft liegt Trostlosigkeit, obwohl die Rettungskräfte um ihn herum auf Hochtouren arbeiten. Sie tragen Verletzte hinaus, überall Atemmasken, improvisierte Infusionsständer, Menschen unter Decken. Streifenpolizisten haben den Bahnsteig abgesperrt und versuchen nachzuvollziehen, was vorgefallen ist. Die U-Bahn ist fort, die Stromschiene wurde abgeschaltet, und nun sucht der Rettungsdienst nach den sterblichen Überresten des Mädchens.

Zack steht einfach nur da und starrt ihren abgetrennten Kopf an, der noch an der Stelle liegt, wo sie überfahren wurde. Er ist nur ein Stück zum Bahnsteig gerollt.

Das Einschussloch in der Stirn. Ihre Augen sind braun und schauen ihn nun freundlich an. Vielleicht war sie ja tief in ihrem

Inneren so. Aber er hat noch etwas anderes in ihrem Blick erahnt, kurz bevor er sie erschossen hat. Die leise Gewissheit, dass jemand sie betrogen, ja reingelegt hat, ihr das aber viel zu spät bewusst geworden ist.

Wer ist sie? Wer hat das Monster erschaffen, das in ihr lebte? Jemand muss dahinterstecken. Jemand, der es auf die Gesellschaft abgesehen hat. Vielleicht auch auf ihn. Denn der Gedanke war immer lauter in ihm geworden – dass das Mädchen es auf ihn abgesehen hatte.

Er atmet die dicke, blutschwere Luft ein, sieht sie wieder mit der Axt vor sich. Wie sie ihn fast ununterbrochen anschaut. Oder hat er sich das nur eingebildet? Schließlich hat sie sich zuerst an so vielen anderen vergangen. Warum sollte er die Zielscheibe gewesen sein? Und der Sprengstoffgürtel war ganz eindeutig nur eine Attrappe.

Nichts als ein verdammter Bluff.

Zack kann kaum atmen, wenn er darüber nachdenkt, dass er ein Kind getötet hat. Hätte er auch anders handeln können? Sie entwaffnen?

Aber sie hat zum Gürtel gegriffen. Hat ihn offenbar für echt gehalten. Wusste sie es selbst nicht?

Versagensgefühle nagen an ihm.

Er betrachtet die Opfer. Sie sitzen zitternd auf den Bänken, wo sie von den Rettungskräften versorgt werden.

So unnötig. So verdammt sinnlos.

Ich hätte es verhindern müssen. Aber wie? Wie?

Jemand legt ihm eine Hand auf die Schulter, und Zack schaut auf. Es ist Deniz Akin, seine engste Kollegin. Neben ihr steht Douglas Juste, der Chef der Sondereinheit, wie immer im makellosen Anzug aus dünnem, grauem Flanell mit perfekt abgestimmter roter Krawatte. Beide wirken sehr besorgt.

Die plötzliche Erleichterung, die er spürt, weil sie da sind und ihm Sicherheit geben, überrumpelt ihn. Seine berufliche Familie. Vielmehr die einzige Familie, die er hat.

»Wie geht es dir?« Deniz fährt sich mit der Hand durch die dunklen Locken, die strubbeliger sind als sonst.

»Unfassbar das Ganze.«

Sie nickt kurz mit aufgerissenen Augen, weiß offenbar nicht, was sie darauf erwidern soll.

Douglas macht einen Schritt auf ihn zu. »Du hast das einzig Richtige getan.« Dann wirkt er plötzlich nachdenklich. »Du hast das Büro gegen drei verlassen«, sagt er dann. »Trotzdem hattest du deine Waffe dabei.«

Zack schluckt. Er weiß, dass ihm dafür eine Menge Ärger droht. Noch eine interne Untersuchung. Aber bevor er antworten kann, fährt Douglas fort:

»Ich ändere das auf fünf Uhr. Als du gerade gehen wolltest, kam ein Tipp. So war es doch, oder?« Er schaut Zack und Deniz abwechselnd in die Augen, doch keiner von ihnen reagiert.

Zack sucht den Blick seiner Kollegin. Wird sie sich darauf einlassen? Ihm den Rücken freihalten, so wie Douglas es vorschlägt? Bisher hat sie das immer getan, ihn gedeckt, wenn er unter Drogeneinfluss bei der Arbeit aufkreuzte oder mehr Gewalt als nötig angewendet hat. Was ihr durchaus auch passiert. In solchen Situationen hat er sie stets geschützt. Aber ist sie bereit, es noch einmal zu tun? Er hat schließlich ein Kind getötet, auch wenn es eine junge Terroristin war?

Deniz schaut ihn mitleidig an. Schließlich nickt sie, und Zack atmet auf.

»Gut«, sagt Douglas. »Trotzdem muss ich deine Sig Sauer an mich nehmen. Du kennst das Prozedere.«

Zack zieht die Waffe aus dem Holster. Seine Hand zittert, als er sie Douglas reicht. »Nur zur Sicherheit«, sagt er. »Da ist noch eine Patrone im Lauf.«

Mit reiner Willenskraft unterdrückt er das Zittern. Hofft, dass Douglas es nicht bemerkt hat.

Douglas nickt und verstaut die Sig Sauer in seinem Hosenbund. »Nachbesprechung ist heute Abend in Kronoberg. Alle Beteiligten müssen bei der Polizeibehörde erscheinen. Ich gehe davon aus, dass du kommst.«

»Ich möchte eigentlich nur nach Hause.«

»Zehn Uhr im Auditorium.« Douglas lässt Zack und Deniz stehen und geht auf ein paar Streifenpolizisten zu, die gerade ein Bändchen mit den persönlichen Daten am Handgelenk eines Opfers befestigen. Ihre Mienen und Bewegungen sind fast andächtig.

Zack schüttelt den Kopf, und Deniz legt die Arme um ihn. Drückt ihn so lange, bis seine Atmung sich normalisiert. Er lächelt sie dankbar an, dreht sich um und geht. Da fällt ihm ein, dass er eine Tasche bei sich hatte. Er schaut sich um und entdeckt eine weitere Leiche, einen Jugendlichen, der mit einer tiefen Wunde am Hals auf dem Bahnsteig liegt. Was für eine Wut dieses Mädchen in sich getragen haben muss. Oder war das die Folge einer gezielten Gehirnwäsche? Und wenn ja, durch wen?

Er findet seine Tasche unter der Bank, neben der er gestanden hatte, als alles losging. Er greift danach und steuert dann die Treppe zum Södermalmstorg an. Er will raus aus dem U-Bahnhof, will wieder ans Tageslicht. Will das Blau des Riddarfjärden bestaunen, will die Västerbron sehen, die die Welten verbindet, statt so deutlich den Hass zu spüren, der die Menschen immer weiter voneinander entfernt.

Jemand hat mit seiner blutigen Hand eine rote Spur auf dem Plakat hinterlassen, mitten im Gesicht von Carola.

4

Zack reckt die Arme in die Luft und lässt die Hüften im Takt der Musik kreisen. Der Spalt zwischen T-Shirt und Jeans gibt den Blick auf seine Bauchmuskeln frei. Die alte Fabrikhalle gleicht in dieser Nacht einer Schlangengrube aus verschwitzten Körpern, er ist Teil davon, windet sich zum Boden und wieder hinauf in den Stand. Tanzt eng mit zwei Frauen. Tanzt allein. Tanzt mit allen. Er versucht, die Erinnerung an den Kopf des Mädchens abzuschütteln, aber er sieht ihn überall im blinkenden Licht. Lila, Blau, Gelb, Grün. Ihr Gesicht nimmt immer wieder andere Farben an, und die Augen sind jetzt nicht mehr freundlich. Ihr Blick ist anklagend und fragt: Warum hast du mich getötet? Ich war doch nur ein Kind. Wie konntest du mir das antun? Wie konnte die Welt mir das antun? Ich hatte ja nicht mal eine echte Bombe, du hättest mich einfach wieder auf den Bahnsteig ziehen können, statt mich abzuknallen.

Und irgendwo sitzen Eltern oder andere Angehörige, die ein Familienmitglied verloren haben. Ungeachtet dessen, was sie getan hat.

Zack schließt die Augen, doch ihr Gesicht wird dadurch nur noch deutlicher. Der Geruch von Blut. Verletzte Körperteile. Die Schreie, die Räder der U-Bahn, die auf den Schienen kreischen. Er öffnet die Augen wieder. Er hätte nicht herkommen sollen, aber er war zu ruhelos, um allein zu Hause zu hocken. Zu geil auf einen Rausch. Wenn er sich doch nur mit einer Line pro Nasenloch betäuben könnte. Aber er hat Abdulas Angebot ausgeschlagen. Nur zu leicht könnte er wieder in diese Abwärtsspirale geraten.

Wo steckt eigentlich Abdula? Zack schaut sich um, gibt aber sofort wieder auf. Ein Meer aus tanzenden Leibern. Abdula könnte überall sein. Vermutlich verhökert er gerade irgendwo seine Pillen. Besser, wenn er davon nichts weiß.

Doch da entdeckt er ihn an der Bar, mit einem arabisch aussehenden Mann, den er nicht kennt. Sie diskutieren, die Gesichter dicht voreinander. Es geht sicher ums Geschäft, denn Abdula reibt hochkonzentriert die Fingerspitzen gegen seine Handfläche, während er offenbar überlegt, ob ihm gefällt, was er da hört.

Jemand presst sich an Zacks Rücken, folgt seinen Bewegungen. Er schaut über die Schulter, sieht schwarze Haare, die sich wie ein Samtmantel hinter ihm erstrecken. Er dreht sich um, will ihr Gesicht sehen, doch auch sie dreht sich, presst ihm nun sanft den Hintern gegen den Schritt. Spielt mit seinem trainierten Körper. Nimmt seine Hände, führt sie zu ihrer Brust, dann zum Bauch, zu den Hüften.

Er braucht keine Drogen, braucht nur das.

Dieses sinnliche Wesen in seinen Armen. Die glänzende Haut, die Schweißperlen, die perfekt gerundeten Schultern, ihren Nacken, der förmlich darum fleht, geküsst zu werden.

Er drückt sich an sie, und sie legt ihm einen Arm um den Hals. Kratzt ganz leicht über seine Haut kurz unterm Haaransatz. Löst damit einen Schauer in ihm aus, der ihm durch die Adern rauscht und sein Verlangen auf diese Frau weiter verstärkt.

Wieder versucht er, sie zu sich umzudrehen, doch sie streckt auch noch den anderen Arm aus und verschränkt die Hände in seinem Nacken. Sie ist erstaunlich stark. Ihre Brust drängt durch die überstreckte Haltung hervor. Treibt ihn an die Grenze des Erträglichen. Und da begreift er, dass sie mit ihm spielt. Und er will mitmachen.

5

Montag, 21. Mai

Zack faltet das *Svenska Dagbladet* zusammen und legt die Zeitung auf Douglas' Schreibtisch. Kann einfach nicht noch mehr über sich selbst lesen. Erträgt keine weitere Meinung von selbsternannten Experten, die im Nachhinein schlau reden.

Etwas über zwei Wochen ist die Schlacht in der U-Bahn-Station nun her, bei der vier Menschen ums Leben kamen und neun verletzt wurden. Doch trotz der pausenlosen Berichterstattung scheinen die Leute das schon fast wieder vergessen zu haben. Als hätte die Stadt sich daran gewöhnt. Klar, auch diesmal wurden Kerzen aufgestellt und Blumen abgelegt, Gottesdienste und Kundgebungen gehalten, aber nicht mit der gleichen Verletzlichkeit wie beim letzten Mal. Etwas hatte sich verändert.

Zack nimmt gegenüber von Douglas Platz und zieht an seinem T-Shirt, das ihm am Körper klebt. Dann sieht er, dass er noch Druckerschwärze an den Fingern hatte, die nun kleine Flecken auf dem weißen Stoff hinterlassen hat.

Verdammt.

Eine frühe Hitzewelle ist über das Land gezogen, und selbstverständlich hat die Klimaanlage im Büro sofort wieder den Geist aufgegeben. Überarbeitet und ausgebrannt wie eine Pflegekraft in einem Altersheim.

»Wie geht es dir?« Douglas lehnt sich in seinem neuen, schwarzen Designerledersessel zurück.

Zack zuckt mit den Schultern. »Ganz okay.« Er nickt, wie um sich selbst davon zu überzeugen. Legt lässig den Fuß auf sein anderes Bein. Dabei würde er lieber aufspringen und zum Klo rennen, um sich zu übergeben, weil ihn gleich wieder der Blutgeruch überwältigt. Die Bilder von der U-Bahn-Station. Die Axt, die in

Menschen eindringt, die fliehen wollen. Der Schuss, der das Mädchen mitten in die Stirn trifft. Zack wurde für sein Handeln gelobt und getadelt. Sein Name und sein Gesicht tauchten überall in den Medien auf, wo er einerseits als Held gefeiert, andererseits als der Polizist geächtet wurde, der kaltblütig ein Kind erschossen hat. Wie auch immer – er ist es, der diesen Alptraum für den Rest seines Lebens mit sich herumtragen muss.

»Wie ich höre, hast du den Termin beim Psychologen abgelehnt«, sagt Douglas.

Zack nickt. »Das ist nichts für mich, das weißt du.«

Douglas seufzt, nimmt dann einen glänzenden, schwarzen Füller von seinem Schreibtisch und spielt damit. Zack kann erahnen, dass es sich um ein Exemplar von Montblanc handelt. Hat sicher mehrere Tausend Kronen gekostet und stammt garantiert nicht aus dem Bürovorrat der Behörde.

»Hast du was Neues von der Säpo gehört?«, fragt Douglas.

»Nur, dass sie das Mädchen noch immer nicht identifizieren konnten. Sie scheint keine Angehörigen in Schweden zu haben, jedenfalls wurde sie bisher noch nicht als vermisst gemeldet.«

»Das ist tragisch.«

Zack betrachtet seinen Strumpf, zupft daran herum, während er sie wieder vor sich sieht. Hat er sich nur eingebildet, dass sie es auf ihn abgesehen hatte?

Noch hat er niemandem davon erzählt, nicht mal während der zig Vernehmungen durch die Säpo. Einfach weil ihm kein plausibler Grund dafür einfällt.

»Ich habe auf sie geschossen«, sagt er. »Zweimal.«

»Dadurch hast du sie unschädlich gemacht. Du hast vollkommen korrekt gehandelt.« Douglas' Stimme klingt härter als sonst. »Du hast doch gehört, was der Säpochef gesagt hat. Die Polizei muss sich an den Gedanken gewöhnen, auf kleine Mädchen zu schießen, und ich bin geneigt, ihm zuzustimmen. Jeder Mensch da draußen könnte eine wandelnde Bombe sein.«

»Vielleicht«, sagt Zack, dabei weiß er, dass Douglas recht hat.

Der Terroranschlag in der U-Bahn-Station ist ein Beweis dafür. Radikalisierte Extremisten können alles zur Waffe machen. Selbst Kinder.

»Das werden wir leider noch häufiger sehen«, fährt Douglas fort. »Da draußen gibt es auch nach dem Fall des Kalifats noch Tausende von IS-Anhängern, Männer ohne Glauben an eine Zukunft. Von ihnen geht eine enorme Gefahr für die westliche Welt aus. Aber genug davon. Ich möchte über was ganz anderes sprechen. Einer unserer Männer ist verschwunden. Er war damit beschäftigt, einen Drogenring auszuheben.«

Zack runzelt die Stirn. »Wer denn?«

»Ein gewisser Roger Dahl. Ich kenne ihn nicht. Er arbeitet bei der Polizei in Malmö, war aber mal eine Weile in Stockholm.«

»Roger Dahl?« Zack legt den Kopf schief. »Wie alt ist er? Ich kenne einen Roger Dahl von meiner Zeit an der Polizeischule.«

Douglas greift nach den Unterlagen auf dem Schreibtisch und überfliegt sie. »Vierunddreißig. Es ist also durchaus möglich, dass ihr die Ausbildung gleichzeitig gemacht habt.« Er dreht eins der Blätter so, dass Zack das Schwarzweißfoto von Dahl sehen kann.

»Ja, das ist er.«

Zack betrachtet das Foto genauer. Roger hat sich nicht sehr verändert. Gut möglich, dass sich der Haaransatz ein wenig zurückgezogen hat, trotzdem hat er nach wie vor diese Monchichifrisur, die Zack nie nachvollziehen konnte. Derselbe intensive Blick, ein Auge leicht zugekniffen, wodurch er arrogant wirkt. Eine Siegermentalität, die immer auf Hochtouren lief.

Genau wie bei Zack.

Damals war alles zwischen ihnen ein einziger Wettstreit gewesen. Wer konnte besser schießen, wer war schneller im Hindernisparcours, wer konnte mehr Klimmzüge am Stück. Die beiden verband eine Hassliebe vom ersten bis zum letzten Tag der zweijährigen Ausbildung, als sie ihr Abschlusszeugnis in den Händen hielten und frischgebackene Aspiranten waren. Dann war Roger zurück nach Malmö gezogen, und soweit Zack sich erinnern konnte, waren sie sich seither nur flüchtig begegnet.

»Was wissen wir denn?«, fragt er.

»Nur, dass er seit bald einer Woche spurlos verschwunden ist und für einen Informanten verantwortlich war.« Douglas stützt sich mit den Ellbogen auf den Tisch und schaut Zack direkt in die Augen. »Der Informant ist Polizist und hat nun keine Kontaktperson mehr, der er Meldung machen könnte. Das Dilemma ist jedoch, dass niemand weiß, wer dieser Polizist ist. Aus Sicherheitsgründen hat man niemanden außer Roger Dahl eingeweiht.«

»Und der ist jetzt unauffindbar?«, sagt Zack mehr zu sich selbst. Ausgerechnet Roger, den niemand austricksen oder in einem Zweikampf besiegen konnte?

Niemand außer Zack.

»Genau.« Douglas richtet seine Krawatte. »Und wenn ich das richtig verstanden habe, dann hat sich der Informant tief in ein Netzwerk vorgewagt, an dessen Spitze ein gewisser Bo …« Er nimmt einen Klebezettel in die Hand und liest vor: »Bogan Ravi steht.«

»Hast du ihn schon überprüft?«

»Nur im allgemeinen Register, da steht allerdings nicht viel über ihn. Ein bisschen verwunderlich bei einem Mann, der ein Drogenboss sein soll. Dahls Chef kommt extra aus Malmö her, und ich dachte, dass du und Deniz morgen mal mit ihm zu Mittag essen könntet.« Douglas fischt ein weißes Taschentuch aus der Tasche und tupft sich den Schweiß von der Stirn. »Was meinst du?«

Zack steht auf und tritt ans Fenster. Er schaut auf den Kronobergspark. Für gewöhnlich kürzt er über den grün bewachsenen Hügel ab, wenn er zum Fridhemsplan will. Betrachtet dann gern die Skulptur von Ikarus und dem Drachen, die dort steht. Ein Held, der mit künstlichen Flügeln flog und dabei der Sonne zu nah kam, die sie zum Schmelzen brachte, weshalb er ins Meer stürzte. Es ist eine Geschichte über die Hybris, aber Zack sieht lieber den Mut des Helden. Nicht alle sind bereit, bis an ihre Grenzen zu gehen.

Aber genau das muss Roger getan haben. Wenn er noch so tickte wie früher, dann wird er alles daran gesetzt haben, den Drogenring aufzulösen. Vermutlich hat er sich dabei zu großen Gefahren ausgesetzt. Er gehörte nie zu den Leuten, die sich zurückzogen, wenn sie sich mit Schwierigkeiten konfrontiert sahen. Eine Eigenschaft, vor der Zack den größten Respekt hat.

Er dreht sich zu Douglas um. »Was tut man nicht alles für einen alten Freund? Roger war eigen, aber auf seine Art richtig cool. Wenn ihm etwas zugestoßen sein sollte …« Zack spricht nicht weiter. Er ertappt sich dabei, im Präteritum über Roger zu reden, als wäre er tot. Denn irgendetwas sagt ihm, dass das auch so ist. Denn warum sollte Roger freiwillig untertauchen? Jemand, der ständig nach Selbstbestätigung sucht?

Douglas nickt, als hätte er Zacks Gedanken gelesen. Faltet dann das Taschentuch ordentlich zusammen und verstaut es wieder in der Tasche. Dann zieht er das hellblaue Leinensakko aus und hängt es über die Stuhllehne.

Zack lächelt. Normale Männer hätten bei diesen Temperaturen dunkle Flecken unter den Armen, aber nicht Douglas. Er wechselt mehrmals am Tag die Hemden, hat eine ganze Reihe perfekt gebügelter Ersatzhemden in seinem Büro.

»Wenn unsere werten Kollegen einfach mal die Fenster zulassen würden«, murmelt Douglas. »Dann hätte die Klimaanlage vielleicht auch mal eine Chance.«

»Möglich. Eine Frage hab ich aber noch: Warum ausgerechnet ich? Ich habe doch gar keine Erfahrung auf diesem Gebiet.«

Schon wird Douglas wieder ernst, setzt sich aufrecht hin und legt die Hände vor sich auf die Schreibtischplatte. »Der Informant verlangt dich und nur dich, sonst springt er ab. Das ist sogar recht naheliegend, wenn man bedenkt, dass du Roger Dahl kennst. Könnte doch sein, dass er mit dem Informanten über dich gesprochen hat. Oder was meinst du?«

»Keine Ahnung«, sagt Zack. »Aber dazu kann ich ja morgen seinen Chef befragen. Würdest du ihm ausrichten, dass ich einen Tisch im East reserviere?«

»Klar, und reserviere bitte für vier. Dahls Frau begleitet ihn, und sie will lieber nicht ins Polizeipräsidium kommen. Frag mich nicht, warum. Aber du kannst sie ja genauso gut beim Essen ein bisschen vernehmen.«

»Alles klar. Wie heißt sie denn?« In seinem Brustkorb flattert es kurz, weil er an eine alte Liebe denken muss. Die schönste Frau der Polizeischule, die sich für Roger statt für Zack entschied. Der einzige Sieg, den Roger bei ihrem ständigen Wettkampf einfuhr. Sind er und Josefin etwa noch zusammen? Und sogar verheiratet?

»Josefin Dahl«, sagt Douglas.

Zack nickt und versucht, unberührt zu erscheinen. Aber in ihm pocht schon die Vorfreude, weil er seine alte Liebe wiedersehen wird, nach so vielen Jahren.

6

Dienstag, 22. Mai

Am Stureplan wimmelt es von Karrieristen, die aus ihren Büros strömen, um sich irgendwo ein schnelles Mittagessen zu holen. Zack findet es schon anstrengend, sie anzusehen. Leute, die versuchen, sich durch aufsehenerregende Accessoires zu etwas Besonderem zu machen: auffällig gemusterte Krawatten, ausgefallene Uhren, Strümpfe in grellen Farben. Egal was, Hauptsache aus der Masse hervorstechen. Dabei führt das letztlich nur dazu, dass sie sich alle umso ähnlicher sehen.

Er und Deniz kommen am Wetterpilz vorbei, dessen Betonpfeiler mit Werbeplakaten eines Sportartikelherstellers gepflastert ist, dem Hauptsponsor des Stockholm-Marathons, der in etwas über einer Woche stattfindet.

Dann sieht er sie auf der Terrasse des East. Sie sitzt an einem Tisch und unterhält sich mit einem Mann um die fünfzig.

Josefin Dahl. Früher hieß sie Bengtsson, außerdem trägt sie ihre damals langen blonden Haare nun schulterlang.

Zacks Herz fängt an, schneller zu schlagen. Er fragt sich, warum. Schließlich haben sie sich vor acht Jahren zuletzt gesehen, und er hat seither kaum an sie gedacht. Trotzdem reagiert da etwas. Vielleicht, weil er weiß, dass sie sich damals gegen ihn entschieden hat?

Schon tauchen sie unter die blaue Markise und schlängeln sich zwischen den anderen Tischen hindurch. Josefin steht auf, als sie die beiden kommen sieht. Sie hat leicht geschwollene Augen, als hätte sie vor kurzem noch geweint. Aber sie umarmt ihn und lächelt, und sofort muss er an den ersten Tag in der Aula der Polizeischule denken, als er sie zum ersten Mal gesehen hat. Er hatte sich umgedreht und sich in den Bankreihen umgesehen. Dabei war er mit dem Blick an der jungen Frau hängengeblieben, die ihm direkt in die Augen sah und genau dieses zuckersüße Lächeln auf den Lippen hatte.

Aber das war damals.

Der Mann am Tisch ist Roger Dahls Chef. Mit einem festen Handschlag und autoritärer Stimme stellt er sich als Tom Kroon vor. Er trägt einen makellosen, grauen Anzug. Als die Formalitäten geklärt sind und sie sich setzen, bemerkt Zack, dass Josefins Bauch sich ein klein wenig unter dem blumigen Kleid hervorwölbt.

»Fünfter Monat«, sagt sie und legt die Hand auf den Bauch.

»Herzlichen Glückwunsch«, erwidert Zack und hofft, dass es glaubwürdig klingt. Sofort muss er an das Kind denken, das er verloren hat, als seine schwangere Freundin Mera erschossen wurde. Er wendet den Blick ab und spielt an der Leinenserviette herum, die vor ihm auf dem Tisch liegt. Das hätte Josefins und Rogers glücklichste Zeit sein sollen.

Er hört, dass es auch Deniz schwerfällt, überzeugend zu klingen, während sie Josefin gratuliert. Dass sie eigentlich denkt: Armes Ding.

Dann steht auch schon eine Bedienung bereit, und alle bis auf Zack bestellen das Tagesgericht. Er gibt sich mit einem Espresso zufrieden, ihm ist der Appetit vergangen.

Als die Bedienung sich entfernt, zieht Tom Kroon einen Schnellhefter und ein Handy aus seiner Aktentasche und reicht sie Zack.

»Das ist alles, was ich an Informationen über den Drogenring habe. Viel ist es nicht. Nur eine Adresse in Flemingsberg, wo der Drogenboss Bogan Ravi wohnen soll, und ein paar andere Orte, an denen er sich angeblich regelmäßig aufhält. Namen von Personen, mit denen er gesehen wurde. Leider hatte Roger entschieden, keine Berichte über die Arbeit des Informanten zu schreiben.

Reine Sicherheitsmaßnahme, wir wissen schließlich alle, dass auch unsere Behörde nicht sicher ist vor Leaks.«

»Also gibt es überhaupt keine Angaben über das, was der Informant bisher herausgefunden hat?«, fragt Zack und deutet mit dem Kopf zum Schnellhefter.

»Nein, nur wie wir überhaupt Wind von der Sache bekommen haben. Das Ganze begann mit der Festnahme eines Jugendlichen in Malmö wegen Drogenbesitz. Die Hausdurchsuchung führte uns zu seinem Dealer, der wiederum zu Bogan Ravis Männern in Stockholm führte. Aber das steht alles da drin. Roger hat mich regelmäßig mündlich auf dem neusten Stand gehalten. Zuletzt am Mittwoch, das war unser letzter Kontakt. Er wollte irgendetwas näher untersuchen, bevor er genauer darauf einging. Irgendwas in Botkyrka. Außerdem hatte er mehrere Telefonnummern ausfindig gemacht, die er prüfen wollte, bevor er sie weitergab. Er sprach von einem eventuellen Whistleblower und hatte große Angst davor, dass die Informationen in die falschen Hände geraten könnten. Mir kam es so vor, dass er eigentlich nicht mal mehr mit mir sprechen wollte.«

»Und wer ist dieser Informant?«, fragt Zack.

Tom Kroon schüttelt den Kopf und wirkt ein bisschen verlegen. »Das weiß ich nicht.«

»Sie meinen, dass Sie ihn nicht kennen?«, hakt Deniz nach und lehnt sich vor.

»Genau, ich habe keine Ahnung, wer es ist. Roger wollte seine Identität aus Sicherheitsgründen absolut geheim halten. Heute ist mir natürlich klar, dass das eine Fehlentscheidung war, aber ich hätte auch nie gedacht, dass …« Er verstummt, als Josefin neben ihm zu schluchzen beginnt, und legt ihr einen Arm um die Schultern. »Mach dir keine Gedanken, wir werden ihn schon finden. Vielleicht ist es ja wirklich so, wie du meinst, vielleicht hat er tatsächlich eine andere.«

Josefins Schluchzen wird lauter, sie sitzt zitternd da, greift nach einer Serviette und schnäuzt sich. Dann sammelt sie sich und schaut etwas beschämt zu Zack.

»Durch die verdammte Schwangerschaft bin ich meinen Gefühlen immer so ausgeliefert.«

Zack lächelt, kommt aber über das, was er da gerade gehört hat, nicht hinweg.

»Hat er … Also, glaubst du wirklich, dass er eine andere hat?«

Josefin schaut vor sich auf den Tisch. »Ich habe schon eine ganze Weile den Verdacht. Wenn wir Glück haben, steckt wirklich nur eine Affäre dahinter … Wenn man es denn Glück nennen will.«

»Haben Sie eine Ahnung, mit wem?«, meldet sich Deniz zu Wort.

»Nein, er war einfach nur anders als sonst. Wenn ich angerufen habe, ist er manchmal gar nicht drangegangen, und so was halt. Man spürt doch einfach, dass irgendwas nicht stimmt.«

»Aber«, sagt Zack und schaut auf Josefins Bauch. »Du bist doch …«

»Genau. Da sollte er gar nicht auf solche Gedanken kommen, oder? Wir haben es so lange versucht, und jetzt, wo es endlich geklappt hat, kommt es mir so vor, als wollte er das gar nicht mehr. Er meinte, es wäre einfach eine ziemliche Umstellung, und er müsse sich erst mit dem Gedanken anfreunden. Aber ich glaube das nicht. Ich …« Josefin schlägt sich die Hände vors Gesicht, holt ein paar Mal tief Luft, bevor sie die Hände wieder sinken lässt und ihre Tränen trocknet.

»Wann haben Sie denn zuletzt von Roger gehört?«, fragt Deniz.

»Vor genau einer Woche, letzten Dienstag.« Josefin wendet sich an Zack: »Glaubst du, er hat eine andere? Würde er mir das antun?«

Zack schluckt. Woher soll er das wissen?

Ja, vielleicht würde er ihr das antun.

Vielleicht hat ihn das Wissen, dass er ein Kind bekommt, tatsächlich durcheinandergebracht. Vielleicht hat er deshalb anderen Frauen nachgestellt, nur um sich selbst zu beweisen, dass er das noch kann.

»Wir haben uns so lange nicht gesehen.« Zack lacht, will die Stimmung auflockern. »Außerdem waren wir nicht gerade beste Freunde. Das weißt du ja selbst.«

Josefin lächelt zurück, als wäre ihr eigentlich bewusst, wie unsinnig die Frage war.

Sie verfallen in Schweigen, als die Bedienung eine Tasse Espresso vor Zack stellt. Er trinkt sofort einen großen Schluck in der Hoffnung, dass ihn das Koffein munter macht. Der Kick ist nicht vergleichbar mit dem von Speed, aber ausreichend. Hin und wieder sieht er verstohlen zu der prächtigen Eichentür direkt neben dem Restaurant, wo eins von Olympia Karlssons Büros liegt. Das ist der Grund dafür, dass er dieses Restaurant gewählt hat. In den vergangenen Monaten hat er sich in der Nähe des Stureplan aufgehalten, sobald er etwas in der Gegend zu erledigen hatte. Die Eichentür stets im Blick in der sonderbaren Hoffnung, die Antwort auf eine Frage zu finden, die ihn nun schon eine Weile beschäftigt. Ist Olympia seine Mutter?

Zacks Vater Roy war vor langer Zeit ihr Leibwächter gewesen, etwa zu der Zeit, als Zack gezeugt wurde. Und vor etwas mehr als einem halben Jahr bekam er einen mysteriösen Brief ohne Absender, in dem stand: *Deine echte Mutter ist Olympia.* Der Boden hatte unter seinen Füßen gebebt, als er begriff, dass dies im Bereich des Möglichen lag.

Denn Zack weiß, dass seine Mutter Anna nicht seine leibliche Mutter war. Aber dass es stattdessen Olympia Karlsson sein sollte, das ist viel zu absurd. Die mächtigste Figur der schwedischen Finanzbranche, vielleicht sogar die wohlhabendste. Vorsitzende des

Heralduskonzerns. Gerüchte ranken sich um sie. Leider sind Roy und Anna tot, die kann er nicht länger fragen.

Durch das Rauschen seiner eigenen Gedanken bekommt Zack mit, dass Josefin und Deniz über Rogers kleine Wohnung in Stockholm sprechen, die Deniz durchsuchen will. Eine Streife war wohl schon dort, aber offenbar nur um festzustellen, dass Roger sich nicht da aufhielt. Deniz will sie sich mal genauer ansehen, und Zack ist ganz ihrer Meinung.

»Vielleicht finden wir irgendwelche Hinweise darauf, dass ihm etwas zugestoßen ist«, sagt er. »Oder ob er bewusst untergetaucht ist.«

»Der Schlüssel ist auf dem Revier in Norrmalm«, sagt Tom Kroon. »Die Streife hat sich mithilfe eines Schlüsseldienstes Zugang verschafft.« Er dreht den Kopf, als die Bedienung die drei Teller mit Lachs und grünem Curry serviert.

Zack bekommt trotz allem Appetit, aber gibt sich mit seinem Espresso zufrieden.

Jemand tippt ihm auf die Schulter, es ist Deniz, die versucht, ihn auf etwas aufmerksam zu machen.

Sie deutet mit dem Kopf zur Straße. »Krass, ich dachte erst, das bist du.«

Zack schaut sich um und entdeckt einen Mann in seinem Alter, der hinten aus einem schwarzen Mercedes steigt. Das ist Peter Karlsson, Olympias Sohn. Er trägt einen dunkelgrauen Anzug, der in der Sonne glänzt. Der Seidenanteil ist gerade hoch genug, dass er damit noch nicht als Gangster durchgeht.

»Aber eine sehr blasse Kopie von mir«, sagt Zack. »Mit der falschen Haarfarbe.« Er will sich nicht anmerken lassen, was diese Bemerkung von Deniz mit ihm macht, aber trotzdem muss er Peter hinterherstarren. Der Anzug sitzt wie eine zweite Haut an dem Mann, der sein Bruder sein könnte.

Zack hat ihn beobachtet, seit der anonyme Brief bei ihm eingetroffen ist. Hat mitbekommen, wie viel er abgenommen hat. Wie fit er geworden ist. Wie Peters Gesicht dem seinen immer ähnlicher wurde. Die Wangenknochen haben an Schärfe gewonnen, die Kinnpartie tritt deutlicher hervor. Er scheint auf etwas hinzutrainieren, dreht jeden Morgen seine Runden, und freitagabends rennt er eine Stunde durch Djurgården, um Punkt sechs.

Für Zack ist es mehr und mehr zu einer Droge geworden, ihm zu folgen und herauszufinden, ob sie Brüder sind. Und ja, er muss durchaus zugeben, dass es eine gewisse Ähnlichkeit gibt.

Peter grüßt die Bedienung des East mit der Selbstsicherheit eines Großgrundbesitzers, der seinen Landarbeitern zuwinkt. Dann verschwindet er durch die Eichentür.

In diesem Moment bemerkt Zack, dass Peter nicht allein im Auto war. Auf der anderen Seite steigt eine Frau aus, und Zack bleibt die Luft weg.

Es ist Hebe, Peters Schwester. Und sie strahlt. Großgewachsen, dunkelhaarig und schön. Mit ihrer Erscheinung zieht sie die Blicke aller Restaurantgäste auf sich.

Natürlich war ihm klar gewesen, dass auch sie hier auftauchen könnte, trotzdem trifft ihn das Chaos, das sie in seinem Innern anrichtet, ganz unvorbereitet: Das Herz rast, plötzlich ist da der Wunsch, aufzuspringen und sich zu verstecken oder direkt zu ihr zu gehen und sie in die Arme zu schließen. Die Frau, die seine Schwester sein könnte und von der er sich so extrem angezogen fühlt. Und mit der er um ein Haar geschlafen hat, bevor der Brief ankam und alles auf den Kopf stellte.

Wie aus Reflex steht er auf und eilt zu ihr. Sieht, dass sie stehen bleibt und wie verzaubert auf ihn wartet.

Sie schauen sich in die Augen.

Schweigend.

»Zack«, sagt sie schließlich. »Warum hast du dich nicht gemeldet?«

Er lächelt. »Du hast dich auch nicht gemeldet.«

Jetzt ist es an ihr zu lächeln.

»Vielleicht habe ich mich nicht getraut. Du hast mich schließlich gebeten zu gehen. Das weißt du doch noch, oder?«

»Wir sollten uns trauen«, sagt Zack und streckt die Hand aus, um ihre zu nehmen.

Aber da wendet sie sich ab und verschwindet durch die Eichentür ins Haus.

Zack bleibt allein im Zentrum der Aufmerksamkeit zurück. Er geht wieder an den Tisch und setzt sich. Ignoriert die verwunderten Blicke der anderen und greift nach dem Telefon, das Tom Kroon mitgebracht hat.

»Und das hier?«

Tom Kroon antwortet, während er auf seinem Lachs herumkaut. »Darüber läuft ausschließlich der Kontakt zum Informanten. Die Nummer ist eingespeichert.«

Er verrät Zack den Code zum Entsperren, den dieser sofort ändert. Dann wirft er einen Blick in die Kontaktliste. »Wer ist Copper?«

»Sein Deckname. Fragen Sie mich nicht, wie sie darauf gekommen sind. Aber lassen Sie sich nicht davon abhalten, das in Erfahrung zu bringen. Sie sollten schnell einen persönlichen Kontakt zu Copper herstellen, damit wir seine wahre Identität herausfinden. Denn wenn Roger …« Er wirft Josefin einen verstohlenen Blick zu, bevor er weiterspricht. »Sie wissen schon. Dann ist Copper vielleicht auch in Gefahr. Ich bin mir ziemlich sicher, dass sich die Lösung hier findet, in der Kloake, die wir gemeinhin Hauptstadt des Königreichs Schweden nennen.«

7

Zack und Deniz fahren langsam die Västmannagatan entlang und halten Ausschau nach Roger Dahls Auto, einem blauen Ford Focus, der hier irgendwo zwischen den schweren, aber dennoch eleganten Gebäuden der Jahrhundertwende stehen muss. Zack greift zu seinem neuen Kontakthandy und schreibt eine erste SMS an Copper, während er immer wieder hinaus auf die Straße blickt.

Ich bin Ihre neue Kontaktperson. Wir müssen uns treffen. Wissen Sie etwas über Roger Dahls Verbleib?

»Da steht er«, sagt Deniz und zeigt auf einen Ford, der nicht weit von Rogers Wohnung entfernt geparkt ist.

Zack schickt die SMS ab und steigt aus, bevor Deniz richtig angehalten hat. Der Duft von frisch gebackenem Brot weht von einem nahegelegenen Café herüber und macht ihn hungrig, aber er unterdrückt das Gefühl. Stattdessen geht er zum Auto und prüft, ob die Fahrertür abgeschlossen ist. Weil sie sich problemlos öffnen lässt, ist er sicher, dass etwas passiert sein muss. Kein vernünftiger Mensch lässt seinen Wagen unabgeschlossen in der Stadt stehen, und Roger schon mal gar nicht.

Bist du überfallen worden, als du dich ins Auto setzen wolltest? Wurdest du von jemandem überrascht, der dort drüben im Hauseingang stand?

Jemand, der fand, dass du zu viel wusstest?

Er weiß, dass er sich nicht im Wagen umsehen sollte, dass er damit eventuelle Spuren verwischen könnte, aber er sieht, dass die Lenkradverkleidung minimal verschoben ist.

Hast du dort etwas versteckt? Etwas, das du uns zeigen wolltest?

Er lehnt sich vor, um es näher zu betrachten. Der Schlüssel

steckt noch im Zündschloss. Sofort streift er seine Lederhandschuhe über und zieht an der Verkleidung, die sich ohne weiteres lösen lässt.

Ein silbernes Handy gleitet heraus und fällt zu Boden. Zack hebt es auf und drückt auf den Einschaltknopf.

»Was hast du da?«, fragt Deniz, die auf der anderen Seite des Wagens steht und durch das Beifahrerfenster schaut.

»Ein Handy, aber der Akku ist leer.«

»Das können wir sicher in Rogers Wohnung aufladen. Alles Weitere überlassen wir der Spurensicherung. Hier ist ja offensichtlich irgendwas passiert. Ich verständige die Leitstelle.«

Zack bleibt, wo er ist, während Deniz mit der zuständigen Kollegin spricht. Er lässt den Blick über die schwarzen Sitze gleiten, über Armaturenbrett und Lenkrad. Auf der Geschwindigkeitsanzeige entdeckt er getrocknetes Blut. Er schlägt die Autotür zu. Jetzt ist er sich hundertprozentig sicher. Roger wurde überfallen, und das Handy, das er in der Verkleidung versteckt hat, enthält maßgebliche Informationen, womöglich auch zu seinem Aufenthaltsort.

»Warum steckt denn der Autoschlüssel noch?«, fragt Deniz, während sie sich Rogers Wohnung nähern.

»Vielleicht haben die Täter nicht daran gedacht, ihn abzuziehen. Vielleicht wurden sie überrascht und mussten schnell abhauen. Oder sie haben ihn absichtlich zurückgelassen, in der Hoffnung, dass jemand den Wagen klaut und uns auf eine falsche Fährte lockt.«

»Merkwürdig ist es auf jeden Fall.«

Das Kontakthandy piepst. Zack wirft einen Blick aufs Display und liest Coppers Antwort laut vor:

»Zu gefährlich für ein Treffen. Hier gibt's nichts Neues. Ich hör mich um wegen RD.«

Zack seufzt und steckt das Handy wieder weg.

»Er tut bestimmt, was er kann«, sagt Deniz und zeigt auf ein gelbes Mehrfamilienhaus, das um einiges weniger gepflegt aussieht als die umstehenden Gebäude. »Da ist es. Du darfst nicht vergessen, dass jede SMS, die er schickt, ein großes Risiko für ihn darstellt. Aber du musst ihn unbedingt zu einem Treffen bewegen.«

»Ich arbeite dran.«

Während sie in den zweiten Stock laufen, denkt Zack über Rogers Auftrag nach. Auf dem Hinweg hat er die Akte durchgesehen, die Tom Kroon ihm ausgehändigt hat, und sich über den Drogenboss Bogan Ravi informiert.

Ein Schwede mit Wurzeln in Tschetschenien und im Libanon. In Göteborg aufgewachsen und vor elf Jahren nach Stockholm gezogen. Laut Akte hat er Verbindungen zu afghanischen Opiumbauern in Kandahar und scheint aktuell einen riesengroßen Deal zu planen. Wahrscheinlich geht es um Heroin, aber offenbar weiß niemand, woher der Stoff kommen wird.

Hat Bogan Ravi etwas mit Rogers Verschwinden zu tun?

Durchaus denkbar.

Sie betreten eine Einzimmerwohnung mit Kochnische. Den Großteil nimmt ein ausgeklapptes Schlafsofa ein, auf dem zwei Decken ausgebreitet sind, als würde es nur als Bett genutzt. An der gegenüberliegenden Wand hängt ein Fernseher, und auf einem Metallhocker liegt die dazugehörige Fernbedienung. Auf einem kleinen Tisch steht ein Laptop.

Zack nimmt eine Zeitung vom Boden und sieht, dass sie nicht mal eine Woche alt ist.

Das heißt, da hast du noch gelebt. Aber was ist in der Zwischenzeit passiert?

In einer der Steckdosen entdeckt er ein Ladegerät, geht hin und schließt Rogers Handy daran an.

Derweil öffnet Deniz den Kühlschrank in der Küchenecke und liest Verfallsdaten der Lebensmittel laut vor. Zack tritt ans

Bettsofa, schlägt die eine Decke zurück. Dann die andere. Dreht die Kissen um. Betrachtet eins davon näher und erkennt einen rosa Fleck. Er ruft Deniz zu sich.

»Guck mal. Ist das Lippenstift?«

Deniz geht zu ihm. »Sieht ganz so aus. Josefin hat doch gesagt, sie war seit zwei Monaten nicht hier. Vielleicht hat sie ja doch recht mit ihrem Verdacht.«

»Vermutlich«, sagt Zack. »Aber ich kann mir nicht vorstellen, dass er mit einer Geliebten durchgebrannt ist. Wir müssen sie unbedingt finden. Vielleicht weiß sie ja, was passiert ist.«

»Nichts im Kühlschrank deutet jedenfalls darauf hin, dass er seit letzter Woche hier gewesen ist.«

»Das stimmt ja zumindest mit dem Zeitpunkt überein, zu dem Josefin und Tom Kroon zuletzt von ihm gehört haben.«

Deniz nickt, dann scheint ihr etwas einzufallen. »Sag mal, wer war denn eigentlich diese Frau beim East?«

Die Frage überrumpelt Zack. Er hat bewusst vermieden, an Hebe zu denken, trotzdem sieht er sie ständig vor sich. »Eine Freundin«, erwidert er.

Deniz lacht. »Was du nicht sagst.«

Zack weiß, dass er Deniz nichts verheimlichen kann. Aber er hat gerade keine Lust, über Hebe zu sprechen. »Wir schließen hier ab und überlassen der Kriminaltechnik den Rest. Ich will nur noch einen Blick auf das Handy werfen.« Er hockt sich neben Rogers Telefon, das sich nun einschalten lässt. »Verdammt, man braucht natürlich die PIN.«

»Ruf Kroon an. Wenn es ein Diensthandy ist, sollte er die PUK auftreiben können. Ansonsten müssen wir Josefin anrufen und sie fragen, ob es ein Privathandy ist.«

»Ich versuch's erst mal bei Kroon«, sagt Zack. »Es sieht aus wie ein Diensthandy, ist ja ein eher älteres Modell.«

Eine Viertelstunde später bekommt Zack die PUK von Tom

Kroon und kann das Telefon entsperren. Ihm ist egal, dass er dazu eigentlich einen Beschluss von der Staatsanwaltschaft bräuchte. Roger hat das Handy offenbar zuletzt am Mittwoch verwendet. Zack überfliegt die alten Nachrichten, findet aber nichts von Interesse. Dann öffnet er die Bildergalerie. Das jüngste Foto zeigt ein Handy, ein blaues Samsung. Es liegt auf einem Tisch, und auf dem Display sind Name und Nummer eines Kontakts zu lesen. Zack blättert sich durch die Galerie und entdeckt einen weiteren Kontakt, der vom selben Handy abfotografiert wurde.

»Sieh dir das mal an.« Er zeigt Deniz die Aufnahmen. »Warum hat er die Kontakte eines anderen Handys abfotografiert?«

»Sadina Haloud und Chandler Smith«, liest Deniz laut vor. »Könnten das die Nummern sein, von denen Kroon gesprochen hat? Die, die Roger erst noch prüfen wollte, bevor er darüber berichtet?«

»Stimmt.« Zack denkt einen Augenblick nach. »Vielleicht sind es Kunden von Bogan Ravi. Die Fotos sind jedenfalls von Dienstag.«

»Gib die Nummern doch an Sirpa durch, damit sie die prüfen kann.«

Zack nickt und ruft Sirpa Hemälainen an, die Computerexpertin der Sondereinheit, die immer recherchebereit am Rechner sitzt. Innerhalb weniger Minuten hat sie herausgefunden, dass Sadina Haloud Französin mit algerischen Wurzeln ist, die für Accor Hotels arbeitet. Chandler Smith ist Amerikaner und arbeitet für Exxon Sweden. Beide haben keine Vorstrafen, scheinen pflichtbewusste Staatsbürger zu sein.

Zack beendet das Telefonat und schaut Deniz an.

»Dann wollen wir doch mal sehen, warum Roger diese Kontakte abfotografiert hat.«

»Und in wessen Handy sie gespeichert sind«, sagt Deniz.

8

Sie setzen sich auf das geschwungene Sofa in Sadina Halouds Büro, und Zack mustert die siebenundzwanzigjährige Frau, die eine Blitzkarriere hingelegt hat. Sie trägt ein strenges, graues Wollkostüm, in dem man bestimmt furchtbar schwitzt, sobald man das klimatisierte Büro verlässt. Ihre Haut ist hell, und ihr langes dunkles Haar fällt in großen Locken über ihre Schultern.

Sie bietet ihnen etwas zu trinken an, und Zack entscheidet sich für eine Flasche Mineralwasser, die er sich mit Deniz teilt. Nachdem er ihnen eingeschenkt hat, schaut er sich in dem luftigen Raum um, der in einem modernen Bürogebäude mit Glasfassade liegt. Sie sind ganz in der Nähe des Nya Karolinska Krankenhauses in Solna. Die gesamte Einrichtung ist in Weiß mit Edelstahlelementen gehalten, was sehr gut zu der heutigen Urbanität und der eingleisigen Zukunftsgläubigkeit passt, mit dem sich der neue Stadtteil Stockholms präsentiert. Zack hat das Gefühl, in einem Aquarium zu sitzen, in dem er der Fisch ist, der gemästet und ausgeschlachtet werden soll.

»Arbeiten Sie schon lange hier?«, fragt er.

»Seit einem halben Jahr in Stockholm.« Sadina Haloud setzt sich kerzengerade in einen der Sessel und schlägt die Beine übereinander. »Aber ich arbeite schon seit fünf Jahren für die Firma, vorher war ich in der Zentrale in Paris. Unser momentanes Ziel ist es, das Unternehmen stärker im skandinavischen Markt zu verankern.« Sie faltet die Hände und lächelt streng.

»Aha«, sagt Zack. »Wie schon angedeutet, suchen wir jemanden, der spurlos verschwunden und womöglich einem Verbrechen zum Opfer gefallen ist. Deshalb können wir leider nicht ins Detail gehen, aber wir haben Ihre Telefonnummer in einem Handy gefunden, das im Zuge der Ermittlungen beschlagnahmt wurde.« Er wartet ihre Reaktion ab.

Doch Sadina Haloud legt nur den Kopf schief. »Ist es jemand, den ich kenne?«

»Sein Name ist Roger Dahl«, sagt Deniz.

»Ich weiß leider nicht, wer das ist.« Sadina Haloud schluckt, schaut auf ihre Hände, scheint nachzudenken. »Vielleicht ein Kunde? Wenn er meine Nummer hat?«

»Aber der Name sagt Ihnen nichts?«, hakt Deniz nach.

»Leider nicht.«

»Kennen Sie jemanden mit einem blauen Samsung-Handy?«

»Nicht so aus dem Stehgreif, aber so ein Handy haben doch sicher viele, oder?«

Zack steht auf und geht zu Sadina Haloud, holt sein Handy hervor und zeigt ihr ein Foto von Roger Dahl. »Kennen Sie diesen Mann?«

Um ihre Augen bilden sich kleine Falten, während sie das Foto betrachtet. Dann schüttelt sie den Kopf. »Nein. Ist er das?«

»Ja.« Zack setzt sich wieder aufs Sofa, trinkt einen Schluck Wasser und räuspert sich. »Das klingt jetzt vermutlich komisch, aber ich muss Ihnen diese Frage stellen. Nehmen Sie Drogen? Oder haben Sie schon einmal Drogen in Stockholm gekauft?« Eigentlich will er damit hauptsächlich eine Reaktion bei ihr provozieren, weil er weiß, dass niemand so etwas leichtfertig zugibt. Außerdem sieht sie eher aus, als würde sie sich ausgewogen ernähren und mindestens fünfmal pro Woche trainieren, nicht wie eine, die Heroin spritzt.

Erst hebt sie eine Augenbraue, dann lacht sie. »Ich bin Muslima, und ich halte mich an gewisse Regeln. Ich esse kein Schweinefleisch, trinke keinen Alkohol. Und Drogen nehme ich schon gar nicht.«

Eine Stunde später befinden sich Zack und Deniz in einem luxuriös eingerichteten Büro von Exxon Sweden in Skanstull. Gegenüber von ihnen sitzt Chandler Smith an seinem Schreibtisch. Deniz kann den Blick nicht von dem dunkelhäutigen Ingenieur lösen. Da sie nicht auf Männer steht, muss es an seiner athletischen Erscheinung liegen. Seine extrem muskulösen Arme zeichnen sich deutlich unter dem weißen Polohemd ab. Außerdem strahlt er die für viele Amerikaner so typische Selbstsicherheit aus – ich bin der Größte, Beste und Schönste. Macht, was ich will, sonst jage ich euch in die Luft. Allerdings ist ihr die Ausdrucksweise von Chandler Smith offenbar zu laut und zu affektiert.

»Mag sein, dass er gefallen ist, aber es ist nach wie vor flüssiges Gold, was da aus der Erde gepumpt wird. Der Cashflow ist ungebrochen.«

Er meint den Ölpreis, ein Thema, zu dem er sofort übergegangen ist, nachdem er Zacks Frage verneint hat, ob er womöglich Drogen konsumiert.

»Mein Leben lang habe ich mich gegen eifersüchtige Bodybuilder wehren müssen. Ich fasse so einen Scheiß nicht an, weder Drogen noch Doping. Ich trainiere, ernähre mich gesund und bleibe in Form. Meine einzige Droge ist dann und wann mal ein Glas Whisky.«

Auch er kann sich nicht erklären, wie seine Kontaktdaten in das Handy gelangt sind.

Zack betrachtet verstohlen ein gerahmtes Foto auf dem Schreibtisch, das Chandler Smith im kurzen Neoprenanzug und mit einer Sauerstoffflasche auf dem Rücken zeigt. Er ist unterwegs ins türkisfarbene Wasser, seine Fußabdrücke sichtbar am Strand.

»Australien«, sagt Chandler Smith, der ihn offenbar beobachtet hat. »Tauchen Sie auch?«

Zack schüttelt den Kopf. Er fühlt sich ertappt, als hätte er heimlich hinter die Kulissen geschaut.

Chandler Smith lehnt sich vor, stützt sich mit den Ellbogen auf den Tisch, legt die Fingerspitzen aneinander. »Sie sollten es mal ausprobieren. Es gibt nichts Schöneres auf der Welt als ein gut erhaltenes Korallenriff. Und das Gefühl, dass alles passieren kann, wenn man da im Wasser schwebt. Das ist eine bessere Welt als über der Wasseroberfläche. Deutlich besser.«

9

Mittwoch, 23. Mai

Was haben wir bisher übersehen?

Zack steigt aus der Dusche und wickelt sich das Handtuch um die Hüfte. Während er sich kämmt, denkt er über Roger Dahl nach. Haben Sadina Haloud und Chandler Smith etwas mit seinem Verschwinden zu tun? Ist Sadina Haloud die Frau, mit der Roger fremdgegangen ist? Aber die wohl drängendste Frage ist, wem das blaue Samsung-Handy gehört. Sein Instinkt sagt ihm, wenn sie den Handybesitzer finden, finden sie auch Roger.

Tot oder lebendig? Da kann Zack nur spekulieren, aber das Blut in Rogers Wagen deutet darauf hin, dass er nicht freiwillig untergetaucht ist. Irgendetwas ist passiert, und die Täter haben bereits eine Woche Vorsprung.

Er geht in sein Schlafzimmer und setzt sich auf die Bettkante. Dann greift er nach dem Kontakthandy, denn ihm war, als hätte er es piepsen hören, als er unter der Dusche stand. Tatsächlich hat Copper auf die SMS geantwortet, die er ihm direkt nach dem Aufwachen geschickt hatte. Er wollte wissen, was Bogan Ravi plant. Er liest die Nachricht:

Glaub, er hat was Großes vor. Bald.

Zack lässt die Hand mit dem Telefon auf die Decke sinken.

Copper.

Er denkt über den Namen nach, kann ihn aber mit niemandem in Verbindung bringen, den er kennt. Im Hinblick auf seinen anspruchsvollen Auftrag muss der Informant selbständig unterwegs sein. Vermutlich hat er keine Familie, die sich fragt, was er tagsüber macht. Nach der SMS zu urteilen, ist er einsilbig, abwartend. Wie ein geheimnisvoller Schatten.

Zack tippt eine weitere Nachricht.

Und wann?

Er schickt sie ab, bekommt wenige Sekunden später die Antwort.

Schwer zu sagen. Bei BR muss man sehr vorsichtig sein.

Zack seufzt und legt das Handy weg. Er lauscht dem Rauschen des morgendlichen Berufsverkehrs, der vor den Fenstern seiner Wohnung an der Kungsholms strand eingesetzt hat. Dem Brummen des Ventilators, der auf der Fensterbank steht. Er hat noch nie von einem Informanten gehört, dessen Identität auf diese Art geheim gehalten wurde. Klar, das sind Profis. Sie kommen nie aufs Polizeirevier, treffen sich bei McDonald's oder an vergleichbaren Orten, und führen ansonsten dasselbe Leben wie die Angehörigen des Netzwerks, in das sie eindringen sollen. Sie leben und schlafen unter demselben Dach, essen am selben Tisch, freunden sich mit ihnen an. Drängen in die Familien vor, werden immer tiefer eingeweiht. Sie haben einen Job, über den sie nie sprechen können. Ein Leben, das ihre eigenen Angehörigen niemals gutheißen könnten.

Helden, die im Verborgenen arbeiten.

Unter großem Druck.

Und ständig in großer Gefahr.

Wer redet und sich erwischen lässt, wird unschädlich gemacht. Egal, ob sie eigentlich Polizisten sind oder nicht.

Zack zuckt zusammen, als es an der Tür klingelt. Ein Blick aufs

Handydisplay verrät, dass es 7.21 Uhr ist. Er steht auf und geht in den Flur. Schaut durch den Spion. Runzelt die Stirn. Vor der Tür steht eine junge Frau mit langen, dunklen Haaren und asiatischen Zügen. Außergewöhnlich schön. Die Brauen bilden perfekte Bögen über den dunklen, wachen Augen. Zack wirft einen Blick in seine Wohnung. Flucht im Stillen angesichts der Klamotten und Zeitungen, die kreuz und quer herumliegen. Wenigstens das Bett ist frisch bezogen. Er öffnet die Tür.

»Na, hallo.« Die Frau schaut Zack groß an, was ihm wieder ins Gedächtnis ruft, dass er nichts weiter als ein Handtuch trägt.

»Oh, Entschuldigung«, murmelt er.

»Nein, nein, gar nicht nötig. Ich bin es ja schließlich, die stört.« Sie begutachtet ihn von Kopf bis Fuß, nun etwas selbstsicherer und mit einem Funkeln in den Augen. Offenbar gefällt ihr, was sie sieht. »Ich wohne erst seit Kurzem im Haus.« Sie zeigt zur Treppe. »Zwei Stockwerke drüber. Das klingt jetzt sicher komisch, aber – können Sie mir vielleicht mit ein bisschen Zucker aushelfen?« Sie hält ihm einen Messbecher hin. »Ich wollte Zimtschnecken backen, dabei hab ich gar keinen Zucker mehr.«

Ohne nachzudenken, nimmt Zack den Becher entgegen. Sein Blick verweilt in ihrem Ausschnitt, auf den Brüsten, die viel zu groß wirken für diesen feingliedrigen Körper. Ihr Kleid umschmeichelt ihren Bauch, ihre Hüften. Zack muss schlucken, macht dann einen Schritt zur Seite. Lässt die Frau herein, die mit ihren Keilsandalen an ihm vorbeigleitet.

Er hat keine Ahnung, was er sagen soll, steht einfach mit dem Messbecher da und merkt nur, dass sich plötzlich was unter seinem Handtuch tut. Hat mit einem Mal Gedanken, die nicht ganz salonfähig sind.

Ein sommerlicher, zitroniger Duft breitet sich im Flur aus. Vermutlich hat auch sie gerade erst geduscht. Er betrachtet ihre Lippen, die sich leicht öffnen. Dann reißt er sich zusammen und geht zur Küchenzeile. Gott sei Dank hat er gestern noch gespült. Töpfe, Teller, Besteck glänzen auf dem Abtropfgestell. Und kein einziger Pizzakarton, so weit das Auge reicht.

»Wie ordentlich«, sagt sie und verdreht die Augen. Schaut sich dann amüsiert um. »Niedliche Wohnung.«

Er weiß, dass sie alles andere als niedlich ist. Er hat im Winter renoviert, aber eher erfolglos. Maskulin wäre vielleicht treffender. Schwarz lackierte Schranktüren statt weißer, ein hoher Tisch mit Barhockern, beides aus gebürstetem Edelstahl. Ein Herd und ein kleiner Kühlschrank mit Gefrierfach, mehr Platz gab es nicht in der Küche.

Er beugt sich vor und zieht die Vorratsschublade auf. Sucht zwischen den Dosen und Packungen. Ist sich nicht mal sicher, ob er überhaupt Zucker hat. Dass er zuletzt gebacken hat, ist schon eine ganze Weile her. Aber ganz hinten in einer Ecke findet er tatsächlich eine zusammengeknüllte Tüte, holt sie heraus und hört im selben Moment ein dumpfes Geräusch hinter sich.

Die Frau hat sich auf die Spüle gesetzt und lässt jetzt die Beine baumeln. Zieht den einen Absatz an der Wade des anderen Beins entlang. Hoch und runter. Und da begreift er, dass sie nicht wegen des Zuckers hergekommen ist. Er hält sein Handtuch zusammen, aus Angst, es könnte ihm abhandenkommen. Richtet sich auf und legt ihr die Tüte in den Schoß. Bleibt vor ihr stehen, obwohl er weiß, dass er dringend zur Arbeit muss. Er legt die Hände auf ihre Taille, lässt sie langsam nach innen wandern. Es pocht in seinen Schläfen, pocht überall.

»Danke.« Sie wickelt die Tüte auf, leckt ihren Zeigefinger an und versenkt ihn im Zucker. Dann reibt sie die weißen Kristalle an seine Lippen.

Er probiert mit der Zungenspitze, saugt dann leicht an ihrem Finger. Kann es nicht lassen. Und schon hat er ihren gesamten Finger im Mund. Das Handtuch liegt am Boden, ihr Kleid ist bis zum Nabel hochgeschoben.

Und während er sie nimmt, denkt er: Wieso habe ich so großes Glück?

10

Er liegt im Bett und atmet tief durch. Lächelt, blinzelt und wischt sich den Schweiß vom Gesicht. Die Decke hängt über die Bettkante, das Laken ist zerwühlt, die Kissen außer Sichtweite.

Sie steht am Fenster, im Licht. Zieht sich das Kleid über den Kopf, den roten BH, die Spitzenunterwäsche. Streicht die Haare aus dem Ausschnitt, die sich nun über ihre Arme ausbreiten wie ausgestreckte Flügel, bevor sie über ihren Rücken fallen wie ein Samtvorhang. Dann dreht sie sich um, kommt zu ihm und gibt ihm einen Kuss auf den Mund.

»Nächstes Mal bin ich die Polizistin. Diese Nachbarin-leiht-sich-was-Story wird langsam langweilig.«

»Aber sie funktioniert.« Zack zieht sie zu sich ins Bett, rollt sich auf sie. Fährt mit dem Finger über die Tätowierung, die aus dem Ausschnitt hervorschaut. Schiebt das Kleid ein Stück beiseite, um sie ganz zu sehen. »Was bedeutet das?«

»Nichts Besonderes. Ich fand das Motiv einfach schön. Es ist ein seltener Vogel Indonesiens. Wenn er ausstirbt, bleibt er trotzdem noch. Und zwar genau hier.« Sie klopft leicht auf das Tattoo. »Direkt an meinem Herzen.«

»Was für ein Glücksvogel.« Zack schiebt ihre Hand mit der Nase weg. Leckt an ihrer Haut, zieht mit der Zunge die Linien nach. Der BH ist im Weg, er schiebt ihn zur Seite. Spielt mit ihrer Brustwarze. »Wann musst du im Fitnessstudio sein?«

Ein leises Stöhnen. »Mein erster Kunde kommt um zehn, aber ich muss noch …«

Zack legt ihr einen Finger an den Mund. »Ich habe Handschellen im Flur.«

»Wirklich?«

Zack nickt und rollt von ihr, geht in den Flur und durchsucht seine Tasche. Findet die Handschellen und geht zurück. Ihre Augen glühen, und sie wehrt sich, als er ihren Arm an das Rohr fesseln will, das an der Wand entlang verläuft. Sie tut so, als wäre sie nicht einverstanden. Und sie ist stark, so stark, dass Zack sich anstrengen muss. Aber er lässt sie gewinnen, lässt sich von ihr auf den Rücken drehen. Er ist wieder hart. Will, dass sie sich rittlings auf ihn setzt.

Sie hebt seinen Arm an und schließt die kalte Fessel um sein Handgelenk. Dann zieht sie den Arm bis zum Rohr, schlingt die Kette darum und befestigt auch seinen anderen Arm. Sie beißt ihm ins Ohrläppchen, steht auf, richtet ihr Kleid und verschwindet ohne Vorwarnung im Flur.

»Was machst du?«, ruft er ihr nach.

Keine Antwort.

»Indha?«

Er hört, dass sie nach etwas sucht, und auf Zacks Stirn bildet sich eine Falte. Zieht sie etwa gerade die Schuhe an?

Dann wirft sie einen Blick durch die Tür. »Sorry, ich muss los.« Schon ist sie wieder weg, und er hört, wie sie die Wohnungstür öffnet.

»Das ist ein Scherz, oder?«

Die Tür schlägt zu.

»Indha!« Zack ruckt mit den Armen, sitzt aber fest. Dann gibt er auf und entspannt sich. Sie muss doch irgendwann wiederkommen, oder?

Ihre Absätze klappern im Treppenhaus.

»Indha!«

Eine Stunde später liegt er immer noch da. Das Diensthandy hat bereits mehrmals geklingelt, vermutlich seine Kollegen, die sich fragen, wo er bleibt.

Verdammt noch mal!

Bequem ist anders, die Fesseln schmerzen an den Handgelenken, und allmählich verspannen seine Schultern. Er hat mit aller Kraft gegen das Rohr gekämpft, aber es wollte nicht nachgeben. Außerdem hat er sich heiser geschrien.

Dafür bekommt sie ordentlich was zu hören.

Indha. Ihr Name bedeutet die Schöne. Zack schnaubt. Die Unzuverlässige würde besser passen.

Aber er mag sie. Die Frau von der Tanzfläche, die Frau, die mit ihm in der Nacht nach dem Terroranschlag gespielt hat. Und noch immer mit ihm spielt. Die letzten Wochen sind verrückt gewesen. Sex im Aufzug, Sex auf einem Sofa in einem Möbelhaus, ein Blowjob in der Tiefgarage. Reine, ungefilterte Lust, zwei Organismen, die nicht anders können, als Sex miteinander zu haben, sobald sie zusammen sind. Zack lächelt beim Gedanken an den Tag, als er sie mit dem Motorrad mitgenommen hat. Er ist fast vom Weg abgekommen, als sie die Hände zu seinem Reißverschluss wandern ließ.

Aber es ist nicht nur der Sex.

Sie fehlt ihm, wenn sie nicht zusammen sind. Ihre lebhafte Persönlichkeit und ihr Humor. Aber da ist zugleich eine Ernsthaftigkeit, als hätte auch sie Dinge durchgestanden, die sie stärker gemacht haben. Von denen sie sich nicht hat brechen lassen.

Da fällt ihm auf, dass sie noch nie bei ihr gewesen sind, und schon fragt er sich, wie es bei ihr wohl aussieht. Sie hat erzählt, dass sie in einer Einzimmerwohnung in Hökarängen wohnt. Dass ihre Eltern Migranten sind und sie den Nachnamen Gullander angenommen hat, um leichter einen Job zu finden. Ihre Eltern sind aus Indonesien hergekommen, aber Zack hat nicht ganz verstanden, warum. Sie ist Personal Trainerin in einem Fitnessstudio. Ungefähr an dem Punkt sind sie mit ihren Kennenlerngesprächen angelangt. Er will mehr wissen, will erfahren, wie sie zu diesem quirligen Menschen geworden ist. Nicht alle sind gleich für Handschellen zu haben.

Gleichzeitig ist ihm voll und ganz bewusst, dass er so offen war für Liebe, weil er Hebe vergessen wollte, und dass Indha vielleicht nur ein Sprungbrett ist. Sie ist Hebes genaues Gegenteil. Zack ist klar, was dahintersteckt, aber es macht ihm nichts aus.

Er ruckt noch einmal an seinen Fesseln und schielt zum Fensterbrett. Die Schlüssel liegen neben dem Ventilator, zum Verzweifeln nah.

11

Das schnarrende Geräusch der Klingel ertönt, und Zack hebt den Kopf.

Rettung naht. Endlich.

»Indha?«

Jemand hebt die Briefkastenklappe und ruft: »Zack! Bist du da?«

Er kennt die Stimme. Es ist Deniz.

Verdammt! Verdammt! Er liegt nackt im Bett. Gefesselt. Und jetzt steht seine Kollegin vor der Tür. Aber was soll er tun?

Wieder hört er ihre Stimme: »Zack, die Tür ist nicht abgeschlossen, also kommen wir jetzt rein. Bist du da?«

Wir?

Er beißt die Zähne so fest aufeinander, dass es wehtut. Kneift die Augen zusammen. Beschließt, dass es keine Rolle spielt, welchen Kollegen sie mitgebracht hat, Hauptsache, er kommt endlich frei.

»Ich bin hier!«, ruft er. »Im Bett!«

»Bist du allein?«

»Ja.«

Die Wohnungstür wird geöffnet. Schritte im Flur. Das Parkett knarzt.

Deniz und Rudolf erscheinen im Türrahmen, und Zack atmet ein bisschen auf. Rudolf Gräns ist blind, er hat sein Augenlicht durch eine Hirnblutung verloren. Heute ist Zack dankbar dafür. Aber obwohl Rudolfs Welt hinter der dunklen Sonnenbrille schwarz ist, hat man das Gefühl, er kann doch alles sehen. In der Sondereinheit ist er der Fels in der Brandung, ein fünfundsechzigjähriger Kriminalinspektor, vor dem Zack den größten Respekt hat.

»Kommst du nicht hoch?«, fragt Rudolf und lächelt.

»Im Gegenteil.«

»Ha«, sagt Deniz und grinst. »Er ist mit Handschellen ans Bett gefesselt.«

»Wie schade«, erwidert Rudolf. »Das hätte ich nur zu gern gesehen.«

Zack setzt das breiteste Lächeln auf, das er zustande bringt, und macht einen auf unschuldiger Junge. »Das tut mir wirklich sehr leid.«

»Mir auch.« Deniz geht zu ihm und wirft demonstrativ die Decke über seine edlen Teile. Greift dann nach dem Schlüssel, um ihn zu befreien.

Zack steigt die Röte ins Gesicht. »Wir haben nur ein bisschen rumgealbert und dann …«

»Danke.« Sie bringt ihn mit einer Geste zum Schweigen. »Ich will's gar nicht wissen.«

»Du musst nichts erklären«, sagt Rudolf, wedelt mit seinem Blindenstock und macht einen Schritt ins Zimmer. Schnüffelt dann übertrieben. »Man riecht schon, was hier vor sich gegangen ist.«

Wie lange sie ihm das wohl aufs Brot schmieren werden? Wie viel Kuchen wird er ihnen ausgeben müssen, um irgendwelche Spitzen zu verhindern, die er sonst über sich ergehen lassen muss? Er überstreckt den Kopf, um Deniz zu betrachten, die vergeblich versucht, die Handschellen aufzuschließen, weil ihre Hände vom unterdrückten Lachen zu sehr zittern. Zack kann sich auch nicht länger zurückhalten, bricht ebenfalls in schallendes Gelächter aus.

»Jetzt schließ doch endlich auf, verdammt.« Er bemüht sich, still zu halten, und endlich ist er wieder frei. Die Handfesseln haben rote Spuren hinterlassen, und Zack reibt sich die Unterarme, um die Durchblutung wieder anzuregen. Dann setzt er sich auf und lässt die Schultern kreisen. Im Nacken knackt es. »Warum seid ihr denn hier? Habt ihr mich so sehr vermisst?« Er zwinkert Deniz zu.

»Eigentlich ist es im Büro ganz schön ohne dich«, sagt sie zwischen mehreren Lachsalven. »So ruhig und harmonisch.«

»Die Leitstelle hat uns hergeschickt«, erklärt Rudolf, der ein wenig besonnener ist. »Sie haben einen anonymen Hinweis bekommen, dass ein Kollege gefesselt in seiner Wohnung läge. Der Kollege hat schon geahnt, dass es ein bisschen peinlich werden könnte, wenn er einen Streifenwagen schickt. Als er dann herausfand, dass es sich um deine Wohnung handelt, hat er lieber uns verständigt.«

Zack ist klar, dass Indha hinter dem anonymen Hinweis stecken muss. Dieses Miststück. Aber immerhin hat sie ihn hier nicht den ganzen Tag versauern lassen wollen. Das ist ja zumindest etwas.

»Ich habe dafür gesorgt, dass die Sache diskret behandelt wird«, fährt Rudolf fort. »Sonst machst du wieder Schlagzeilen. ›Polizei musste gefesselten Kollegen befreien.‹«

Zack dankt den Göttern, dass Rudolf und Deniz seine Kollegen sind. Und dass sie die Sache so vertraulich behandeln. Indha hingegen – wie wird er sie bestrafen? Die Fantasie ging bereits mit ihm durch.

Er sieht, dass Rudolf das Ohr Richtung Flur dreht, als würde er gezielt lauschen. Dann hört auch Zack leise Schritte.

Da ist noch jemand in der Wohnung.

Zack steht auf und schlingt die Decke enger um sich. Zu seinem Erstaunen taucht Ester auf, seine junge Nachbarin, die ein paar Etagen über ihm wohnt. Sie winkt und kommt langsam näher.

»Ich hab gehört, dass du gerufen hast, und dann hab ich gesehen, dass …« Mit großen Augen betrachtet sie die kleine Versammlung im Zimmer. »Ist was passiert?«

»Frag nicht«, sagt Zack und schiebt sie vor sich her in den Flur. Dabei bekommt er mit, dass Rudolf Deniz einen fragenden Blick zuwirft.

»Nein, nein«, sagt Zack. »Sie war das nicht.«

»Bei dir kann man nie wissen«, erwidert Deniz.

Zack schaut sie warnend an.

Ester ist gerade mal fünfzehn und wie eine kleine Schwester für Zack. Aber er weiß, was Deniz meint. Sie ist in der letzten Zeit ordentlich gewachsen und sieht umwerfend aus mit ihren roten Haaren, die sie früher immer gehasst hat. Aber für ihn ist sie noch immer das kleine Mädchen, um das er sich kümmert, seit es neun war. Dem er bei den Hausaufgaben geholfen, mit dem er Filme geschaut oder einfach nur rumgehangen hat, wenn es seiner psychisch kranken Mutter wieder mal so schlecht ging, dass sie nicht aus dem Bett kam.

»Aber was ist denn nun passiert?«, fragt Ester noch mal. Sie stellt sich auf die Zehenspitzen und schaut über Zacks Schulter. »Ah, verstehe.« Sie verdreht die Augen.

Zack wirft ebenfalls einen Blick über die Schulter und sieht, dass die Handschellen noch am Rohr hängen. Er flucht innerlich und wünschte, er hätte nicht so einen Lärm veranstaltet. Dann dreht er sich ganz zu Deniz und Rudolf um.

»Danke für eure Hilfe. Ich hoffe, ihr habt Verständnis, wenn ich mal eben unter die Dusche verschwinde?«

»Selbst ein Held muss sich mal waschen«, bemerkt Rudolf.

»Wir haben um elf Schießtraining«, erinnert ihn Deniz. »Das solltest du schaffen, oder?«

»Haben wir überhaupt Zeit für so etwas?«, fragt Zack. »Sollten wir nicht nach Roger Dahl suchen?«

»Was meinst du, was wir den ganzen Morgen schon machen?« Deniz klingt säuerlich. »Wir haben gerade seine Nachbarn abgeklappert, als die Meldung über dich reinkam. Die anderen sind noch dran. Wenn wir auf diesem Weg nichts herausfinden, setzen wir auf die technische Untersuchung. Die läuft ja auch gerade.«

Zack begleitet seine Kollegen in den Flur, und nachdem er die Tür hinter ihnen geschlossen hat, lehnt er erst mal die Stirn gegen den Rahmen. Scheiße, wie peinlich.

Er findet Ester in der Küchennische. Sie hat sich ein Glas Apfelsaft eingeschenkt und trinkt davon, während sie Zack amüsiert betrachtet.

»Ich wusste gar nicht, dass du auf so was stehst.« Sie stellt das Glas weg und hüpft auf die Spüle. Ihr Jeansrock, der sowieso schon zu kurz ist, rutscht noch ein wenig höher. Esters Stil hat sich verändert, sie ist über Nacht erwachsen geworden. Er weiß, dass sie neue Leute kennengelernt hat, die sie mitnehmen – an angemessene und eher unangemessene Orte. Aber das gehört wohl zum Erwachsenwerden dazu.

Dann fällt ihm auf, dass sie genau am selben Platz sitzt wie Indha vorhin. Er öffnet den Kühlschrank, um nicht weiter darüber nachdenken zu müssen, wie unpassend sich das anfühlt, und gießt sich selbst ein Glas Apfelsaft ein. Seine Kehle ist trocken wie nach einer ausgiebigen Sauftour. Er leert das Glas in einem Zug und füllt noch mal nach.

»Vorhin hast du gesagt, dass du meine Schreie gehört hast?«

Ester nickt und grinst, ihre Lachgrübchen treten noch deutlicher zutage als sonst.

»Warum hast du mir dann nicht geholfen?«

»Weil ihr so was doch ständig macht.« Plötzlich wirkt sie trotzig. »Meinst du, das kriegt keiner mit?«

Zack fällt der Mund auf, als er begreift, was sie meint. Er versucht, sich zu erinnern, was genau Indha und er in der Wohnung gemacht haben. Wie oft und wann. Als ihm bewusstwird, dass er sich nicht daran erinnern will, lässt er es bleiben und hofft einfach, dass Ester übertreibt.

»Ich muss jetzt duschen«, sagt er.

»Klar.« Sie hüpft von der Spüle und geht in den Flur.

»Ach, warte.« Zack kramt den Zweitschlüssel zur Wohnung aus der Schublade und hält ihn Ester hin. »Wenn ich das nächste Mal Hilfe brauche, kannst du dann vielleicht herkommen und mir helfen?«

Ester betrachtet zögerlich den Schlüssel, beziehungsweise eher den Schlüsselring, an dem er hängt. Daran baumelt ein runder Anhänger mit dem Text: *Gott erschuf die Polizei, damit auch die Feuerwehr Vorbilder hat.*

»Nur du hast dann einen Zweitschlüssel«, erklärt Zack. »Du bist die Einzige, der ich vertraue.«

Ein Lächeln breitet sich auf ihrem Gesicht aus, er sieht ihr förmlich an, dass dieser Vertrauensbeweis sie wachsen lässt.

Und für einen Augenblick vergisst er darüber, wie peinlich er selbst ist.

12

Zack und der Rest der Sondereinheit stehen am Schießstand im Keller der Polizeibehörde. Die Decke des langen und schmalen Raums ist niedrig, und die darin versenkten Strahler sorgen für grelles Licht. Die Platten an den Wänden dienen der Schallisolierung und sind mit kleinen Löchern versehen, die an Einschusslöcher erinnern.

Sieben Meter vor ihnen hängen Pappscheiben, auf denen ein menschlicher Oberkörper abgebildet ist: Kopf und Rumpf. Es ist warm hier unten, die Gesichter glänzen vor Schweiß. Aber die Kolleginnen und Kollegen lachen und scherzen. Sie mögen das Schießtraining, mögen die Pause, die dringend nötig ist, damit sie wieder mit voller Energie und Konzentration die Ermittlungen aufnehmen können.

Links von Zack steht Deniz, rechts Douglas. Es ist ungewöhnlich, ihn im T-Shirt zu sehen, aber zum Schießtraining zieht er sich immer an wie alle anderen. Aber auch nur dann, und natürlich trägt er nicht irgendein T-Shirt. Das Brioni-Logo prangt deutlich sichtbar auf seiner Brust. Neben ihm steht Sirpa. Sie hat ihre Kniebandagen an, sonst würde sie zu starke Schmerzen bekommen. Rudolf Gräns sitzt an der Wand auf einem Stuhl, schließt die Augen und holt tief Luft. Offenbar genießt er den Geruch des Schießpulvers, der in der Luft hängt. Genießt es, in dem schalldichten Raum zu sein, auch wenn er nicht schießen kann.

»Fünf Schuss im eigenen Tempo«, ruft Sandra Sjöholm, die hinter ihnen steht. Sie leitet heute das Training. Seit zwei Jahren ist sie nun schon bei der Sondereinheit und hat sich mittlerweile gut in die Gruppe integriert. Sie drückt auf den Knopf, den sie in der Hand hält, und die Pappscheiben drehen sich ab. Ihr scheint die Rolle zu gefallen, sie gibt Befehle wie eine Oberkommandantin:

»Sobald der Täter auftaucht, müsst ihr die Gefahr einschätzen, die von ihm ausgeht. Was hält er in der Hand? Ihr müsst euch entscheiden: Schießen oder nicht? Je mehr Zeit ihr verliert, desto mehr Zeit gewinnt der Täter. Denn er weiß längst, dass er euch erschießen will. Habt ihr es überhaupt mit einem Erwachsenen zu tun? Ihr wisst, dass es sich genauso gut um ein Kind handeln kann. Wie leicht fällt es euch dann, einen Entschluss zu fassen? Ihr müsst euch auf so eine Situation einstellen. Denn wenn ihr nicht bereit seid, auch dann zu schießen, könnt ihr die Waffe gleich abgeben. Gehörschutz und Schutzbrillen aufsetzen!«

»Jawohl!«, ruft Deniz, und Zack sieht, dass sie und Sandra sich anlächeln. Vielleicht haben sie ja endlich eine freundschaftliche Ebene gefunden, seit ihre Beziehung in die Brüche gegangen ist?

Er lacht und macht sich bereit. Füße schulterbreit auseinander, Knie locker, etwas vorlehnen.

Er wartet.

Es rasselt, als die Pappscheiben sich drehen.

Zack greift mit der rechten Hand zum Holster, löst den Druckknopf mit dem Daumen und zieht die Waffe. Er streckt die Arme aus, legt den Zeigefinger an den Abzug und drückt ab, während er auf den Kopf des Pappkameraden zielt.

Peng.

Die Pistole zuckt durch den Rückstoß, obwohl er sie fest im Griff hat. Um ihn herum donnern weitere Schüsse, er zielt erneut auf den Kopf, aber zittert zu stark. Sieht die braunen Augen des Mädchens vor sich. Des Mädchens, auf das er geschossen und das er getötet hat. Sie schaut ihn flehend an. Bitte, bitte, schieß nicht. Töte mich nicht. Zack kneift für einen Moment die Augen zusammen. Hört wieder die Bremsen im U-Bahn-Tunnel kreischen. Sieht den abgetrennten Kopf neben den Schienen.

Konzentrier dich, Zack. Konzentrier dich. Er drückt noch einmal ab, aber die Pistole klickt nur. Eine Kugel hängt im Lauf. Er fummelt sie heraus. Feuert noch mal und noch mal und noch mal, bis er begreift, dass ihm die Patronen ausgegangen sind. Die Sig Sauer klebt ihm an den Händen, fühlt sich an wie ein fremder Gegenstand, den er noch nie benutzt hat. Er verstaut die Waffe wieder im Holster und wartet, bis die anderen fertig sind. Dann hängt er sich den Gehörschutz um den Hals. Geht zu seinem Pappkameraden und flucht leise. Ein Schuss im Kopf, vier in der Brust, der Rest ging daneben.

Sandra taucht an seiner Seite auf. »Fünf Schuss hab ich gesagt. Wie viele hast du denn verfeuert?«

»Das ganze Magazin«, antwortet Deniz, die ihn von ihrer Pappscheibe aus beobachtet. »Ist dein Kopf zu voll? Vielleicht solltest du nachts mal schlafen?«

Zack verzieht das Gesicht, greift zu den Klebezetteln und verdeckt damit die Einschusslöcher. Er ist gerade mal eine Viertelstunde auf der Arbeit, und schon hat er unzählige Kommentare über die Handschellen zu hören bekommen.

»Alles in Ordnung?«, fragt Sandra.

Zack nickt. Er kann einfach nicht noch mal durchkauen, was in der U-Bahn-Station passiert ist. Weder mit Sandra noch irgendjemandem.

»Also, was die Treffer angeht, sieht das ja schon mal sehr gut aus«, sagt sie. »Aber du verziehst ein bisschen nach rechts.«

»Das sehe ich auch, aber ich weiß nicht, warum.«

»Denk nicht so viel nach. Mach dir weniger Druck vorm Schuss.«

Sie geht weiter zu Deniz und legt ihr eine Hand auf die Schulter, streichelt sie leicht. »Super, noch wenige Millimeter nach rechts, dann ist das Ergebnis perfekt.«

Zack beobachtet sie aus den Augenwinkeln. Sind sie etwa wieder zusammen? Deniz meinte, sie hätten sich entschieden, nur noch befreundet zu sein, weil es einfach nicht funktioniert, solange sie zusammenarbeiten. Trotzdem kann man die Anziehungskraft zwischen den beiden förmlich spüren.

Er betrachtet die Pappscheiben der anderen und stellt fest, dass Sirpa von ihnen allen am besten getroffen hat. Alle Einschusslöcher sitzen mitten in der Brust des Pappkameraden. Und das, obwohl ihr Gewicht immer ungleich verteilt ist, wenn sie schießt, weil sie es auf das Bein verlagert, das gerade weniger wehtut. Durch einen Autounfall sind ihre Knie kaputt, was sie zum Innendienst zwingt, aber das Schießen, das liegt ihr noch immer.

»Ob ich wohl auch mal eine Runde schießen darf?«

Zack dreht sich um, hinter ihm steht Rudolf. Er hat die allmählich grauer werdenden Haare zu einem ordentlichen Seitenscheitel gekämmt.

»Klar«, sagt Zack, geht mit ihm zur Siebenmeterlinie und gibt ihm die Pistole.

Sandra eilt zu ihnen. »Das ist doch nicht euer …«

Zack bringt sie mit einem vielsagenden Blick zum Schweigen.

Ein Lächeln bahnt sich den Weg auf Rudolfs Lippen. Er streichelt den Kolben, tastet nach dem Abzugshahn. Dann dreht er sich langsam, als wäre er auf der Suche nach der Piñata, die am Baum hängt, und sagt ganz ruhig:

»Steht mir jetzt nicht im Weg rum.«

Douglas macht ein paar Schritte zurück, Zack ebenfalls.

»Vielleicht hättet ihr lieber schusssichere Westen anziehen sollen«, sagt er.

Die anderen lachen, Sandra eher angestrengt. Aber sie wissen, dass Rudolf weiß, was er tut, und manchmal möchte er einfach wie die anderen sein.

»Hat jemand ein paar Patronen für mich?«, fragt er und streckt die Hand aus.

Zack holt eine Handvoll aus der Tasche und reicht sie ihm.

Rudolf löst das Magazin und befüllt es mit geübten Fingern. Lädt schneller nach als alle anderen. Steckt das Magazin wieder an seinen Platz, den Lauf immer zum Boden gerichtet.

»Ist das wirklich eine so gute Idee?«, fragt Sandra, obwohl man ihr schon anhören kann, dass sie eigentlich im Boot ist.

»Keine Sorge«, sagt Zack, legt Rudolf die Hand auf die Schulter und bringt ihn in Position. »Wenn ich auch nur einen Menschen in einer brenzligen Lage bei mir haben darf, dann wähle ich Rudolf.« Er nimmt den Gehörschutz ab und setzt ihn Rudolf auf. »Sieben Meter, die Scheibe ist direkt vor dir«, sagt er mit lauter Stimme.

»Die Schutzbrille«, erinnert Sandra.

»Bei allem Respekt, aber die brauche ich wirklich nicht«, sagt Rudolf und zwinkert mit seinen ausdruckslosen Augen. »Niemand mehr in der Schusslinie?«

»Nur noch der Terrorist«, sagt Sandra. »Und der hat entschieden, dass du heute nicht mehr nach Hause gehst.«

»Den schicken wir in den siebten Kreis.«

Sandra wirft Rudolf einen fragenden Blick zu, den er zu spüren scheint.

»Den untersten Kreis der Hölle«, fügt er hinzu.

Zack und die anderen grinsen hinter seinem Rücken.

Erwartung liegt in der Luft. Wie wird er sich schlagen?

Die Pappscheiben rasseln, drehen sich in Position.

Zack hält den Atem an.

Rudolf schießt mit magischer Treffsicherheit. Dank des Geräuschs, dank seiner jahrelangen Erfahrung. Drei Schuss gehen in die Brust. Er hebt die Arme wenige Millimeter. Peng. Der vierte geht in den Kopf.

»Zehn nach zwölf«, ruft Zack. »Dann erwischst du ihn auch noch in der Schulter.«

Rudolf senkt die Waffe, schießt und landet einen Treffer mitten in der Schulter.

Verdutzte Stille erfüllt den Raum.

Dann hört man Douglas' Handy vibrieren.

Er nimmt das Gespräch an und wird sofort ernst.

»Okay, wir kommen.« Er legt auf und wendet sich an seine Einheit. »Es wurde eine Leiche gefunden. Die Arbeit ruft.«

13

Zack und Deniz nicken den beiden Kollegen in Uniform zu, die den Fundort bewachen – einen Schrottplatz wenige Kilometer außerhalb von Nacka strand. Der Wald steht dicht um das eingezäunte Gelände, dessen Maschendraht an mehreren Stellen aufgestemmt ist. Ein riesiger Haufen eingestampfter Autos, ein kleinerer aus Felgen, ein Container mit Kupferteilen neben einem kleinen, rotgestrichenen Bürogebäude.

Die Kollegen sind aschgrau, woraus Zack schließt, dass der Anblick, der sie erwartet, schlimmer sein wird als das, was man normalerweise im Polizeialltag zu Gesicht bekommt. Er hält das Absperrband für Deniz hoch, taucht dann nach ihr darunter hindurch. Ihnen wurde gesagt, dass das Opfer etwa in der Mitte des Schrottplatzes liegt.

Der Mann, der ermordet wurde.

Bist du es, Roger Dahl? Liegst du dort? Tot? Da gestern sein Wagen gefunden wurde, besteht zumindest die Möglichkeit.

Sie bleiben am Rand des Kiesplatzes, um keine Spuren zu zerstören. Schuhabdrücke, Reifenspuren, Blut. Sie erklimmen den kleinen Hügel, auf dem sich Schrott stapelt. Zack kann schon über die Kuppe schauen, und alle Wärme verlässt seinen Körper.

Dahinter kommt ein nackter Mann zum Vorschein, der auf dem Bauch zwischen alten Autoreifen, Felgen und Blechteilen liegt.

Etwas ragt aus seinem Rücken.

Blutige Stöcke?

Zack schaut genauer hin.

Der Mann ist tatsächlich von angespitzten Ästen durchbohrt. Oder sind das …? Er muss näher zur Leiche, um herauszufinden, ob er recht hat. Deniz zieht Einmalhandschuhe an und hält sich die Nase zu. Zack kennt den Gestank nur zu gut.

Es ist der Geruch des Todes. Diesmal frühlingswarm und überreif.

Die Leiche muss schon eine Weile hier liegen. Noch kann Zack nicht erkennen, um wen es sich handelt. Nur, dass der Mann groß und muskulös war, genau wie er Roger in Erinnerung hat.

Während sie den Abhang hinuntergehen, passen sie auf, dass sie nicht über die verstreut liegenden Autoteile stolpern. Nun zieht auch Zack Einmalhandschuhe an. Atmet durch den Mund, versucht, den Geruchssinn abzustellen. Eine dicke Fliege summt ihm vors Gesicht, er wedelt sie weg. Sie bleiben ein Stück vor dem aufgedunsenen Leichnam stehen. Er liegt auf einem großen, verrosteten Stück Blech – bereit, von der Welt betrachtet zu werden, und so einsam, wie ein Mensch nur sein kann.

Aber du warst nicht einsam, Roger. Du hattest Josefin.

»Ist er das?«, fragt Deniz.

Zack nickt, starrt in das Gesicht, das ihnen zugewandt ist. Starrt seinen ehemaligen Kommilitonen an, seinen größten Konkurrenten. Obwohl das alles damals nur Spaß war.

Jetzt ist es Ernst.

Zack schließt die Augen, um all das Persönliche auszuklammern, damit er sich auf seinen Job konzentrieren kann. Öffnet die Augen wieder und betrachtet die Leiche.

Sofort erkennt er das Einschussloch auf Rogers Stirn. Zack lässt den Blick über Rogers Rücken wandern und begreift, dass er vorhin richtiggelegen hat. Das sind keine Äste, die aus Rogers Rücken ragen, es sind seine Rippen. Abgehackt, herausgebogen, bedeckt von dunklem, getrocknetem Blut.

Er lehnt sich vor. »Ist das seine Lunge?« Der Geruch dringt ihm in die Nase, es lässt sich nicht verhindern.

»Widerlich.« Deniz muss würgen, doch es gelingt ihr, den Proteinriegel, den sie auf der Hinfahrt gegessen hat, bei sich zu behalten. Durch zusammengebissene Zähne presst sie hervor: »Wer macht so was?«

Zack schüttelt den Kopf. Weiß auch nicht, wer zu solch besinnungsloser Gewalt fähig ist. Jemand hat ihm die Lungenflügel aus dem Körper gerissen und auf den Rücken gelegt. Wie bei einem mittelalterlichen Ritual. Zack starrt auf das, was noch von Roger Dahl übrig ist, während Maden und Käfer sich an den Stellen tummeln, die schon dunkel und weich geworden sind. Er wünschte, er könnte sagen, dass ihn ein Tier so zugerichtet hat, aber dafür ist die Inszenierung zu perfekt. Jede Rippe wurde an der gleichen Stelle abgehackt. Und welches Tier sollte die Schwerstarbeit erledigen, dann aber alle Leckereien zurücklassen, die es freigelegt hat?

Er hockt sich vor Rogers Kopf. Seine Augen sind offen, starr, als hätten sie sich verabschiedet, um den eigenen Tod nicht sehen zu müssen.

Wer hat dir das angetan? Hat es mit dem blauen Samsung-Handy zu tun? Mit den Kontakten, die du in einem Telefon gefunden hast?

»Wir müssen uns noch mal mit Sadina Haloud und Chandler Smith unterhalten«, sagt Deniz, als hätte sie Zacks Gedanken gelesen.

Er nickt. »Ich frage mich, was für einer Sache er da eigentlich auf die Spur gekommen ist. Ich muss unbedingt Copper schreiben. Wenn das mit dem Drogenring zusammenhängt, müsste er davon wissen. Oder nicht?«

»Hätte er es dann nicht schon erwähnt? Vielleicht ist er ja nicht so nah an der Spitze des Netzwerks, wie wir glauben. Wir müssen jetzt vorsichtig sein. Wenn Roger Dahl ermordet wurde, weil er Kontakt zu unserem Insider hatte, weiß Bogan Ravi vielleicht, dass es einen Maulwurf gibt. Dann müssen wir Copper sofort da rausholen.«

»Wenn Bogan aber nicht weiß, wer der Maulwurf ist …« Zack sieht Deniz bedeutungsvoll an.

»Dann kann Copper noch bleiben und uns wertvolle Informationen liefern«, vervollständigt sie seinen Gedanken.

»Genau.« Zack zwingt sich, noch einmal zur Leiche zu schauen. Verwesung, Maden, die sich am Fleisch satt fressen.

Ich werde herausfinden, wer dir das angetan hat.

Der Täter wird seine Strafe bekommen.

Dann wendet er sich ab und geht wieder den Hügel hinauf. Deniz folgt ihm, biegt dann aber ab zu einem der uniformierten Kollegen. Zack bleibt vor dem Bürohäuschen stehen und holt das Kontakthandy hervor. Schreibt eine SMS.

Wir müssen uns treffen! RD ist tot. Was wissen Sie über Sadina Haloud und Chandler Smith?

Er schickt sie ab und verstaut das Handy in der Jeanstasche.

Dann geht er zur Einsatzleiterin, einer jungen Frau, die Zack kennt, deren Name ihm aber nicht einfallen will. Sie deutet auf einen Mann, der an die Vorderreifen des Einsatzfahrzeugs gelehnt dasitzt. »Er hat die Leiche gefunden und uns verständigt. Er wurde schon vernommen, ist aber noch sehr durcheinander. Willst du es noch mal versuchen?«

»Mach ich, danke. Ich konnte übrigens das Opfer identifizieren.«

»Wirklich? Wie das?«

»Ich kenne ihn«, sagt Zack. »Es ist ein Kollege.«

Sie schaut ihn fragend an. »Ein Kollege? Dann handelt es sich um einen Polizistenmord?« Sie schluckt, verarbeitet das, was sie da gerade gehört hat.

Zack weiß, was sie denkt.

Ein Kollege wurde umgebracht. Das hätte auch ich sein können.

Dann streckt sie sich, scheint sich zu stählen, um diesen Einsatz wie jeden anderen zu leiten. »Zwei Hundeführer sind bereits bei der Arbeit und suchen die Umgebung ab. Außerdem habe ich drei Streifenwagen zur Befragung der Nachbarn losgeschickt.« Sie zuckt mit den Schultern. »Das nächste Haus liegt an der Kreuzung zur Hauptstraße, aber man weiß ja nie. Und der Besitzer des Schrottplatzes ist schon unterwegs. Er ist seit letzter Woche krank, braucht aber nur eine halbe Stunde bis hierher.«

»Gut«, sagt Zack.

Dann entdeckt er Kriminaltechniker Samuel »Sam« Koltberg. Deniz steht mit ihm vor einem der Streifenwagen. Er trägt seinen Schutzanzug, dazu lila Einmalhandschuhe, in der einen Hand hält er seinen Koffer. Wirkt angespannter als sonst, Deniz wird ihm geschildert haben, was ihn auf der anderen Seite des Hügels erwartet.

Sie nicken einander zu, als Koltberg an Zack vorbei zum Fundort geht. Dann winkt Zack Deniz heran, damit sie ihm zu dem Mann folgt, der den Notruf getätigt hat. Ihr bisher einziger Zeuge.

Als sie sich ihm nähern, muss Zack feststellen, dass es sich offenbar um einen Obdachlosen handelt, einen Mann mittleren Alters mit löchriger Kleidung. Sein ausgemergeltes Gesicht ist von einer fettigen, wettergegerbten Haut überzogen, er stinkt beißend nach Urin. Seine Lippen sind trocken und aufgesprungen, der Blick lethargisch. Mit zitternden Händen reibt er über seine Oberschenkel, kratzt sich unablässig am Hals. Der Rausch lässt offenbar gerade nach.

Zack und Deniz stellen sich vor und fragen den Mann nach seinem Namen, doch der starrt nur leer vor sich hin. Also erkundigt sich Zack, was er gesehen hat.

»Einen Adler.« Der Mann reißt die Augen auf. »Einen blutigen Adler.« Er wendet den Blick zum Himmel, scheint die Baumkronen abzusuchen.

Zack und Deniz wechseln vielsagende Blicke. Lohnt es sich überhaupt, die Befragung fortzusetzen?

»Er war noch ganz jung«, sagt der Mann, dessen Stimme jetzt belegt klingt. »Armes Ding.«

»Geht es Ihnen gut?« Deniz reicht ihm die Wasserflasche, die sie aus dem Auto mitgebracht hat. »Sie müssen was trinken.«

Er schüttelt den Kopf. »Ich konnte es nicht retten. Es war zu spät.«

Zack hockt sich zu ihm und legt dem Mann eine Hand auf die Schulter. »Sie haben die Polizei verständigt, nicht wahr?«

»Ja.«

»Warum? Was haben Sie gesehen?«

»Den Adler. Er war tot.«

»Okay. Und was machen Sie hier?«

Der Mann kneift so fest die Augen zu, dass sein ganzes Gesicht zerknautscht. Als er sie wieder öffnet, ist sein Blick klarer. »Ich verkaufe Kupfer an Lennartsson, aber er war nicht da. Dann musste ich pissen, bin um den Hügel rum und …« Er kratzt sich das stoppelige Kinn. »Da hab ich die Bullen gerufen. Mehr weiß ich nicht.«

»Danke.« Zack klopft ihm auf die Schulter und steht auf. »Gut, dass Sie uns gerufen haben. Können wir Sie irgendwo hinbringen? Wir können Ihnen bestimmt einen Platz in einer Entzugsklinik organisieren. Dort können Sie duschen und bekommen neue Sachen.«

»Nee, lassen Sie mal gut sein.« Der Mann steht unter Anstrengung auf, kann sich aber nicht vollkommen aufrichten. »Ein paar

Bierchen würden mir schon reichen.« Er macht ein paar Schritte, dreht sich dann zu Zack um. »Sie haben nicht vielleicht einen Hunni für mich?«

Zack erkennt das Verlangen in ihm, kennt es selbst nur zu gut. Den Teufel, der jede Gelegenheit nutzt, sich den Körper zu unterwerfen. Zack holt sein Portemonnaie hervor, zieht einen Hunderter heraus, hält ihn aber außer Reichweite des Mannes.

»Erst verraten Sie mir Ihren Namen.«

Der Mann starrt ihn wütend an, aber sein Verlangen besiegt den Wunsch, anonym zu bleiben.

»Henry Karlsson.« Er kramt seinen schmutzigen Ausweis hervor.

Zack schreibt sich die Personennummer auf, reicht ihm dann den Hunderter.

Karlsson bedankt sich, murmelt etwas von Nacka Forum und schlendert dann in die Richtung des Einkaufszentrums los. Hebt die Füße extra hoch, als hätte er Schwierigkeiten, den Abstand zum Boden einzuschätzen.

»Der hat Wahnvorstellungen«, fasst Zack ihr kurzes Gespräch zusammen, als sein Kontakthandy piepst. Copper hat geantwortet.

Scheiße! Ich grab nach Info zu RD. Muss wegen Treffen noch nachdenken. Die Namen sagen mir nichts.

Zack antwortet: *Okay, machen Sie das. Wichtig!*

Gerade als er das Handy wegsteckt, nähert sich Koltberg. Er taucht unter dem Absperrband hindurch und signalisiert Zack und Deniz, dass sie ihm in den Schatten einer alten Eiche folgen sollen.

Koltberg atmet schwer, schaut sie mit hartem Blick an. »Das ist das Schlimmste, was ich je gesehen habe.«

»Ganz deiner Meinung«, sagt Zack, und auch Deniz nickt zustimmend.

»Und dann ist es auch noch ein Kollege. Verdammte Scheiße.« Er sieht aus, als würde er jemanden verprügeln wollen. Aber er beherrscht sich und sagt: »Ich habe ihn ja erst flüchtig untersucht, aber zum jetzigen Zeitpunkt würde ich sagen, dass er seit rund einer Woche tot ist. Durch die Obduktion lässt sich das natürlich noch genauer bestimmen. Eins ist jedenfalls klar: Dies kann nicht der Tatort sein, dazu ist hier eindeutig zu wenig Blut. Aber wie gesagt, das untersuche ich noch genauer.«

»Was bedeutet das mit der Lunge?«, fragt Deniz.

»Ich habe keine Ahnung.« Koltberg schüttelt den Kopf. »Ich frage mich eher, wer einem anderen Menschen so etwas antun würde. Was bin ich froh, dass ich die Angehörigen nicht informieren muss.«

Zack wechselt einen Blick mit seiner Kollegin. Er ist sich sicher, dass auch sie gerade an Josefin denkt, die diese tragische Botschaft entgegennehmen muss.

Koltberg lässt sie stehen und kehrt mit bestimmten Schritten zu Roger Dahls Leichnam zurück.

Zacks Handy klingelt, es ist Douglas. Trotz aller Tragik klingt er enthusiastisch. Er berichtet, dass Sirpa Rogers Computer geprüft und die folgende Nachricht von einer gewissen Marie Sundgren gefunden hat: *Das war schön gestern. Wann sehen wir uns wieder?*

»Rogers Geliebte«, sagt Zack.

»Im besten Fall. Ihr gehört ein Frisörsalon in der Döbelnsgatan. Ich will, dass ihr da so schnell wie möglich hinfahrt.«

14

Ein Glöckchen an der Tür klingelt, als sie den Laden betreten. Es ist ein kleiner Salon mit drei Frisierstühlen und einem Waschsessel. Einer Ledercouch und einem Glastisch, auf dem Modemagazine und Klatschzeitschriften liegen. Neben der Kasse ein Regal mit Haarpflegeprodukten in pastellfarbenen Verpackungen.

Die Frau, die ihre Kundin zurücklässt, um zu ihnen zu kommen, trägt Leggins und ein übergroßes Hemd. Sie ist blond, hat einen breiten Pony und Strähnchen. Laut Douglas ist sie neununddreißig, verheiratet und hat zwei jugendliche Töchter. Ihr Lächeln verliert etwas an Strahlkraft, als Zack ihr erklärt, dass sie von der Polizei sind, und sich vergewissert, dass sie Marie Sundgren ist.

»Sie müssen sich keine Sorgen machen«, fügt Deniz schnell hinzu. »Ihrer Familie ist nichts passiert.«

»Es geht um etwas ganz anderes«, sagt Zack. »Wir müssen Ihnen nur ein paar Fragen stellen, hätten Sie vielleicht kurz Zeit für uns?«

Marie Sundgren sieht verstohlen zu ihrer Kollegin, die gerade einer jungen Frau die Haare föhnt, und dann zu ihrer Kundin, die mit Strähnchenfolien im Haar unter einer Wärmelampe sitzt.

»Klar, das sollte gehen. Wie lange wird es denn dauern?«

»Kommt drauf an«, sagt Zack. »Es wurde nämlich jemand ermordet, und soweit wir das beurteilen können, kannten Sie das Opfer, Roger Dahl.«

Marie Sundgren erstarrt, ihr Blick wird leer, als müsse sie das Gehörte erst verarbeiten. »Wie, er wurde ermordet?«

»Ja, bedauerlicherweise«, sagt Zack. »Deshalb ist es wichtig, dass Sie uns erzählen, was immer Sie wissen. Woher kannten Sie ihn? Wann hatten Sie zuletzt Kontakt? Und so weiter.«

Marie Sundgrens Gesicht zieht sich zusammen, sie schließt die

Augen, atmet tief durch und schluckt. Dann schaut sie Zack in die Augen.

»Also …« Sie wird leiser. »Wie haben Sie … ich meine … Sie wissen sicher, dass ich Familie habe? Diese Sache darf nicht rauskommen. Wir hatten eine kurze Affäre und …« Sie greift sich an den Kopf und massiert sich die Schläfen, als könne sie so ihr schlechtes Gewissen bereinigen.

»Lassen Sie sich Zeit«, sagt Deniz. »Wir wollen Ihr Leben nicht auf den Kopf stellen. Aber es geht um Mord, deshalb kann jede Information für uns relevant sein.« Sie zieht ein kleines Notizbuch aus der Seitentasche ihrer Hose.

»Okay.« Marie Sundgren stößt einen langen Seufzer aus, ehe sie fortfährt. »Er war vor ungefähr einem Monat hier, um sich die Haare schneiden zu lassen. Zwischen Johan, also meinem Mann, und mir war es schon eine ganze Weile eher … Ach, ist ja auch egal. Roger hat jedenfalls einen Tag später hier angerufen, und dann kam eins zum anderen.«

»Wann haben Sie sich zuletzt gesehen?«, fragt Deniz.

»Das dürfte jetzt bald zwei Wochen her sein. Also, mir ging es echt nicht gut damit. Er war supernett, aber ich musste das trotzdem beenden. Deshalb hab ich seine Nummer gelöscht. Seitdem hatten wir keinen Kontakt mehr.«

»Hatten Sie das Gefühl, dass es ihm gutging?«

»Ja, auf jeden Fall. Abgesehen davon, dass er sich schlecht gefühlt hat, weil er seine Frau betrog. Mehr dürfte ihn nicht bedrückt haben, soweit ich das beurteilen kann.«

Deniz schreibt mit. »Können Sie uns sagen, wann genau Sie zum letzten Mal Kontakt hatten?«

Marie Sundgren tritt auf die andere Seite des Tresens und an den dort stehenden Laptop. Zack sieht, dass ihre Hände zittern, während sie tippt. Er nimmt an, dass sie einen Blick auf ihren Kalender wirft.

»Letzten Montag«, sagt sie. »Am Vierzehnten. Wir haben uns sonntags getroffen, und da hab ich ihm gesagt, dass es kein weiteres Treffen geben wird. Montag rief er an und wollte, dass wir uns sehen, um zu reden. Aber ich hielt das für keine gute Idee.« Sie reißt die Augen auf, als wäre ihr etwas eingefallen. »O Gott, er war ja Polizist. Hat es was damit zu tun?«

»Wie kommen Sie darauf?«, fragt Zack.

»Ich dachte nur. Schrecklich ist es auf jeden Fall.«

»Weiß Ihr Mann von der Affäre?«

»Natürlich nicht!«

Er beobachtet ihr Gesicht genau, will herausfinden, ob sie lügt. »Ganz sicher? Ich mein ja nur, wenn Sie sich gegenseitig angerufen und Nachrichten geschrieben haben, hat er vielleicht etwas mitbekommen?«

»Nein, wir haben nur ab und zu mal per Messenger geschrieben, aber damit haben wir aufgehört, als …« Offenbar hat sie schon zu viel gesagt und beginnt zu lachen, um das Ganze zu überspielen. »Ach, Sie wissen doch, wie das mit diesen Apps ist. Die kann die ganze Familie sehen, außerdem haben meine Töchter mir geholfen, sie zu installieren.«

»Genau«, sagt Zack. »Deshalb frage ich noch mal anders: Könnte Ihr Mann von der Affäre gewusst haben?«

»Nein, das hätte ich mitbekommen.«

Die Antwort kommt ein bisschen zu schnell, und Zack sieht, dass Marie Sundgren schluckt, als hätte sie plötzlich einen Kloß im Hals.

»Das heißt, niemand weiß, dass Sie und Roger sich getroffen haben?«

»Sie glauben doch nicht etwa, dass er …«

Die Kollegin schaltet den Föhn aus, weshalb Marie Sundgren schlagartig verstummt und zu ihr hinüberschaut. Die schlanke Frau mit dunklem Pagenschnitt kommt mit ihrer frisch frisierten

Kundin zum Kassentresen. Sie lächelt Zack zwar an, aber in ihrem Blick liegt noch etwas anderes, während sie die Zahlung abwickelt.

Liegt es an dem Terroranschlag? Denkt sie an das Mädchen, das ich erschossen habe? Hält sie mich für ein Monster?

»Sind wir dann fertig?«, fragt Marie Sundgren, die Stimme plötzlich forsch.

Zack ist sich sicher, dass sie noch nicht alles erzählt hat. Aber warum nicht? Hat sie Angst, dass ihr Seitensprung auffliegt? Aber es geht schließlich um einen Mordfall, da müssen alle Beteiligten für ihre Taten geradestehen.

»Noch eine Frage«, sagt er. »Mit welchem Handy hat Roger Sie kontaktiert? War es immer dieselbe Nummer?«

»Ja.« Marie Sundgren schielt wieder zu ihrer Kollegin. Offenbar ist es ihr unangenehm, dass sie direkt danebensteht und jedes Wort mitbekommt, aber um eine Antwort kann sie sich nicht drücken. »Warten Sie, ich schau nach.« Sie greift in ein offenes Fach unter dem Tresen, und ihr Handy kommt zum Vorschein.

Ein blaues von Samsung.

Zack wechselt einen Blick mit Deniz und versucht, ihre Gedanken zu lesen. Sollen sie so tun, als wäre nichts? Oder sollen sie sie direkt darauf ansprechen und damit riskieren, dass sie eventuelle Beweise vernichtet, sobald sie gehen? Denn zum jetzigen Zeitpunkt haben sie nichts gegen Marie Sundgren in der Hand, womit sie ihre Festnahme rechtfertigen könnten.

»Das ist die Nummer.« Marie Sundgren dreht das Display so, dass sie es sehen können.

Deniz macht einen Schritt nach vorn und schreibt sie ab.

»Dürfte ich eben etwas nachschauen?«, fragte Zack und streckt die Hand nach dem Telefon aus.

Sie zögert, gibt es ihm dann aber. »Was möchten Sie denn nachschauen?«

»Die Seriennummer. Die könnte uns sehr nützlich sein«, schwindelt Zack und stellt sich so hin, dass sie nicht aufs Display schauen kann. Dann blättert er sich durch die Kontakte, sucht nach Sadina Haloud und Chandler Smith. Zu seiner großen Enttäuschung findet er sie nicht. Er zeigt Deniz das Display, die so tut, als würde sie eine Seriennummer abschreiben. Dann gibt er Marie Sundgren das Handy zurück und drückt ihr gleich noch seine Visitenkarte in die Hand.

»Das wär's. Vielen Dank. Melden Sie sich, falls Ihnen noch etwas einfällt. Egal, was.«

15

»Marie Sundgren hat also ein blaues Samsung«, sagt Douglas. Er steht am Whiteboard, sein eierschalenfarbenes Hemd ist aufgeknöpft und knittrig, wie es sich für ein Leinenhemd gehört.

Sie sitzen im Besprechungszimmer. Deniz, Sandra und Rudolf auf der einen, Zack und Sirpa auf der anderen Seite des Tischs.

Die Nachmittagssonne fällt durch die heruntergelassenen Jalousien und wirft flackernde Streifen auf ihre angespannten Gesichter. Es sieht aus, als würde ihnen eine unbekannte Kraft die Lebensenergie rauben.

Ein Kollege ist tot.

Einer, der genau wie sie für die Sicherheit des Landes gesorgt hat. Obwohl nur Zack ihn persönlich kannte, sind sie kollegial vereint – der Täter muss gefasst werden. Der Mord an einem Polizisten muss aufgeklärt werden. Sonst signalisiert man der Gesellschaft, dass man ungeschoren davonkommt – egal, was man macht.

Douglas schaut zu Sirpa. »Du hattest doch einiges über Maries Mann in Erfahrung gebracht, nicht?«

»Ein paar sehr interessante Dinge sogar«, sagt sie. »Johan Sundgren heißt er und ist einundvierzig, mehrere Verurteilungen. Schwere Körperverletzung, Verstoß gegen das Betäubungsmittelgesetz und mehrere Steuerdelikte. Er hat sogar Verbindungen zu Leuten, die der Schwedischen Widerstandsbewegung angehören. Ich würde sagen, es lohnt sich auf jeden Fall, den mal ein bisschen genauer unter die Lupe zu nehmen. Vielleicht hat er doch was von der Affäre mitbekommen und wollte sich rächen.«

Sandra schnaubt. »Du meinst, er war so eifersüchtig, dass er dem Lover seiner Frau die Lungenflügel rausreißt?«

»Jemand hat es jedenfalls getan«, sagt Sirpa mit einem Schulterzucken.

Sie scheint am wenigsten beeindruckt von dem schrecklichen Mord.

Zack hat gehört, dass sie vor kurzem einen Mann kennengelernt hat. Einen Tierarzt, der sich um ihren Hund gekümmert hat, als ihm eine Krähe ins Auge gepickt hatte. Vielleicht sorgt die neue Liebe ja dafür, dass sie so ausgeglichen ist?

»Hat Johan Sundgren herausgefunden, dass seine Frau untreu war, und daraufhin Roger Dahl ermordet?«, fragt Douglas. »Und was haben Sadina Haloud und Chandler Smith mit all dem zu tun? Warum hat Roger Dahl ihre Kontaktdaten abfotografiert? Und wo immer er sie herhat, von Maries Handy stammen sie jedenfalls nicht.«

»Sie könnte sie gelöscht haben«, sagt Zack. »Aber das überzeugt mich nicht so ganz, irgendwie habe ich das Gefühl, dass noch etwas fehlt. Ich glaube eher, es hat irgendwas mit der Informantengeschichte zu tun. Roger Dahl muss irgendeiner Sache auf die Spur gekommen sein und hat das Handy versteckt, um den Informanten zu schützen.«

Douglas setzt sich an den Computer und schaltet den Beamer ein. Schaut zu Zack. »Hast du etwas von Copper erfahren?«

»Er weiß nichts über den Mord.«

»Wir müssen ihn rausziehen.«

Zack schüttelt den Kopf. Hat sofort wieder Rogers Leiche vor Augen. Die Lunge, die auf dem Rücken ausgebreitet daliegt. »Nein. Wenn es wirklich mit der Informantensache zusammenhängt, wäre Roger völlig umsonst gestorben.«

»Das sehe ich auch so«, sagt Deniz. »Wir wissen doch noch gar nicht, worum es geht. So, wie ich das sehe, haben wir gerade drei mögliche Spuren. Die Affäre, den Informantenauftrag und nicht zu vergessen Josefin Dahl. Statistisch gesehen steckt hinter einem Mord meistens eine nahestehende Person.«

Zack muss grinsen. »Das glaubst du doch selbst nicht, oder?«

»Nein, aber wir dürfen uns auch nicht zu sehr auf eine Spur einschießen. Wir müssen offen bleiben.«

Genervt brummt Douglas vor sich hin, weil der Computer so langsam ist, während Zack die Nachrichtenseiten auf dem Smartphone checkt.

Das *Aftonbladet* bringt den Mord als Topmeldung und hat auch Roger Dahls Namen veröffentlicht. In dem Artikel steht, dass er schwere Verbrechen aufklären wollte. Es wird betont – ohne dass sie auch nur eine Ahnung haben könnten –, dass es einen Zusammenhang zwischen dem Mord und seiner Arbeit gibt.

Wer hat denn da geplaudert? Jemand aus der Leitstelle? Die Streifenwagenbesatzung? Zack weiß, dass die undichte Stelle überall sein kann, dass überall jemand sitzt, der nur zu gern seinen Verdienst um ein paar Tausend Kronen aufstockt.

Mittlerweile können sie sich glücklich schätzen, wenn es ihnen gelingt, den Angehörigen die Todesnachricht zu überbringen, bevor die Medien den Fall breitschlagen.

»Ah, jetzt passiert was.« Douglas klickt auf der Maus herum. »Ich zeige euch ein Foto des Opfers. Falls gerade jemand was im Mund hat, schluckt bitte schnell.«

Sandra legt einen halb gegessenen Apfel zur Seite und Deniz drückt den Deckel auf ihren doppelten Espresso.

Das Foto erscheint auf der Leinwand, und Douglas fährt mit dem Cursor darüber, erklärt alles so deutlich, dass auch Rudolf weiß, was die anderen sehen. Den aufgeschlitzten Rücken, die abgehackten Rippen, die Lungenflügel.

»Das Ritzen des Blutadlers«, sagt Rudolf.

Alle schauen zu ihm, er nimmt die Sonnenbrille ab und starrt vor sich hin. »Das ist eine Hinrichtungsmethode aus der Wikingerzeit. Die Rippen und die Lunge sollen die Flügel eines Adlerkükens darstellen. Wenn ihr genau hinseht, werdet ihr es erkennen.«

Alle richten den Blick wieder auf das Foto und betrachten es genauer. Jetzt kann Zack die Flügel ausmachen – ein Wesen, das aussieht, als sei es von einem wütenden Gott geschaffen worden – oder von einem Menschen ohne jegliche Empathie, von jemandem, der sich am Leid anderer erfreut. Er sieht das Adlerküken, das in der Mitte ruht. Und da fällt es ihm wieder ein.

»Davon hat er doch gesprochen.« Zack schaut zu Deniz. »Der Obdachlose. Von einem blutigen Adler, dem er nicht mehr helfen konnte.«

»Ja, stimmt.«

Zack wendet sich an Rudolf. »Aber was bedeutet das?«

»Dass Roger Dahl aus irgendeinem Grund bestraft wurde und dass der Täter über ein bemerkenswertes Gewaltpotenzial verfügt«, antwortet dieser.

»Die Schwedische Widerstandsbewegung nutzt altnordische Symbole«, wirft Sirpa ein. »Möglich, dass Johan Sundgren sich davon hat inspirieren lassen.«

Die Tür wird geöffnet. Sam Koltberg hastet herein, lässt sich auf einen der Stühle fallen.

»Wir sind fertig mit der Untersuchung des Fundorts«, sagt er.

»Wir haben ein Messer gefunden, aber es lag zwischen Autoteilen und weist keine Blutspuren auf. Trotzdem haben wir es gesichert. Außerdem hatte ich Gelegenheit, den Larvenbefall ein wenig genauer zu betrachten.« Er schnaubt, sieht aber trotzdem euphorisch aus. »Wimmelnde Fauna. Der Tote ist lebendiger als zu Lebzeiten. Fliegenlarven, Käferlarven. Noch sind die Weichteile nicht vollständig aufgefressen, wie ihr seht.« Er räuspert sich und nickt zur Leinwand. »Der Tod trat also vor ungefähr einer Woche ein.« Er trommelt auf die Tischplatte, scheint zu überlegen, wie er fortfahren soll. »Von den Verletzungen ist der Kopfschuss wohl am sonderbarsten. Der ist noch recht frisch, genauer gesagt von heute.«

»Von heute?«, wiederholt Zack ungläubig. »Jemand hat eine Woche später noch mal auf ihn geschossen? Wieso das denn?«

»Das dürft ihr herausfinden.« Koltberg rutscht auf seinem Stuhl herum.

»Aber …« Deniz wirkt erschrocken. »Das heißt also, dass er …«

Sie verstummt, doch Koltberg nickt und vervollständigt ihren Satz: »Dass er noch gelebt hat, als ihm die Lunge herausgerissen wurde, ganz genau.«

Stille legt sich über den Raum.

Sirpa reibt sich nicht einmal die Knie.

Das Handy, das in Zacks Tasche zu klingeln beginnt, gibt ihm Gelegenheit, vor den Bildern zu fliehen, die sofort vor seinem geistigen Auge vorbeiflackern. Er steht auf und verlässt das Zimmer, während er den Anruf annimmt. Es ist die Zentrale, die eine Frau namens Emma Fridberg zu ihm durchstellen möchte. Offenbar hat sie weitere Informationen zum Mord an Roger Dahl.

Zack stimmt sofort zu, und als er begreift, dass es sich bei der Anruferin um Marie Sundgrens Kollegin handelt, hört er noch mal genauer hin.

»Ich habe in der Zeitung von dem Mord gelesen«, erklärt sie.

»Und ich habe gehört, dass Sie über Roger gesproche
Sie hier waren.«

Dann erzählt sie, dass Maries Mann Johan letzten
Frisörsalon gewesen und total durchgedreht sei. »›Ic
um!‹, hat er geschrien«, sagt sie. »Und damit hat er Roger gemeint. Sein Name fiel auch. Johan hat irgendwie von der Affäre erfahren und war wahnsinnig vor Wut.«

Mit einem Lächeln auf den Lippen legt Zack auf und kehrt zu seinen Kollegen zurück.

»Jetzt bestellen wir erst mal Johan und Marie Sundgren her.«

16

Die Wände des engen und heißen Vernehmungszimmers sind schmutzig weiß. Hier gibt es keine Bilder, keinen einzigen überflüssigen Gegenstand, mit dem man sich oder andere verletzen könnte. Nur einen Tisch, einen Computer und ein paar Stühle.

Gegenüber von Zack und Deniz sitzen Johan Sundgren und sein Anwalt Tomas Anderberg. Vor Deniz liegt ein Notizblock, damit sie mitschreiben kann, während Zack die Befragung übernimmt.

Sundgrens Stirn glänzt, Schweißperlen glitzern in seinem Bart. Er trägt eine Latzhose und ein T-Shirt, weil sie ihn bei der Baufirma verhaftet haben, die ihm gehört. Seinen Lieferwagen haben sie auch gleich mitgenommen, um festzustellen, ob Roger Dahls Leiche damit transportiert wurde. Womöglich finden sie darin sogar die Mordwaffe oder andere Spuren. Auf der Fahrt zum Präsidium hat er ihnen lauthals mitgeteilt, dass die Polizei gerade einen gewaltigen Fehler begehe.

»Ein Mord! Wer zur Hölle ist Roger Dahl? Ich verklage Sie auf Schadensersatz, das ist Freiheitsberaubung!«

Dann hat er sich beruhigt und während der Leibesvisitation kein einziges Wort von sich gegeben.

Verstohlen blickt Zack zum Anwalt, der auf der Stuhlkante sitzt und aussieht, als würde er so schnell wie möglich gehen wollen. Um sich den Anzug auszuziehen und stattdessen seine Tennisklamotten anzulegen oder was immer seine ursprünglichen Pläne für diesen Abend waren. Sein Versuch, empathisch zu wirken, ist jedenfalls nicht überzeugend.

»Dann beginnen wir mit der Vernehmung«, sagt Zack. Er startet die Aufnahme und leiert die Formalitäten hinunter. Wer anwesend ist, Datum, Zeit und Ort. Worum es geht.

»Sie werden verdächtigt, Roger Dahl ermordet zu haben. Was sagen Sie dazu?«

Sundgren schnaubt. »Ich habe doch schon gesagt, dass ich unschuldig bin.«

»Also streiten Sie die Tat ab?«

»Ja, verdammt.«

Zack mustert Johan Sundgren, die muskulösen Arme, die groben Hände mit dem Schmutz unter den Nägeln.

Ist dieser Mann imstande zu morden?

Vielleicht. Wenn ihn etwas rasend wütend machte.

Aber könnte er jemanden zu Tode foltern? Dafür müsste man um ein Vielfaches grausamer sein.

»Sind Sie bei der Schwedischen Widerstandsbewegung aktiv?«, fragt Zack.

»Wie kommen Sie darauf?«

»Sie haben Kontakt zu ihrem Anführer.«

Johan Sundgren springt auf und lehnt sich über den Tisch. »So ein Schwachsinn! Ich hab einen Schuppen in seinem Garten gebaut, nennen Sie so etwas Kontakt haben? Ich nenne es Arbeit. Für seinen Lebensunterhalt sorgen, Steuern zahlen, seinen Beitrag für die Gesellschaft leisten, wie alle es tun sollten.«

Der Anwalt greift nach Johan Sundgrens Arm und zieht leicht daran, will ihn sanft dazu bewegen, sich wieder zu setzen.

Zack bleibt dran, konfrontiert Sundgren mit dem, was er in dem Bericht gelesen hat, den Sirpa ihm nach der Besprechung gegeben hat. »Trinken Sie für gewöhnlich Bier, wenn Sie Ihren Beitrag für die Gesellschaft leisten?«

Johan Sundgren grinst breit. »Die haben abends gegrillt, da war ich noch nicht fertig. Gäste sind gekommen, und ich wurde auf ein paar Bier eingeladen. Das ist ja wohl nicht verboten.«

»Nicht, solange Sie danach den Lieferwagen stehen lassen und ein Taxi nach Hause nehmen«, sagt Zack. »Aber zurück zu Roger Dahl. Woher kennen Sie ihn?«

»Ich kenne keinen beschissenen Roger Dahl.«

Der Anwalt wirft ihm einen vielsagenden Blick zu.

Johan Sundgren seufzt. »Okay, entschuldigen Sie meine Ausdrucksweise. Ich bin einfach wütend, wie Sie sicher verstehen können.«

»Schon gut.« Zack prüft, ob die Aufnahme noch läuft. »Wenn ich nun aber sage, dass Ihre Frau eine sexuelle Beziehung mit Roger Dahl hatte, wissen Sie dann, wen ich meine?«

Sundgrens Nasenflügel beben, seine Gesichtszüge scheinen gleich zu entgleisen. »Davon weiß ich nichts«, presst er zwischen zusammengebissenen Zähnen hervor.

»Sie wissen also nichts über die Affäre, von der uns Ihre Frau erzählt hat?«

»Ja, das ist korrekt.« Johan Sundgren schlägt mit der flachen Hand auf den Tisch. »Sie glauben also, dass ich jemanden totschlage, weil er mit meiner Frau gevögelt hat? Ja? Dabei bin ich verdammt froh, dass sie überhaupt mit jemandem vögelt, wir machen das schließlich nicht mehr!«

Zack geht nicht auf den Ausbruch ein, sondern führt die Befragung einfach in ruhigem Ton fort.

»Was haben Sie vor einer Woche getan? Und in den Tagen seither? Fangen Sie am 15. Mai an, das war ein Dienstag. Lassen Sie sich ruhig Zeit.«

Sundgren hat auf der Tischplatte einen Strich entdeckt und fängt an, daran herumzureiben. Hin und wieder schaut er auf. »Ich schätze, ich habe gearbeitet. Wie immer. Von halb sieben bis vier. Hab im Bakboden in Sundbyberg gefrühstückt, da gibt es dienstags ein Frühstücksbuffet. Das ist so was wie ein Treffpunkt für unsere Branche. Dann war ich in Solna und hab eine Holzterrasse gebaut. Mit einem meiner Männer, wir waren den ganzen Tag da. Dann hab ich einen kurzen Abstecher zu Maries Salon gemacht und dann …«

»Was wollten Sie dort?«, unterbricht Zack ihn.

»Einfach nur Hallo sagen.« Die eine Wange des Mannes zuckt ein bisschen. Genug, dass es Zack auffällt.

»Okay«, sagt er. »Und Mittwoch?«

»Das gleiche Spiel. Den ganzen Tag gearbeitet. Dann hab ich mich mit einem Kumpel in einer Kneipe am Brommaplan getroffen und ein paar Bierchen getrunken. Er heißt Lasse Jönsson, ich kann Ihnen seine Telefonnummer geben.«

»Gern«, sagt Zack. »Wie lange waren Sie da, und was haben Sie danach gemacht?«

»Den ganzen Abend war ich da, und als die zugemacht haben, bin ich nach Hause.«

»War Ihre Frau zu Hause?«

»Klar. Wo denn sonst? Etwa bei dem Typen, den ich abgemurkst haben soll?«

»War sie noch wach?«, fragt Zack.

Johan starrt ihn an, spürbar irritiert, weil es ihm nicht gelingt, Zack zu provozieren. »Ja, sie saß vorm Fernseher.«

»Haben Sie ihr Gesellschaft geleistet?«

»Ja.«

»Was haben Sie geguckt?«

»Was weiß denn ich? An so was erinnert man sich doch nicht.«

Zack stellt ihm weitere Fragen und staunt, wie wenig Sundgren sich an manche Dinge erinnern kann und wie detailliert an andere. An Dinge, die erstunken und erlogen sind.

Rudolf und Sandra betreten erneut das Vernehmungszimmer, in dem Marie Sundgren sitzt. Sie ist richtig blass, die knapp einstündige Vernehmung hat sie erschöpft. Jetzt konnte sie sich ein paar Minuten lang entspannen, während sich die beiden auf dem Flur mit Zack und Deniz kurzgeschlossen und eine Taktik für ihr weiteres Vorgehen abgesprochen haben. Dieser Teil der Vernehmung gefällt Sandra am besten: Wenn sie eine verdächtige Person mit Informationen konfrontieren, die eine andere verdächtige Person geliefert hat. Wenn sie Tatverdächtige ins Wanken bringen, sie verunsichern, weil sie nicht wissen, was der andere gesagt hat. Wenn sie sie dazu bringen, sich zu verplappern. Und das ist natürlich umso leichter, wenn kein Anwalt danebensitzt. Marie Sundgren wollte keinen Rechtsbeistand, sie hat wohl gedacht, sie würde allein zurechtkommen.

»Was für ein Unsinn. Für wen halten Sie mich eigentlich?«

Sandra und Rudolf setzen sich wieder, und Sandra bemerkt, dass Marie Sundgren sich immer noch nicht an den Gedanken gewöhnt hat, dass ein Polizist blind sein kann. Sie starrt auf Rudolfs Stock und beobachtet, wie er sich zum Stuhl bewegt. Sucht seinen Blick hinter der dunklen Sonnenbrille.

»Dann fahren wir mit der Vernehmung fort«, sagt Rudolf. »Wer weiß, dass Sie und Roger Dahl sich getroffen haben?«

»Niemand.« Marie Sundgren schaut zu Boden, ihr Brustkorb hebt und senkt sich schneller unter der Bluse.

Sandra behält ihre Bewegungen im Blick, während Rudolf sich auf die Zwischentöne konzentriert.

»Und da sind Sie sich ganz sicher?«, fragt er.

Marie Sundgren schluckt. »Okay, Emma weiß es. Ich hab's ihr erzählt, als ... Aber die müssen Sie nicht auch noch in die ganze Sache reinziehen. Mehr weiß sie nämlich nicht. Ich musste mir einfach Luft machen, als es zu Hause am schwierigsten war.«

»Was weiß sie denn nicht?«

»Na ja, sie kannte Roger halt nicht. Sie hat ihn nicht mal getroffen. Das meinte ich.«

Farbe ist in Maries Gesicht zurückgekehrt. Ausreichend Farbe, dass ihre Wangen leicht rot werden.

Sandra schaut ihr tief in die Augen. »Wenn wir sie befragen würden, bekämen wir also nichts weiter zu hören?«

»Genau.«

Sandra überlässt Rudolf wieder das Feld.

»Sagen Ihnen die Namen Sadina Haloud und Chandler Smith etwas?«

»Nein.«

»Wir prüfen gerade die Daten auf Ihrem Handy. Sie wissen sicher, dass wir auch Dinge finden, die bereits gelöscht wurden?«

»Ja, aber ich weiß nicht, worauf Sie hinauswollen. Ich habe keine Ahnung, wer diese Leute sind.«

Rudolf nickt. »Kommen wir zurück zu letztem Dienstag. Sie sagen, Sie haben den ganzen Tag gearbeitet. Ist an dem Tag irgendetwas Besonderes passiert?«

»Nein, worauf wollen Sie hinaus?«

»Ist Ihr Mann nicht bei Ihnen im Salon vorbeigekommen?«

Marie Sundgren blinzelt. »Ach, stimmt. Das hab ich ganz vergessen.«

Sandra schnaubt. »Vergessen zu erwähnen, meinen Sie? Ganz wie die Tatsache, dass Emma von Ihrer Affäre mit Roger Dahl wusste?«

»Und? Ist das wichtig? Johan kommt öfter vorbei, das ist ja nichts Besonderes. Und ich hielt es für unnötig, Emma in die Sache mit reinzuziehen.«

»Okay. Was wollte er denn?«

»Er hatte was in der Stadt zu erledigen, und wir haben einen Kaffee getrunken, das war's.«

»Sonst nichts?«, fragt Rudolf.

»Sonst nichts.«

»Und am Mittwoch war er abends noch unterwegs, haben Sie vorhin gesagt.« Rudolf lässt den Stock zwischen den Fingern kreisen. »Macht er das häufiger? An Wochentagen abends weggehen?«

»Es kommt vor.«

»Wann war er zu Hause?«

»Gegen zwölf, glaube ich, aber sicher weiß ich das nicht.«

Sandra stützt die Ellbogen auf den Tisch und lehnt sich vor. »Aber gerade waren Sie sich doch noch sicher?«

»Ja, jetzt aber nicht mehr.« Die Irritation in ihrer Stimme ist nicht zu überhören.

»Aha. Aber Sie haben zusammen ferngesehen?«

Marie Sundgren nickt. Dann sagt sie noch »Ja«, damit ihre Antwort aufgezeichnet wird und auch Rudolf sie mitbekommt.

»Was haben Sie geschaut?«

»Einen Boxkampf. MMA oder wie das heißt. Johans Lieblingssport.«

Sandra wirft Rudolf einen Blick zu und spürt, dass er sich bereit macht, das Ass aus dem Ärmel zu zaubern. Ihr Herz klopft, aber an Rudolf lässt sich der Enthusiasmus, den er sicher spürt, nicht ablesen. Er präsentiert sehr sachlich die Tatsachen.

»Nun ist es so, dass wir schon mit Ihrer Kollegin Emma Fridberg gesprochen haben, und sie hat uns etwas ganz anderes erzählt, was den Besuch Ihres Mannes im Salon betrifft.«

Marie Sundgrens Atmung wird schneller, sie presst hervor:

»Bevor ich auch nur ein weiteres Wort sage, möchte ich einen Anwalt.«

17

Haben Johan und Marie Sundgren den Mord an Roger Dahl begangen? Aus irgendeinem Grund lügen sie jedenfalls. Aber aus welchem?

Zack geht neben Indha die Kungsholms strand entlang. Der Kies knirscht unter ihren Füßen, der Wind lässt die Kronen der Linden rascheln.

Er freut sich schon darauf, das Ehepaar Sundgren morgen erneut zu vernehmen. Sie nach einer Nacht in Untersuchungshaft in die Zange zu nehmen. Damit sie gestehen.

Er schielt zu Indha. Sie halten sich nicht an den Händen, das wäre ein zu großer Schritt. Größer als verrückter Sex mit Handschellen. Weil es ihrem Verhältnis eine andere Dimension gäbe, sie zu einem Paar machte. Will er das?

Sie passieren ein Strandcafé. Gäste in leichter Frühlingskleidung essen Salate, trinken Latte macchiato oder Rosé. Die Abendsonne spiegelt sich in den rosa Gläsern und wirft verlockende Strahlen in die Atmosphäre. Fahrradfahrer, Fußgänger und Kinderwagen drängen sich auf der Promenade. Läufer schnaufen in beiden Richtungen an ihnen vorbei und werfen denjenigen eifersüchtige Blicke zu, die sich bei einem kühlen Wein entspannen.

Eine Frau in einem engen Oberteil und mit muskulösen Armen rudert auf dem Kanal an ihnen vorbei. Sie muss die Kielwellen eines Motorboots parieren und flucht etwas vor sich hin, das man aber nicht versteht.

Zack und Indha lächeln sich an, kichern wie Teenager. Er weiß nicht, warum es sich plötzlich richtig anfühlt, aber er nimmt ihre Hand, schiebt seine Finger zwischen ihre. Kribbelnde Wärme breitet sich in seinem Körper aus, als sie über die Barnhusbron gehen. Die Brücke bietet eine schöne Aussicht auf diesen besonders urbanen Teil Stockholms. Auf den Gleisen steht der gelbe Arlanda-Express, der darauf wartet, die nächsten Reisenden zum Flughafen zu bringen. Die neuen Glasgebäude, die Rückseite des Bauamts. Zack versucht, ganz im Hier und Jetzt zu sein. Bei Indha. Aber die Ereignisse des Tages drängen sich ihm immer wieder auf. Roger Dahl und das widerwärtige Ritual. Marie und Johan Sundgren. Copper.

Deniz hat gefragt, wie lange Roger wohl noch gelebt hat, und Koltberg sagte, sie sollen sich zwei Glasscheiben vorstellen, die aufeinandergepresst werden – mit Wasser dazwischen. So ähnlich funktioniere das Vakuum zwischen Lunge und Thorax. Es erlaube der Lunge, sich auszudehnen, Luft aufzunehmen und sich dann wieder zusammenzupressen. Wenn es kein Vakuum mehr gebe, wenn die Lunge aus dem Brustkorb gerissen werde, ersticke man. Aber davor … Eine Rippe bricht wie jeder andere Knochen im Körper. Daran stirbt man nicht.

Zack erschaudert bei dem Gedanken an die Schmerzen, die Roger hat durchstehen müssen.

Ist Johan Sundgren wirklich ein solches Monster, dass er so etwas tun könnte? Oder bekam er Hilfe von den Rechtsextremen, die, wie er behauptet, nicht seine Freunde sind?

Zack schaut weiter auf die Gleise hinunter, die sich durch die Stadt schlängeln.

Tom Kroon hatte recht.

Stockholm ist eine Kloake.

Aber heute Abend ist es schön. Er schiebt die Gedanken an den Mord weg. Er ist jetzt mit Indha unterwegs. Der schönen Frau, deren Hand er hält. Er streichelt sie mit dem Daumen, sie drückt seine Hand zur Antwort. Lächelt ihn an.

»Ach, warte.« Zack holt sein Handy raus und wählt die Kamera an. Hält sie vor ihnen in die Luft.

»Oh, wird das ein Selfie?« Indha schaut sich um. »Hier? Ist das nicht ein bisschen ungemütlich?«

»Findest du?« An den Hintergrund hat er gar nicht gedacht. Was spielt der auch für eine Rolle? Aber vielleicht will sie ja nicht mit ihm verewigt werden. Er flucht innerlich über seine Forschheit. »Wir können auch warten«, sagt er dann und will schon das Handy wegstecken, aber sie hält ihn zurück.

»Nein, nein, mach ruhig.« Sie presst sich an ihn und lächelt in die Kamera.

Zack macht ein Foto und begutachtet es. »Das nehme ich als Hintergrundbild, dann kann ich dich immer sehen.«

Indha lacht. »Du meinst, damit du immer daran erinnert wirst, dass du eine Freundin hast?«

Ein Zucken in seiner Brust. Hat sie gerade gesagt, dass sie seine Freundin ist? Wie wunderbar sich das anfühlt. Aber er bekommt kein Wort heraus. Lächelt nur und nimmt ihre Hand wieder in seine.

Sie gehen zu Flippin' Burgers in Vasastan und bestellen ihre Hamburger inmitten zahlloser Hipster mit ihren Hüten, Hosenträgern und anderen Accessoires. Es herrscht eine entspannte Atmosphäre, was nicht zuletzt an der Einrichtung liegt, am Schachbrettmuster des Bodens und dem vielen dunklen Holz.

Zack nimmt ein Bier aus Bedford-Stuyvesant in Brooklyn und Indha einen Apfelsaft. Als er in den Burger beißt, läuft ihm das Fett aus dem Mundwinkel, schnell wischt er es mit der Serviette weg. Sie lachen, weil dies wirklich nicht das beste Essen für ein Date ist. Aber wen kümmert es schon?

Indha isst ihren Hamburger mit Messer und Gabel. Nach der

Hälfte lässt sie sich gegen die Rückenlehne sinken, legt den Kopf schief und fragt:

»Möchtest du mal Kinder haben?«

Zack kaut zu Ende, schaut ihr in die Augen. Weiß nicht, was er antworten soll. Sieht Mera vor sich, erschossen auf dem Bürgersteig, der rote Fleck auf ihrer Kleidung, der immer größer und größer wird.

»Meine Ex-Freundin«, setzt er an, »die erschossen wurde ...«

Indha nickt kaum merklich.

»Sie war schwanger.«

»Oh.« Indha blinzelt. Nun scheint sie nicht zu wissen, was sie sagen soll.

Zack trinkt ein paar Schlucke Bier, stellt das Glas wieder auf den Tisch. Starrt auf das gold schimmernde Getränk.

Sie hatten gerade Kinderwagen angeschaut, als ein Auto neben ihnen langsamer wurde. Maskierte Männer, Schüsse. Er suchte Trost in Drogen, verlor erst jedes Zeitgefühl, dann fast seinen Job. Schließlich bekam er doch die Kurve.

»Ich wollte nicht ...«

»Schon okay.« Zack schüttelt die finsteren Gedanken ab, die Dunkelheit, die ihn in der Vergangenheit verankert. Betrachtet Indha. »Irgendwann bin ich vielleicht bereit für Kinder. Wenn es sich richtig anfühlt.«

Er sieht, wie sie sich entspannt. Wie erleichtert sie ist.

Am Nachbartisch wird unbekümmert gelacht, der Alkohol fließt, an der Bar wird eine besondere Sorte beworben.

Zack widmet sich wieder dem Burger. »Superlecker.«

Indha nickt, isst ein paar Pommes. Entschuldigt sich dann und verschwindet auf die Damentoilette.

Zack checkt währenddessen das Kontakthandy. Nichts Neues von Copper. Er schreibt eine SMS.

Wir MÜSSEN uns treffen. Meinen Sie, BR hat mit dem Mord zu tun?

Die Antwort kommt innerhalb einer Minute.

Keine Ahnung. Und wie gesagt: Ich melde mich wegen Treffen.

Zack betrachtet die Nachricht, erahnt eine gewisse Irritation. Oder steht er unter Druck? Er legt das Handy weg und bittet um die Rechnung. Sie kommt, als Indha von der Toilette zurückkehrt. Sie hat rotes Lipgloss aufgetragen und ihr Haar zu einem losen Zopf zusammengefasst, der ihr über die eine Brust hängt. Mit ihrer farbenfrohen Tunika und der Feder an der Halskette passt sie perfekt zum Hipsterstil dieses Lokals, während er selbst mit seiner Jeans und dem kurzärmeligen weißen Hemd ein bisschen zu schick gekleidet ist.

Er zahlt, und dann spazieren sie durch die Stadt, die heute wie verzaubert wirkt. Ein rosa Sonnenuntergang über den Dächern. Unter der Sankt Eriksbron schimmert das Wasser in immer neuen Nuancen. Gerüche von asiatischer Schärfe bis zu gegrilltem Entrecôte. Autoreifen auf Asphalt, das laute Klacken der Fußgängerampeln. Hand in Hand überqueren sie die weißen Linien der Zebrastreifen, immer weiter, bis sie zu Hause bei Zack sind. Dort schließen sie die Tür auf und betreten die Wohnung. Sie küssen sich schon im Flur. Sanft, langsam. Als wären ihre Körper und ihre Gefühle einen Schritt vorangekommen.

Als wäre die Härte fort. Der Druck und die Eile.

Ihre Handtasche gleitet ihr von der Schulter, landet auf dem Boden. Indha windet sich aus Zacks Armen und hebt sie wieder auf.

»Bin mal eben …« Sie deutet mit dem Kopf zum Bad. Verschwindet hinein und schließt hinter sich ab.

Zack zieht die Schuhe aus, kippt das Fenster an, legt sich aufs Sofa und wartet, die Hände hinterm Kopf verschränkt. Lauscht dem Rauschen der Stadt. Hört Indha im Bad. Und zum zweiten Mal an diesem Tag fragt er sich: Wieso habe ich so großes Glück?

18

Sie setzt sich auf den Klodeckel, sucht in ihrer Handtasche und findet schließlich ihr Handy. Liest die SMS ein zweites Mal, die sie bekommen hat, als sie bei Flippin' Burgers auf der Toilette war.

Wir MÜSSEN uns treffen. Meinen Sie, BR hat mit dem Mord zu tun?

Sie hat schnell antworten müssen, weil Zack am Tisch auf sie wartete. Die Kontaktperson, die sie nach Rogers Verschwinden verlangt hat.

Sie schließt die Hand um das Telefon und macht die Augen zu. Wir treffen uns schon, du weißt es bloß noch nicht.

Sie weiß, dass sie Zack etwas Konkretes geben muss, ganz besonders jetzt, nachdem Roger tot aufgefunden wurde.

Ihre Lippen zittern, und sie versucht, ihre Atmung zu kontrollieren.

Roger und sie hatten bis zu diesem Auftrag noch nie zusammengearbeitet, aber sie war ihm trotzdem nahegekommen. All die Treffen, als sie den Einsatz planten. Bevor sie ihre Uniform abgab und ihr Leben von allem befreite, was darauf hindeutete, dass sie Polizistin war. Sie bekam neue Papiere und nahm den Job als Personal Trainerin in dem Fitnessstudio an, in dem Bogan Ravi trainiert. Durch ihre Schönheit hatte sie einen Weg in seine Organisation. Seither hatten sie nur noch Kontakt über das Handy. Außer einmal.

Sie öffnet die Augen und holt tief Luft. Steckt das Handy zurück in die Tasche, drückt auf die Klospülung und wäscht sich die Hände. Betrachtet sich im Spiegel und wischt mit dem Finger unter dem einen Auge entlang, wo ihre Wimperntusche ein bisschen verlaufen ist.

Dann schließt sie auf, geht in den Flur und stellt die Handtasche weg. Weiter in die kleine Wohnung, wo sie Zack auf dem Sofa vorfindet. Der Blick aus ihren braunen Augen trifft den aus seinen blauen. Sie zieht sich die Tunika über den Kopf, lässt sie zu Boden fallen. Öffnet den BH.

Zack setzt sich auf, stemmt die Hände in die Sofapolster. Sein Mund ist leicht geöffnet, sein Blick trüb. Er will sie, jetzt sofort. Genauso sehr wie sie ihn.

Als Nächstes entledigt sie sich der Leggins und des Slips. Steigt erst mit dem einen, dann mit dem anderen Bein heraus. Sie löst das Zopfgummi und schüttelt die Haare, die ihr wie ein Schal über die Brust fallen, das Einzige, was ihren Körper bedeckt. Sie möchte ihn genießen. Denn wer weiß, wie er reagieren wird, wenn er erfährt, dass sie Copper ist.

Aber dazu wird es niemals kommen. Der Auftrag ist wichtiger.

Sie geht zu ihm und legt ihre Hand auf seine Brust. Drückt ihn zurück aufs Sofa. Setzt sich rittlings auf ihn. Mit einem Kuss löscht sie alles Komplizierte aus. Alles Rauschen.

Seine Hände liegen auf ihren Hüften, wandern weiter zur Leiste, und sie wartet. Und wartet. Reibt sich an seiner Jeans. Löst seine Gürtelschnalle, öffnet den Reißverschluss. Er hilft, und schon kurz darauf liegt die Hose am Boden. Dann das kurzärmelige Hemd. Schließlich die weißen Calvin-Klein-Shorts.

Seine Zunge zwischen ihren zitternden Beinen.

Sie nimmt ihn in den Mund.

Und dann kommen sie, tief ineinander verschlungen.

Kontaktperson und Informantin.

19

Donnerstag, 24. Mai

Der Aufzug im Untersuchungsgefängnis Kronoberg gleitet langsam und stockend nach oben, als gäbe es ein kleines maschinelles Problem. Seit jeher ist er ein wenig unzuverlässig, aber heute bewegt er sich noch ruckartiger als sonst.

Zack und Deniz starren vor sich hin, überlegen beide, was ihnen nun bevorsteht. Sie sind eher als geplant unterwegs zu Johan Sundgren. Er hat jemanden vom Wachpersonal gebeten, umgehend mit den beiden sprechen zu dürfen, weil er etwas Wichtiges zu erzählen habe.

Wird er jetzt gestehen?

Zack gähnt, mehr Schlaf hätte ihm sicher nicht geschadet. Aber er will nicht klagen. Der Sex mit Indha am Vorabend war sanft gewesen, sie beide waren sich so nah, seelisch und körperlich. Doch gleich am Morgen hatte sie wieder mit einem ihrer Spielchen angefangen. Tat so, als wäre sie seine Trainerin im Fitnessstudio. Er hat nichts gegen diese Rollenspiele, allerdings hat er den Eindruck, dass sie sie wie eine Fassade nutzt, als wollte sie lieber jemand anders sein.

Zack lächelt vor sich hin. Nicht zu fassen, wie oft sie vögeln. Aber es ist vermutlich kein Fehler, die Gelegenheit zu nutzen. Die Erfahrung hat ihn gelehrt, dass die Frequenz mit der Zeit abnimmt. Das bestätigen auch alle Studien zu Paarbeziehungen. Nicht mal Ratten wollen nach einer Weile noch mit demselben Partner schlafen.

»Worüber grinst du denn?«

Zack blinzelt und sieht dann, dass Deniz ihn beobachtet.

Sie schüttelt den Kopf. »Ich muss auch jemanden kennenlernen. Ist das was Ernstes mit deiner Neuen?«

Der Aufzug hält, und sie betreten den steril wirkenden Flur, der beißend nach dem Mittel riecht, mit dem die Kollegen sich die Hände und Handschuhe desinfizieren, nachdem sie die Festgenommenen einer Leibesvisitation unterzogen haben. Sie nähern sich der Tür und sehen sich nach einer Wache um, die sie hereinlassen kann.

»Ich glaube schon«, sagt Zack. »Es kann auf jeden Fall was werden.«

»Freut mich für dich. Ich bin's so leid, in den Kneipen rumzuhängen. Da trifft man nur Idioten.«

»Musst du denn da rumhängen?«

»Hast du einen besseren Vorschlag? Und jetzt sag nicht, ich sollte mal im Internet schauen, da sieht es nämlich ganz genauso aus.«

Wie gern würde er nach Sandra fragen, aber er lässt es. Was immer da läuft, er mischt sich besser nicht ein.

Endlich gelingt es ihnen, einen Wachmann heranzuwinken, der ihnen die Zelle aufschließt. Johan Sundgren sitzt auf dem Bett, dem einzigen Ort, an dem man hier sitzen kann. Er hat verquollene Augen und wischt sich mit den Fingern die Tränen weg, als er Zack und Deniz erblickt. Sagt dann stockend:

»Danke, dass Sie gekommen sind. Mir geht es nicht gut. Ich bekomme Panik, wenn ich eingesperrt bin.«

Zack kann ihm ansehen, dass er das ernst meint. Die meisten hier bekommen innerhalb weniger Stunden Panikattacken, wenn ihnen bewusst wird, was Isolationshaft genau bedeutet: kein Kontakt zur Außenwelt. Kein Besuch, kein Handy, keine Zeitung, kein Fernsehen, keine anderen Medien, die Zugriff auf Nachrichten erlauben.

Dann wollen sie plötzlich reden. Wollen raus aus der Zelle, deren Wände Angst ausdünsten. In die frühere Häftlinge die Anzahl der Tage geritzt haben, die sie hier zubringen mussten. Sie haben die Wände mit Exkrementen beschmiert oder das Kürzel FTP hingemalt, Fuck the Police – mit ihrem eigenen Blut.

»Ich gestehe«, sagt er. »Ich gestehe, dass ich weiß, wer Roger Dahl ist. Und dass ich geschworen habe, ihn zu töten.«

Zack und Deniz wechseln einen Blick.

»Aber das war nur so dahingesagt«, fährt Sundgren fort. »Ich war so verdammt wütend, so verdammt enttäuscht …« Seine Stimme bricht, mündet in einem Schluchzen. »Ich liebe Marie, aber ich würde doch niemals jemanden umbringen. Niemals!«

»Gut«, sagt Deniz. »Aber warum haben Sie das gestern nicht gleich gesagt?«

»Weil Sie mir wohl nicht geglaubt hätten, und das tun Sie jetzt vielleicht auch nicht. Aber ich ertrage das hier einfach nicht. Und ich weiß, dass Emma im Geschäft war, als ich … Dass sie alles mitbekommen hat. Sie müssen mir glauben.«

»Okay.« Es knistert, als Zack sich neben Sundgren setzt, weil die Matratze mit einer gelben Folie überzogen ist, damit sie schneller zu reinigen ist.

»Konnten Sie ein bisschen schlafen?«, fragt er.

»Kein bisschen.«

»Das kann ich mir gut vorstellen. Können wir trotzdem noch mal über den letzten Mittwoch sprechen? Als Sie mit Ihrem Kumpel was trinken waren? Können Sie mir noch einmal davon erzählen?«

»Warum?«

»Weil Ihre Version nicht so ganz mit dem übereinstimmt, was wir in Erfahrung gebracht haben.«

»Aber ich lüge nicht. Ich war allerdings ziemlich betrunken, und als ich nach Hause kam, haben Marie und ich uns gestritten. Es war der schlimmste Streit, den wir bisher hatten, trotzdem würde ich niemanden umbringen. Da sollten Sie lieber mal seine Frau überprüfen.« Sundgren schaut Zack in die Augen und fährt fort: »Die war nämlich bei mir. Und das war ziemlich komisch. Erst hab ich ihr nicht geglaubt. Hab ihr gesagt, sie soll zur Hölle fahren, aber dann …«

»Moment«, fiel Zack ihm ins Wort. »Wer?«

»Seine Frau. Roger Dahls Frau. Die stand plötzlich bei mir im Betrieb und hat mir von der Affäre erzählt, sie hatte sogar Fotos von den beiden dabei. Sie fand, ich sollte mich rächen. Ihn töten.«

Zack bekommt keine Luft mehr in der engen Zelle. »Was für Fotos?«

»Draußen auf der Straße. Sie ist ihnen mal gefolgt.«

»Und Sie sind sich sicher, dass das Roger Dahls Ehefrau war?«

»Wer soll das sonst gewesen sein? Sie hat ja selbst gesagt, dass sie es ist. Eine hübsche, kleine Blondine. Vielleicht sollten Sie sich mal mit ihr unterhalten.«

20

Zack und Deniz lassen das Menschengewimmel auf der Vasagatan hinter sich und betreten das Hotel, in dem Josefin Dahl während ihres Aufenthalts in Stockholm wohnt. In den Sesseln der Lobby sitzen Leute, die an ihren Laptops arbeiten, Kaffee trinken oder an ihren Handys herumspielen. An der Rezeption steht eine Familie, die offenbar ein Problem mit der Reservierung hat, Zack und Deniz stellen sich hinter sie. Beide behalten die Aufzüge und den Eingang im Blick, damit sie Josefin nicht verpassen, sollte sie auftauchen.

Zack kann sich nur schwer mit dem Gedanken anfreunden, dass Josefin hinter all dem stecken könnte. Die liebe, süße Josefin. Dann muss er an die Arboga-Morde denken. Man sollte nichts ausschließen.

Die Familie vor ihnen bekommt endlich ihren Schlüssel und zieht Koffer und Kinderwagen zum Aufzug. Zack tritt an die Rezeption und zeigt seine Polizeimarke vor.

»Wir suchen Josefin Dahl. Sie müsste am Dienstag eingecheckt haben.«

Die Frau an der Rezeption schaut mit zusammengepressten Lippen auf ihren Bildschirm. Schüttelt dann den Kopf. »Ich finde leider keine Josefin Dahl.«

»Nicht?« Zack wendet sich an Deniz. »Vielleicht wurde das Hotel von der Polizeibehörde gebucht?«

»Von der Polizei Skåne?«, fragt die Frau. »Dann weiß ich, wen Sie meinen.« Sie senkt den Blick wieder auf den Bildschirm. »Hier haben wir sie, Josefin Dahl. Sie hat gestern ausgecheckt.«

»Gestern? Wann genau?«

»Um kurz nach vier. Sie wirkte sehr gestresst, hat einfach nur den Schlüssel abgegeben und ist gegangen.«

Zack bedankt sich und entfernt sich zusammen mit Deniz ein Stück vom Tresen.

»Wo könnte sie stecken?«, fragt Deniz.

Zack schnappt sich sein Handy und wählt Josefins Nummer. Nach fünf Freitönen meldet sich die Mailbox, und Josefins helle Stimme sagt: »Hallo, dies ist die Mailbox von Josefin Dahl. Leider kann ich gerade nicht …« Er legt auf und schaut Deniz an.

»Was ist denn hier los?«

»Sie ist abgehauen«, sagt Deniz.

Zack fährt sich durchs Haar. »Abgehauen, weil sie Roger Dahl ermordet hat?«

»Vielleicht, warum sonst?«

Zack versucht, sich vorzustellen, dass die Frau, in die er mal verliebt war, eine Mörderin ist.

»Das kann sie aber schlecht selbst gewesen sein.«

»Nein, stimmt. Aber sie hat schließlich versucht, Johan Sundgren anzuheuern. Vielleicht hat sie jemanden gefunden, der dazu bereit war.«

»Dazu ist die Mordmethode aber ein bisschen zu dramatisch, oder?«

»Vielleicht ist das Ganze etwas blutiger ausgefallen, als sie es bestellt hatte.«

»Etwas blutiger? Aber tötet man wirklich den Vater seines ungeborenen Kindes?« Zack zückt noch mal das Handy. »Ich rufe mal bei Kroon an und frage nach, ob er was von ihr gehört hat.«

Sie verlassen das Hotel und begegnen auf dem Weg zum Auto einigen Junkies, die sie sofort als Bullen in Zivil erkennen und einen großen Bogen um sie machen. Vorm Royal Viking Hotel steht eine lange, weiße Limousine. Zack presst sich das Handy fest gegen das Ohr, damit er Tom Kroon trotz des Straßenlärms verstehen kann.

Auch Kroon ist über die Anschuldigungen gegen Josefin verwundert. Er erzählt, dass sie am Vortag im Hotelzimmer zusammengebrochen ist, als er ihr die Todesnachricht überbracht hat. Dass sie Wehen bekam. Er hat sie ins Krankenhaus gebracht und zwei Stunden später wieder abgeholt und zurück ins Hotel gebracht. Das war ihr letzter Kontakt, und als er heute versuchte, sie zu erreichen, ging sie nicht dran.

»Sie hatte heute um elf einen Termin bei der Rechtsmedizin«, sagt er. »Fragt doch mal dort nach, ob sie da war. Ich schicke einen Streifenwagen zu ihrem Haus in Malmö.«

Zack ruft bei der Rechtsmedizin an, erfährt dort aber nur, dass Josefin nicht gekommen ist.

Er und Deniz setzen sich ins Auto, und Zack lässt sofort die Fenster runter, um die Hitze rauszulassen. »Fahr zu Roger Dahls Wohnung«, sagt er dann.

Deniz schaut ihn an. »Die ist doch versiegelt.«

»Ich weiß, aber wir müssen trotzdem gucken, ob sie vielleicht dort ist.«

Deniz fädelt sich in den Verkehr, während Zack bei Sirpa anruft. Er bittet sie, Josefin zu überprüfen, ihr Handy zu orten und ihre Kontobewegungen zu überwachen. Dann lehnt er den Kopf gegen die Stütze und versucht zu verstehen, was passiert ist.

War das Motiv für eine solche Bluttat wirklich eine Affäre?

21

Zack und Deniz drängen sich hinter Sirpa, die an ihrem Schreibtisch sitzt. Sie schauen sich ein Überwachungsvideo an, das von einem Geldautomaten in der Vasagatan stammt, nur einen Steinwurf von dem Hotel entfernt, in dem Josefin untergebracht war. Das Video bestätigt den Verdacht, dass sie am Mord an ihrem Mann beteiligt sein könnte.

Man sieht, wie sie hinter jemandem am Geldautomaten wartet und sich nervös über die Schulter blickt. So, als würde sie sich fragen: Werde ich beobachtet? Dann ist sie dran und hebt Geld ab, fünfzehntausend Kronen laut dem Kontoauszug, den Sirpa auftreiben konnte.

»Mehr kann man nicht auf einmal abheben«, sagt sie.

»Dann taucht sie jetzt also unter«, sagt Deniz. »Wie lange reichen fünfzehntausend Kronen?«

»Wenn man sich einfach irgendwo versteckt und abwartet, dann ziemlich lange.«

Zack und Deniz hatten keine Hinweise darauf gefunden, dass Josefin in Rogers Wohnung gewesen ist, und Tom Kroon hatte berichtet, dass auch das Haus in Malmö leer war.

»Was passiert denn nun mit Johan und Marie Sundgren?«, fragt Zack in der leisen Hoffnung, dass sie sich geirrt haben, was den Tatverdacht gegen Josefin betrifft.

Sirpa stoppt das Video und dreht sich mit dem Bürostuhl um. »Die Staatsanwaltschaft sieht keinen Grund, sie länger festzuhalten, deshalb ist Rudolf schon unterwegs, um sie zu entlassen. Beide können Alibis für den gesamten Mittwoch vorweisen, und in der Nacht hat ein Nachbar sie streiten gehört. Sie haben sogar Alibis für den Donnerstag, an dem Roger laut Obduktionsbericht ermordet wurde. Die Spurensicherung hat im Lieferwagen von Johan Sundgren rein gar nichts gefunden.«

»Und was ist mit dem Handy seiner Frau?«, fragt Deniz.

»Auch das hat nichts ergeben. Es wurden keine Kontakte gelöscht.«

Zack seufzt. »Und warum wurde Roger eine Woche nach seinem Tod in den Kopf geschossen?«

Deniz zuckt mit den Schultern. »Das werden wir Josefin fragen müssen, wenn wir sie finden.«

Zack setzt sich auf die Schreibtischkante und verschränkt die Arme. Nur schwer kann er die Gedanken ordnen, die ihm durch den Kopf schwirren. Kann sich ein Mensch innerhalb von acht Jahren so sehr verändern? Von einer fröhlichen jungen Frau zu einer Mörderin? Er weiß noch, wie deprimiert er gewesen war, dass sie ihn für Roger verlassen hatte. Er war zu stolz gewesen, um sie nach dem Grund zu fragen. Stattdessen war er noch häufiger ins Fitnessstudio gegangen und hatte extra harte Karatetrainings bei Sensei Hiro absolviert. Das hatte ihm durch die schwerste Zeit geholfen.

»Ich hab versucht, ihr Handy zu orten, aber das ist abgeschaltet«, berichtet Sirpa. »Allerdings hat sie kurz davor noch mit ihrer Mutter telefoniert, also hab ich mich mit ihr unterhalten. Sie sagt, dass Josefin komisch geklungen hat, aber dass sie glaubte, es liege am Schock über Rogers Tod.«

Zack geht zu seinem Schreibtisch, loggt sich an seinem Computer ein und klickt sich zur Übersicht über vermisste Personen durch. Josefin ist jetzt eine von ihnen. Ihr sanftes Gesicht steht in sonderbarem Kontrast zu den harten Mienen, die die anderen Kriminellen zeigen. Er holt das Kontakthandy hervor und schreibt eine Nachricht an Copper:

Wissen Sie etwas über RDs Affäre? Hat er je seine Frau Josefin erwähnt?

Die Antwort kommt innerhalb der nächsten Minute.

Nein, wir haben nie über Privates gesprochen. Warum?

Zack antwortet: *Sie steht unter Mordverdacht, aber RD wurde nach einem alten Ritual gefoltert. Man nennt es Ritzen des Blutadlers. Sagt Ihnen das was?*

Coppers Antwort lässt Zack enttäuscht stöhnen.

Melde mich morgen.

22

Wen könnte Josefin angeheuert haben? Sie kann den Mord unmöglich selbst begangen haben, vorausgesetzt, sie steckt überhaupt in irgendeiner Weise dahinter.

Zack geht auf das mehrstöckige Haus zu, das die Nummer 27 sein sollte. Das Haus, in dem Indha wohnt. Endlich darf er mal zu ihr kommen, aber das hat gedauert. Er musste mehrere Minuten lang am Telefon auf sie einreden, bis sie zustimmte. Aber jetzt ist er da und nimmt sich fest vor, nicht länger über Josefin nachzudenken. Sie werden sie schon finden. Sie wird in ganz Schweden gesucht, jeder Streifenwagen hat ihre Beschreibung, selbst Taxifahrer, Busfahrer, Zollbeamte und der Grenzschutz. Früher oder später wird sie Geld abheben, rastlos werden, ihren Standort auf die eine oder andere Weise verraten. Und dann haben sie sie.

Beim Näherkommen sieht er, dass die Scheibe in der Haustür zerbrochen ist. Ganz so, als hätte sie jemand eingetreten. Die Fassade ist dreckig, und die grünen Blechbalkone wirken so, als könnten sie jederzeit abbrechen. Das Haus ist so deprimierend wie der gesamte Weg von der U-Bahn-Station Hökarängen hierher. Mit Graffiti beschmierte Gebäude, die Hoffnungslosigkeit, Frust und Ausgrenzung ausstrahlen. Aber Indha hat einfach keine andere Wohnung gefunden. Hat keine reichen Eltern, steht nicht seit ihrer Geburt auf der Warteliste für eine bestimmte Wohnung. Aber sie plant, in eine bessere Gegend zu ziehen.

Er öffnet die Tür und betritt das Treppenhaus. Die Wände sind mit moosgrüner Gewebetapete beklebt, deren Kanten und Ecken sich bereits aufrollen. Es riecht nach einer Mischung aus Urin, Kreuzkümmel und Gewürznelken. Aber Indhas Wohnung ist bestimmt viel schöner. Ein tolles Sofa mit Kissen, Seidenlaken auf dem Bett, gut gefüllten Bücherregalen. Zack rechnet mit bunten Stoffen, mit Mustern aus aller Herren Länder. Mit Räucherstäbchen und Duftkerzen.

Er springt die Granitstufen hinauf und klingelt, hört, dass sich jemand in der Wohnung bewegt.

Sie öffnet in einem rosa schimmernden Kimono, auf dem eine Menge Symbole prangen. Die Haare hat sie nachlässig zu einem Dutt zusammengefasst, ein paar Strähnen hängen ihr ins Gesicht. Zack vergisst die triste Umgebung und sagt:

»Wie schön du bist. Aber …« Er legt ihr die Hand an die warme Wange. »Hast du geweint?«

Sie nimmt sie weg und lächelt. »Nein, ich habe Zwiebeln geschnitten.« Dann schaut sie zu ihrem Kimono. »Danke, den hab ich aus Bali. Dem einzig schönen Ort in Indonesien.«

Er geht hinein und zieht seine Schuhe aus. Greift nach ihrer Taille, probiert ihre Lippen, schließt die Augen. Ein Kuss, nach dem er sich gesehnt hat. Er wird hart, will sie nicht loslassen, ist aber zu neugierig auf ihre Wohnung. Da fällt ihm plötzlich ein, dass er etwas hätte mitbringen sollen.

Blumen?

Verdammt. Er schaut ihr in die Augen, verliert sich darin. Küsst sie noch einmal. Dann windet sie sich aus seinem Griff und geht voran in die Einzimmerwohnung. Zack folgt ihr und sieht sich staunend um. Ein durchgesessenes senfgelbes Sofa, ein Tisch aus Birkenfurnier, eine Kommode, die Zack von IKEA kennt. Alles sieht alt und verwohnt aus, als wäre es gebraucht im Internet gekauft worden. Kein einziges Bild an den grauen Wänden, ein Regal, keine Bücher.

»Also.« Indha breitet die Arme aus. »Hier wohne ich.«

Zack nickt. »Cool.«

»Es ist okay. Ich bin noch nicht dazu gekommen, mich einzurichten.«

»Nicht? Ich dachte, das wäre genau dein Ding.«

Ihre Miene verfinstert sich, und sein Kommentar scheint nicht die gewünschte Wirkung zu haben.

»Entschuldige«, sagt er. »Ich dachte nur …«

»Wie sollte es denn aussehen, damit es dem Herrn genehm ist?«

Zack zuckt mit den Schultern. »So meinte ich das gar nicht … Mir ist klar, dass du anderes zu tun hast.«

»Genau. Ich geh jetzt duschen.« Indha macht auf dem Absatz kehrt und verschwindet im Bad.

Zack bleibt allein zurück und flucht leise. Du verdammter Idiot. Kommst her und beklagst dich, noch dazu mit leeren Händen. Dabei ist die Wohnung tatsächlich ungewöhnlich trist. Als würde der Mensch, der hier lebt, davon ausgehen, nicht lange zu bleiben. Das hier hat nicht mal den Standard eines Apartments für gelegentliche Übernachtungen.

Er geht zu dem Einzelbett in der Ecke. Die Decke ist doppelt gefaltet, und darunter lässt sich ein dreckiges Laken erahnen. Im

Kissen ist noch der Abdruck eines Kopfes zu sehen. Er schlendert zur Kochecke. Ein Herd mit rostigen Platten, eine einfache Metallspüle. Er zerdrückt ein Silberfischchen, bevor es in einem Loch in der Fugenmasse verschwinden kann. Ein weiteres findet er in einem Topf. Er lässt es am Leben und hört, dass die Dusche angestellt wird. Was soll er denn so lang machen?

Er setzt sich aufs Sofa. Indhas Handy klemmt zwischen den Polstern. Er nimmt es in die Hand und will gerade das Display einschalten, als er sich im letzten Moment dagegen entscheidet. Er will nicht eifersüchtig wirken, nicht mal vor sich selbst. Trotzdem vermutet er, dass sie sich vielleicht noch mit jemand anderem trifft und dass dies der Grund dafür ist, dass er so lange nicht herkommen durfte. Schnell steckt er das Handy wieder zwischen die Polster, bevor er womöglich doch nicht widerstehen kann. Dann steht er auf, zieht sich aus und geht ins Bad. Wasserdampf schlägt ihm entgegen, der Duft von Kokos. Er klettert in die Wanne, stellt sich dicht hinter sie und legt ihr die Hände auf die Brust. Küsst ihren Hals, küsst ihre Schulter. Mit jedem Kuss wird sie weicher und weicher. Sie stellt ein Bein auf den Wannenrand. Ihr kleiner Disput ist wie weggespült vom Wasser. Selbst die Eifersucht ist verschwunden.

Das Einzige, was stört, ist der Duschvorhang, der ihm am Arm klebt.

23

Sie hat seinen Geschmack noch auf der Zunge, und das gefällt ihr, obwohl es das nicht sollte. Zack ist nur ein Auftrag, niemand, in den sie sich verlieben darf. Nicht mal ein kleines bisschen. Dabei hat sie sich schon in seiner so selbstsicheren Ausstrahlung verloren, in seinen Augen, die die Trauer und die Freude der ganzen Welt zu tragen scheinen.

Vor seinem Charme ist niemand gefeit. Nicht mal sie.

Dabei ist es absolut verboten. Vielleicht ist genau das ja der Reiz. Die Regeln zu brechen, die man auf keinen Fall brechen darf.

Aber für Gefühle ist kein Platz, wenn man die Welt zu einem besseren Ort machen will.

Der Nachtwind spielt in ihren Haaren, als sie sich dem Hochhaus in Flemingsberg nähert. Sie schaut zum Fenster im zehnten Stock, wo Bogan Ravis Wohnung liegt. Dort brennt eine Lampe, die blassrot leuchtet.

Er wartet auf sie, und sie hofft, dass er nicht allzu wütend ist, sie kommt nämlich zu spät. Der Abend mit Zack hat sich ein bisschen länger hingezogen, sodass sie schließlich gezwungen war, ihn damit abzuwimmeln, dass sie früh am nächsten Morgen einen Kunden im Fitnessstudio hat. Seine Enttäuschung war nicht zu übersehen gewesen, auch wenn er nichts gesagt hatte.

Sie geht durch die Tür, direkt zum Aufzug. Betritt ihn, drückt auf die 10. Versucht, die Tränen zurückzuhalten, die ihr kommen. Bloß jetzt nicht weinen. Bei Bogan gibt es keine Zwiebeln, auf die sie es schieben könnte. Trotzdem kullert eine Träne die Wange hinunter, weil sie an die SMS denken muss, in der ihr Rogers Schicksal geschildert wurde. Sie schluchzt, so leise sie kann.

Das Ritzen des Blutadlers. Sie kennt diese Foltermethode. Versucht die Bilder sofort wieder zu verdrängen, die in ihrem Gedächtnis auftauchen, als sie sich vorstellt, welche unfassbaren Schmerzen er hat ertragen müssen.

Wie kann Bogan nur so grausam sein? Dabei hat auch sie zuletzt sein Temperament zu spüren bekommen, hat sich mit äußerster Vorsicht bewegt, um keinen Ausbruch zu provozieren. Sie weiß, dass er alle ausschaltet, die ein Sicherheitsrisiko darstellen könnten. Er lässt es nicht darauf ankommen.

Deshalb musste Roger sterben. Er hat zu viel herumgeschnüffelt, ist Bogans Plan auf die Schliche gekommen. Und das war ihre Schuld. Sie hatte einem Treffen zugestimmt, während des laufenden Auftrags. Und dieses Treffen hatte zu Rogers Tod geführt.

Jetzt befindet sich wieder jemand ihretwegen in Gefahr. Aber um Bogan etwas zu entlocken, muss er wirklich gut gelaunt sein.

Sie betritt das hell erleuchtete Treppenhaus und richtet das Kleid, das ihr passt wie eine zweite Haut. Dann trippelt sie in ihren hochhackigen Sandalen zur Tür und klingelt.

Kurz wird es hinter dem Türspion dunkel, dann wird die Kette rasselnd gelöst, und Bogan öffnet in Jogginghose und mit nacktem Oberkörper. Sein Blick verrät, dass es sie einiges kosten wird, ihn in Hochstimmung zu bringen.

Sie lächelt so unschuldig, wie sie kann: »Oh, entschuldigen Sie, ich bin gerade erst eingezogen.« Sie deutet zur Treppe. »Zwei Stockwerke unter Ihnen. Ich weiß, es ist schon ziemlich spät, aber hätten Sie vielleicht ein bisschen Zucker für mich?«

24

Freitag, 25. Mai

Zack reckt sich im Bett, tastet mit der Hand neben sich. Es raschelt, aber da liegt niemand. Keine warme Haut, die seine Fingerspitzen willkommen heißt.

Ist Mera schon aufgestanden?

Er schlägt die Augen auf, und im selben Moment erinnert er sich. Mera ist tot, sie starb zusammen mit ihrem ungeborenen Kind.

Er rollt auf die Seite, starrt das leere Kissen an. Seine Gedanken wollen zu Hebe wandern, aber das verhindert er schnell.

Warum denke ich nicht als Erstes nach dem Aufwachen an Indha?

Weil sie nicht hier ist.

Sie hat gesagt, dass sie heute früh aufstehen muss. Dass sie lieber allein schlafen will.

Er legt sich wieder auf den Rücken, verschränkt die Hände hinterm Kopf. Lauscht der Stadt, die ebenfalls langsam erwacht. Die ersten Busse donnern unten auf der Kungsholms strand vorbei. Diese Leere in seiner Brust, er muss sie irgendwie füllen. Egal wie. Mit Drogen. Heroin. Kokain.

Er schlägt die Decke zurück und stellt die Füße auf den Holzboden. Muss etwas tun, bevor die Dunkelheit ihn überfällt. Bevor er Abdula anruft und ihn bittet, ihm ein paar Gramm zu organisieren.

Er geht zu seinem Kleiderschrank und sucht seine Laufklamotten heraus. Shorts und ein Oberteil. Schnell zieht er sie an und verschwindet in die Küche, wo er die drei kleinen Flaschen seines Trinkgürtels füllt und ihn anlegt. Jetzt ist der Moment, etwas auszuprobieren, was er schon eine Weile vorhat.

Draußen ist es angenehm kühl. Der Tau bildet Tropfen auf dem glänzenden Lack der parkenden Wagen.

Er läuft durch die Stadt, die auf eine ganz andere Art schön ist, wenn sie nicht gerade von Menschen und Lärm erfüllt wird. Die Baumkronen sind deutlicher zu sehen, genauso die kleinen Unebenheiten der Häuserfassaden, die an Falten auf den Gesichtern alter Menschen erinnern, die ein gutes Leben geführt haben.

Hier und da ist jemand bereits auf dem Weg zur Arbeit oder geht eine Runde mit dem Hund. Bis zum Strandvägen, wo Peter wohnt, sind es knapp zwei Kilometer, und Zack beeilt sich, um es noch rechtzeitig zu schaffen. Er hofft, dass Peter auch heute seine gewohnte Runde läuft.

Im Schutz einer großen Eiche direkt vor Peters Haus bleibt er stehen. Schnappt nach Luft. Trinkt ein paar Schlucke aus einer der Flaschen. Wischt sich den Schweiß von der Stirn.

Hinter ihm dockt gerade einer der strahlend weißen Schärenkreuzer an. Das ist die Fassade der Stadt, das, was die Touristen und die Reichen sehen. Wohlhabende Leute wie Peter, der gerade aus der Tür kommt. Er läuft zum Kai hinunter, biegt Richtung Djurgården ab. Zack folgt mit ein bisschen Abstand. Peter trägt genau die Sportklamotten, die er sich selbst mal angesehen hat, sich aber niemals leisten würde. Adidas Y-3 vom japanischen Designer Yohji Yamamoto. Allein die Hose kostet fünftausend Kronen. Die Sachen sind unfassbar cool und betonen die Körperform stets auf die schmeichelhafteste Art.

Peter hält ein gutes Tempo, etwa 4:30 Minuten pro Kilometer, schätzt Zack, keine Konkurrenz für ihn. Sie überqueren die Brücke nach Djurgården und laufen dann im Schatten der dicht belaubten Bäume am Kanalufer entlang. Treffen dabei auf den einen oder anderen Läufer, überholen auch immer mal wieder jemanden. Zack wird schneller, schließt die Lücke. Hört Peters Schritte, seinen Atem. Auf der Höhe von Djurgårdsbrunn überholt er den Mann, der möglicherweise sein Bruder ist. Hält auf einen Ast zu, der ein Stück vor ihm auf dem Weg liegt. Fällt darüber, kullert durchs Gras und stößt eine Salve von Schimpfwörtern aus.

Ein langer Schatten fällt über ihn. »Alles in Ordnung?«

Zack blinzelt zu Peter hinauf. »Ich glaub nicht.«

Peter streckt die Hand aus und hilft Zack auf die Füße. Letzterer humpelt zur nächstgelegenen Bank, setzt sich und hält sich das Knie, das er sich aufgeschürft hat. »Vielleicht ist es doch nicht so schlimm, aber ein Pflaster wäre gut.«

»Da kann ich aushelfen.« Peter fischt ein kleines Erste-Hilfe-Päckchen aus einer der vielen Taschen seiner Laufjacke.

Zack nickt beeindruckt. »Du bist ja gut ausgestattet. Schöne Jacke übrigens.«

»Nur viel zu teuer.«

»Ach, wir haben doch alle unsere Schwächen.«

Peter lacht. »Ja, das stimmt wohl.« Er reicht ihm ein Pflaster.

Zack nimmt es entgegen, reibt ein bisschen Dreck aus der Wunde und klebt sie ab. Dann schaut er zu Peter. »Läufst du öfter hier?«

»Seit einem halben Jahr. Ich musste ein paar Kilo abnehmen, da hab ich mich zum Marathon angemeldet.«

»Wow. Hier in Stockholm?«

Peter nickt. »Jetzt hab ich noch knapp eine Woche, um in Bestform zu kommen.«

»Ach, das schaffst du doch mit links. Welche Zeit hast du dir vorgenommen?«

»In erster Linie will ich ankommen. Aber wenn ich es unter fünf Stunden schaffe, bin ich mehr als zufrieden. Was ist mit dir? Du bist ja auch gut unterwegs. Vielleicht solltest du es auch mal probieren?«

»Ich?« Zack versucht, überrascht zu klingen, will die Unterhaltung am Laufen halten, wo er Peter endlich mal gegenübersteht. Was ihn ehrlich verwundert ist, dass Peter offenbar gar nicht so ein Despot ist, wie er erwartet hat. Zack steht auf und löst eine der Wasserflaschen aus dem Gürtel. Sagt dann mit einem Zwinkern: »Ach, nee, ich will die Kenianer ja nicht um ihren Sieg bringen. Dann sind die nur enttäuscht. Ich laufe eigentlich nur, weil es mir guttut. Der Kopf funktioniert viel besser, hab ich festgestellt.«

»Stimmt, das ist ein weiterer Vorteil.« Peter schnaubt, als hätte ihn das an etwas erinnert. »Gibt ja genug Leute, die darauf bestehen, dass man immer klar im Kopf ist.«

Zack trinkt einen Schluck. Damit meint Peter wohl Olympia, die bestimmt unfassbar hohe Anforderungen an ihren Sohn stellt. Die sich in die Geschäfte einmischt, die sie ihm anvertraut hat. Es juckt ihn richtig, er würde liebend gern fragen, ob Peter seinen Vater Roy Herry kennt, ob er von dem Brief weiß und von allem anderen, was im Argen ist. Er möchte fragen, wie es Hebe geht. Stattdessen klemmt er die Flasche wieder in den Gürtel und nimmt eine der anderen in die Hand. Bietet sie Peter an.

»Du siehst aus, als könntest du auch was vertragen.«

Peter zögert.

»Da war ich noch nicht dran«, fügt Zack hinzu, bevor Peter ablehnen kann.

Zack beobachtet ihn beim Trinken. Erkennt sich selbst in seinen Augen, seinen Bewegungen. Sie sind sich so erschreckend ähnlich, dass es Peter auch auffallen müsste. Sogar dieselbe Stimme haben sie.

Peter gibt ihm die Flasche zurück, bedankt sich und läuft weiter.

»Viel Glück beim Marathon«, ruft Zack ihm nach.

Peter wedelt mit dem Erste-Hilfe-Päckchen. »Das wird sicher eine blutige Angelegenheit.«

Zack betrachtet die Flasche, aus der Peter getrunken hat. Er wird sie Koltberg geben und ihn um einen weiteren DNA-Test bitten. Ganz wie bei dem Weinglas, aus dem Hebe getrunken hat. Das Ergebnis war negativ, Zack glaubt aber, dass beim Test irgendwas schiefgelaufen ist. Vielleicht hat Koltberg auch einfach nur die Proben vertauscht.

Das Kontakthandy piept, er schaut darauf und hofft leise, dass Copper diesmal etwas Interessantes mitzuteilen hat.

Glaube, BR steckt hinter dem Mord an RD. Dann ist auch seine Frau in Gefahr. Bringen Sie sie in Sicherheit.

Er starrt auf die Nachricht, liest sie dreimal, bis ihn eine Erkenntnis trifft wie ein Schlag in die Nierengegend.

Vielleicht ist Josefin gar nicht freiwillig untergetaucht. Vielleicht wurde sie ermordet? Wusste sie zu viel? Hatte Roger ihr vertrauliche Informationen gegeben?

Wieso war er nicht von selbst darauf gekommen?

Weil sie den Fall schnell zu Ende bringen wollten. Weil sie sich zu sehr auf Zeugenaussagen verlassen haben. Von Leuten, die sich leicht aufs Revier hatten bringen lassen – wie das Ehepaar Sundgren.

Aber Josefin hat fünfzehntausend Kronen abgehoben. Wie ließe sich das erklären, wenn Bogan ihr etwas angetan hatte?

Er schreibt Copper eine Antwort:

Hat BR etwas Konkretes gesagt?

Langsam joggt er los, nach Hause, während er auf die Antwort wartet. Sie kommt nach etwa einer Minute. Zack liest sie beim Laufen.

Er hat von einem Adlerküken in Nacka gesprochen.

Zack steckt das Handy weg und erhöht das Tempo. Endlich hat Copper geliefert.

25

Zack wartet darauf, dass Douglas etwas sagt. Aber der sitzt einfach nur auf seinem schweineteuren Lederstuhl und starrt Zack an, der in der Tür steht. Er muss erst mal verdauen, was er da gerade gehört hat.

»Aber sie hat doch fünfzehntausend Kronen abgehoben«, sagt er schließlich. »Und Johan Sundgren hat ausgesagt, dass sie ihn anheuern wollte.«

»Ich weiß«, erwidert Zack und wischt sich den Schweiß von der Oberlippe, noch eine Nachwirkung des morgendlichen Laufs. »Ich kann es auch kaum glauben, aber vielleicht hat sie ja herausgefunden, dass jemand hinter ihr her war. Und dann hat sie das Geld abgehoben, um untertauchen zu können.«

»Aber in so einer Situation wäre es doch am logischsten, Schutz bei der Polizei zu suchen.«

»Vielleicht. Aber vergiss nicht, dass sie selbst Polizistin ist und weiß, wie mehr oder weniger gut das funktioniert. Ich an ihrer Stelle wäre auch untergetaucht. Wir haben uns den Film von der Überwachungskamera noch mal angeschaut, da steht ein Mann von fünfundzwanzig oder dreißig Jahren direkt hinter ihr in der Schlange. Aber er hebt selbst nichts ab, sondern geht einfach weg, als Josefin sich entfernt.«

»Und das ist euch beim ersten Mal nicht aufgefallen?«

Achselzuckend sagt Zack: »Da haben wir nicht nach jemandem gesucht, der vielleicht hinter ihr her ist.«

Douglas seufzt. »Und er ist ihr gefolgt?«

»Möglich. Sie verschwinden sehr schnell aus dem Bild. Wir müssen auf jeden Fall herausfinden, wer der Mann ist.«

»Ich sorge dafür, dass der Ausschnitt mit seinem Gesicht ins Intranet kommt, dann können die Kolleginnen und Kollegen mal schauen, ob sie ihn erkennen. Davon abgesehen rückt das natürlich Bogan Ravi ins Rampenlicht. Aber wir können ihn ja schlecht aufs Revier holen, sonst bringen wir uns selbst und Copper in Gefahr. Jetzt geht es darum, Beweise zu sammeln. Koltberg hat am Fundort keine einzige DNA-Spur gefunden, der wir nachgehen könnten, also werden wir sofort jemanden auf Bogan ansetzen.«

Zack wirft einen Blick über die Schulter, ob die anderen mittlerweile aufgetaucht sind, aber das Büro ist noch immer leer. »Das übernehmen Deniz und ich. Wir fahren sofort los, wenn sie da ist.«

»Gut, mach das. Ich hab noch was.« Douglas schiebt Zack einen Schnellhefter über den Tisch. »Den hier haben die Kriminaltechniker in Roger Dahls Waffenschrank gefunden. Ich bin das alles schon durchgegangen, aber es scheinen hauptsächlich die Informationen über Bogan Ravi zu sein, die du schon von Tom Kroon bekommen hast.«

»Warum war der Hefter denn in seinem Waffenschrank?«, fragt Zack und tritt vor Douglas' Tisch.

»Gute Frage. Vermutlich hatte er große Angst, dass etwas davon in falsche Hände gelangt.« Douglas schlägt den Hefter auf und zeigt auf einen rosa Klebezettel, der auf der obersten Seite klebt. »Nur das hier verstehe ich nicht.«

Zack lehnt sich vor, um besser sehen zu können. *Gretas Trödelladen!*, geschrieben mit blauer Tinte.

»Vielleicht hat es nichts zu bedeuten«, sagt Douglas und tippt mit dem Montblanc-Füller auf den Tisch. »Aber wir müssen dem trotzdem nachgehen.«

»Hast du das schon gegoogelt?«, fragt Zack.

»Du wirst es kaum glauben, das habe selbst ich hinbekommen. Aber ich habe nichts gefunden. Deshalb werde ich Sirpa darauf ansetzen. Von Koltberg habe ich auch noch was erfahren. Das Blut in Roger Dahls Wagen war sein eigenes, das bringt uns also auch nicht wirklich weiter, sondern bestätigt nur unsere Vermutung, dass er entführt wurde. Koltberg hat einen Schuhabdruck am Armaturenbrett gefunden, als hätte sich jemand extrem zur Wehr gesetzt. Außerdem hat er die Kugel aus Roger Dahls Kopf untersucht. Es handelt sich um eine Speer Gold Dot, neun Millimeter mit Splitterwirkung.«

»Die Munition, die wir verwenden«, stellt Zack fest.

»Genau.«

»Ich frag Copper, ob er was dazu sagen kann.«

»Mach das. Und versuch, mehr aus ihm rauszukriegen, schließlich hat er dir endlich mal was geliefert. Das Letzte, was wir wollen, ist ein weiteres Folteropfer …« Douglas verstummt, als ihm offenbar wieder einfällt, dass es um eine alte Freundin von Zack geht, die noch dazu ebenfalls Polizistin ist. »Jedenfalls«, er räuspert sich, »müssen wir jetzt was finden. Macht Fotos von allen Menschen, mit denen Bogan sich trifft. Wir müssen wissen, um wen es sich handelt, selbst wenn er nur ein Wort mit ihnen wechselt. Dokumentiert, wo er sich aufhält, wo er schläft, wo er isst, wo er kackt. Alles. Hat er eine Freundin? Einen Freund? Mit wem schläft er?«

Zack hebt die Augenbrauen. So viel unterdrückte Wut quillt da aus seinem Chef, sie scheint gar kein Ende zu nehmen.

»Wo kauft er ein? Was macht er gern? Hat er Verwandte in Schweden? Glaubt er an Gott, Allah, seine Mutter? Meldet alles an Sirpa, damit sie weiterforschen kann. Und du …« Douglas bedenkt Zack mit einem fast väterlichen Blick. »Wenn wir richtig liegen, ist dieser Bogan Ravi extrem gefährlich. Ich möchte, dass du dich bei der kleinsten Auffälligkeit bei mir meldest.«

26

Es darf keinen toten Winkel geben.

Zack und Deniz haben sich aufgeteilt und von ihren Positionen nun die perfekte Übersicht über das Hochhaus im westlichen Flemingsberg.

Bogan Ravi ist in einer Wohnung im zehnten Stock gemeldet, und Zack behält die Haustür im Auge, während er sich in der farbenfrohen Nachbarschaft umsieht. Er selbst steht vor einem Haus, das so rot ist wie die frisch nachgezogenen Lippen einer Femme fatale. Das daneben ist so grün wie Farnkraut direkt nach einem Schauer. Die Fassaden sind ganz neu, trotzdem ist dieser Ort an sich so deprimierend, dass ein bisschen Farbe daran auch nichts ändert. Das Stadtviertel ist nicht so schlimm wie Stallhagen, aber längst kein Ort, den er seiner Schwester empfehlen würde. Wenn er denn eine hätte. Oder hat er eine?

Auf einer abgerockten Bank sitzen drei Jungs in Jogginghosen mit Baseballkappen. Sie trinken Leichtbier und rauchen, dabei sind sie kaum älter als elf. Sollten die nicht in der Schule sein? Auf dem Gehweg hinter ihnen torkeln zwei Männer mit Tüten voller Flaschen entlang. Sie grölen etwas auf Finnisch und klopfen einander dann so heftig auf den Rücken, dass Zack sich fragt, ob das noch eine freundschaftliche Geste ist.

Er wird aufmerksam, als er hört, dass die Haustür geöffnet wird. Jemand hält einer älteren Dame mit einem Hackenporsche die Tür auf. Kurz darauf erscheint eine Frau mit langem, dunklem Haar, das sie zu einem Zopf zusammengefasst hat.

Von hinten könnte sie fast Indha sein. Gleiche Größe, gleiche Körperhaltung. Aber was sollte Indha hier machen? Sie hatte schließlich einen frühen Termin mit einem Kunden und musste dann den ganzen Tag arbeiten. Er seufzt. Weiß nicht, was aus ihnen werden wird. Er hat das Gefühl, dass da irgendetwas ist, was sie zögern lässt.

Die junge Frau verschwindet um die Häuserecke, kurz darauf öffnet sich die Tür wieder.

Diesmal ist es ein Mann, der eine Sporttasche über der Schulter trägt. Zack macht schmale Augen hinter seiner Sonnenbrille. Das muss Bogan Ravi sein, die Beschreibung passt genau. Dunkles Haar, das gelockt wäre, wenn er es nicht so kurz tragen würde. Die Seiten sind sogar komplett abrasiert, und er trägt einen gepflegten Bart. In der Akte, die Tom Kroon ihm gegeben hat, war nicht nur ein Foto von Bogan Ravi, sondern auch eine Beschreibung. Größe: 1,82, Gewicht: 85 bis 90 Kilo. Könnte passen. Laut Akte verbringt Bogan mehrere Stunden pro Woche im Fitnessstudio, und das sieht man. Die Oberarmmuskeln zeichnen sich deutlich unter dem grauen T-Shirt mit V-Ausschnitt ab.

Zack funkt Deniz an. Auch sie hat Bogan bemerkt, der sich nun zum Parkplatz bewegt. Er setzt sich in einen Nissan Maxima in Silbermetallic, der auf ihn zugelassen ist.

Zack und Deniz gehen schnell zu ihren Mietwagen, einem Volvo und einem Toyota. Diese Autos fügen sich besser ins Straßenbild, weil keine zusätzlichen Antennen montiert sind, die eindeutig nach Polizei aussehen.

Bogan nimmt den Huddingevägen, Zack folgt ihm mit ein paar Autos Abstand. Deniz bleibt weiter zurück, ist aber notfalls bereit, ihren Kollegen zu überholen. Doch das ist nicht nötig, Bogan biegt schon in Rågsved ab, hält auf die Hochhäuser zu und fährt dann weiter in ein Industriegebiet mit flachen Fabrik- und Lagerhallen.

Er parkt vor Sweden Fitness und geht durch die Glastüren hinein.

Zack bleibt an der Bordsteinkante stehen. Sweden Fitness, das ist die Kette, für die auch Indha arbeitet, allerdings in einer Filiale in Farsta. Er bekommt Lust, sie anzurufen, einfach um Hallo zu sagen, aber lässt es. Er muss sich schließlich auf Bogan konzentrieren, vielleicht bringt er sie ja an den Ort, an dem Josefin festgehalten wird. Vorausgesetzt, dass sie noch lebt.

Zack steigt aus und schließt ab. Setzt die Kapuze seines Pullis auf. Gibt Deniz durch, dass er zum Eingang des Studios geht, und schaut erst auf, als er den kalten Messinggriff berührt. An der Tür kommt ihm Bogan entgegen.

Ein Ziegenbärtchen, schwarze Augen, die stur geradeaus blicken. Zack würde ihm am liebsten direkt hineinschauen, will wissen, ob das Böse darin lebt, aber er reißt sich zusammen und senkt den Blick.

Ihre Schultern berühren sich. Zack kann jetzt nicht mehr umkehren, sondern geht hinein und hält auf den grün leuchtenden Empfangstresen zu, wo er gleich einen Kursplan in die Hand nimmt. Er tut so, als würde er lesen, dabei sieht er Bogan verstohlen hinterher.

Scheiße!

Er kann Deniz nicht informieren, weil der Typ am Tresen ihn sonst hören würde. Kann nicht riskieren, aufzufliegen.

»Kann ich dir helfen?«

Zack schaut den Mann in dem grünen Polohemd an, der Einrichtung nach zu urteilen die Farbe der Fitnesskette. Er wedelt mit dem Kursplan.

»Danke, aber ich wollte mich nur informieren. Ich nehme mir mal einen Kursplan mit.« Schnell kehrt er zum Eingang zurück und schaut hinaus. Dort sieht er, dass Bogan einfach nur eine Wasserflasche aus dem Auto geholt hat und schon wieder auf dem Weg ins Studio ist. Zack verschwindet schnell ins Klo und bleibt dort, bis er sicher sein kann, dass Bogan am Empfang vorbeigegangen ist. Dann verlässt er das Studio und funkt Deniz an.

»Verdammt, das war knapp. Jetzt können wir nur warten. Hast du Kaffee dabei? Dann komm her.«

Deniz lacht. »Kaffee und Donuts.«

Anderthalb Stunden später erscheint Bogan frisch geduscht wieder. Das Handtuch hat er über seine Tasche gehängt und das Handy ans Ohr gepresst. Er steigt ins Auto und scheint wahllos herumzufahren. Årsta, Kärrtorp, Skarpnäck.

Hat er mitbekommen, dass er beschattet wird?

Schließlich hält er in Hökarängen und geht in einen Kebabladen.

Wieder muss Zack an Indha denken. Die triste Wohnung, die er am liebsten nicht noch einmal betreten will, liegt nur einen halben Kilometer von hier entfernt. Da kommt ihm eine Idee. Sie könnte doch bei ihm einziehen. Vielleicht würden sie ja sogar was Schönes zusammen finden? Sie könnten sich ein gemeinsames Leben aufbauen. Schließlich hat sie gefragt, ob er Kinder möchte. Das hatte doch sicher etwas zu bedeuten.

Durch das Fenster sieht Zack, dass Bogan etwas an der Theke bestellt und sich mit dem Mitarbeiter unterhält. Er scheint sich wohlzufühlen, gestikuliert, lacht. Als er sein Essen bekommt, setzt er sich und wechselt ein paar Worte mit dem Paar, das am Nebentisch sitzt, während er isst. Zack zückt die Kamera, zoomt ihn heran und macht ein paar Fotos. Notiert sich das Autokennzeichen vom Wagen des Paares, als die beiden rauskommen und davonfahren. Kurz darauf setzt sich ein junger Mann gegenüber von Bogan hin, ohne etwas zu bestellen. Zack schießt weiter Fotos.

Ist das Copper?

Er dürfte etwas über dreißig sein, muskulös, das Haar im Nacken zu einem kurzen Zopf zusammengefasst. Zack beschließt, später sämtliche alten Jahrbücher der Polizeischule durchzublättern, um herauszufinden, ob er einer von ihnen ist. Er muss jetzt endlich wissen, wie dieser Copper aussieht, es reicht mit der Geheimniskrämerei.

Bevor noch mehr Menschen Bogan Ravi zwischen die Finger geraten.

27

Die Aufzugtüren schließen sich, und Zack sucht blind nach dem richtigen Knopf, während Indha an seinem Hals hängt, ihn mit Küssen bedeckt und ihn mit beiden Beinen umschlingt. Er findet den Knopf für den vierten Stock und drückt darauf. Presst dann Indha gegen die Wand, hebt die federleichte Frau ein Stück höher. Sie klammert sich umso fester an ihn, reibt sich an ihm, fasst nach seinem Reißverschluss. Öffnet ihn, schiebt ihre Hand in seine Hose, umschließt ihn. Zack stöhnt, zieht ihren Rock hoch. Schiebt ihren Slip beiseite, tastet sich vor in die Wärme, die Feuchtigkeit.

»Wir fahren wieder runter und gehen in meine Wohnung«, flüstert er an ihre Lippen. Er stellt sich vor, dass sich die Aufzugtüren vor einem Nachbarn öffnen, der sie dann in flagranti sieht. Das darf nicht passieren.

Indha greift in seine Haare, zieht seinen Kopf nach hinten. »Nein. Ich will dich jetzt. Im Aufzug. Bei dir können wir es jederzeit machen.«

Eine Dominanz in ihren Augen, gegen die Zack sich nicht wehren kann. Er versinkt im Kuss, im Begehren, das nun seinen ganzen Kopf einnimmt und seinen Schritt.

Im vierten Stock öffnen sich die Aufzugtüren automatisch.

Schritte auf der Treppe. Nähern sie sich? Nein, sie entfernen sich nach unten. Dann wird die Haustür geöffnet und fällt wieder zu.

Zack lauscht angestrengt, während Indha in sein Ohr stöhnt. Wenige Beckenbewegungen später und sie sind vereint.

Verdammt!

»Ich fliege hier noch raus.« Er drückt auf einen der Knöpfe, und die Türen schließen sich wieder.

Indha kichert und bewegt sich schneller, während der Aufzug den Weg ins Erdgeschoss antritt.

Er sucht nach dem Schlüssel. Will es sich nicht mit seinen Nachbarn verscherzen, will ihnen weiter in die Augen sehen können. Hier wohnen bleiben. Er hebt Indha ein Stück an, kann nun die Hand in die Hosentasche schieben und den Schlüssel herausholen. Taumelt aus dem Aufzug, Indhas Beine immer noch fest um sich geschlungen, rutscht mit dem Schlüssel ab, versucht es noch einmal.

Sie wippt auf und ab, und er muss sie mit dem freien Arm festhalten.

»Hör doch mal auf«, zischt er. Endlich bekommt er den Schlüssel ins Schloss und verschwindet so schnell in seiner Wohnung, wie es seine heruntergelassene Hose zulässt. Wirft einen Blick über die Achsel und sieht den Schatten von jemandem, der gerade ins Haus kommt, als er die Tür zuschlägt.

Er atmet auf.

Fuck, das war knapp.

Indha kichert weiter, und Zack versucht, das alles genauso lustig zu finden wie sie. Will sich entspannen, damit die Lust zurückkehrt.

Sie saugt an seinem Ohrläppchen, löst die Beine von ihm und stellt die Füße auf den Boden. Zieht den Rock aus. Rutscht an ihm hinunter wie eine Stripperin an der Stange. Er betrachtet die Szene im Spiegel an der gegenüberliegenden Wand. Wie ihre Hüften von Seite zu Seite schwingen. Ein weißer Spitzenslip. Er greift ihr unter die Achseln, zieht sie zu sich. Ist jetzt wieder ganz bei der Sache, will zum Bett.

Doch da hört er etwas in der Wohnung. Schritte?

Er stößt Indha weg und stürzt zu seiner Tasche am Boden.

Die Pistole. Wo ist seine Pistole?

Er wühlt zwischen den verschwitzten Trainingsklamotten, während er versucht, etwas im angrenzenden Zimmer zu erkennen.

Er gibt Indha ein Zeichen, still zu sein.

Da findet er endlich die Sig Sauer, dann das Magazin, das er aus Sicherheitsgründen herausgenommen hatte. Er schiebt es hinein, legt den Finger an den Abzug und richtet die Waffe auf die Gestalt, die vor ihm auftaucht.

Wer ist das?

Ester.

Sie steht mit aufgerissenen Augen da, in denen Zack sogar etwas Rebellisches erahnt, bevor er den Finger vom Abzug nimmt und schreit:

»Was zur Hölle machst du denn hier?«

Esters Unterlippe zittert, sie senkt den Blick. »Ich hab doch deinen Schlüssel … und Mama ist … Ich wusste nicht, wo ich hinsoll, deshalb … Tut mir leid«, sagt sie schluchzend.

Zitternd lässt Zack die Waffe sinken. Hört die nahende U-Bahn, hört die Bremsen kreischen. Sieht den abgetrennten Kopf des Mädchens. Des Mädchens, das er erschossen hat. Er ringt um Luft. Dann fällt ihm auf, dass er mit heruntergelassener Hose dasteht, und zieht sie schnell hoch.

Indha schaut ihn fragend an, rückt ihre Unterwäsche zurecht und steigt wieder in ihren Rock.

»Das ist meine Nachbarin«, sagt Zack so ruhig er kann. Er löst das Magazin aus der Waffe und verstaut sie wieder in der Tasche. »Sie kommt manchmal vorbei, ihre Mutter … Ach, erklär ich dir später.«

»Tut mir leid«, sagt Ester noch mal. »Ich wollte euch nicht …«

»Aber das macht doch gar nichts.« Indha geht zu ihr und legt ihr einen Arm um die Schultern. »Du hast uns einfach überrascht.« Sie schüttelt sie spielerisch. »Du.« Lächelt sie an. Schüttelt sie weiter, bis Ester sich entspannt und die Tränen wegwischt.

Sie setzen sich aufs Sofa, und Zack ist erleichtert und fasziniert zugleich von Indhas Verständnis und ihrer Fähigkeit, mit einem Teenie umzugehen.

»Du hast also einen Schlüssel?«, fragt Indha.

Ester nickt.

»Im Gegensatz zu mir.« Indha wirft Zack einen bösen Blick zu. Dann zwinkert sie Ester zu. »Darauf musst du gut aufpassen. Das ist der Beweis dafür, dass du was Besonderes bist. Darauf kannst du stolz sein.«

»Vielleicht.«

Zack fährt sich mit der Hand durchs Haar, geht zum Fenster und kippt es an. Braucht Luft, muss den rasenden Puls beruhigen. Und wenn ich geschossen hätte? Ester getötet hätte?

»Ich hol uns was zu trinken«, sagt er und verschwindet in der

Küche. Dort öffnet er sich ein Bier und trinkt direkt aus der Flasche. Ganz hinten im Kühlschrank entdeckt er eine Sprite und ein Mineralwasser und füllt zwei Gläser. Er stellt alles auf ein Tablett, und dann fällt ihm ein, dass er noch eine Tüte Chips hat. Er holt sie aus dem Schrank und füllt sie in eine Schale um. Kehrt damit ins Wohnzimmer zurück.

»Wow, was für ein toller Kerl!«, lacht Indha, als sie ihn mit dem Tablett sieht.

Sie steht hinter Ester am Sofa, ist dabei, ihr die rot gelockten Haare zu flechten. »Schau mal, wie hübsch.« Sie lächelt Zack an. »Eine ganz natürliche Schönheit.«

Ester wirkt verlegen, aber da ist ein Funkeln in ihren Augen. Sie sitzt im Schneidersitz und scheint es zu genießen, so umsorgt zu werden.

Zack geht in den Flur und holt die Tasche mit den Jahrbüchern, die er am Nachmittag noch bei der Polizeischule abgeholt hat. Während die beiden Mädels sich vergnügen, kann er genauso gut nach dem Mann suchen, mit dem Bogan sich im Kebabladen getroffen hat. Die Beschattung hat bisher rein gar nichts ergeben. Bogan ist zurück nach Flemingsberg gefahren, wo Zack und Deniz eine gute Stunde gewartet haben. Dann wurden sie von der Nachtschicht abgelöst. Hoffentlich haben die Kollegen mehr Erfolg.

Er setzt sich in den Sessel und legt die Jahrbücher vor sich auf den Tisch. Nimmt das oberste zur Hand und blättert darin.

Männer mit kurzen Haaren und ernsten Gesichtern.

Frauen mit Zöpfen oder kurzen Haaren.

Ordentliche, blaue Hemden mit Krawatte.

Manche von ihnen fallen auf, hier ein Typ mit langen Haaren, da eine Frau mit Nasenring.

Zack sucht das Foto raus, das er von dem Mann im Kebabladen gemacht hat. Er vergleicht die Gesichtszüge mit denen der Männer im Jahrbuch. Natürlich ist das weit hergeholt, schließlich kann er sich nicht sicher sein, dass der Mann überhaupt Copper ist. Buchstäblich jeder könnte der Informant sein. Vielleicht ist es ja sogar jemand, den er kennt?

»Was machst du?«

Zack schaut auf. Indha hat aufgehört zu flechten, hält aber Esters Haare noch in der Hand, obwohl sie sich über die Rückenlehne des Sofas gebeugt hat.

»Was für die Arbeit. Ich suche einen Kollegen und hoffe, ihn in einem der alten Jahrbücher zu finden.«

»Ja? Warum?« Indha blinzelt, als wäre ihr etwas ins Auge geflogen.

»Hat was mit den Ermittlungen zu tun, an denen wir gerade sitzen. Du weißt doch, dass ein Kollege von mir ermordet wurde.«

»Was?«, fragt Ester entsetzt. »Ein Polizist wurde ermordet?«

»Ja, leider.«

»Aber …« Ester schluckt. »Was ist, wenn du umgebracht wirst, weil du in dem Mord ermittelst?«

Zack weiß nicht, was er darauf erwidern soll. Er ärgert sich, dass er das überhaupt in Esters Anwesenheit angesprochen hat, und schüttelt den Kopf, als wäre das Versprechen genug, dass so etwas niemals passieren wird.

»Wenn du stirbst, bring ich mich um«, sagt Ester.

Zack starrt sie an. »Ich werde schon nicht sterben.«

»Vielleicht solltest du …« Indha wirft Zack einen vielsagenden Blick zu und deutet mit dem Kopf zu dem Jahrbuch.

Zack schlägt es zu und legt es wieder auf den Stapel. Dann erklärt er Ester, dass zwar ein kleines Restrisiko bestehe, aber dass der Job als Streifenpolizist wesentlich gefährlicher sei. Er selbst sitze den lieben langen Tag am Schreibtisch, trinke Kaffee, esse Donuts und schlurfe in Pantoffeln durch die Flure. Irgendwann lacht Ester. Nur Indha wirkt nervös. Zack steht auf und gibt ihr einen Kuss auf die Wange.

»Mir wird schon nichts passieren. Mach dir keine Sorgen.«

Sie lächelt, aber Zack sieht, dass es nur aufgesetzt ist. Und obwohl er ein schlechtes Gewissen bekommt, das Thema überhaupt angeschnitten zu haben, ist er zufrieden.

Ihr liegt etwas an ihm.

An seiner Sicherheit. Sie hat Angst, dass ihm was passiert.

Er macht einen Versuch, die Stimmung aufzuhellen, und zeigt auf den Zopf, den Indha noch immer in den Händen hält. »Mann, das sieht cool aus. Das nennt man Fischgrätenzopf, oder?«

Esters Miene hellt sich auf. »Sieht er gut aus?«

»Total.« Und das meint Zack ernst. Er hat Ester noch nie mit einer so schönen Frisur gesehen, und da wird ihm bewusst, dass es wohl bisher noch keinen Menschen gab, der ihr die Haare geflochten oder gezeigt hat, wie man so einen Zopf selbst macht.

Ester steht auf und flitzt in den Flur. »Ich muss mir das im Spiegel anschauen!«, ruft sie.

Zacks und Indhas Blicke treffen sich, sie lächeln sich an. Die Sorge ist nun aus ihren Augen verschwunden und einer Art Dankbarkeit gewichen.

»Hast du ein Haargummi?«, fragt Ester. »Ich schau mal in deine Handtasche.«

Zack sieht, wie Indha zusammenzuckt. Dann stürzt sie hinter Ester her.

»Lass mich das besser machen!« Sie sprintet in den Flur, schafft es aber nicht rechtzeitig. Ester kommt ihr schon entgegen.

»Du hast zwei Handys?«, sagt sie und wedelt mit beiden in der Luft herum. »Da werd ich ja neidisch. Krieg ich eins davon?«, fragt sie halb im Scherz.

Ester scheint nicht zu merken, was Zack keineswegs entgeht: Indha sieht entsetzt aus. Oder erschrocken? Doch dann wechselt ihr Gesichtsausdruck schon wieder, sie lacht.

»Nee, du, das sind meine.« Sie streckt die Hände aus und nimmt

Ester die Telefone ab. »Das weiße ist mein Privathandy.« Dann hält sie das graue, etwas kleinere Modell hoch. »Und das benutze ich beruflich. Ich bin Personal Trainerin.« Sie knufft Ester in die Seite. »Du weißt doch, wie die Männer sind. Glauben, sie sind schon halb drin, nur weil man nett zu ihnen ist und ihnen Übungen zeigt. Die rufen dann ganz gern mal an.« Sie seufzt und verdreht die Augen.

Ester lacht und sieht beeindruckt aus. »Kann ich mal mitkommen?«

Jetzt lacht auch Zack, dabei wallt die Eifersucht durch ihn wie grünes Gift.

Warum hat sie zwei Handys?

28

Das blaue Konzerthaus wird abends angestrahlt, scheint sich bis zum hellblauen Himmel zu recken. Das Gebäude macht einen leichteren Eindruck als tagsüber, wenn es über die Marktstände am Hötorget zu wachen scheint. Gerade sitzen Leute auf den Stufen davor, trinken was oder surfen mit ihren Handys im Internet. Sie sind in der Stadt geblieben, während sich alle Büroratten nach Hause in die Vororte zurückgezogen haben.

Zack legt den Arm um Indhas Taille und gibt ihr einen Kuss auf den Kopf, als sie an den Stufen vorbeigehen. Dank ihrer Keilsandalen ist sie zehn Zentimeter größer als sonst, aber hat auch weniger Halt auf den Pflastersteinen. Zack hält ihr die Tür zum Kino auf, und zusammen stellen sie sich in die Schlange. Ihm ist nicht nach Kino, aber Indha hatte so rastlos gewirkt und wollte am liebsten raus, nachdem Ester gegangen war. Er hätte lieber einfach mit ihr geschlafen, hat ihren Hals geküsst, aber sie hat sich weggedreht, einen Blick auf die Uhr geworfen und gesagt:

»Wenn wir uns beeilen, schaffen wir noch die Neun-Uhr-Vorstellung.«

Zack bekommt die letzten beiden Karten für *Revenge 9/11*, einen Film, der erst seit einer Woche läuft. Er kauft Popcorn und Cola, und dann setzen sie sich ganz vorn rechts auf ihre Plätze. Hinter Zack wird laut gestöhnt, jemand beklagt sich, dass er nun nichts mehr sehen kann. Handys piepsen, und jemand ruft: »Macht die doofen Dinger aus!«

Zack versinkt so gut er kann in seinem Sitz, schiebt die Knie zu Indha. Auf der anderen Seite von ihm sitzt ein Mann, der seine Klamotten ein paar Wochen zu lang nicht gewaschen hat.

In der ersten Szene erschießt eine Frau einen Muslim in New York.

In der dritten Szene einen weiteren.

Die Killerin hat offenbar ihren Mann beim Angriff am 11. September verloren, jetzt ist sie auf Rachefeldzug.

Zack lehnt sich zu Indha. Will sie riechen. Ihr nah sein. Aber sie starrt verbissen auf die Leinwand. Das Einzige, was sich in ihrem Gesicht bewegt, sind die Augenlider beim Blinzeln.

Der siebte Muslim wird erschossen, als Zack schon das halbe Popcorn aufgegessen hat.

Er seufzt und wirft einen Blick aufs Handy, um die Zeit abzulesen. Versucht, sich anders hinzusetzen, und hat das dringende Bedürfnis, sich die Beine zu vertreten. Er entschuldigt sich und schiebt sich an Indha vorbei. Schleicht sich aus dem Kinosaal, betritt die Toiletten, wo es nach Urin und Reinigungsmitteln riecht. Die Fugen zwischen den schwarzweißen Fliesen sind nachgedunkelt.

Er schließt sich in eine der Kabinen und tippt eine Nachricht an Copper.

Schon was von Josefin gehört?

Er steckt das Handy weg, pinkelt, geht hinaus und wäscht sich die Hände. Dann kommt die Antwort:

Nichts, leider. Aber BR ist wütend, ein Käufer hat sich aus einem großen Deal zurückgezogen. Meld mich wieder.

Zack antwortet hastig: *Wer ist der Käufer?*

Bekommt wenige Sekunden später die Antwort: *Weiß ich nicht.*

Zack schreibt, so schnell er kann: *Was ist Gretas Trödelladen? RD ist mit einem 9mm Kaliber erschossen worden. Bleiben Sie dran?*

Er bekommt ein Emoji zurück. Daumen hoch.

Eine Woche nach seiner Ermordung wurde auf ihn geschossen. Warum?

Copper scheint sehr engagiert, denn er antwortet sofort:

Um den Verdacht auf jemanden zu lenken, den BR hasst.

Wen denn? Wir MÜSSEN uns treffen!

Das Handy bleibt stumm.

»Verdammte Scheiße!« Zack holt aus, kann sich aber gerade noch zurückhalten, bevor er die Faust in den Spiegel rammt. Hält das Handy in der Hand, starrt es an. Beschwört es.

»Mann, jetzt antworte doch, verdammt noch mal!«

Ein Typ am Pissoir wirft einen Blick über die Schulter. »Die sind doch alle gleich«, sagt er grinsend und dreht den Kopf wieder ab. »Weiber.«

Zack starrt den Rücken des Mannes an. Würde ihm liebend gern erklären, dass seine Freundin im Kino sitzt und auf ihn wartet. Dass er solche Probleme nicht hat. Aber was soll er dann sagen? Dass seinem Informanten von einem Drogenboss die Lunge rausgerissen wird, wenn er auffliegt? Der Typ würde ja nur grinsen und sagen, dass Zack zu viele Filme guckt. Oder ihm einen Besuch in der Psychiatrie nahelegen. Was ihm nur wieder vor Augen führt, wie extrem sein Job eigentlich ist. Die Leute haben keine Ahnung, wie der Alltag eines Polizisten aussieht. Die Glücklichen.

Zack wirft noch einen letzten Blick auf das Handy, bevor er es wieder in seiner Jacke verstaut und die Herrentoilette verlässt. Er hat Copper wohl verschreckt. Der Mann will ihn nicht treffen. Vermutlich befindet er sich in einer Lage, die Zack sich nicht mal vorstellen kann. Deshalb kann er es gar nicht fassen, als das Handy tatsächlich noch einmal vibriert und Copper antwortet:

Zeitungsladen, U-Bahn-Station Medborgarplatsen. Morgen früh, acht Uhr.

Zack ballt die Hand zur Siegerfaust und geht zurück in den Kinosaal. Wartet kurz, bis seine Augen sich wieder an die Dunkelheit gewöhnt haben, und stellt fest, dass es an Indhas Platz leuchtet. Sie schaltet das Handy sofort aus, als sie ihn bemerkt, und verstaut es in der Tasche. Er konnte gerade noch sehen, dass es das graue Telefon war, das Telefon, das sie angeblich nur für Kunden hat. Er steigt über ihre Beine und setzt sich. Flüstert ihr ins Ohr: »Wieder ein Kunde, der meint, er sei schon halb drin?« Er deutet mit dem Kopf auf ihre Tasche, bereut die Frage jedoch, als sie sich mit einem Blick zu ihm dreht, der förmlich schreit: Bist du wirklich so ein unfassbar eifersüchtiger Arsch?

»War nur ein Witz«, sagt er schnell und fragt sich, was an ihr denn nur dieses bescheuerte Verhalten bei ihm auslöst. So kennt er sich gar nicht, so was hat er sich noch bei keiner Freundin sagen hören. Und absolut nicht bei Mera oder Hebe. Wie peinlich.

Er schenkt ihr ein entwaffnendes Lächeln und macht es sich bequem. Wieder klagt jemand hinter ihm. Zack ist das jetzt egal, er schaut zur Leinwand und tastet nach Indhas Hand.

Findet sie nicht.

Drei erschossene Muslime später rollt endlich der Abspann über die Leinwand, und Zack und Indha schlendern hinaus in den lauen Abend. Ein einzelner Mann sitzt noch auf den Treppen zum Konzerthaus, eingewickelt in eine Decke, und das Gebäude wirkt wieder so schwer wie immer.

»Was für eine bescheuerte Story«, sagt Indha. »Niemand tötet doch einfach so drauflos.« Sie stolpert über die Pflastersteine. »Ach, Mist.«

»Komm.« Zack streckt den Arm aus und zieht sie zu sich heran, bevor sie weitergehen. »Das nächste Mal gucken wir vorher in die Besprechungen.«

»Bist du denn anderer Meinung?«

»Nein, gar nicht«, sagt er. Dabei hat er wieder Mera vor Augen, das ganze Blut auf dem Bürgersteig. Er weiß noch ganz genau, wie gut es ihm tat, ihren Mörder zu töten. Wie richtig es sich angefühlt hat.

Aber hat es wirklich einen Unterschied gemacht?

Zack holt tief Luft, weil ihn der Schmerz überwältigt. Der Verlust hallt in ihm nach. Mera gibt es nicht mehr. Die Familie, zu der sie werden wollten, war innerhalb von Sekundenbruchteilen vernichtet. Aber jetzt hat er Indha, kann sich darüber freuen. Er atmet aus. Lässt die Gedanken an Mera und das verlorene Kind vom Wind davontragen.

»Wir gehen zu Fuß, ja?« Verstohlen sieht er zu Indha. »Oder möchtest du lieber die U-Bahn nehmen?«

»Du, ich muss leider nach Hause.« Sie bleibt stehen und knibbelt an einem Fingernagel. Schaut dann wieder auf. »Ich hab gleich um acht einen Kunden. Einen Finanzheini aus Saltsjöbaden.«

»Ach so.« Wieder frisst sich Säure durch Zacks Inneres. Am liebsten würde er fragen, ob das der Typ ist, mit dem sie vorhin geschrieben hat. Aber er nickt bloß und setzt ein Ich-hab-vollstes-Verständnis-Lächeln auf.

Indha macht einen Schritt auf ihn zu und gibt ihm einen Kuss auf die Wange. »Bei dir bekommen wir ja nie so wirklich viel Schlaf.«

Zack weiß nicht, ob das vielleicht nur eine schlechte Ausrede ist, aber er lacht, um den Eindruck zu erwecken, dass er das auch so sieht. Schaut ihr nach, während sie sich entfernt, winkt, als sie sich umsieht. Bleibt stehen, bis sie um die Ecke gebogen ist.

Das Letzte, was er sieht, ist der türkisfarbene Rock.

29

Sie läuft zum Eingang der U-Bahn-Station Kungsgatan, will vor sich selbst fliehen, vor Zack. Vor allem, was sie verfolgt. Ganz besonders vor ihrem Gewissen. Sie ist selbst überrascht, wie gut es ihr gelingt, ihre unterschiedlichen Rollen beizubehalten. Aber sie tut alles für den Auftrag. Für ihre Berufung.

Und morgen wird sie Zack wiedersehen, aber dann als Informantin. Wagt sie das wirklich? Sie weiß schließlich, was nach ihrem Treffen mit Roger passiert ist. Und vielleicht flippt Zack aus, wenn er begreift, dass sie Copper ist.

Sie nähert sich der Bahnsteigsperre und bleibt stehen, um nach ihrer Fahrkarte zu suchen. Spürt eine Hand auf der Schulter und fährt herum. Schaut direkt in Bogans Gesicht, auf dem ein freundliches Lächeln liegt. Doch seine Augen funkeln gefährlich.

Er ist rasend vor Wut, versucht aber, das durch einen ruhigen, besonnenen Ton zu überspielen.

»Komm mit, ich bin mit dem Wagen. Du kannst mit mir mitfahren.« Er nimmt ihre Hand und bringt sie hinaus zu seinem Nissan Maxima, der am Bordstein wartet. Am Steuer sitzt der kleine Chilene, der Bogan immer gehorcht.

Ganz wie sie selbst es tut, damit sie von ihm bekommt, was sie will.

Bogan öffnet ihr die hintere Tür auf der Beifahrerseite, und Indha steigt ein. Sie muss ihm beweisen, dass sie zu ihm und niemand anderem gehört.

Er setzt sich neben sie, und schon fährt der Wagen los.

In diesem Moment wünschte sie, dass sie mit Zack mitgegangen wäre.

»Für wen arbeitest du – eigentlich?«, fragt Bogan und klingt, als wolle er nur eine Auskunft übers Wetter.

Sie zwingt sich, ihm in die Augen zu gucken. »Das weißt du ganz genau.« Aus dem Augenwinkel sieht sie etwas Schwarzes zwischen seinen Oberschenkeln aufblitzen und erkennt, dass Bogan eine Pistole in der Hand hält, eine 9-mm-Sig-Sauer, die sie nur zu gut kennt. Sie hatte sie selbst schon in der Hand.

Als sie gezwungen war, auf ihre Kontaktperson zu schießen.

Alles in ihr wird taub, sie kann sich nicht bewegen, nur hören, was Bogan sagt.

»Du hast wirklich gezeigt, wie du tickst, und deshalb frage ich mich …« Er tätschelt die Waffe, dann schaut er ihr wieder tief in die Augen. »Was mach ich denn nun mit dir, meine kleine Polizistin? Ich mag dich nämlich wirklich. Lass mich mal nachdenken.«

»Ich bin dein«, presst sie hervor. »Ganz dein. Loyal bis in den Tod. Treu.«

»Gib mir mal deine Handys.«

Ihr Kinn zittert, Tränen steigen ihr in die Augen.

»Na?«

Sie sucht in ihrer Tasche und reicht ihm beide Handys. Sie weiß, was sie getan hat. Was in dem einen zu finden ist.

Er drückt auf den Displays herum, sein Gesichtsausdruck unverändert. Es ist unerträglich, aber irgendwann ist er wohl zufrieden. Streichelt ihre Hand, während er den Kopf gegen die Lehne sinken lässt und die Augen schließt.

»Ist dir Josefin denn so wichtig? Dir ist schon klar, dass sie sterben muss, oder? Wir haben schließlich keine Ahnung, wie viel sie weiß.«

30

Samstag, 26. Mai

»Wir haben Bogan verloren.«

Das Gespräch mit den Kollegen schwirrt ihm immer noch durch den Kopf, während er im Zeitungsladen am Medborgarplatsen sitzt und auf Copper wartet.

Wie konnten die sich so blöd anstellen? Aus den Augen verloren, als er in eine Querstraße abbog. Damit war ihre größte Chance, Josefin zu finden, dahin.

Er nippt an dem Kaffee, den er sich gekauft hat, und beobachtet die Leute draußen vor dem Fenster. Ein Obdachloser auf einer Bank, der sich gerade aufgesetzt hat und sich die Augen reibt. Eine Gruppe Touristen, die eine Karte zwischen sich ausgebreitet haben. Stockholmer, die am Wochenende ein gemächlicheres Tempo vorlegen.

Wer von euch ist Copper?

Du mit dem umgedrehten Käppi?

Oder du mit dem karierten Jackett?

Oder … Zack streckt sich. Eine Frau mit dunklen Haaren taucht an der Bahnsperre auf. Sie trägt eine bunte Tunika, so eine wie Indha hat. Ein paar Jugendliche in Trainingsklamotten nehmen ihm kurz die Sicht, und als sie fort sind, ist auch die Frau verschwunden.

Er wirft einen Blick auf die Uhr, trinkt einen extra großen Schluck Kaffee, verbrennt sich dabei die Zunge und flucht. Slussen ist nur eine Haltestelle von hier entfernt, aber es gelingt ihm, die Gedanken an den Terroranschlag in Schach zu halten. Er hält nicht mal unbewusst nach einem Mädchen mit Sprengstoffgürtel Ausschau.

Jemand tippt ihm auf die Schulter, und er fährt herum.

Die Verkäuferin hält ihm ein Blech mit frisch gebackenen Zimtschnecken hin. »Möchten Sie? Ich geb Ihnen eine aus.« Sie hat den Kopf schräg gelegt und grinst so, dass man schöne Zahnreihen sehen kann.

»Verdammte Scheiße.«

Das Lächeln verschwindet.

»Nein, so hab ich das nicht gemeint. Ich dachte ...« Zack seufzt und verdrängt die Enttäuschung. »Ich warte nur auf jemanden. Aber klar, da sage ich nicht Nein.« Er nimmt eine der Schnecken und schnuppert daran. »Ich mag Zimt. Danke.«

Sie bleibt bei ihm, um ein bisschen zu plaudern, bis ein Kunde an der Kasse steht und nach ihr verlangt.

»Bin gleich wieder da«, sagt sie lächelnd und geht.

Zack schickt Copper eine Nachricht, fragt, wo er bleibt, bekommt aber keine Antwort.

Mit jeder Minute wächst seine Sorge. Normalerweise schreibt Copper sofort zurück.

Irgendetwas stimmt nicht.

Die Erinnerung an Roger Dahl drängt sich ihm auf. Seine nackte Leiche am Fuße des Hügels. Ein Mensch, der zu einem blutigen Vogel verwandelt wurde.

Wird er sich je verzeihen können, wenn Copper oder Josefin etwas passiert?

Er trinkt noch einen Kaffee und denkt an Abdula. Sie haben sich seit Wochen nicht gesehen. Also holt Zack sein Privathandy hervor und schreibt Abdula. Fragt ihn, ob er herkommen kann, erklärt, dass er Hilfe braucht. Abdula antwortet, dass er in zwanzig Minuten da ist. Zack lächelt, schickt ihm ein Daumen-hoch-Emoji zurück und denkt weiter über die Idee nach, die ihm gerade gekommen ist.

Die Beschattung ist offensichtlich aufgeflogen, aber Abdula ist möglicherweise genau der Richtige, um Bogan wiederzufinden.

»Hallo, mein Freund.«

Abdula klopft Zack auf den Rücken und setzt sich dann auf den Stuhl neben ihm. Er hat die Kapuze seines T-Shirts auf, schaut Zack verstohlen an. Zack weiß, wie er den Blick zu deuten hat. Abdula ist hungrig, will wissen, was los ist.

Zack hält ihm die Faust hin, und Abdula rammt seine dagegen. Sie sind Freunde, seit sie als Kinder in Skärholmen Fußball gespielt und nach der Schule auf dem Schulhof zusammen Kleber geschnüffelt und Hasch geraucht haben.

Zack lehnt sich näher zu ihm, versucht, unter die Kapuze zu schauen. »Was zur Hölle …?« Er streckt den Arm aus, aber Abdula reißt den Kopf weg.

»Ich weiß, neue Friese.« Er entblößt seinen rasierten Kopf. »Ich dachte, das wäre mehr Gangsta.« Abdula setzt eine Al-Capone-Miene auf.

Zack mustert seinen Kumpel. Ohne den Zopf wirkt er in der Tat furchteinflößender. Was gut und schlecht ankommen kann. In den Kreisen, in denen Abdula sich bewegt, könnte ein Schwarzer mit einer so aggressiven Aufmachung abschreckend oder provokant wirken. Aber Sorgen muss Zack sich keine machen. Abdula kennt die Sprache der Straße, schließlich ist er am selben Ort aufgewachsen wie Zack.

»Nice«, nickt er. »Mit dir würde ich mich nicht anlegen.«

Abdula grinst. »Das war der Hintergedanke. Zeige nie Schwäche vor einem Raubtier, sonst schlitzt es dir den Hals auf.« Er dreht sich um und schaut zur Theke. »Hast du schon was gegessen?«

»Nur eine Zimtschnecke. Sofie hat mir eine ausgegeben.«

»Wer?«

»Die an der Kasse.«

Abdula pfeift durch die Zähne. »Sieh mal einer an.«

»Wir haben bloß geredet«, erklärt Zack.

Abdula schaut wieder zu Zack, will mehr über Sofie hören.

»Nee, nee«, sagt dieser schnell. »Danach ist mir nicht. Ich hab schon genug Probleme.«

»Ach ja?«

Zack trinkt einen Schluck Kaffee, seine vierte Tasse. »Ich hab da was am Laufen, aber ich weiß nicht … Kann sein, dass die Sache bald schon wieder vorbei ist.«

»Mist. Wer ist sie?«

Zack zuckt mit den Schultern. »Ach, ist noch recht frisch. Wir haben uns kennengelernt, als du und ich letztens unterwegs waren. Ich glaube, du hast da grad mit jemandem an der Bar geredet.«

Abdula nickt und scheint nachzudenken. »Das war am Abend nach dem Terroranschlag, oder?«

»Ja.«

»Dann war das vielleicht der Sinn der Sache. Dass du ein bisschen Spaß hast, um zu vergessen. Und jetzt geht es dir wieder besser, da brauchst du sie nicht mehr.« Abdula dreht die Handflächen nach oben. »So in der Art.«

Zack muss lachen und legt den Arm um Abdula. »Danke dir. Du weißt genau, was ich brauche.«

»Wenn du das sagst.« Abdula steht auf und gräbt in der Hosentasche. »Ich hol mir eben was.«

Er geht zum Tresen, und Zack nutzt die Gelegenheit, einen Blick auf das Kontakthandy zu werfen. Noch immer keine Antwort von Copper. Er muss sauer aufstoßen. Zu viel Kaffee so früh am Morgen, zu viele Gedanken an herausgerissene Lungenflügel, die ihn jagen wie Dämonen.

Abdula kehrt mit einem Kaffee und einer Zimtschnecke zurück. Setzt sich wieder. »Ich mag diese Sofie nicht. Ich musste für den Mist zahlen.«

Zack lächelt. »Das liegt an der Friese. Du musst was nachzüchten.«

»Mal abwarten, wie sich das so entwickelt.« Abdula beißt in die

Zimtschnecke. »Mit den Mädels und so, meine ich.« Er spült den Bissen mit einem Schluck Kaffee hinunter und schaut Zack an. »Also, was hast du für mich?«

Zack blickt sich um, auch wenn er weiß, dass niemand sie verstehen kann. Senkt die Stimme. »Bogan Ravi. Kennst du den? Ein Tschetschene, der harte Drogen verhökert. Wohnt in Flemingsberg.«

»Bogan Ravi.« Abdula lässt sich den Namen auf der Zunge zergehen. »Ziemlich aufgepumpter Typ, oder? Deckt sich immer eher groß ein? Ich kenne ihn, ja.«

»Letzteres kannst du besser beurteilen als ich. Ich weiß nur, dass er einen Kunden verloren hat, jemanden, der sich kurzfristig zurückgezogen hat. Ich gehe also davon aus, dass er einen neuen Abnehmer sucht.« Er schaut Abdula demonstrativ an.

»Aha.« Abdula lächelt und beißt noch einmal ab. »Dann sag ich dir jetzt mal was. Als wir da in dem Club unterwegs waren, wurde ich von einem seiner Männer angesprochen. Geschäftlich.«

»Im Ernst? Hast du seither noch mal von denen gehört?«

»Nur per SMS. Ich glaube, die überschätzen meine finanziellen Möglichkeiten.«

»Das heißt, du hast Bogan noch nicht persönlich getroffen?«

»Nein.«

»Aber du könntest Kontakt aufnehmen und mal nachhören, worum es geht?«

Die Tür geht auf, und Zack schaut in der Hoffnung hinüber, dass es Copper ist. Aber es ist nur ein gestresster Anzugträger, der sich einen Kaffee holt und wieder verschwindet.

Abdula fährt sich mit der Hand in den Nacken, wohl um nach dem Zopf zu greifen, bis ihm auffällt, dass da ja keiner mehr ist. Also reibt er sich stattdessen über den kahlen Kopf. »Woher hast du die Info?«, fragt er.

»Informant.«

»Was?« Abdula starrt Zack an. »Du willst, dass ich jemanden auskundschafte, den ihr selbst beobachtet? Das ist mir zu heiß. Da lass ich lieber die Finger von.«

»Aber die haben dich doch schon kontaktiert. Das wahre Übel ist ja, dass wir nicht wissen, wer der Informant ist, und im Moment erreiche ich ihn nicht.«

Abdula hebt die Augenbraue, und Zack erzählt. Vom Mord an Roger Dahl, dem Verschwinden seiner Frau und den Hinweisen darauf, dass Bogan Ravi dahinterstecken könnte. Wie es dazu kam, dass er den Kontakt zum Informanten übernommen hat. Dass er eigentlich hier mit ihm verabredet war, dass Copper aber nicht aufgekreuzt ist. Zack spürt, dass er ehrlich sein muss, damit Abdula sich der Risiken bewusst ist. Immerhin ist es sein bester Freund, den er gerade in diese Geschichte reinzieht. Einen Freund, der bekanntlich mit suspekten Typen umgehen kann, der das Spiel kennt, aber trotzdem.

»Shit«, sagt Abdula, als Zack fertig ist. »Den habt ihr also da auf dem Schrottplatz gefunden? Aufgeschlitzt wie ein Tier? Nach irgend so einem Scheißritual?«

»Wo hast du das denn gehört?«

Abdula schnaubt verächtlich.

Und da begreift Zack. In der Stadt wird getratscht. Es gibt immer jemanden, der jemanden kennt.

Abdula legt den Kopf schief. »Ich soll also prüfen, ob dieser Josefin etwas zugestoßen ist. Und dann möchtest du wissen, wer dieser Copper ist.« Abdula lehnt sich zu ihm rüber. »Ein Maulwurf.«

»Das ist nicht ganz richtig.« Zack atmet aus. »Er ist bei der Polizei. Josefin auch.«

»Damit hat sich die Sache für mich erledigt.« Abdula wirft Zack einen wütenden Blick zu.

»Mir ist klar, dass das nicht optimal ist«, sagt Zack. »Aber hier geht es um Kollegen. Du kannst doch zumindest mal schauen, ob du was zutage förderst. Wir müssen Bogan wiederfinden. Vielleicht kriegst du heraus, ob er Roger Dahl ermordet hat. Niemand verdient, so zu sterben.«

»Nicht mal ein Bulle?«, fragt Abdula.

Zacks Ton wird sehr ernst. »Ich bin ein Bulle.«

Abdula isst den Rest seiner Zimtschnecke unter Schweigen.

Zack trinkt den Kaffee aus und beobachtet die Leute vorm Fenster, eine Frau im Rollstuhl, ein älteres Paar mit Hund, einen Junkie.

Dann steht Abdula auf, wirft den Müll in den Abfalleimer und schaut Zack an. Seine Augen leuchten vor Neugierde. »Wir haben schon viel durchgestanden, du und ich.« Er nickt, um sich selbst zu überzeugen. »Ich steh hinter dir, das weißt du. Ich schau, was ich tun kann.«

Zwei Fäuste treffen sich in der Luft.

Deal.

31

»Abdula?« Deniz' Gesichtsausdruck vermittelt ihm: Bist du verrückt geworden?

»Hast du eine bessere Idee?«, fragt Zack und setzt sich zu ihr. »Wir müssen Bogan wiederfinden. Wir treten schließlich auf der Stelle, und Copper meldet sich nicht. Wir brauchen noch ein Augenpaar, dem wir – oder zumindest ich – trauen können. Und bei dem wir genau wissen, um wen es sich handelt. Er soll sich ja nur ein bisschen umhören.«

»Ausgerechnet Abdula!«

Zack weiß, dass Deniz wenig für seinen Kindheitsfreund übrighat. Für sie ist Abdula in erster Linie ein Krimineller, ein Drogendealer und jemand, der Zack in Schwierigkeiten bringt. Aber Zack bereut es nicht, ihn um Hilfe gebeten zu haben. Wenn einer klarkommt, dann Abdula Kahn aus Skärholmen. Der Marokkaner, der drei ältere Jungs verkloppt hat, die Zack damals mit einem Messer bedrohten, und der ihn seither unzählige Male gerettet hat.

»Hast du Douglas davon erzählt?«

»Natürlich nicht. Es sollten so wenige wie möglich eingeweiht sein, aber ich wollte, dass du es weißt.«

»Du willst nur nicht allein sein, wenn dir die Sache um die Ohren fliegt.«

»Jetzt bist du …«

Zack verstummt, als Koltberg hereinkommt und die Reste betrachtet, die auf dem Tisch stehen.

»Mir wurde gesagt, es gibt Torte.« Er hebt die Augenbrauen, als er die Krümel sieht, die noch im Karton liegen.

Zack hat Schokosahnetorte als Bestechung mitgebracht, damit die Kommentare über die Handschellengeschichte endlich aufhören.

»Wie ich sehe, habt ihr mir ein Stück übrig gelassen«, sagt Koltberg bitter.

»Tut mir leid.« Zack zuckt mit den Schultern. »Du weißt doch, wie das hier läuft. Sobald es irgendwo Kuchen gibt, kommen alle aus ihren Löchern, von denen man sonst nicht mal den Schatten sieht.«

»Mistkerle.« Koltberg kratzt die Reste auf einen Teller, setzt sich und isst. Dann betrachtet er Deniz und Zack. »Stör ich?«

Deniz steht heftiger auf als nötig. »Nein, ich wollte sowieso gerade gehen.« Sie nimmt ihren Teller und verschwindet in die Küche.

Koltberg legt den Kopf schief und folgt ihr mit Blicken. Dann schaut er Zack an. »Was ist denn mit der los?«

»Nichts. Die ist nur müde, glaub ich.«

»Die Sache mit dem Blutadler scheint sie ziemlich schockiert zu haben. Besonders die Tatsache, dass er dabei noch gelebt hat.«

»Wen hat das nicht schockiert?« Zack trinkt den letzten Schluck Kaffee. Wie viele Tassen hab ich heute schon getrunken? Sechs? Sieben? Und es ist erst elf. Seine Hände zittern vor lauter Koffein. Wie bei einem verunglückten Rausch.

»Ach, ich hab noch was für dich.« Zack holt die kleine Wasserflasche mit Peters DNA-Spuren aus der Tasche. Er hat sie in eine Papiertüte gesteckt und reicht sie Koltberg, der sie mit gerunzelter Stirn entgegennimmt.

»Ich möchte wissen, ob ich verwandt bin mit dem, der daraus getrunken hat.«

Koltberg betrachtet die Tüte, dann Zack, dann schaut er zum Flur, zum Tortenkarton, der leergekratzt ist. Dann zu seinen Schuhen.

»Oder ist das ein Problem?«

»Nein, nein, geht schon klar.«

Zack blickt Koltberg nach, der sich mit der Tüte entfernt, die so viele Antworten für ihn bereithalten könnte. Er wird ihn konfrontieren, wenn das Ergebnis wieder negativ ausfallen sollte. Ob er die Proben irgendwie manipuliert hat. Und wenn ja, warum?

Dann kehrt er an seinen Schreibtisch und zu dem Zeitungsartikel zurück, den er vorhin gelesen hat. Er handelt von dem Terroranschlag, und er starrt das Bild des Mädchens an, schaut in ihre toten Augen. Die Augen, die ihn bis in seine Alpträume verfolgen, aus denen er verschwitzt aufwacht. Ihre Gesichtszüge sind hart, leblos. Trotzdem fleht sie Zack an: Bitte, bitte, erschieß mich nicht. Ich bin doch noch ein Kind.

Die Konturen am Hals sind gekonnt nachbearbeitet, es gibt keinerlei Hinweis darauf, dass der Kopf abgetrennt ist. Gekappt durch einen einfahrenden Zug.

Ihr Haar ist dicht, umrahmt das Gesicht in Wogen. Glatte Haut, geschlossener Mund. Trotzdem sieht Zack, wie die Lippen sich bewegen, hört ihre helle Stimme fragen: Wieso hast du mich getötet?

Er greift nach dem Telefonhörer und ruft Håkan Lundgren von der Säpo an, von dem er nach dem Attentat vernommen wurde. Reckt und streckt sich, während er ein paar Höflichkeitsfloskeln mit dem Kollegen austauscht. Sie haben sich nun eine Weile nicht gesprochen, aber Zack hat ihre Arbeit aus der Ferne beobachtet. Er weiß, dass noch immer niemand gefasst wurde. Das Mädchen wurde bisher nicht identifiziert, deshalb auch die Entscheidung, ihr Foto in diversen Medien zu veröffentlichen. Die Polizei bittet die Öffentlichkeit um Mithilfe. Hat jemand das Mädchen gesehen? Mit ihr gesprochen? Weiß jemand, wo sie wohnte?

Håkan weist freundlich darauf hin, dass er wenig Zeit hat, also kommt Zack sofort zum Punkt.

»Habt ihr schon Hinweise bekommen?«

Håkan lacht. »Was glaubst du? Jede Menge. Von Leuten mit Wahnvorstellungen, aber auch von Menschen, die seriös wirken und glauben, sie hätten wirklich was gesehen. Laut einer Zeugin aus Rinkeby ist das Mädchen in den letzten Wochen und Monaten in einer Nachbarwohnung ein- und ausgegangen, nun aber nicht mehr. Der Mietvertrag läuft auf einen Alexander Komorowski, der allerdings untergetaucht ist. Wir versuchen, einen Durchsuchungsbeschluss von der Staatsanwaltschaft zu bekommen, dann sehen wir weiter.«

»Klingt doch schon mal vielversprechend.«

»Ich hoffe, wir finden was. Die Leute wollen Antworten, und wir auch. Ich halte dich auf dem Laufenden, okay?«

Sie legen auf, und Zack lehnt sich zurück. Starrt mit leerem Blick durch das Großraumbüro. Hat das Mädchen vor Augen, wie sie über den Bahnsteig auf ihn zukommt. Blutüberströmt und mit der Axt in der Hand. Wie sie auf ihn zuhält, während sie um sich hackt.

Aber stimmt das wirklich? Hielt sie auf ihn zu?

Zack schüttelt sich, um die Bilder loszuwerden. Geht auf die Internetseite des Stockholm-Marathons, um auf andere Gedanken zu kommen. Er sucht nach Peters Startnummer und entdeckt eine Tracking-App, über die man die Läufer live verfolgen kann, dank eines Zeitnahmechips, den sie am Schuh tragen. Es interessiert ihn, wann Peter ins Ziel läuft. Ob er einen ähnlichen Kampfgeist in sich trägt wie ich? Sollte er – wenn wir Brüder sind.

Zack lädt die App auf sein Handy und dreht sich zu Deniz um, die sich ihm nähert.

»Wir haben gerade einen Anruf aus Södra Järva bekommen. Ein Kollege konnte den Mann identifizieren, der hinter Josefin am Geldautomaten anstand. Wir fahren hin.«

32

Zack nimmt die erste Ausfahrt aus dem Hjulsta-Kreisverkehr und drückt auf dem Akallalänken noch mal richtig auf die Tube. Er will Josefins Kidnapper fassen, jetzt sofort.

Laut Aussage des Kollegen, der ihn erkannt hat, handelt es sich um Ali Reza, einen Vierunddreißigjährigen mit Frau und zwei Kindern. Es gibt eine Verbindung zu einem von Bogan Ravis Männern, sie wurden bei einer mutmaßlichen Drogenübergabe vor ein paar Jahren beobachtet, aber der Polizei gelang es damals nicht, sie zu fassen. Davon abgesehen wurde er bereits wegen schwerer Körperverletzung, schweren Diebstahls und mehrerer Kleindelikte verurteilt.

Muss diese Liste bald um Mord ergänzt werden?

Zack weigert sich, das zu glauben.

Josefin lebt, sie muss einfach noch leben.

Er beschleunigt weiter, überholt einen Ford Escort. Sieht, dass Deniz nach dem Griff oberhalb der Beifahrertür tastet und einen Blick nach hinten wirft. Trotzdem telefoniert sie ruhig mit Sandra, spricht die Taktik mit ihr und einem Einsatzleiter der Bereitschaftspolizei durch, der zur Verstärkung eingebunden wurde. Sie schlagen an zwei Orten gleichzeitig zu: In Alis Wohnung im Sibeliusgången und in seiner Autowerkstatt in Akalla.

Deniz lässt das Handy sinken und schaut zu Zack. »Sie sind bei der Wohnung, finden aber, wir sollen erst die Werkstatt prüfen. Wenn er dort ist, müssen sie die Familie nicht unnötig aufschrecken. Wir sind ja schließlich nicht mal sicher, dass er wirklich was damit zu tun hat.«

Zack nickt. »Sag ihnen aber, dass sie sich bereithalten sollen, damit ihn niemand warnen kann.« Dann biegt er ab zwischen die Hochhäuser Akallas, während Deniz das Telefonat beendet. Er hält auf die Werkstatt zu, die aussieht, als würde sie durch den darüber liegenden Parkplatz gequetscht, und hält davor. Schaut zu Deniz, die kurz nickt.

Sie ist bereit.

Die beiden steigen aus und gehen zur Werkstatttür, öffnen sie und schauen sich um. Es riecht, als wäre hier gerade erst geschweißt worden. Ein Volvo steht auf der Hebebühne, die Wände sind hinter Regalen verborgen, in denen sich das Werkzeug stapelt.

Im hinteren Bereich knarzt eine Tür, dann erscheint ein Mann, auf den die Beschreibung von Ali Reza passt. Klein, muskulös, schwarze Haare und schiefe Nase, da sie Opfer eines Zehnkilogewichts im Fitnessstudio geworden war. Er kommt auf sie zu und reibt die Hände an seiner öligen Arbeitshose trocken.

»Guten Tag, kann ich irgendwie helfen?«

Zack zeigt ihm seine Polizeimarke, will sich gerade vorstellen, da macht Ali einen Schritt zur Seite, greift nach einer Eisenstange, die an einem der Regale lehnt, und stürzt sich auf sie. Zack taucht rechtzeitig weg.

Sieht, wie die Stange stattdessen auf die Motorhaube eines BMW kracht und eine tiefe Beule hinterlässt. Dank unzähliger Stunden beim Karate geht Zack sofort zum Gegenangriff über.

Du hast dich mit den Falschen angelegt.

Der Tritt trifft Ali so heftig am Arm, dass dieser sich vor Schmerzen krümmt. Zack zieht seinen Schlagstock aus dem Hosenbund und zielt damit auf Alis Rücken, bevor dieser sich wieder aufrichten kann.

Hinter ihm hat Deniz die Waffe gezogen und ruft: »Sofort das Rohr fallenlassen! Hände hinter den Kopf!«

Zack schlägt noch einmal zu, Ali sinkt auf die Knie. Reißt den einen Arm hoch, als wolle er sich vor weiteren Schlägen schützen. Lässt das Rohr los, das scheppernd zu Boden fällt.

Zack ballt die Hände zu Fäusten, starrt Ali an, will den Mann verprügeln, der Josefin und ihrem ungeborenen Kind etwas angetan hat. Aber er beherrscht sich, kann Ali sogar mit ruhiger Stimme bitten, sich auf den Bauch zu legen. Er legt ihm die Handfesseln an und zieht ihn dann in eine sitzende Position.

»Widerstand und Gewalt gegen einen Polizeibeamten. Das war nicht besonders klug.«

»Und ich hätte auf Sie schießen können, Sie Idiot!« Deniz steckt die Sig Sauer zurück ins Holster. »Warum haben Sie das getan?«

Ali starrt keuchend vor sich zu Boden.

»Warum haben Sie uns angegriffen?«, fragt Zack. Als Ali weiter beharrlich schweigt, rammt er ihm die Faust gegen den Arm. »Jetzt reden Sie schon! Dann sehen wir vielleicht über das hinweg, was Sie hier gerade veranstaltet haben. Oder wir nehmen Sie mit auf die Wache und schreiben einen ausführlichen Bericht. Das ist

Ihre Entscheidung. Deshalb frage ich jetzt noch mal: Warum haben Sie uns angegriffen? Sie haben drei Sekunden.«

Ali hebt den Blick und stammelt: »Ich habe Drogen dabei. Nicht viel, auch nur für den Eigenbedarf. Eigentlich nehme ich nichts mehr, meine Frau …« Er schaut wieder zu Boden. »Ich will nicht, dass sie etwas davon erfährt.«

»Wo?«, fragt Deniz.

»In der Hosentasche.« Ali nickt zu seinem rechten Bein.

Zack hockt sich vor ihn und zieht einen kleinen Beutel mit weißem Pulver aus der Tasche. »Was ist das?«

»Kokain, aber ich nehm das gar nicht mehr, ich wollte nur …«

»Sie waren am Dienstag gegen vier in der Stadt. Was haben Sie dort gemacht?

»Am Dienstag?«

»Antworten Sie«, fordert Zack. »Dort sind Sie öfter, nicht wahr?«

»Nein. Ich habe Geld geholt.«

»Wo?«

»An einem Automaten.«

»Ich brauche mehr Details. Wo? Wie? Wann? Wofür?«

Ali blinzelt. »In der Vasagatan. Ich brauchte Wechselgeld für das Fußballturnier von meinem Sohn morgen. Ich verkaufe da Würstchen und so was.«

»Sie lügen. Sie haben gar kein Geld abgehoben. Außerdem bekommt man am Automaten nur große Scheine, die kann man wohl kaum als Wechselgeld nutzen.«

»Woher wissen Sie …«

»Antworten Sie einfach.« Zacks Ton wird schärfer, er lehnt sich vor, durchbohrt Ali mit seinem Blick. »Erzählen Sie mir jetzt keinen Scheiß, sonst bringen wir Sie gleich nach Kronoberg. Da müssen Sie Ihrer Frau dann auch einiges erklären.«

»Okay, okay. Ich hatte mein Portemonnaie im Auto vergessen. Aber dann hab ich siebentausendfünfhundert Kronen abgehoben.

Für eine Firma, mit der ich manchmal zusammenarbeite. Schwarzgeld. Ich war mit dem Chef in der Stadt verabredet und wollte ihn für ein paar Sachen bezahlen, die er für mich gemacht hat.« Ali schluckt. »Muss ich sagen, wer das war?«

»Kommt ganz drauf an«, sagt Zack. »Aber erst muss ich noch mal nachfragen: Sie sind zum Auto, haben Ihr Portemonnaie geholt und dann doch an dem Geldautomaten was abgehoben?«

»Genau, und dann hab ich mich mit dem Typen vorm Hauptbahnhof getroffen und ihm das Geld gegeben. Worum geht es denn eigentlich? Ich mache brav meine Buchführung und zahle Steuern und so, aber manchmal ... Das machen doch alle, sonst kann man gar nicht überleben.«

Zack und Deniz wechseln einen Blick, und er sieht ihr an, dass auch sie innerlich flucht. Wenn das alles stimmt, dann ist er Josefin nicht gefolgt, und sie haben den Falschen vor sich.

»Ich rufe Sirpa an, damit sie das Video noch mal prüft«, sagt Deniz und geht ein Stück weg.

Zack steht auf und läuft vor Ali hin und her, während er auf Deniz wartet. Betrachtet den Mann, auf dessen Stirn sich Schweißperlen gebildet haben. Ihm scheint ehrlich daran gelegen, diese Sache so schnell wie möglich aufzuklären. Und obwohl Ali anfangs gelogen hat, hat Zack das Gefühl, auch diesmal nicht den Richtigen vor sich zu haben. Er beschließt, ihn direkt zu fragen:

»Haben Sie eine blonde Frau entführt, die vor Ihnen am Geldautomaten stand?«

Ali starrt ihn an, scheint ihm nicht folgen zu können.

»Josefin Dahl«, schiebt Zack nach. »Haben Sie Josefin Dahl entführt? Hat Sie jemand dafür bezahlt?«

»Wovon reden Sie? Ich hab echt schon viel Scheiße gebaut, aber eine Frau entführt ...« Ali sieht schockiert aus. »Ich habe selbst eine Frau und führe inzwischen ein völlig anderes Leben, ich würde nie ...«

»Das haben Sie auch über das Kokain gesagt.«

Ali beißt die Zähne aufeinander, dann schaut er Zack direkt an. »Manche Gewohnheiten lassen sich nicht so leicht ablegen. Ich war zwei Jahre lang clean, dann wollte ich es halt noch einmal probieren. Nur einmal.« Er schüttelt den Kopf. »Der größte Fehler, den ich hätte machen können.«

Deniz winkt Zack heran, also geht er zu ihr, während ihm Alis Worte in den Ohren klingeln. *Der größte Fehler, den ich hätte machen können.* Er kennt das nur zu gut. Will diesen Weg auch nie wieder einschlagen.

»Seine Aussage stimmt«, erklärt Deniz, als er bei ihr ist. Sie wirft einen Blick auf Ali. »Er ist etwa eine Minute später wieder am Automaten und hebt Geld ab. Was machen wir jetzt?«

»Er war es nicht«, sagt Zack.

»Aber was machen wir wegen all dem anderen? Kokain? Eisenstange?«

»Wir belassen es dabei. Oder hast du Lust darauf, dich bis Dienstschluss mit dem Papierkram rumzuschlagen?«

»Und wenn er uns anzeigt, und wir haben rein ganz nichts dokumentiert?«

»Das wird er ganz sicher nicht.« Zack geht zu Ali, nimmt ihm die Handfesseln ab und hilft ihm auf die Füße.

Im selben Moment öffnet sich die Tür zur Werkstatt. Ein etwa achtjähriger Junge kommt hereingerannt und wirft sich Ali in die Arme. Ruft: »Papa, Papa!« Ihm folgt eine Frau, ein kleines Mädchen mit rosa Häkelrock an der Hand.

Zack versteckt die Handschellen schnell unterm T-Shirt, bemerkt aber den fragenden Blick der Frau. Sie schaut nun auch zu Ali, der langsam die Ärmel seines Overalls abrollt, um die roten Spuren der Handfesseln zu verbergen.

Zack beschließt, die Situation zu retten, Ali zu retten, der ihm irgendwie so ähnlich ist. Er geht zum BMW und klopft auf die Motorhaube. »Dann kümmern Sie sich also um die Beule? Diese verdammten Jugendlichen, die immer alles kaputtmachen.«

Ali wirkt ein wenig verwirrt, nickt aber.

»Dann schon mal ein schönes Wochenende«, sagt Zack und wendet sich an Deniz. »Wollen wir dann gehen, Schatz?«

Sie sieht genauso verwirrt aus wie Ali, fasst sich aber schnell und folgt Zack hinaus. Draußen legt er ihr den Arm um die Taille und lächelt sie auf dem Weg zu ihrem Dienstwagen liebevoll an.

»War das so in Ordnung, Schatz?«

»Du tickst doch nicht ganz sauber.« Sie schüttelt den Kopf, aber lacht. »Dann drücken wir uns mal selbst die Daumen, dass er uns nicht anzeigt. Und ich brauch ein Bier.«

»Vergiss nicht, dass wir morgen arbeiten müssen.«

»Ein Bier wird schon nicht schaden.«

Zack lässt sie los, sie trennen sich, steigen ins Auto ein und lehnen sich erst mal zurück, als wäre ihnen spontan die Kraft ausgegangen.

Noch ein Verdächtiger, den sie von der Liste streichen müssen.

Und die Uhr tickt, mit jeder Sekunde verringert sich die Chance, Josefin lebendig aufzufinden.

Zack startet den Wagen, und seine Gedanken wandern zu Indha. Sie hat sich den ganzen Tag nicht gemeldet, hat nicht mal auf seine gestrige Gute-Nacht-SMS geantwortet. Er fragt sich, warum. Ist sie noch sauer über seinen blöden Spruch im Kino?

Er weiß, dass sie heute früh um acht einen Kunden hatte. Einen schleimigen Typen, mit dem sie gestern Abend im Kino gesimst hat. Ungebetene Bilder tauchen vor seinem geistigen Auge auf. Indha mit diesem Kerl, zusammen an den Geräten, zusammen unterwegs zu ihr. Wo sie zusammen duschen und rammeln wie die Kaninchen.

Fuck it!

Er fährt los, als das Handy piepst.

Ist sie das?

Er schaut nach, aber die SMS ist von Abdula. Zack ist gleichzeitig enttäuscht und vorfreudig.

Ging schnell. Treff mich heut Abend mit Bogan. Stay tuned.

Er antwortet: *Großartig! Meld dich gleich danach.*

Er hält Deniz das Handy hin, die zu seiner großen Verwunderung beim Lesen zu grinsen anfängt.

»Na, vielleicht finden wir dann endlich einen Ansatzpunkt.«

Zack weiß, woher der plötzliche Sinneswandel kommt. Nach so vielen Rückschlägen können selbst die skeptischsten Menschen Dingen eine Chance geben, die sie zuvor für völlig verrückt gehalten haben. Vielleicht ist Abdula sogar ihre einzige Chance.

»Frag ihn, wo sie sich treffen«, sagt sie. »Damit wir ihn wieder beschatten können.«

Zack wird ganz kalt. Sieht Abdulas Leiche vor sich.

Auf einem Schrottplatz.

Mit Maden und Käfern, die in seinen Gedärmen herumwuseln.

Abdulas tote Augen – noch immer das blanke Entsetzen darin.

»Nein«, sagt er. »Sonst begreift Bogan, dass Abdula auf unserer Seite ist. Wir können erst eingreifen, wenn wir was Konkretes haben. Etwas, womit wir Bogan sicher drankriegen.«

33

Deniz lächelt die Frau an der Bar an. Bewegt sich im angenehmen Rhythmus des Reggae, der durch das dunkle Kellerlokal dröhnt. Auf der Tanzfläche drängen sich warme Körper aneinander. Eine Diskokugel dreht sich an der Decke, wirft Lichtstrahlen auf ihr Gesicht.

Wie hieß sie gleich? Nadja?

Ihre Wangenknochen wirken spitz in dem roten Licht, und die Zähne glänzen wie in der Zahnpastawerbung.

Deniz trinkt einen Schluck von ihrem Bier. Weiß, dass sie jetzt schon zu viel intus hat und besser nach Hause gehen sollte.

Aber die Frau, die plötzlich neben ihr stand, ist so verdammt heiß. Eine platinblonde Schönheit in roter Lederhose. Ihr Trägertop verrät, dass sie keinen BH trägt. Ein Lichtstreif in Deniz' dunklem Leben. Der ganze Mist mit Sandra. Sie jeden verdammten Tag auf der Arbeit zu sehen. Sich zu fragen, in wessen Bett sie wohl geschlafen hat, ob sie jemanden kennengelernt hat. Und all die vergeblichen Versuche, Roger Dahls Mörder und Josefin zu finden. Sie hatten eine Reihe von Verdächtigen, aber alle sind nach und nach weggefallen. Bisher jedenfalls. Deniz ist davon überzeugt, dass der Schuldige ganz nah ist, dass es jemand ist, den sie schon getroffen haben. Vielleicht kann Abdula Licht ins Dunkel bringen, jetzt wo er so was wie ein Spion ist.

Sie trinkt noch einen Schluck.

Wie konnte sie Zacks Idee bloß zustimmen?

Die Frau führt ihre Lippen an Deniz' Ohr, streichelt über ihren Arm.

»Komm, ich zeig dir was. Wenn du mitkommst aufs Klo.«

Enttäuschung. »So was mach ich nicht.«

»Nein, nein.« Sie lacht und schiebt die Brust vor. »Ich doch auch nicht. Was anderes. Schöneres.« Sie beißt sich demonstrativ auf die Unterlippe und schiebt ihre Hand in Deniz' Hose.

Deniz' Unterleib zieht sich zusammen, als Nadjas Hand sich ihrem Slip nähert. Am Bündchen zieht. Locker lässt. Wieder zieht, bis Deniz ganz feucht ist und gegen Nadjas Hals stöhnt.

»Komm«, flüstert ihr Nadja ins Ohr, nimmt ihre Hand, sanft, aber entschlossen.

Deniz folgt ihr.

Kann nicht anders. Weil es so verdammt schön ist, sich mal gehen zu lassen.

Sie schließen sich in eine der Toilettenkabinen. Kichern, weil sie wissen, dass sie leise sein müssen. Ziehen ihre Oberteile aus, Nadja das Trägerhemd und Deniz ihre kurzärmelige Bluse. Pressen ihre Oberkörper aneinander, spielen mit den Zungenspitzen. Und als Nadja auf die Knie geht und sich den Weg zwischen Deniz' Beine bahnt, beißt Deniz auf ihre geballte Faust. Lässt es zu – während die Mädels draußen vorm Spiegel die Lippen nachziehen und die Wimperntusche auffrischen.

34

Abdula beißt die Zähne zusammen, hält die Hände im Nacken verschränkt und steht sehr breitbeinig da. Ein kleiner Chilene mit Goldzahn tastet seine Sachen ab. Ein garstiger kleiner Teufel, der ihn überall anfasst. Im Mund, in den Achselhöhlen, zwischen den Pobacken. Als ihm der Chilene voll in die Glocken packt, fängt Abdulas Wange an zu zucken. Aber er bleibt still stehen, kennt die Regeln. Bogans Männer sollen sicherstellen, dass er nicht verwanzt ist. Dazu haben sie ihn in einen Hausflur gebracht, der klinisch sauber riecht.

Der Informationstafel nach zu urteilen, wird dieses Gebäude nur geschäftlich genutzt. Ein Steuerberatungsbüro, ein PR-Berater, Coaching der unterschiedlichsten Arten. Lebensführung, Mindfulness, Ernährungsberatung. Soweit er das beurteilen kann, sind es mindestens fünf verschiedene Coaches. Unter dem einen Schild leuchtet der Satz: *Lindere deinen Stress durch Pranayama-Atmung.* Am liebsten würde er verächtlich schnauben. Dass die Leute auf so einen Scheiß reinfallen und jede Menge gutes

Geld zahlen, um blöd rumzusitzen und auf eine bestimmte Art zu atmen. Warum nicht einfach normal atmen? Wie alle anderen auch? Ohne weiter drüber nachzudenken.

Der Chilene macht einen Schritt zurück und nickt seinem Kumpel zu, dass er fertig ist. Einem bärtigen Kerl ohne Haare, blass und kräftig. Abdula hält ihn für einen Finnen. Er hat bisher kein Wort gesagt, sondern nur dagestanden wie eine Schutzmauer und dem Chilenen das Reden überlassen.

Dann treten sie wieder hinaus auf die Kungsgatan, passieren die Hochhäuser der Innenstadt, gehen unter Brücken hindurch und am Rigoletto vorbei. Die Läden sind geschlossen, vereinzelte Fahrräder stehen herrenlos an Pfähle gekettet. Sie biegen in die Norrlandsgatan ab und stehen schließlich vor dem Nosh and Chow.

Während Abdula zu einem der Ecktische des Restaurants geht, an dem Bogan Ravi ihn erwartet, fühlt er sich geradezu auserwählt. Kommt ja nicht jeden Tag vor, dass er in so einem Lokal isst. Er schnappt einen Gesprächsfetzen von zwei feminin wirkenden Männern auf, die sich über ihre jüngsten Kunsteinkäufe austauschen, sie sprechen von »Kunst« und »New York«.

Was für Witzfiguren. Wäre es nicht besser, was für die Kids zu tun, die in den Vororten die Wände mit ihren Tags vollsprühen? Kauft doch deren destruktive Kunst.

Aber die ist wohl nicht schick genug für die Typen, die es sich leisten können, hier zu essen. Da muss die Kunst von drüben kommen – oder aus Paris oder London.

Nicht aus Tensta.

Bogan steht auf und schüttelt Abdulas Hand, nickt dann dem Chilenen und dem Finnen zu, dass sie sich zurückziehen können. Abdula staunt. Will Bogan so seine Macht demonstrieren? Abdula wird sich aber nicht dazu verleiten lassen, weniger vorsichtig zu sein. Er weiß, was passieren kann. Jederzeit. Man muss immer bereit sein.

Er setzt sich und breitet die Stoffserviette über seiner schwarzen Hose aus. Er ist rausgeputzt wie ein König in seinem Our-Legacy-Anzug mit dem weißen Hemd. Trotzdem kommt er an Bogans Outfit nicht ran, der einen glänzenden, dunkelblauen Seidenanzug trägt. Er fällt nicht weiter auf zwischen all den anderen Anzugträgern in diesem Restaurant. Die Stühle sind mit Leder bezogen, an der Decke verlaufen Kupferrohre, an den Wänden hängen Spiegel. Wie ein Mix aus einem teuren französischen Bordell und dem, was ein schwedischer Börsenmakler für guten Geschmack hält.

Bogan schwenkt den Rotwein im Glas, probiert einen Schluck, während der Kellner mit der Flasche neben dem Tisch wartet. Ein Solaia von 1990. Alt und italienisch. Abdula schätzt, dass er ein Vermögen kostet. Muss ihn aber nicht weiter kümmern, Bogan zahlt.

Sie schwindeln um die Wette, während sie Rinderfilet und Trüffel essen. Darüber, was sie heute gemacht haben und was sie für den Rest des Wochenendes planen. Zumindest Abdula schwindelt. Ob das auch auf Bogan zutrifft, kann er nicht sagen. Es ist nun mal üblich, freundliche Konversation zu betreiben. Auch wenn Bogan Ravi vielleicht ein sadistischer Mörder ist.

Abdula wagt sich vor. »Schon von dem Bullen gehört, der tot in Nacka gefunden wurde?«

Bogan nickt.

»Ganz krasse Sache«, fährt Abdula fort. »War wohl irgendein Ritual. Wer macht denn so was?«

Bogan legt sein Besteck ab. »Der hat bestimmt bekommen, was er verdient hat«, sagt er. »Vermutlich hat er seine Geschäfte nicht ordentlich geführt. Da wird man halt aufgeschlitzt wie ein Falkenküken.« Er greift wieder nach dem Besteck und rammt die Gabel in das saftige Stück Fleisch.

»War das nicht ein Adler?«, fragt Abdula.

»Vogel ist Vogel. Muss ordentlich wehgetan haben.«

Abdulas Bissen wird nicht kleiner. Soweit er weiß, wurden bisher keine Details zum Mord veröffentlicht. Andererseits hat er selbst ja auch alles hinter vorgehaltener Hand erfahren, das könnte bei Bogan genauso sein. Abdula betrachtet ihn mit wachsendem Widerwillen. Ist der Mann gegenüber von ihm in der Lage, anderen die Lungenflügel herauszureißen? Ist er dafür nervlich stark genug? Verrückt genug?

Bogan schaut auf, ihre Blicke treffen sich. Er hat pechschwarze Augen.

Abdula erschaudert und beißt die Zähne so fest aufeinander, dass sie schmerzen. Aber er wird den Blick nicht abwenden. Niemals.

In einem Punkt ist er sich jetzt jedoch sicher.

Ein Mann mit solchen Augen ist zu allem fähig.

Bogan bricht in schallendes Gelächter aus. »Immer mit der Ruhe, Mann. Noch sind wir ja nicht im Geschäft, es gibt also keinen Grund zur Sorge. Oder?« Er nickt zu Abdulas Glas und hebt das eigene. »Trink, du siehst aus, als könntest du es brauchen.«

Sie prosten sich zu, und Bogan lobt den Wein mit einem leichten Schmatzen. Dann lehnt er sich zurück und legt die Fingerspitzen aneinander. »Ich gehe davon aus, dass du weißt, weshalb ich Kontakt zu dir aufgenommen habe. Die Nachfrage ist groß. Sie wächst schneller, als wir liefern können. Deshalb brauche ich einen neuen Partner, jemanden, der größere Mengen verkaufen kann, damit sich der Absatz erhöht.«

Abdula weiß, worauf er hinauswill. Aber vermeiden lässt es sich wohl nicht. Warum hätte Bogan einem Treffen mit ihm zustimmen sollen, wenn es ihm nicht ums Geschäft ging? Er zuckt mit den Schultern. »Woran hast du gedacht?«

»Du kennst die Branche, hast viele Kontakte. Und ich bekomme eine Lieferung Heroin. Im Wert von ungefähr zehn Millionen Kronen.«

Abdula schluckt. Zehn Millionen. Vielleicht lohnt es sich ja doch, genauer zuzuhören. Er gibt sich Mühe, unbeeindruckt zu klingen. »Dann bist du bei mir an der richtigen Adresse.«

»Gut.« Bogan legt die Hand auf den Messergriff und umschließt ihn so fest, dass die Knöchel weiß werden. »Aber denk daran, was passiert, wenn jemand sein Wort mit mir bricht.«

35

Deniz zittert noch immer, als sie ihren Slip hochzieht und nach der Hose greift, die über der Toilette hängt. Merkt, dass sie nass geworden ist. Wovon? Urin? Sie seufzt, jemand muss danebengepinkelt haben. Dabei ist das doch die Damentoilette. Sie reißt ein Blatt Toilettenpapier ab und sieht, wie Nadja sich mit der Handrückseite über den Mund wischt.

Deniz betrachtet sie. Das blonde Haar, das im Dunkeln so hübsch ausgesehen hat, ist trocken und ungepflegt. Ihre Zähne haben dunkle Flecken, und die rote Lederhose sieht doch eher nach Plastik aus.

Womit hab ich denn nur gedacht?

Deniz reibt mit dem Klopapier über die Hose und zieht sie dann so schnell wie möglich an. Will hier weg. Will nach Hause. Will vergessen, dass sie diesen Orgasmus überhaupt hatte. Draußen hört sie die üblichen Damenklofragen: »Hast du Haarspray?« »Hast du einen Tampon für mich?«

Sie lächelt Nadja entschuldigend an, um ihr zu vermitteln: Ich gehe jetzt. Hoffe, wir sehen uns nie wieder. Sie tritt an die Tür, doch Nadja greift nach ihrem Arm.

»Hast du nicht was vergessen?«

Deniz schaut sie fragend an.

»Das macht fünfzehnhundert«, sagt Nadja, ohne mit der Wimper zu zucken. »Aber ich kann auch auf tausend runtergehen. Ging ja ziemlich schnell.«

Es dauert einen Moment, bis Deniz kapiert, was sie meint. Dann zischt sie: »Dein Ernst?«

»Online geht auch, wenn du es nicht bar hast.«

Deniz schnaubt so heftig, dass ihr Speichel aus dem Mund fliegt. Sie greift nach dem Riegel an der Tür, öffnet.

»Du musst bezahlen!« Nadja wird laut.

Und Deniz begreift, dass die Mädels draußen sie hören sollen, als Druckmittel.

Also schiebt sie den Riegel wieder vor, dreht sich um und greift fest in Nadjas Haar. Presst ihren Kopf auf den Klodeckel. Wut breitet sich in ihrer Brust aus. »Jetzt hältst du die Fresse, verstanden?«

Nadja zappelt und schreit.

Deniz legt ihr eine Hand über den Mund, rammt ihr das Knie in den Bauch.

»Ich gehe jetzt hier raus, und du lässt mich gehen. Ohne einen Mucks. Verstanden?«

Nadja keucht unter Deniz' Händen, aber nickt.

Deniz drückt ihren Kopf noch fester auf den Klodeckel, bevor sie loslässt. Starrt die schmuddelige Blondine an, die sich nun den Bauch hält. Dann öffnet sie die Tür und geht. Drängt sich an den Mädels vorbei, die innegehalten und dem Gerangel in der Kabine gelauscht haben.

Im Lokal selbst sind jetzt noch mehr Menschen. Alles dreht sich. Immer schneller. Wie die Diskokugel an der gewölbten Decke.

Es flimmert vor Deniz' Augen wie damals, als sie ihren kleinen Bruder auf dem Rücken trug. Damals, als sie gemeinsam aus Kurdistan flohen. Hungrig, durstig und dreckig. Mit nur einem Ziel vor Augen: einen Ort zu finden, an dem es ihnen besser ging.

Ich will hier weg. In Sandras Arme.

Sie stößt mit jemandem zusammen, murmelt eine Entschuldigung. Schiebt sich weiter Richtung Ausgang. Der Türsteher öffnet die Tür nach draußen mit einem Bis-zum-nächsten-Mal-Lächeln.

»Die war es!«

Deniz schaut sich um.

Nadja steht mit einem Typen von der Security da und zeigt auf Deniz. »Die hat versucht, mich umzubringen!«, schreit sie. »Die ist völlig verrückt geworden! Guckt doch!« Sie hält ein Büschel blonder Haare hoch. Presst Krokodilstränen hervor.

Der Türsteher greift nach Deniz' Arm. »Bleib mal grad.«

Deniz reißt sich los, geht weiter auf die Straße.

»Hey!«

Diesmal ist der Griff fester, und Deniz wehrt sich mit beiden Armen. Kämpft um ihr Leben und um das ihres Bruders, den sie auf dem Rücken trägt. Kämpft um ihr Überleben.

36

Abdula folgt Bogan aus dem Restaurant, sie gehen Richtung Kungsgatan. Alte Gebäude mit Steinfassaden wechseln sich mit Glastronten der Anwaltskanzleien ab.

Die Nacht ist warm und sternenklar. Die Stadt befreit von dem schweren Verkehr, der hier tagsüber entlangdonnert. Stattdessen hört man, dass in der Nebenstraße gestritten wird. Als Abdula um die Ecke biegt, sieht er die Silhouetten von zwei Frauen, die sich vor dem Eingang zu einem Club wüst beschimpfen und wild gestikulieren. Ein paar Türsteher versuchen, der Situation Herr zu werden.

Bogan bleibt stehen und beobachtet das Schauspiel mit dem Anflug eines Lächelns auf dem Gesicht.

Abdula interessiert sich mehr für den Deal, von dem Bogan gesprochen hat. »Wann soll das Geschäft denn steigen?«

Die Aufmerksamkeit noch immer auf den Streit gerichtet, reicht Bogan ihm die Hand. »Bald. Sehr bald. Ich melde mich.«

Abdula versucht nachzuvollziehen, was ihn so sehr an dem Streit fasziniert. Das sind doch sicher nur zwei Lesben, die sich wegen einer dritten zoffen?

»Das ist ein Lesbenclub«, sagt er. »Da ist für dich nichts zu holen.«

Bogan schnaubt. »Woher willst du das wissen?«

37

Sonntag, 27. Mai

Sirpa reibt ihre Oberschenkel und klappert fast mit den Zähnen. »Eins ist sicher, ich werde mich nie wieder über die Hitze beschweren.«

Zustimmung von allen Seiten.

Die Klimaanlage im Besprechungszimmer ist endlich repariert worden, läuft jetzt allerdings auf Hochtouren. Die Einzige, die nicht zu frieren scheint, ist Deniz. Sie ist blass im Gesicht und wedelt sich mit dem T-Shirt Luft zu. Zack fand, dass sie nach durchzechter Nacht roch, als sie sich vorhin in der Küche drängten, um sich mit Kaffee einzudecken. Jetzt kaut sie eifrig Kaugummi, als würde das noch helfen. Alle haben längst kapiert, dass sie gestern unterwegs war. Als Rudolf zu ihnen stieß, wedelte er sich demonstrativ mit der Hand vor der Nase und fragte, wer gestern einen schöneren Abend hatte als er. Alle außer Sandra lachten, und auch jetzt schaut sie immer wieder verkniffen in Deniz' Richtung.

Zack weiß, was in ihr vorgeht. Kann ihre Gedanken lesen. Was hast du gestern gemacht?

Und was hat Indha gemacht? Auf jeden Fall hat sie nicht von sich hören lassen. Seine SMS sind noch immer unbeantwortet.

Douglas scheint sich wohlzufühlen bei den kühleren Temperaturen. Er behält das Jackett an, das Hemd ist bis oben zugeknöpft. So steht er am Whiteboard und listet die Spuren auf, die sie bislang haben.

Er schreibt »Ehepaar Sundgren« hin und streicht es gleich wieder durch. Darunter »Ali Reza«, den er ebenfalls durchstreicht. »Josefin Dahl« versieht er mit einem großen Fragezeichen, weil ihr Verbleib noch immer ungeklärt ist. Fährt fort mit »Blaues Samsung« und »Bogan Ravi«, klickt dann den Deckel wieder auf den Stift und tippt damit gegen den Namen.

»Das ist immer noch die heißeste Spur. Sofern niemand etwas Neues beizutragen hat.«

Alle Augen richten sich auf Zack, der fieberhaft überlegt, was er sagen soll. Abdula hat ihn am Morgen mit einer SMS überrascht, in der er schrieb, dass der Deal mit Bogan zustande gekommen sei. Zack weiß noch immer nicht, ob er das gut oder schlecht findet. Aber in Ermangelung anderer Ideen bringt Abdula nun vielleicht frischen Wind in die Angelegenheit. Zack beschließt, so zu tun, als käme die Information von Copper, und er versucht, möglichst glaubhaft zu klingen.

»Ich hab heute Morgen was von Copper gehört. Oder besser gesagt, ich hab eine SMS bekommen.« Er räuspert sich. »Bogan hat einen neuen Abnehmer gefunden. Der Deal geht demnächst über die Bühne.«

»Wer ist der Abnehmer?«, fragt Sandra.

»Diese Information habe ich nicht.« Zacks und Deniz' Blicke treffen sich, aber sie verzieht keine Miene. Eine stille Übereinkunft, dass sie jetzt vorsichtig sein müssen.

»Wie ihr wisst, ist Copper sich recht sicher, dass Bogan in den Mord an Roger verwickelt ist und auch mit Josefins Verschwinden zu tun hat«, fährt Zack fort. »Ein direktes Geständnis hat er nicht bekommen, aber Bogan hat wohl Andeutungen gemacht.«

»Zum Beispiel?«, fragt Sirpa, die sich die Arme reibt, damit ihr wärmer wird.

»Unter anderem, dass Roger aufgeschlitzt war wie ein Falkenküken. Das kann er ja eigentlich nicht wissen?«

»So hat er das gesagt?«, fragt Douglas. »Mit diesen Worten?«

Zack nickt. »Ungefähr zumindest. Er hat wohl sowohl von Falkenküken als auch von einem Adlerküken gesprochen.«

»In den isländischen Sagas und in der klassischen Überlieferung ist nur von einem Adlerküken die Rede«, sagt Rudolf und wackelt mit dem Kopf, als könnte er so die Gedanken auf Trab bringen.

»Kann Copper uns nicht verraten, wo Bogan steckt, damit wir ihn wieder beschatten können?« Sandra verschränkt die Arme vor der Brust. »Oder vielleicht sogar verhaften?«

»Noch nicht«, sagt Zack etwas zu laut. Er rutscht auf seinem Stuhl herum und senkt die Stimme bewusst wieder. »Das könnte für Copper viel zu gefährlich werden. Außerdem haben wir ja bald die Chance, Bogan quasi in flagranti zu schnappen.« Er schaut zu Douglas in der Hoffnung auf Unterstützung. »Ich würde vorschlagen abzuwarten, bis weitere Hinweise von Copper kommen.«

»Aber was ist mit Josefin?«, fragt Sandra. »Wenn Bogan hinter ihrer Entführung steckt, kann er uns ja zu ihr führen.«

Zack schluckt. »Das geht nicht mehr. Er weiß doch, dass wir ihn beschatten. Wenn er sich beobachtet fühlt, gefährden wir den Drogendeal, was wir ja nun auch nicht wollen.«

»Wir müssen geduldig sein«, sagt Rudolf, nachdem alle eine Weile geschwiegen haben. »Ganz wie die Opfer, die dem Blutadler-Ritual unterzogen wurden. Die mussten auch durchhalten, auf den Tod warten. Sich in ihr Schicksal fügen.«

»Aber die hatten auch keine Wahl«, sagt Sirpa und erschaudert.

»Wir können alle wählen, wie wir die Situationen meistern, in denen wir uns wiederfinden. Manche wollten nicht einmal festgebunden werden.« Rudolf spricht langsamer, er ist hinabgestiegen in die dunkle Vergangenheit. »Weil sie dem Henker ihre Stärke beweisen wollten, legten sie sich freiwillig auf den Stein, um nach Walhalla zu kommen.«

Es wird still. Dem Raum scheint der Sauerstoff auszugehen, obwohl die Klimaanlage dröhnt.

»Wir geben der Sache ein paar Tage«, sagt Douglas schließlich. »Jetzt, wo Copper endlich mal was Handfestes liefert.«

Zack lächelt, obwohl das ja gar nicht stimmt. Er macht sich Sorgen. Warum ist Copper gestern nicht aufgekreuzt? Was, wenn sie als Nächstes seine Leiche finden?

Oder die von Josefin?

Zack versucht, nicht weiter darüber nachzudenken. Er muss seine Emotionen im Zaum halten.

Sein Handy klingelt, es ist Håkan Lundgren von der Säpo. Er berichtet, dass er in der Wohnung in Rinkeby ist, wo das Mädchen vor dem Terroranschlag gesehen wurde.

»Ich möchte, dass du herkommst«, sagt er. »Das ist garantiert die richtige Wohnung.«

Zack steht auf und gibt Deniz ein Zeichen mitzukommen.

Es ist an der Zeit, sich den eigenen Alpträumen zu stellen.

38

Zack wirft einen Blick zu Deniz auf dem Beifahrersitz. Sie hat noch kein Wort gesagt. Nur das Gesicht gegen das Fenster gelehnt und die Augen geschlossen.

»Willst du drüber reden?«, fragt er, aber hauptsächlich, um vor seinen eigenen Ängsten zu fliehen.

»Nein.«

Er biegt in den Rinkebyvägen. Allein die Vorstellung, hier wohnen zu müssen, ist deprimierend. Betonklotz an Betonklotz, aufgestellt in Quadraten mit sterilen Innenhöfen. Menschen, die sich apathisch bewegen, die keine Arbeit haben, zu der sie gehen können, die nicht die Kraft aufbringen, sich so weit zu integrieren, dass sie einen Job finden könnten. Oder die anderen, die abhauen, sobald sie die Polizei sehen. Dealer, Kids, die Autos anzünden, Typen mit gestohlenen Handys in den Taschen.

Sie halten vor einem mehrstöckigen Haus, das Zack an einen Bienenstock erinnert. Tomatenrote Fassade und Laubengänge mit gelben Geländern. An der Einfahrt zur Tiefgarage steht ein somalisch aussehender Junge mit einem Fidget Spinner. Er betrachtet sie neugierig und verächtlich zugleich, sein Blick schreit förmlich: Ich weiß, dass ihr Bullen seid!

»Warum sind wir eigentlich hier?«, fragt Deniz, während sie ins Haus gehen. »Das ist doch eindeutig Aufgabe der Säpo.«

»Ich habe keine Ahnung …« Zack bleibt auf halber Treppe stehen und schaut hinunter zu Deniz. »Ich muss einfach wissen, wer sie war. Wie das passieren konnte. Und ich dachte, dass es dir sicher nicht schadet, mal rauszukommen. Du siehst aus, als könntest du frische Luft brauchen.«

»Und ob.«

Sie betreten den Laubengang.

»Da hinten ist es«, sagt Zack.

Auf dem Türschild steht *A. Komorowski*. Zack klopft an.

Håkan Lundgren öffnet ihnen. Ein großer, schlaksiger Mann, den Zack für einen Wissenschaftler gehalten hätte, wäre er ihm auf der Straße begegnet. Er führt sie in die Zweizimmerwohnung, in der es warm und muffig ist. Eine leere Garderobe aus Edelstahl hängt an der Wand. Ein Stapel Wurfsendungen liegt auf dem Boden. Sie gehen tiefer hinein, und Zack bekommt dasselbe Gefühl wie bei Indha: Wer immer hier wohnt, will nur vorübergehend bleiben. Ein riesiges, U-förmiges Polstersofa steht im Wohnzimmer. Eine nackte Glühbirne hängt von der Decke. Schiefe Jalousien. Zack grüßt zwei Kriminaltechniker, die gerade mit ihrer Ausrüstung abrücken. Wirft einen Blick ins Schlafzimmer. Drei Matratzen auf dem Boden, eine dreckige Decke. Überall liegen Verpackungen von McDonald's und Pizzakartons verstreut.

Håkan zeigt auf eine Kommode im Wohnzimmer, dem einzigen Möbelstück in der gesamten Wohnung, abgesehen vom Sofa. Er zieht die oberste Schublade heraus.

»Hier haben wir Wäsche gefunden, wie das Mädchen sie trug. Boxershorts von H&M. Außerdem einen Koran und eine DVD von einem IS-Massaker in Syrien. Die Kriminaltechniker haben Fingerabdrücke gesichert und eine Menge anderes Zeugs mitgenommen, jetzt müssen wir das Ergebnis abwarten. Aber bisher deutet alles darauf hin, dass das Mädchen wirklich hier gewohnt hat.« Er schiebt die Schublade wieder zu und öffnet den obersten Knopf seines Polohemds. »Die Frau, die uns verständigt hat, wohnt nur zwei Türen weiter und heißt Mariem Isse. Sie sagt, dass hier hauptsächlich junge Männer ein und aus gingen, alle mit langen Bärten und kurzen Hosen, typische Dschihadisten eben.«

»Sie waren also nicht gerade diskret?«, fragt Zack.

»Nicht, was die Kleidung betrifft, aber das liegt vielleicht daran, dass so etwas hier nicht gerade ungewöhnlich ist. Allerdings fand die Zeugin, dass das Mädchen ein bisschen zu häufig zu Hause war. Sie schien nicht zur Schule zu gehen und wirkte irgendwie verloren.«

»Und dieser Komorowski? Habt ihr ihn mittlerweile gefunden?«, fragt Zack.

»Nein, aber das ist auch nicht sein richtiger Name. Das Einzige, was wir wirklich von ihm haben, ist seine Beschreibung, die aber leider auf ungefähr ein Fünftel der Weltbevölkerung passt:

ein Mann über dreißig mit langem, dunklem Haar und Bart. Und den Bart hat er inzwischen auch nicht mehr. Mariem hat den Mann am Tag nach dem Terroranschlag gesehen, und da war er komplett rasiert.«

Zack schaut sich um. »Und ihr seid hier fertig?«

»Ja, ich muss zurück in die Stadt.« Håkan wirft einen Blick auf seine Armbanduhr. »Schon seit einer Viertelstunde. Aber die Techniker sind noch ein Weilchen hier, und ein paar Kollegen befragen die Nachbarn hier im Haus und gegenüber. Ich wollte nur, dass du das auch siehst, vielleicht hilft dir das ja irgendwie.« Er klopft Zack freundschaftlich auf die Schulter und wechselt noch ein paar Worte mit den Kriminaltechnikern, bevor er geht.

»Viel gibt es für uns wohl eher nicht zu tun«, sagt Deniz.

Zack holt tief Luft. Versucht, seine Gefühle zu benennen. Was sollte er denn fühlen? Schuld? Scham? Trauer? Hass? Aber er findet nur das Gefühl tiefer Sinnlosigkeit. Die Tat in der U-Bahn war so vollkommen unnötig.

»Stimmt, scheint, als hätten sie hier schon alles gefunden, was es zu finden gibt«, sagt er schließlich. »Ich werde trotzdem noch eine Runde drehen und mich mit dem Gedanken befassen, dass das Mädchen, das ich getötet habe, hier gewohnt hat.«

Deniz macht einen Schritt auf ihn zu. »Die Männer hier haben sie getötet. Sie haben das Mädchen geopfert. Nicht du.«

Zack seufzt. »Ich hätte sie nicht erschießen, sondern einfach überwältigen sollen. Aber der Sprengstoffgürtel ...«

»Du hast genau das getan, was von dir erwartet wird. Wofür du ausgebildet wurdest. Okay?«

»Vielleicht.«

»Ich warte unten am Auto, ich brauche ein bisschen frische Luft.« Deniz wirft ihm einen vielsagenden Blick zu und geht Richtung Flur.

Zack stellt sich ans Fenster. Durch die Baumkronen sieht er die

E18, etwas weiter entfernt den Kymlingelänken, der sich bis Kista erstreckt. Der Verkehr ist noch immer dicht, hat sich aber etwas gelichtet nach der morgendlichen Stoßzeit. Diese Aussicht gehört zu den letzten Dingen, die das Mädchen gesehen hat. Das Järvafältet, das sich wie eine grüne Oase zwischen den Schnellstraßen erstreckt. Er dreht sich um und stellt sich vor, wie die bärtigen Männer auf dem Sofa sitzen. Wie sie sich unterhalten, während ein verängstigtes Mädchen ganz in der Nähe ist. Was haben sie mit ihr gemacht? Jeder Muskel in seinem Körper verspannt sich, als er sich fragt, was sie mit ihr angestellt haben könnten. Ein Kind, das für diese Männer keine Rechte hatte. Woher kamst du? Kanntest du einen der Männer? Was wolltest du in deinem Leben erreichen? Ins Paradies kommen? War denn alles so schlimm auf dieser Erde?

Er wirft noch einen Blick ins Schlafzimmer, betrachtet die Matratze in der Ecke. War dies dein Platz? Hast du dort geschlafen? Zack hockt sich hin und schlägt die Decke zurück. Die Matratze ist dünn und hart. Im einfallenden Licht erkennt er, dass jemand etwas in die Fußleiste geritzt hat. Er zählt dreiundfünfzig Striche, außerdem ist dort ein unförmiges Herz zu sehen, links davon ein A, rechts ein I. Zack fährt mit der Fingerspitze darüber. Hatte das Mädchen hier gelegen und die Tage der Einsamkeit heruntergezählt? Dreiundfünfzig Tage. Gefolgt von einer Liebeserklärung. A Herz I.

Zack zückt sein Handy und fotografiert die Fußleiste. Dann ruft er einen der Kriminaltechniker zu sich und zeigt ihm, was er gefunden hat. Dann geht er.

Im Laubengang vor der Wohnung steht der Junge mit dem Fidget Spinner. Er betrachtet Zack nun genauer und sagt:

»Du hast sie erschossen. Du warst in der Zeitung deswegen. Du hast sie ermordet.«

Zack verflucht seine blonden Locken, an denen ihn alle sofort erkennen. Würde es helfen, wenn er sie genauso radikal abrasieren würde wie Abdula? Dann kommt ihm eine Idee. Was, wenn dieser Junge das Mädchen kannte? Vielleicht hat sie seinen Anfangsbuchstaben auf der Fußleiste verewigt. Verbirgt er sich hinter dem I?

Bist du deshalb so wütend? Weil ich deine Freundin ermordet habe?

Ich weiß, wie sich das anfühlt. Ich habe es selbst erlebt.

Zack nickt. »Du hast recht, ich habe sie erschossen, aber ich hatte keine andere Wahl. Wenn du die Zeitungen gelesen hast, weißt du, was sie getan hat. Sie hat Menschen getötet und hatte einen Sprengstoffgürtel, auch wenn er sich als Attrappe herausgestellt hat. Aber glaub mir, ich wünschte, die Sache wäre anders ausgegangen.« Er macht einen Schritt auf den Jungen zu, der so aussieht, als wolle er ihn mit seinem Fidget Spinner angreifen. Doch dann wendet er bloß den Blick ab und konzentriert sich auf das Spielzeug in seiner Hand. Macht kleine Tricks, als bräuchte er einen Grund, um bleiben zu können. Mitten in der Wut zeigt sich Neugier.

»Wie heißt du?«, fragt Zack.

»Isse.«

»Aha.« Zack zeigt auf die übernächste Tür. »Dann wohnst du da? Deine Mutter hat bei uns angerufen.«

»Vielleicht.«

»Ist Isse dann nicht dein Nachname?«

»Ich werde aber so genannt. Isse.«

Zack streckt die Hand aus. »Darf ich mal?«

Isse schaut Zack zweifelnd an, wirft dann demonstrativ einen Blick in den Hof, und Zack versteht: In solchen Vierteln ist es nicht gerade angesagt, mit Bullen zu reden. Trotzdem gibt Isse ihm den Fidget Spinner.

Zack dreht ihn und fragt sich, wie die Dinger in kürzester Zeit so beliebt werden konnten. Therapie für die Seele, hat er gehört.

Und klar, wenn das stimmt, ist das sicher gut für die Kids. Sollen sie lieber damit rumspielen, als Gleichaltrigen die Handys zu klauen. Oder mit einer Axt auf andere loszugehen.

Er gibt ihn zurück und nickt anerkennend. »Schickes Teil.«

»Sie hat ihn mir geschenkt. Sie hat ihn gefunden, und ich durfte ihn mal ausprobieren. Dann …« Isse schluckt. »Ich kapier nicht, warum sie das getan hat.«

»Hat sie vorher mal was davon erzählt?«

»Nein. Sie hat nur gesagt, dass wir uns nicht mehr sehen können, weil sie umzieht. Ich hab sie gefragt, ob wir nicht chatten können, aber sie meinte, da gäbe es kein Internet. Hab mich gefragt, wo es denn noch so einen Ort gibt. Aber jetzt kapier ich das.«

Zack schaut ihn voller Mitgefühl an. »Wo habt ihr euch kennengelernt?«

»Hier.« Isse zeigt auf ein kleines, quadratisches Milchglasfenster, das sich auf der Höhe von Zacks Kopf befindet. »Da ist die Toilette. Sie ist immer abends hingegangen, und dann haben wir uns durchs Fenster unterhalten. Sie durfte nie allein raus. Das fand ich schon komisch, aber ich hätte nie gedacht, dass …«

»Vermisst du sie?«

»Ich hasse sie.« Ihm fällt der Spinner aus der Hand, schnell beugt er sich runter und hebt ihn wieder auf. Bringt ihn wieder auf Touren, während er durch zusammengebissene Zähne presst: »Sie hätte doch was sagen können. Vielleicht hätte ich helfen können. Aber sie klang so glücklich, dass sie endlich hier wegkommen würde.« Isse schaut sich zwischen den seelenlosen Hochhäusern um. »Ich hab gesagt, ich würde mitkommen, aber das ging nicht. Und das hätte ich auch nicht gemacht, glaube ich, aber du weißt schon …«

Zack nickt, als könne er ihn verstehen. »Erzähl mir was über die Männer, die hier gewohnt haben. Wer waren sie? Waren sie mit ihr verwandt? Weißt du, wie sie heißen?«

»Nein, sie kannte sie nicht. Ihre Eltern sind tot, und ein Onkel hat sie in so ein Ausbildungslager gesteckt. Mir war nie klar, was sie damit meinte. Dann wurde sie nach Belgien gebracht, wo sie eine Weile gewohnt hat, bis sie hergekommen ist. Ich dachte, dass sie die vielleicht zwangsverheiraten wollten oder so.«

»Hast du sie mal danach gefragt?«

»Nein. Das wäre doch peinlich gewesen. Dann hätte sie ja vielleicht gemerkt, dass ich … dass ich sie toll fand.«

»Dann hast du sie also doch nicht gehasst?«

Isse seufzt, schaut zu Boden und scheint sich zurückzuträumen. Zu den Abenden, an denen sie sich im Bad eingeschlossen und das Fenster gekippt haben muss. Wie sie durch den Spalt Isse anlächelte, der geduldig draußen wartete. Kurze Treffen, die sich zu etwas entwickelt hatten. Einer Freundschaft? Einer Liebe? Bis der Tag kam, an dem Isse wartete und wartete, ohne dass sie auftauchte.

»Hier ist meine Nummer«, sagt Zack und reicht ihm eine seiner Visitenkarten. »Meld dich, falls dir noch was einfällt. Ich kann mir gut vorstellen, dass das gerade nicht leicht ist für dich.«

Isse hält die Karte, als wäre sie schmutzig. Dann steckt er sie trotzdem in die hintere Hosentasche.

»Vergiss sie nicht«, mahnt Zack. »Nicht, dass sie in der Waschmaschine landet.«

»Ist auch egal, ich werd eh nicht anrufen.«

»Vielleicht nicht. Aber das weiß man nie. Vielleicht gibt es ja doch irgendwann etwas, worüber du reden willst.« Dann fällt Zack wieder ein, was er vorhin fotografiert hat. Er holt sein Handy hervor und sucht das Foto heraus. »Wie hieß sie eigentlich? Fing ihr Name mit A an?«

»Woher weißt du das?« Eine Spur von Enttäuschung in seinen Augen. »Sie hat gesagt, dass sie nur mir ihren richtigen Namen verraten hat.«

Zack zoomt das Herz mit den Initialen heran und zeigt es Isse. Sieht, wie die Gesichtszüge des Jungen ganz sanft werden, bis ihm offenbar wieder einfällt, dass er sie ja hassen will.

Hassen, obwohl er sie eigentlich liebt. Dann spricht er so leise, dass Zack sich konzentrieren muss, um ihn zu verstehen.

»Amina. Sie hieß Amina.«

Mit einem Brennen in der Brust wirft Zack noch einen Blick auf das Foto. Auf das geritzte Zeichen einer jungen Liebe, die er zerstört hat.

Amina Herz Isse.

39

Es ist lange her, dass Zack und Abdula zuletzt auf dem Platz in Skärholmen abhingen. Aber nun sitzen sie an einem wackligen Tisch auf der Terrasse, verdeckt von einer riesigen Grünpflanze.

Hier kann man sie von der Straße aus unmöglich sehen. Zack hält eine Flasche Leichtbier in der Hand und Abdula ein großes Glas Fassbier. Sie prosten sich zu und trinken. Betrachten die vielen Menschen, die auch den warmen Sonntagnachmittag genießen, an den Marktständen einkaufen, noch ins Einkaufszentrum eilen, bevor die Geschäfte schließen, oder sich auf die Bänke setzen, um die müden Beine auszuruhen. Menschen aus aller Herren Länder, Frauen in Niqabs, schwedische Mütter, Eritreer in viel zu dicken Sachen. Ein Querschnitt durch das neue Schweden, das sich im Zentrum von Skärholmen trifft.

Der Platz hat sich verändert, ist auf den ersten Blick gemütlicher und harmloser geworden. Aber Zack weiß, dass die Dealer und Hehler ihren Geschäften nun einfach woanders nachgehen, weil die Polizei hinter ihnen her ist.

»Ich hab noch mal mit Bogan gesprochen«, sagt Abdula nach den ersten Schlucken. »Er möchte eine Garantie, dass ich die Kohle beschaffen kann. Deshalb wollte ich mal nachfragen, wie wir das am besten machen.«

Zack schaut seufzend in den blauen Himmel. »Hatten wir uns nicht darauf geeinigt, dass du dich nur ein bisschen umhörst?«

»Mag sein, aber jetzt halte ich euch eben den gedeckten Präsentierteller hin. Und einen Rückzieher kann ich nicht mehr machen, denn dann weiß er, dass was im Argen liegt.«

Zack ist davon überzeugt, dass das stimmt, trotzdem zögert er. Das war so nicht abgesprochen. Einen echten Käufer zu mimen ist mit verdammt großen Risiken verbunden, aber das ist Abdula bewusst.

»Wie viel?«, fragt Zack.

»Zehn plus zwei. Zehn Millionen für den Deal und zwei für mich.«

Zack starrt seinen Kumpel an. Überrascht von der Summe.

Abdula starrt zurück. »Das ist schließlich nicht irgendein Deal. Deine Leute können mich ohne weiteres einbuchten. Und Bogan …« Er schüttelt den Kopf. »Das ist ein ziemlich krasser Typ.«

»Aber zwölf Millionen! Wo soll ich die denn hernehmen?«

»Tja, da müsst ihr wohl ein bisschen von dem abzwacken, was ihr euren anderen Spitzeln zahlt. Wir reden hier schließlich von einem Polizistenmörder, und diese Tussi wollt ihr doch auch finden, diese Josefin. Erzähl mir nicht, dass ihr jeden Tag so eine Chance kriegt.«

Zack kratzt sich an der Stirn. »Darüber muss ich erst mal nachdenken.«

»Lass dir nicht allzu lange Zeit.«

»Bist du denn jemandem begegnet, der unser Informant sein könnte?«, fragt Zack.

»Noch nicht. Wenn es keiner der beiden war, die mich gefilzt haben. Aber das würde mich überraschen.«

»Wie sahen die aus?«

»Ein kleiner Chilene und ein Finne, würde ich sagen. Groß mit Bart. Glatze.«

Zack nimmt eine Serviette, faltet sie zusammen, beugt sich runter und schiebt sie unter das Tischbein. Kann das Gewackel nicht länger ertragen. Er richtet sich wieder auf.

»Halt einfach die Augen offen. Ich muss wissen, ob mit Copper alles in Ordnung ist. Er hat noch immer nichts von sich hören lassen.«

»Und warum macht dich das so verrückt?«

»Weil ich es sehr beunruhigend finde.«

»Ich tu, was ich kann. Aber nachfragen werde ich sicher nicht.« Abdula zwinkert und prostet ihm zu. »Schön, mal wieder zusammenzuarbeiten. Erinnerst du dich noch an den alten Afghanen? Das war ganz schön brenzlig, ist aber noch mal gut gegangen.«

Zack erinnert sich. Sie hatten einen kleinen Jungen gerettet, der von einem Monster gefangen gehalten wurde. Er wird auch nicht vergessen, dass Abdula während eines anderen Einsatzes angeschossen wurde, aber das erwähnt er jetzt lieber nicht.

»Allerdings war das mit dem Afghanen ein Kinderspiel im Vergleich zu Bogan. Das wird noch viel krasser«, stellt Abdula fest. »Ich hab ein bisschen nachgedacht. Nach dieser Sache ziehe ich mich raus. Haue ab. An die Südsee.«

»Ich dachte, du bist Thailand-Fan.«

»Thailand? Da sind mittlerweile nur noch schwedische Gangster. Die schlimmsten Idioten.«

»Bist du etwa kein Gangster?«, fragt Zack.

»Nicht mehr oder weniger als du.« Abdula lehnt sich vor. »Wie läuft es denn mit deiner Schnalle? Letztens war doch Drama angesagt.«

Der Gedanke an Indha versetzt ihm einen Stich. Was genau fühlt er denn eigentlich? Eifersucht? Sehnsucht? Leere? »Das wird wohl nix.«

»Wie? Will sie nicht?«

»Keine Ahnung. Sie meldet sich ja nicht mal.«

So abserviert zu werden, ist extrem frustrierend. Insbesondere, wenn man nicht mal den Grund kennt.

Als eine SMS ankommt, schauen beide auf ihre Handys.

»Das war meins«, sagt Abdula. »Bogan will mich treffen. Jetzt. Hast du lange genug nachgedacht?«

Zack diskutiert mit sich selbst. Zwölf Millionen. Kann er das schaffen? Mal ganz davon abgesehen, dass er damit kriminelle Aktivitäten unterstützen würde. Was wird Douglas dazu sagen?

»Los, sag was«, fordert Abdula.

»Okay. Schreib, dass du kannst.«

Abdula tippt eine neue SMS, schickt sie ab, bekommt direkt eine Antwort.

»Er will mich abholen.«

Zack reibt sich das Kinn. »Er will dich irgendwohin mitnehmen. Das heißt, irgendwas geht vor. Bist du bereit? Und traust du ihm?«

Abdula schnaubt. »Na ja, ungefähr so, wie man Donald Trump trauen würde.«

40

Abdula schlendert durch das Einkaufszentrum, strafft die Schultern, versucht, wichtig auszusehen, dabei wächst ein ungutes Gefühl in ihm.

KappAhl.

Lindex..

Das ist alles viel zu leicht gegangen und viel zu schnell. Irgendwas ist faul. Er denkt an das, was Zack gesagt hat. Dass Bogan ihn irgendwohin mitnehmen wird. Abdula weiß, was das bedeutet. Die werden ihn an einen Ort bringen, den er nicht kennen darf. Damit er nie wieder dorthin findet. Aber das ist immerhin ein Zeichen dafür, dass er wieder zurückkommen wird. Hoffentlich unversehrt.

Stadium.

H&M.

Aber er zweifelt immer mehr an der ganzen Sache. Mit jedem Schritt sacken seine Schultern ein Stück weiter, verliert er an Selbstsicherheit. Ständig schaut er sich um, hält Ausschau nach Bedrohungen zwischen den Menschen mit ihren Großeinkäufen, die ihre Einkaufswagen zu den Kombis schieben, müde und hungrige Kinder im Schlepptau.

Er verlässt das Gebäude auf der Rückseite, an das ein riesiger Parkplatz anschließt, stellt sich vor den tristen, grauen Klotz.

Und wartet.

Wirft einen Blick auf die Uhr.

Schnüffelt an seinen Achseln und unterdrückt eine Grimasse. Muss unbedingt duschen.

Wartet.

Zählt die Zigarettenstummel am Boden, bis er nicht mehr weiß, welche er schon hatte.

Muss pissen. Hätte das Bier nicht trinken sollen.

Ein schwarzer Chrysler taucht hinter einer Reihe geparkter Autos auf. Er ist zu weit weg, um zu erkennen, wer am Steuer sitzt, aber Abdula ist dennoch sofort klar, dass er mit dem Pinkeln noch warten muss.

Der Chrysler kommt näher und bleibt vor ihm stehen.

Letzte Chance für einen Rückzieher. Gerade noch Zeit, die Beine in die Hand zu nehmen.

Das ist aber nicht sein Stil.

Das Beifahrerfenster wird heruntergelassen. Bogan lächelt, versucht freundlich auszusehen, die finsteren Augen sorgen jedoch nicht gerade dafür, dass Abdula gern in den Wagen steigt.

Aber er macht es doch und hat sofort einen Pistolenlauf im Mund.

Der bärtige Finne schiebt ihm die Waffe mit aller Kraft in den Rachen. Abdula muss würgen. Er bemüht sich, Ruhe zu bewahren, damit der Finne nicht versehentlich abdrückt.

Eigentlich hatte er nicht vor, heute abzukratzen.

Wollte seiner Mutter noch mit dem Einkauf helfen. Und mit seiner jüngsten Schwester in den Freizeitpark Gröna Lund. Und endlich mit Sabine essen gehen, was er ihr schon ewig versprochen hatte.

Komisch, dass er ausgerechnet jetzt daran denken muss. Ihm fällt auf, dass er hyperventiliert. Die Lederbezüge der Rückbank kleben an seinen verschwitzten Beinen.

Und als Bogan sich mit einer Augenbinde zu ihm nach hinten beugt, schwört Abdula sich, dass dies auf gar keinen Fall das Letzte ist, was er in seinem Leben sehen wird.

Er wird seine Hinrichtung mit allen Mitteln verhindern.

41

»Indha!«

Zack klopft noch einmal an die Tür. Klingelt. Hebt die Briefkastenklappe an und ruft hindurch: »Indha!«

Es hallt im Treppenhaus nach. Klingt genauso hohl wie das Loch in seiner Brust.

Was macht er eigentlich? Schreit hier rum wie ein Idiot.

Dabei will sie ihn nicht mehr sehen. Wieso begreift er das nicht?

Er legt das Ohr an die Tür und lauscht. Irgendwo klappert Geschirr. Dort drin? Zack konzentriert sich. Nein, das Geräusch kommt von oben. Wie alles andere, was er hört. Er richtet sich wieder auf und betrachtet das Namensschild.

I. Gullander.

Er versucht, durch den Briefkastenschlitz zu schauen, kann aber nur den Fußboden des Flurs sehen.

So endet das also? Ohne ein weiteres Wort. Ehe es überhaupt richtig angefangen hat.

42

Es schmeckt noch immer nach Eisen. Riecht nach Schweiß und Testosteron. Der Finne hat die Pistole aus seinem Mund genommen, jetzt massiert Abdula sich die schmerzende Kiefermuskulatur.

Ihm ist schwindelig. Er schiebt es darauf, dass er mit Augenbinde Auto fahren muss, dabei weiß er eigentlich, dass es an etwas anderem liegt. Einer lauernden Panikattacke.

Ich will nicht sterben.

Sie sind schon eine Weile unterwegs, sicher bald eine Stunde. Erst viel Asphalt, jetzt Kies. Abdula hört ihn unter den Reifen knirschen, wird in den Sitz gedrückt, wenn der Chrysler durch Schlaglöcher fährt.

Wo zur Hölle sind wir?

Sie werden langsamer, bleiben stehen.

Abdulas Herz schlägt schneller, will aus dem Brustkorb ausbrechen. Ist es jetzt so weit? Vor seinem inneren Auge blitzen die Bilder der Grausamkeiten auf, die er auf der Straße aufgeschnappt hat. Der Typ auf dem Schrottplatz mit dem aufgeschlitzten Rücken, den abgehackten Rippen, den herausgerissenen Lungenflügeln. Ein sadistisches Ritual.

Die Tür wird geöffnet, und Abdula stemmt sich dagegen, als der Finne ihn hinausschieben will. Dafür kassiert er einen Schlag gegen die Schläfe, sofort wird es warm an der Wange. Blut.

»Komm mit«, hört er Bogan sagen, während sein Kopf zu dröhnen anfängt. »Beweis mir deine Loyalität.«

Abdula atmet auf. Vielleicht gibt es ja doch noch Hoffnung für ihn, vielleicht wird er das hier überleben. Aber zu welchem Preis? Nichts auf dieser Welt ist umsonst, das weiß er.

Seine Beine zittern, als er aussteigt, und seine Blase platzt gleich. Jemand schubst ihn, packt ihn am Arm, führt ihn vorwärts. Vogelgezwitscher. Natur, irgendwas blüht hier. Er stolpert, aber fängt sich noch rechtzeitig.

Eine Tür quietscht. Sie bringen ihn irgendwo hinein, sofort wird die Luft kühler und feuchter.

Die Tür fällt zu.

Trotz seiner lauten Atemzüge hört er jemanden wimmern. Da wird ihm die Augenbinde abgerissen. Er blinzelt, um etwas sehen zu können, dabei will er gar nicht sehen, was da vor ihm in dem dunklen Raum ist. Will nicht verstehen, was er da anschauen muss.

Aber es lässt sich nicht verhindern.

Eine nackte Frau ist mit dem Rücken zu ihm an ein Kreuz gefesselt. Sie dreht den Kopf, versucht, etwas zu sagen, aber sie hat einen riesigen Knebel im Mund.

Abdula ballt die Hände zu Fäusten, spannt jeden Muskel seines Körpers an. Versucht, sich zu orientieren. Wo sind sie hier? Boden und Wände bestehen aus groben Holzplanken, durch die Schlitze fällt Licht herein. Ein Schuppen? Eine kleine Scheune? Bei der Tür steht eine abgenutzte Werkbank, noch voll bestückt mit allen möglichen Werkzeugen. Etwas tiefer im Raum summt eine Gefriertruhe, an der einen Wand lehnen Spaten und Rechen. Ein Dreirad, das eher in die Siebziger passen würde, liegt auf dem Boden. In einer Ecke steht ein Samtsessel mit Fransen, der so aussieht, als hätten sich Ratten darin eingenistet.

Abdula versteht nicht, wo er hier ist. Versteht eigentlich gar nicht, was vorgeht.

Er betrachtet die Männer, die ihn hergebracht haben. Sieht, dass der Chilene am Steuer gesessen haben muss. Er wirkt gestresst, als würde ihm das alles nicht gefallen. Der Finne hingegen hat so etwas wie ein Lächeln auf dem Gesicht. Steht breitbeinig da, die Arme verschränkt. Scheint sich auf etwas zu freuen.

Worauf? Abdulas Schläfen klopfen. Hämmern.

Er starrt die Frau an. Dann Bogan. Sieht, wie er zur Werkbank geht und ein langes, glänzendes Messer in die eine und eine kleine Axt in die andere Hand nimmt.

»Du hast doch letztens nach dem Mord in Nacka gefragt.«

Abdula schluckt. Das, was er befürchtet hat, wird also passieren. Er hält das nicht aus. Kann sich so widerwärtige Scheiße nicht anschauen. Würde jetzt gern mit den Fingern schnipsen und verschwinden, statt hier mit drei Verrückten eingesperrt zu sein. Und einer Frau, die zu Tode gefoltert werden soll. Er weiß nicht mal, warum. Weiß nur, dass Bogan das schon mal gemacht hat, es wieder tun wird.

Sie ist schön. Aber ihre Augen glühen vor Angst, sie schaut jetzt Abdula an. Flehend.

Wie kommt er hier weg? Er muss hier weg. Muss pissen.

Erst als Bogan ihm Messer und Axt reicht, versteht er, was er vorhin mit Loyalität meinte. Was er tun muss, um zu überleben.

Er ist es, der die Frau aufschlitzen und ihr die Eingeweide herausziehen soll, wie in einem verdammten Snuff-Film.

43

Wo steckt Indha bloß?

Die Teetasse wärmt seine Hände, so wie das Gespräch mit Ester sein Innerstes gewärmt hat. Sie sitzt am anderen Ende des Sofas und betrachtet ihn aus Augen, die sagen: Das wird schon wieder. Bestimmt meldet sich Indha bald bei dir. Worte, die Ester im sanften Kerzenschein mehrfach wiederholt hat.

Die Flamme flackert in der schwachen Brise, die durch das geöffnete Fenster ins Zimmer kommt.

Warum nur ist Indha ohne ein Wort verschwunden?

Er sucht schon die ganze Zeit nach einleuchtenden Erklärungen. Vielleicht ist ihren Eltern etwas passiert, und sie musste überstürzt zu ihnen fahren. Aber wohin? Zack hat keine Ahnung, wo ihre Eltern wohnen. Weiß eigentlich gar nichts über Indha, außer dass sie Personal Trainerin bei Sweden Fitness ist. Und selbst wenn ihren Eltern etwas zugestoßen sein sollte, hätte sie sich ja wenigstens melden können.

Vielleicht sollte er loslassen?

Einfach akzeptieren, dass sie ihn nicht mehr sehen will. Sie hat sich lange genug mit ihm vergnügt, jetzt ist Zeit für den Nächsten, mit dem sie sicher schon angebandelt hat. Scheiße, der Gedanke tut weh. Das muss er zugeben. Er erinnert sich an den Abend, an dem sie zusammen die Kungsholms strand entlanggeschlendert sind. Dieser wunderbare Mensch, zum Verlieben schön, dem er so nahegekommen ist, dass es gar keine Worte dafür gibt, um die Gefühle zu beschreiben, die sie teilen.

Und in diesem Moment beschließt er, alles in seiner Macht Stehende zu tun, um sie zurückzugewinnen.

44

Abdula starrt in den Lauf einer Pistole. Weiß, dass er gegen eine Kugel im Kopf nicht ankommt.

Der Finne richtet grinsend die Waffe auf ihn, während Bogan danebensteht und ihn anheizt.

»Los, schlitz sie auf. Du oder sie. Beweis mir deine Loyalität.«

Wörter wie ein Rauschen in seinen Ohren. Es flimmert schon vor seinen Augen, der Schwindel ist stärker geworden, er schnauft, bekommt keine Luft. Will hier weg, kann das nicht. Niemals.

Abdula schaut wieder zu der Frau. Ihre Augen sind weit aufgerissen. Er hat noch nie einen so panischen Menschen gesehen. Sie reißt an ihren Fesseln, die ihr ins Fleisch schneiden, bis sie blutet. Sie zittert am ganzen Körper und verfolgt jede von Abdulas Bewegungen. Behält das Messer in seiner Hand im Blick. Auch die Axt.

Wer ist sie?

Eigentlich will er es gar nicht wissen. Das macht es leichter. Trotzdem hat er das Gefühl, als würde ihm jemand zurufen: Sie hat Eltern! Sie ist die Partnerin von jemandem!

Der Finne macht einen Schritt auf ihn zu und entsichert die Knarre. Treibt ihn an.

Bogan brüllt: »Ich zähle von zehn runter. Wenn bis dahin nichts passiert ist, hängst du da, an ihrer Stelle. Ich hab das schon mal gemacht und mache es nur zu gern noch mal. Zehn, neun …«

Abdula schaut sich um, muss die Sache irgendwie hinauszögern. Aber wie? Er schaut zu dem Chilenen, dessen Blick jedoch so leer ist, als hätte er sich in Gedanken längst an einen schöneren Ort begeben. Abdula sitzt hier weiter in der Scheiße, und nur der Tod kann ihn befreien.

Der der Frau oder sein eigener.

»Acht.«

Abdula nähert sich der Frau, kann ihre Angst jetzt riechen. Sie lässt die Luft vibrieren, dringt ihm in die Nase, Molekül um Molekül. Warnt jede seiner Zellen. Sie oder ich. Sie oder ich.

»Sieben.«

Abdula legt die Axt unter ihren Füßen auf den Boden, richtet sich wieder auf und umfasst das Messer mit beiden Händen.

»Sechs.«

Sie oder ich.

Der Schaft rutscht in seinen verschwitzten Händen hin und her, Abdula weiß nicht, wie er das Messer halten soll. Greift es anders. Greift noch mal um.

»Fünf.«

Er setzt die Klinge zwischen ihren Schulterblättern an, sieht ihre Wirbelsäule unter der Haut. Hier muss er schneiden. Den Rest mit bloßen Händen reißen.

Sie schüttelt den Kopf, die Haare kleben ihr im Gesicht. Durch den Knebel ruft sie etwas. »Aaa! Aaa!«

Was soll das heißen?

»Vier.«

Er schließt die Augen. Versucht zu denken. Versucht, irgendwoher den nötigen Mut zu nehmen.

»Drei.«

Er öffnet die Augen wieder. Umschließt den Schaft fester. Sieht, dass sich unter der Spitze bereits Blut zeigt. Er hat zu fest zugedrückt. Hat sie verletzt.

Entschuldigung. Das wollte ich nicht.

Sie schreit weiter. »Aaa! Aaa!« Fleht ihn um Hilfe an. Ihn. Abdula.

Ihren Henker.

»Zwei.«

Abdula zieht das Messer zurück, wendet sich an Bogan. »Wer ist diese Frau? Das muss ich wissen.«

Bogans Blick verschlingt Abdula. »Eine, die bekommt, was sie verdient.«

Abdula schluckt gegen die Galle an, die ihm hochkommt. Schmeckt das Bier, das er in Skärholmen getrunken hat. Erinnert sich, dass Bogan dasselbe über Roger Dahl gesagt hat. Dass er bekommen hat, was er verdiente.

Und da trifft ihn die Erkenntnis, dass es sich bei der Frau um die Informantin der Polizei handeln könnte.

»Eins.«

Aber Zack hat von einem Mann gesprochen.

Egal, sie oder ich.

Abdula dreht sich um und schreit. Setzt die scharfe Klinge an.

Und schlitzt ihre Haut auf.

45

Montag, 28. Mai

Zack bleibt liegen, zusammengeklappt wie ein Taschenmesser.

Er hat eine Helikopternacht hinter sich, hat sich die ganze Zeit gedreht, um sich geschlagen und so sehr geschwitzt, dass er aufstehen und die Matratze neu beziehen musste. Die Gedanken haben ihn umschwirrt wie die Fliegen Roger Dahls verwesenden Körper. Wo ist Josefin? Warum meldet Abdula sich nicht? Hab ich meinen besten Freund in den Tod geschickt?

Wie muss ein Mensch veranlagt sein, um einen Blutadler zu ritzen? Wo stecken Copper und Indha?

Er hat ja kapiert, dass sie ihn verlassen hat, aber er muss wissen, warum.

Was habe ich falsch gemacht?

Die kurzen Phasen, in denen Zack wirklich mal weggeschlummert ist, hat sich das Mädchen aus der U-Bahn-Station in seine Träume geschlichen, sich über ihn gebeugt und ihm ins Ohr geflüstert: »Ich werde dir das Leben aussaugen und dein Herz zu meinem machen. Warum sollst du weiterleben dürfen und ich nicht?«

Jedes Mal war er mit einem Ruck wach geworden. War aufgestanden, hatte etwas Wasser getrunken, war pinkeln gegangen, hatte mit dem Handy im Internet gesurft. Und ständig hatte er an die ganz andere Seite von ihr denken müssen, von der er in Rinkeby erfahren hatte, an den verliebten Teenie, der sie gewesen war.

Amina Herz Isse.

Zack reckt sich nach dem Telefon, das auf dem Nachttisch vibriert. In ihm kämpfen unterschiedliche Hoffnungen. Dass es Abdula ist, der sich endlich meldet. Vielleicht ist es auch Indha. Zu seiner Überraschung ruft Deniz ihn an. Er geht sofort dran, hört ihre leicht wütende Stimme:

»Wo steckst du? Die Morgenbesprechung geht gleich los!«

Zack schlägt die Decke zurück. »Ich muss was überprüfen. Kannst du Douglas ausrichten, dass ich mich ein bisschen verspäte?«

»Was hast du vor?«

»Ist was Privates.« Er steht auf und rollt die Jalousie hoch. Blinzelt in die Sonne und staunt, was für ein schöner Tag da in Stockholm angebrochen ist.

Das muss doch bedeuten, dass die Nacht gut war. Oder?

»Dauert nicht lang, ich bin gleich da. Okay?«

Sie klingt skeptisch, aber es gelingt Zack dennoch, sie davon zu überzeugen, dass alles in Ordnung ist.

Sie legen auf, und Zack geht ins Bad, wo er das Handy auf dem Klodeckel parkt. Will es in der Nähe haben, falls Abdula sich doch endlich meldet. Er springt kurz unter die Dusche, zieht dann eine Jeans und ein T-Shirt an. Nimmt die Lederjacke mit dem Einschussloch von der Garderobe. Sie ist von Rick Owens und hat mal fünfundzwanzigtausend Kronen gekostet. Mera hat sie ihm geschenkt.

Er greift nach seiner Tasche und dem Helm, schließt hinter sich ab und eilt in die Tiefgarage. Setzt sich auf seine Hayabusa und startet den Vierzylindermotor. Er heult auf wie sein Innerstes.

Er fädelt sich im Zickzack durch den Verkehr, mal überholt er rechts, mal links. Drückt das Motorrad tief in die Kurven, dreht auf der Höhe des Globen richtig auf, fährt nach Süden, Richtung Farsta. Parkt das Motorrad vor Sweden Fitness, dem Studio, in dem Indha arbeitet.

Er setzt den Helm ab und schaut zu den Räumlichkeiten hinauf, die über einem Lebensmittelgeschäft liegen. Hinter den großen Fenstern joggen Menschen auf Laufbändern, strampeln auf Rollentrainern oder kämpfen sich auf Crosstrainern ab. Er tritt durch die Glastür und nimmt die Treppe in den ersten Stock. Betritt eine Welt, in der es nach Schweiß und Eisen riecht. Stolpert über ein paar Schuhe, die auf dem breiten Fußabtreter liegen, weil sie keinen Platz mehr in den grünen Wandregalen gefunden haben. Zwei flache Holzbänke markieren die Schuhzone, und damit niemand das Verbot missachtet, mahnt ein gelber Klebestreifen am Boden: *Schuhe ausziehen!*

Also macht Zack, was man von ihm verlangt, und geht dann auf Strümpfen zum Empfangstresen. Aus den Lautsprechern dröhnt »Thunder« von AC/DC, die Gitarre kreischt, und Zack staunt, dass die Bodybuilder von diesem Lied offenbar nie genug bekommen. Im angrenzenden Raum trainiert ein muskulöser Kerl mit Hanteln und beobachtet im Spiegel, wie sein Bizeps arbeitet. Hinter ihm befindet sich gleich das nächste Muskelpaket. Und noch eins. Kommen nur solche Typen her? Oder können nur solche Leute um diese Zeit trainieren?

Ein junger Mann mit grünem Personal-Trainer-Shirt unterstützt eine Frau, die gerade Klimmzüge macht. Er hält sie an der Hüfte und hilft ihr, sich hochzuziehen, doch sie schafft allein gar nichts, hängt einfach nur an der Stange. Lacht den Mann laut an und scheint mehr Gefallen an seinen Händen auf ihrem Körper zu finden als am Training an sich. Den blondierten Haaren und dem faltenfreien Gesicht nach zu urteilen, schätzt Zack, dass es sich um eine reiche Hausfrau aus Nacka handelt.

Er schaut sich nach Indha um. Ist sie hier irgendwo? Natürlich wünscht er es sich, dabei weiß er gar nicht, was er sagen soll, wenn er sie wirklich trifft. Will nicht wie ein aufdringlicher Ex-Freund rüberkommen. Aber er möchte einfach Informationen. Er wendet sich an die Frau am Empfang. Sie hat ein volles Gesicht und wirkt in diesem Fitnesssetting deplatziert, wo die meisten keinerlei Unterhautfett haben. Sie lächelt ihn an, und Zack stützt sich mit dem Arm am Tresen ab.

»Ich wollte nur fragen, ob Indha Gullander hier ist.«

Die Augenbrauen der Frau zucken, bevor sie antwortet. »Leider nicht. Wollen Sie einen Termin vereinbaren?«

»Vielleicht.« Zack zieht eine der Kursübersichten aus dem Ständer und schaut darauf. »Wann ist denn ihre nächste Stunde? Ist sie für heute eingeteilt?«

»Ich schau mal.« Sie tippt etwas in den Computer, und dann nickt sie. »Sie ist für drei Uhr eingetragen, aber ich würde mich nicht …« Sie seufzt und scheint zu überlegen, wie sie das am besten formulieren soll.

»Was würden Sie nicht?«

»Na ja, sie hat ein paar Termine verpasst, deshalb würde ich ungern neue vereinbaren, bevor ich sie erreicht habe. Das ist sehr untypisch für sie, normalerweise meldet sie sich sehr gewissenhaft, selbst wenn sie sich verspätet. Aber sie geht nicht mal ans Telefon.« Sie kneift den Mund zusammen, als hätte sie zu viel gesagt. »Ich kann Sie aber bei jemand anderem eintragen, wenn Sie möchten.«

»Wann war sie denn das letzte Mal hier?«

»Vielleicht vor drei Tagen. Ja, das muss Freitag gewesen sein. Wir haben noch darüber gesprochen, dass …«

Zack bedankt sich und kehrt zu seinen Schuhen zurück. Sein Kopf schwirrt so sehr, dass ihm fast übel wird. Wo steckt Indha? Ist ihr was zugestoßen? Aber dann hätte sie sich doch gemeldet? Sie hat schließlich zwei Handys.

Draußen knallt die Sonne vom Himmel, und der Sitz seiner Maschine glüht, als er sich darauf niederlässt.

Da piept sein Handy. Er holt es aus der Tasche und hofft auf ein Wunder.

Das sich auch gewissermaßen einstellt, denn es ist eine SMS von Abdula:

IKEA in der Kungens kurva? Im Restaurant in 30 min. Ok?

46

Die Kinder in der Spielecke rufen und lachen, weinen und schreien. Die Mütter brüllen noch lauter beim Versuch, ihren Nachwuchs zu beruhigen. Sie trösten, verteilen Pflaster und laufen mit ihren Sprösslingen zur Toilette, während sie ihren apathischen Männern zurufen, die anstehen, um maschinell hergestellte Fleischbällchen zu kaufen: »Hast du die Family-Card dabei?«

Wieso wollte Abdula sich ausgerechnet hier mit ihm treffen? Umgeben von Menschen, die alles so funktional und billig wie möglich haben wollen? Zack schaut sich um. Überall weiße

Tische, aufgereiht wie in einer Schulkantine. Rote Plastikstühle. Metallgeländer, die die unfassbar lange Warteschlange organisieren. Ein kleiner Junge turnt am Handlauf und knallt mit den Schuhen gegen das Tablett, auf das sein Vater gerade einen Käsekuchen für fünf Kronen gelegt hat. Zack lacht in sich hinein. Hier zeigt sich die Menschheit nicht gerade von ihrer besten Seite.

»Was zur Hölle gibt es da zu grinsen?«, fragt Abdula.

»Ich liebe das IKEA-Restaurant.«

»Schön für dich. Aber jetzt musst du leider erst mal gut zuhören. Die Scheiße läuft nämlich gerade total aus dem Ruder.« Abdula verbirgt das Gesicht in den Händen. Kratzt sich dann am Kopf, bevor er mit gehetztem Blick aufsieht.

Diesen Blick kennt Zack.

Abdula hat Panik.

Die hat Zack bisher erst wenige Male bei ihm gesehen, immer nur, wenn Abdula Angst um sein Leben hatte.

Zacks Lächeln gefriert. Er begreift, dass die Nacht doch keine gute war. Im Gegenteil. Sie war finster und schrecklich, ganz wie seine Alpträume.

»Was ist passiert?«, fragt er. »Was hat Bogan gesagt?«

»Was er gesagt hat?«

Abdula ist laut geworden, und eine Mutter, die gerade mit einem Teller an ihnen vorbeikommt, sieht ihn erschrocken an. »Wärst du bloß dabei gewesen. Ja, Scheiße. Wärst du bloß dabei gewesen. Das ist so was von krank. Völlig geistesgestört.« Er greift nach Zacks Arm. »Dein Informant. Wieso glaubst du, dass das ein Mann ist?«

Zack schaut ihn fragend an.

»Du hast immer von einem Informanten gesprochen, aber bist du dir wirklich sicher, dass das ein Typ ist?«

»Ja, aber jetzt erzähl endlich, was passiert ist.«

»Nein, erst du. Wieso bist du dir so sicher?«

»Ehrlich gesagt bin ich einfach davon ausgegangen. Sicher weiß ich es nicht.«

Abdula lässt sich zurückfallen und breitet die Arme aus, legt sie auf die Rückenlehne. »Großartig. Einfach nur großartig.« Dann lehnt er sich wieder zu Zack. Flüstert: »Dann bin ich jetzt vielleicht zu allem Überfluss auch noch ein Polizistenmörder.«

Zack dreht sich der Magen um. »Was redest du da?«

»Ich musste letzte Nacht eine Frau abmurksen. Das rede ich da.«

Der Lärm der Familien ist gleichzeitig aufdringlich laut und weit weg. Ein Rauschen, das sich mit Zacks Gedanken vermischt. Copper eine Frau? Kann das sein? Eine Polizistin, die jetzt von Abdula ermordet wurde? Was zur Hölle?

»Um meine Loyalität zu beweisen«, fügt Abdula hinzu, während Zack gegen die aufkommende Übelkeit ankämpft. Der aufdringliche Fleischbällchengeruch macht es nicht gerade besser.

Zack mustert seinen Kumpel. Abdulas Augen sind glasig, die Stirn glänzt. Zack weiß, dass er nicht lügt.

»Wie?«, fragt er, obwohl er es eigentlich gar nicht wissen will.

Abdula kneift die Augen zusammen und atmet zischend durch die Zähne. Schneller und schneller, dann reißt er die Augen auf. »Ich hab sie aufgeschlitzt.«

Dunkelheit schließt sich um Zack, sofort hat er wieder Roger Dahl vor Augen. Das kann nicht sein. Abdula kann nicht … Dann packt ihn die Panik erst richtig. Könnte es Josefin gewesen sein?

Er lehnt sich näher zu Abdula, will den Mund öffnen, aber Abdula hält die Hand hoch.

»Ich will nicht drüber reden. Ich kann einfach nicht. Okay? Vielleicht wann anders, aber nicht jetzt.«

»Aber ich muss es wissen. Wie sah sie aus?«

»Das Einzige, was du musst, ist das Geld ranschaffen. Zu irgendwas muss dieser ganze Scheiß wenigstens gut sein. Hast du alles unter Kontrolle? Bogan will den Deal durchziehen, und das …«

»Ich krieg das schon hin«, unterbricht ihn Zack. »Jetzt sag, wie sah sie aus? Weißt du, wie sie hieß?«

»Nein, aber sie sah wirklich toll aus.« Tränen stehen in seinen Augen. »Dunkle Haare und verdammt hübsch.«

»Dunkle Haare?«

»Ja, beinahe schwarz.«

»Sie war also nicht blond?«

»Hörst du schlecht? Sie hatte dunkle Haare.«

Zack atmet minimal auf. Dann war es immerhin nicht Josefin. Trotzdem ist jemand von Abdula getötet worden, seinem besten Freund.

»Wo ist die Leiche?«

»Keine Ahnung. Die haben mir die Augen verbunden und mich in einen Wald gebracht oder so. Da war nichts zu hören als Vögel und dann die Frau … als sie …« Abdulas Stimme bricht, er blinzelt.

Zack wartet, bis er sich wieder gefangen hat, bevor er nachhakt. »Wie lange wart ihr unterwegs?«

»Vielleicht eine Stunde. Höchstens anderthalb. Aber jetzt sag mal ganz ehrlich, was hältst du davon? Hast du was von deinem Informanten gehört?«

Zack würde so gern nicken, muss aber den Kopf schütteln.

»Wann denn zuletzt?«

»Am Freitag.«

»Versuch's noch mal. Schreib ihm eine SMS.«

Zack holt das Kontakthandy hervor und bittet Copper, dass er sich melden soll.

Oder sie?

Er drückt auf Senden, während alles in ihm förmlich schreit, dass bitte, bitte nicht Copper ermordet worden sein darf. Egal wer, aber nicht sein Informant.

47

Ist Copper etwas zugestoßen?

Die Frage stellt Zack sich zum hundertsten Mal, als Douglas endlich im Büro auftaucht. Er springt auf und fängt ihn ab. Douglas war kurz draußen und sieht ungefähr so fertig aus, wie Zack sich fühlt. Sein hellblauer Leinenanzug ist verknittert und längst nicht so makellos wie seine sonstigen Outfits.

»Wir müssen reden«, sagt Zack.

Douglas nickt. »Komm mit in mein Büro.«

Zack schließt die Tür hinter ihnen und setzt sich. Douglas holt kleine Käsestücke und Cracker aus einer Papiertüte, auf der *Östermalms Saluhall* steht.

»Darf ich dir ein paar Delikatessen anbieten?«

»Nein danke, ich habe gerade gegessen«, schwindelt Zack.

Nach dem Treffen mit Abdula ist ihm gehörig der Appetit vergangen. Und wenn stimmt, was Abdula ihm erzählt hat, wird er vermutlich auch nie wieder essen können. Seine Worte gehen ihm nicht mehr aus dem Kopf. *Ich hab sie aufgeschlitzt.*

Was hat er damit gemeint? Aufgeschlitzt wie Roger Dahl? Hat Abdula ihr die Rippen gebrochen, ihr die Lunge herausgerissen? Während sie noch lebte?

Das ist unmöglich. Das hätte Abdula nie gekonnt.

Oder doch?

Zack beobachtet Douglas, wie er die Cracker-Packung öffnet, mit einem Taschenmesser ein Stück Blauschimmelkäse abschneidet und darauflegt.

Der strenge Geruch weht zu ihm herüber.

Zack wird schlecht.

Abdula hatte keine Wahl, hat er gesagt. Entweder er oder die Frau. Die hatten eine Sig Sauer auf ihn gerichtet. Zack weiß genau, wie sich das anfühlt, wenn einem ein Pistolenlauf gegen die Schläfe gepresst wird. Weiß, wie der Überlebensinstinkt anspringt, wie plötzlich jeder moralische Maßstab zweitrangig wird. In einer solchen Situation fallen einem all die Dinge ein, die man unbedingt noch erleben will, Menschen, die man wiedersehen, bei denen man sich bedanken möchte, ohne überhaupt zu wissen, wofür.

Hauptsache, man überlebt.

Und Abdula hat schon mal getötet. Nicht ungewöhnlich für jemanden aus dem Vorort, aus dem sie stammen. Er und Zack haben Menschenleben auf dem Gewissen. Aber da ging es um Selbstverteidigung. Notwehr, ein gesetzlich verankertes Recht.

In den meisten Fällen zumindest.

Lässt sich der gestrige Mord auch so rechtfertigen? Selbst wenn es sich bei dem Opfer um Copper handelte?

Wahrscheinlich nicht. Und es war Zack gewesen, der Abdula gebeten hatte, überhaupt erst Kontakt mit Bogan aufzunehmen. Trägt er also selbst die Schuld an dem Mord? Hat er ihn dazu angestiftet?

Douglas beißt geräuschvoll ab und kaut ebenso laut.

»Willst du wirklich nichts?«, fragt er. »Das ist erstklassiger Roquefort.«

Zack schüttelt den Kopf und atmet bewusst durch den Mund, damit er so wenig wie möglich von dem Geruch ertragen muss. Trotzdem setzt er sich in seiner Nase fest und erinnert ihn an alle Leichen, die er je gesehen hat. An verwesendes Menschenfleisch, die Gase.

»Also«, setzt er an. »Es geht um den bevorstehenden Deal. Die Sache kann praktisch jederzeit über die Bühne gehen, wir müssen uns also bereithalten, damit er uns nicht durch die Lappen geht. Ich muss dir allerdings etwas erzählen.«

Douglas tupft sich mit einer Serviette den Mund ab und schaut ihn aufmerksam an.

Zack kommt sofort zur Sache. »Wir müssen zwölf Millionen Kronen bereitstellen. Der Käufer blufft, er arbeitet nämlich mit uns. Er wird uns informieren, wo die Übergabe stattfindet, damit wir Bogan mit einer Menge Heroin schnappen und dann mit der Höchststrafe hinter Gitter bringen können. Danach können wir ein paar Hausdurchsuchungen machen, bei denen wir hoffentlich Josefin finden und Beweise dafür, dass Bogan in den Mord an Roger Dahl verwickelt ist.« Douglas starrt ihn mittlerweile an, deshalb fügt er hinzu: »Wir könnten einen Beschluss bei der Staatsanwaltschaft beantragen, um die Mittel bereitzustellen. Das Geld ist ja nur geliehen, damit der Käufer was in der Hand hat, sozusagen.«

Douglas hustet, als hätte er sich verschluckt. »Zwölf Millionen Kronen? Wer ist der Käufer? Und woher weißt du das alles? Von Copper?«

Zack schluckt, sieht ein, dass er Douglas nichts vorenthalten kann. Will nur Abdulas Identität nicht preisgeben, nicht zuletzt wegen des Mordes, den er gestern begangen hat.

»Ich glaube, Copper ist etwas zugestoßen«, sagt er. »Wir waren Samstag verabredet, aber er ist nicht aufgetaucht. Und er antwortet nicht mehr auf meine SMS.«

»Moment.« Douglas nagelt Zack mit seinen blauen Augen fest. »Du hast schon den ganzen Tag nichts von Copper gehört?«

»Nein, seit Freitag nicht mehr.«

»Gestern hast du gesagt, dass ihr morgens Kontakt hattet. Copper hat dir von dem Deal erzählt.«

Zack schluckt noch einmal. Sein Mund ist trocken. Zack schaut sich nach etwas zu trinken um, sieht aber nichts. »Ich habe gelogen.« Er räuspert sich, um Zeit zu schinden. »Besser gesagt, es war eine Notlüge. Ich hab die Info von einer anderen Quelle, dem Käufer. Ich weiß, wie das klingt, aber ich wollte nicht an die große Glocke hängen, dass ich noch jemanden im Rennen hab.«

»Ist dir irgendwie entgangen, dass es hier um einen Polizistenmord geht?«

»Im Gegenteil. Und als sich die Gelegenheit bot, mich in dieses Geschäft einzuklinken, hab ich sie ergriffen. Jetzt müssen wir nur noch das Geld beschaffen, dann haben wir ihn.«

Douglas bekommt rote Flecken am Hals, presst dann hervor: »Oberste Priorität hat die Kontaktaufnahme zu Copper. Wir werden nichts unternehmen, solange wir nicht wissen, dass er in Sicherheit ist. Und einen Beschluss von der Staatsanwaltschaft kannst du vergessen. Niemand würde unter diesen Umständen zwölf Millionen Kronen für ein Drogengeschäft bewilligen. Allein mit der Anfrage würde ich mich dort zum Idioten machen. Haben wir uns verstanden?«

Zack steht auf und tritt ans Fenster, öffnet es und schnappt nach Luft. Alles fällt gerade in sich zusammen. Das darf nicht sein, das kann nicht sein. Ich muss das Ruder herumreißen. Er dreht sich um.

»Wir könnten das Geld nehmen, das wir bei diesem Prostitutionsfall beschlagnahmt haben, und dem Käufer geben. Und dann legen wir es wieder zurück, bevor es jemand merkt. Die Verhandlungen beginnen erst im August, bis dahin wirft sowieso niemand einen Blick in die Asservatenkammer.«

»Wir sollen etwas aus unserer Asservatenkammer entwenden?«

»Ausleihen. Wir werden etwas ausleihen. Für einen guten Zweck. Schließlich handelt es sich um einen Polizistenmord, das hast du doch selbst gesagt. Vielleicht sogar zwei.«

Douglas schaut ihn fragend an, und Zack fährt fort: »Es gab einen weiteren Mord, das habe ich heute erfahren. Von dem Käufer. Eine Frau wurde ermordet …« Er macht einen Schritt auf Douglas' Schreibtisch zu. »Mir ist gerade erst aufgegangen, dass Copper auch eine Frau sein könnte. Was meinst du?«

»Was sagst du da? Wer wurde ermordet?«

»Eine Frau, aber es kann nicht Josefin gewesen sein, denn das Opfer war dunkelhaarig. Ich fürchte, es war Copper. Meine Quelle hat mir von dem Mord erzählt, und ich kann Copper nicht erreichen.«

»Wer wurde ermordet?« Douglas hebt die Stimme. »Wo? Wie? Wann?«

Zack gibt eine anonymisierte Fassung wieder. Dass seiner Quelle die Augen verbunden wurden, dass sie dann an einen Ort im Wald gefahren sind und die Frau auf Befehl von Bogan aufgeschlitzt wurde, dass seine Quelle allerdings nicht weiß, wo die Leiche ist.

Währenddessen schneidet Douglas weitere Scheiben Käse ab, die er nach und nach auf den Crackern verteilt. In beherrschtem Ton fragt er nach und kaut dabei. Stellt weitere Fragen, die Zack nicht beantworten kann. Und da erst begreift er, dass Abdula ihm genau deshalb keine Details erzählen wollte, damit er nicht erfährt, wozu sein bester Freund fähig ist.

»Das alles weiß ich mit hundertprozentiger Sicherheit«, fügt Zack hinzu, als er sieht, dass Douglas zweifelt. »Es gab einen zweiten Mord. Meine Quelle würde nicht lügen. Vielleicht haben wir zwei Polizistenmorde am Hals, und er riskiert sein Leben, wenn wir das Geld nicht bereitstellen. Außerdem wissen wir immer noch nicht, was mit Josefin passiert ist. Die wird möglicherweise irgendwo festgehalten und steht als Nächstes auf der Liste. Wenn es nicht längst zu spät ist.«

Zack kann förmlich zusehen, wie die Informationen bei seinem Chef ankommen.

Douglas stützt die Ellbogen auf den Tisch, faltet die Hände. »Gehen wir mal davon aus, dass das stimmt und Copper eine Kollegin ist. Wie hat sie dann Zugang zu dem Drogenring gefunden?«

Zack begreift, worauf Douglas hinauswill, er hat sich selbst die gleiche Frage gestellt. Auf diesem Niveau gibt es keine Frauen, die

Drogen kaufen oder verkaufen. Anders kann sie sich Bogan kaum genähert haben.

»Sie muss was mit Bogan oder jemandem aus dem engsten Kreis gehabt haben«, sagt Zack. »Das ist die einzige Erklärung.«

»Genau mein Gedanke. Was mich gleich zu meiner nächsten Frage bringt: Arbeiten wir wirklich so? Womit ich nicht sagen will, dass in dieser Behörde nicht schon komische Dinge passiert sind. Ich bin ja nicht erst seit gestern dabei.«

Eine leise Hoffnung meldet sich bei Zack. »Du meinst also, dass es gar nicht Copper sein kann?«

»Doch, das kann schon sein. Aber irgendwas passt nicht ganz zusammen. Die Art, wie sie morden. Ich würde sagen, dass es um etwas ganz anderes geht als um simplen Drogenhandel. Irgendwas Größeres, dem Roger Dahl und Copper auf die Schliche gekommen sind.« In Douglas' Augen zeigt sich ein untypischer Schimmer. »Und ich könnte mir nie verzeihen, wenn dir etwas zustoßen würde.«

Zack hat ihn noch nie so emotional gesehen. Diese Besorgnis kennt er von seinem Vater. Eine Art Beschützerinstinkt, den nur Eltern haben. Er setzt sich wieder gegenüber von ihm auf den Stuhl und lehnt sich vor.

»Unabhängig davon, was die sonst noch planen, müssen wir Bogan einfach so schnell wie möglich stoppen.«

»Wir können ihn wegen Mordes anklagen. Aber dann muss deine Quelle aussagen.«

»Und die gebe ich nicht preis, das weißt du. Da kann er sich ja gleich selbst das Leben nehmen. Die einzige Möglichkeit ist, Bogan während der Übergabe dingfest zu machen. Und dazu brauchen wir die Kohle.«

Douglas reibt seine Hände aneinander. »Das beschlagnahmte Geld können wir unmöglich anrühren, aber ich schau mal, was sich machen lässt. Ich werde mich mal umhören.«

»Wo denn?«

»In den Führungsetagen großer Unternehmen. Manchmal wird die Säpo gesponsert, wenn sie gewissen Terrororganisationen auf der Spur ist, aber das hier …« Douglas schlägt die Hände zusammen. »Mir fällt schon was ein. Das wird nur ein paar Tage dauern.«

Zack schluckt. »So viel Zeit haben wir nicht.«

»Ich tu mein Bestes. Aber wir sprechen hier von zwölf Millionen. Da kann ich nicht einfach irgendwo anklopfen, knicksen und betteln.«

Zack dankt für seine Unterstützung und insgeheim auch für eine Idee, die ihm jetzt erst beim Gespräch mit Douglas gekommen ist. Auch er kennt jemanden, den er fragen könnte. Jemanden, der ohne Probleme zwölf Millionen aufbringen kann. Jemanden, der weiß, wie man sich in den besseren Kreisen bewegt, und dem die Bedeutung des Geldes bewusst ist.

Hebe.

48

Die Kellner des Luzette räumen die Tische ab und tauschen die weißen Tischdecken aus, nachdem der Mittagsansturm bewältigt ist. Sie stellen frische Teller, Weingläser und Besteck bereit. Wischen die Salz- und Pfeffermühlen ab. Heißen die neuen Gäste in dem schicken Restaurant mit den hohen Gewölbebögen im Hauptbahnhof willkommen. Bringen sie an ihre Tische, die durch feine Vorhänge vom Reisebetrieb abgeschirmt werden, bahnen sich einen Weg durch die Taschen und Rucksäcke der etwas besser situierten Reisenden, die die Zeit bis zur Abfahrt wenigstens mit einer guten Mahlzeit überbrücken wollen, wenn der Zug schon Verspätung hat.

Hebe hat einem späten Mittagessen mit Zack zugestimmt. Jetzt sitzt sie ihm in einem hellrosa Businesskleid gegenüber und isst Roastbeef mit Kräuterkruste und Salat von der regulären Karte. Zack hat das Tagesgericht genommen und probiert zaghaft das mit Feta überbackene Lamm. Hunger hat er noch immer keinen, aber weiß, dass er etwas essen muss, damit sein Blutzuckerspiegel nicht abschmiert. Außerdem hätte es komisch ausgesehen, wenn er Hebe zum Essen eingeladen hätte, ohne selbst etwas zu bestellen.

Er hat ihr schon den Grund für das Treffen eröffnet und gesehen, wie das Funkeln in ihrem Blick erlosch, als sie begriff, dass er sich nur bei ihr gemeldet hat, um sich Geld zu borgen.

Trotzdem gibt es zwischen ihnen eine fast magische Anziehungskraft, das lässt sich nicht leugnen. Bloß kann da nie was laufen. Oder zumindest nicht, bis er das Ergebnis von Peters DNA-Analyse hat. Wenn sich herausstellt, dass sie dieselbe Mutter haben, dann hat er seine Schwester geküsst, ihre Brust angefasst, einen Ständer bekommen, als sie auf seinem Schoß saß.

Widerlich.

Gegen die Natur.

Er lässt den Blick über die anderen Gäste streifen, um von dem Ekel abzulenken, der ihn gerade überkommt. Will verdrängen, dass es je passiert ist. Und gleichzeitig ist ihm vollends bewusst, wie groß seine Lust auf diese Frau war, wie groß sie noch immer ist.

Egal, was die Natur sagen mag.

Zack betrachtet ihr Haar, das schwarz glänzt. Er hat versucht zu erkennen, ob sie es färbt, aber es macht nicht den Eindruck. Ihre Augen sind genauso blau wie seine, genauso intensiv. Und während er hineinschaut, kommen ihm gleich wieder Gedanken, die er nicht haben sollte, und Schmetterlinge im Bauch, die er unbedingt vertreiben muss.

»Zwölf Millionen«, sagt Hebe, als müsse sie sich den Betrag auf der Zunge zergehen lassen, um zu überlegen, wie sie auf seine Bitte reagiert.

Er hat behauptet, dass er eine persönliche Krise hat, dass es am besten ist, wenn sie so wenig wie möglich weiß.

»Du wirst aber nicht bedroht, oder?« Ihre langen Ohrringe funkeln, als sie den Kopf bewegt. »Hat es was mit der Arbeit zu tun?«

»Nein«, antwortet er und hofft, das reicht als Antwort.

Sie legt das Besteck beiseite und trinkt einen Schluck Mineralwasser aus dem Weinglas. Beißt sich leicht auf die Unterlippe und schaut ihn dann mit einem Blick an, der so wirkt, als wolle sie es gleichzeitig wissen und nicht wissen.

»Bist du mit jemandem zusammen?«

Zack schluckt die gebackene Pastinake herunter, die er sich gerade in den Mund gesteckt hat. »War ich eine Weile, aber jetzt nicht mehr.«

»Was ist passiert?«

»Es lief nicht so richtig.« Zack greift nach der Wasserflasche und schenkt sich nach. Weiß nicht, warum er lügt. Weil er hofft, noch eine Chance bei Hebe zu haben? Weil er immer noch so wütend und enttäuscht von Indha ist? Dass sie einfach ohne einen Ton abgehauen ist. Erbärmlich.

»Was lief denn zwischen uns nicht so richtig?« Hebe legt den Kopf schief. »Ich hatte nämlich gedacht, das könnte wirklich was werden mit uns. Natürlich, wir stammen aus ganz unterschiedlichen Welten. Das ist mir klar. Aber das spielt doch eigentlich keine Rolle.«

»Ich weiß. Es ist halt kompliziert. Ich verspreche dir, dass ich dir das irgendwann erkläre, aber nicht heute.«

»Warum nicht? Du würdest mir einen riesigen Gefallen tun, dann müsste ich mir nicht länger den Kopf zerbrechen.«

»Weil … Ich muss da einfach erst was für mich selbst klarkriegen. Bitte …« Er streckt den Arm aus und legt seine Hand auf ihre. Sofort breitet sich elektrisierende Wärme aus, strahlt bis in sein Innerstes, und er muss sich große Mühe geben, dass seine Stimme nicht zittert. »Es liegt nicht an dir, das musst du mir glauben. Es liegt an mir.«

Sie zieht ihre Hand weg. »Die Ausrede hab ich auch schon benutzt. Mit vierzehn.«

Zack wendet den Blick ab. Weiß ja selbst, wie hohl das klingt, kann sich aber nicht überwinden, ihr die Wahrheit zu sagen. Weil es so furchteinflößend, peinlich und pervers zugleich ist. Und unfassbar hässlich.

Er schneidet sich ein Stück Fleisch ab und isst weiter. Muss sich auf etwas anderes konzentrieren. Es ist viel zu gefährlich, Hebe gegenüberzusitzen, und die Gedanken wandern zu lassen. Sie sprechen über den Terroranschlag in der U-Bahn, und dann fragt Hebe, wie es ihm geht, ob er immer noch so viel trainiert, ob er etwas in seiner Wohnung verändert hat. Sie selbst hat eine am Karlaplan gekauft. Eine kleine Bude, sagt sie und grinst. Zack ist sofort klar, dass es sich dabei bestimmt nicht um ein Einzimmerapartment mit Küchenzeile handelt, sondern eher um eine ganze Etage in einem der traditionsreichen Häuser.

»Komm doch heute Abend einfach vorbei«, sagt sie mit einem Gesichtsausdruck, der sich nicht deuten lässt.

Zack weiß nicht, wie er aus der Nummer herauskommen soll, aber bevor er etwas sagen kann, fügt sie hinzu:

»Dann bekommst du deine zwölf Millionen.«

49

Der schmutzige, alte U-Bahn-Wagen nähert sich ruckelnd und quietschend der Endstation. Deniz schaut aus dem Fenster, sieht, wie sich der Verkehr auf der E20 staut. Ein langer, arbeitsintensiver Tag liegt hinter ihr. Sie und Sandra waren noch einmal in Roger Dahls Wohnung und haben die Nachbarn abgeklappert, die bisher nicht angetroffen werden konnten. Aber ergeben hat das nichts. Wie es wohl bei Zack gelaufen ist? Ob er etwas herausgefunden hat? Sie hat ihn heute fast nicht zu Gesicht bekommen. Er scheint sein eigenes Ding durchzuziehen – und sich Sorgen wegen Abdula zu machen. Aber wer würde das nicht?

Ihr gegenüber sitzt ein offensichtlich betrunkener Mann und redet mit sich selbst, auf der anderen Seite ein junger Typ in einer Jacke, die zu groß und zu warm aussieht. Deniz betrachtet ihn genauer, fragt sich unwillkürlich, ob er darunter eine Bombe verbirgt. Ob sie das große Pech hat, in derselben U-Bahn zu sitzen wie ein Terrorist. Denn seit dem Attentat in Slussen ist eins sicher: Jeder könnte radikalisiert sein. Sie schaut in sein Gesicht. Schwitzt er? Wirkt er nervös? Aber abgesehen von der Jacke deutet nichts darauf hin, dass er gleich die U-Bahn in die Luft sprengen wird. Und um sich vollends zu überzeugen, zählt sie, wie viele Menschen gerade in der U-Bahn sind.

Abgesehen von dem potenziellen Selbstmordattentäter, ihr selbst und ihrem außerordentlich gepflegten Gegenüber sind noch zwei Mädels anwesend, die auf ihren Handys herumdaddeln, eine ältere Frau in der Mitte des Waggons und ganz hinten ein junger Mann, der mit dem Rücken zu ihr steht. Somit beliefe sich die Zahl der Opfer auf sechs, zu wenig, um einen Terroristen zufriedenzustellen. Aber vielleicht würde es ihm auch reichen, wenn einfach dieser U-Bahn-Wagen explodiert? Sie wirft noch einen Blick zu dem jungen Mann am Ende des Abteils. Hat sie richtig gesehen? Hat er das Gesicht abgewendet, als sie zu ihm schaute? Sie lässt ihn nicht aus den Augen, während die U-Bahn langsamer wird und eine Stimme über die Lautsprecher verkündet, dass sie sich Fruängen nähern. Aber er dreht sich nicht noch mal um, verbirgt sein Gesicht unter der Kapuze seines gelben Pullis. Sie verflucht sich selbst für ihre Hysterie. Das Attentat scheint sie nachhaltiger beeinflusst zu haben, als ihr bewusst war.

Als die Türen aufgehen, verlässt sie die Bahn, neue Passagiere steigen ein. Deniz schlägt nicht gleich den Nachhauseweg ein, weil sie erst noch etwas zu essen kaufen muss. Ihr Handy vibriert, ein neues Match bei Tinder. Dabei weiß sie gar nicht, ob sie noch ein weiteres Kaffeedate erträgt. Sie kommt gerade von einem, und die Frau sah kein Stück aus wie auf ihren Profilfotos. Deniz seufzt und macht sich ganz schmal, weil ihr ein Pärchen entgegenkommt, das sich offenbar nicht mal kurz loslassen kann. Vielleicht wäre es doch am einfachsten, es noch einmal mit Sandra zu versuchen? Zusammen leben, zusammen arbeiten, zusammen trainieren. Aber allein die Vorstellung macht sie schon ganz lustlos. Wenn das was werden soll, muss eine von ihnen bei der Sondereinheit aufhören. Sandra hat angedeutet, dass sie sich das sogar vorstellen könnte, wenn sie denn wieder zusammenkämen. Die letzten Tage hat sie fürchterlich rumgenervt und immer wieder nachgefragt, was Deniz eigentlich gemacht hat, als sie so verkatert zur Arbeit kam, ob sie eine Neue hat. Ständig hat sie Deniz daran erinnert, dass sie doch ehrlich zueinander sein wollten. »Erzähl es mir einfach, selbst wenn es dir nichts bedeutet hat, dann höre ich auch auf zu fragen.«

Dabei kann sie es doch kaum wissen, oder? War es so offensichtlich?

Deniz selbst muss seither mit einer unfassbaren Wut kämpfen, die immer wieder aufkeimt. Dass diese Tussi sie für eine Sexkäuferin gehalten hat, dass sie ausgenutzt wurde und auch noch darauf eingegangen ist. In den Club setzt sie nie wieder einen Fuß. Sie weiß nur noch, dass einer der Türsteher sie festgehalten und sie um sich getreten hat. Zum Glück hat sie sich beruhigt, und die Typen waren nett. Sie stand noch eine Weile bei ihnen, um mit ihnen zu sprechen, aber sie hat keine Ahnung, worüber. Hoffentlich hat sie nicht mit ihrer Polizeimarke rumgefuchtelt.

Im Coop geht sie zielstrebig zu den Tiefkühlgerichten. Eine Pizza muss reichen. Aus dem Augenwinkel sieht sie, dass ihr jemand folgt. Unauffällig schaut sie genauer hin, es ist der Mann mit dem gelben Pulli aus der U-Bahn, noch immer mit aufgesetzter Kapuze, und er wendet schnell das Gesicht ab.

Folgt er mir? Oder bin ich einfach nur übertrieben panisch?

Schnell nähert sie sich der Expresskasse, verlässt dann den Supermarkt und tritt hinaus auf den Fruängsgången. Schaut sich noch einmal um. Der Mann folgt ihr, beschleunigt genau wie sie.

Soll sie stehen bleiben und ihn konfrontieren? Ihn fragen, was er vorhat?

Aber sie verwirft den Gedanken so schnell, wie er ihr gekommen ist. Ich muss mich einfach zusammenreißen. Wieso sollte er mir folgen?

Trotzdem greift sie nach ihrem Handy und schreibt eine stichpunktartige Beschreibung des Mannes auf, die sie Zack als SMS schicken kann, falls doch etwas passieren sollte.

Mann, 25–30 Jahre, etwa 1,80 m groß, normal gebaut.

Ein Stück vor ihr stehen zwei Typen vor einem Restaurant und rauchen. Sie eilt zu ihnen, schiebt sich an ihnen vorbei, tut so, als würde sie die Speisekarte lesen. Schielt zu dem Mann, der sich hingekniet hat, um seinen Schuh zu binden.

Fuck. Sie schreibt die SMS zu Ende, behält den Mann aber im Blick.

Arabisches Aussehen, gelber ärmelloser Kapuzenpulli, weißes T-Shirt, blaue Jeans, weiße Turnschuhe mit gelben Applikationen.

Sie verharrt mit dem Finger über dem Versendenfeld. Soll ich die SMS an Zack schicken?

Sie lässt es bleiben und setzt ihren Heimweg fort. Schaut sich um, sieht, dass der Mann wieder aufsteht und ihr folgt. Was soll das? Deniz wird schneller, hört sich selbst atmen, schnauft wie nach dem Laufen. Gleichzeitig bildet sich das typische Vakuum in ihren Ohren, wie immer, wenn sie gestresst ist.

Nur noch wenige Meter. Jetzt rennt sie, schaut sich um.

Der Mann ist weg, verschluckt von einem der Geschäfte.

Trotzdem sprintet sie das letzte Stück, reißt den Schlüssel aus der Tasche. Schließt auf, ohne die Straße aus dem Blick zu lassen. Schlägt die Tür hinter sich zu, stemmt die Hände auf die Oberschenkel. Atmet auf. Was mache ich denn hier? Verfalle wegen einem Mann in Panik. Einem Mann, der in derselben Bahn war wie ich und einfach nur in der Nähe wohnt.

Sie wirft einen Blick auf ihr Handy und flucht laut, weil sie die SMS doch abgeschickt hat. Schickt gleich noch eine hinterher, dass alles in Ordnung ist, dass das bloß ein Versehen war. Bekommt einen Smiley und ein Fragezeichen zurück, worauf sie antwortet, dass sie ihm morgen alles erklären wird.

Sie steckt das Handy wieder weg und geht mit schweren Schritten die Treppe rauf. Erst als sie fast auf ihrer Etage angekommen ist, hebt sie den Blick und sieht, dass jemand vor ihrer Tür sitzt. Glitzernde Sneakers und schwarze Leggins. Dazu ein Jeansrock, ein ärmelloses Oberteil und darüber eine geblümte Jacke. Ungepflegte, blonde Haare. Deniz braucht ein paar Sekunden, bis sie begreift, wer das ist.

Nadja. Oder wie immer die Trulla aus dem Club hieß.

Deniz dreht sich der Magen um. »Woher weißt du, wo ich wohne?«

Nadja steht auf, schwankt, greift nach dem Geländer. Aus dunkel geschminkten Augen schaut sie zu Deniz. »Du schuldest mir fünfzehnhundert Kronen, okay? Wenn ich die hab, verschwinde ich.« Ihr Oberkörper schwankt weiter, ihr Kiefer zuckt unfreiwillig.

Deniz starrt sie an. Eine verdammte Drogenschlampe. Und mit der hatte ich was. Scham und Ekel überkommen sie, und sie stößt Nadja beiseite. Dann stellt sie sich vor ihre Tür. Steckt den Schlüssel ins Schloss, zischt: »Du kriegst gar nichts. Verschwinde, sonst rufe ich die Polizei.«

»Kapierst du das denn nicht? Du musst zahlen!«, kreischt Nadja und packt Deniz am Arm. »Du musst zahlen! Du schuldest mir fünfzehnhundert Kronen!«

Endlich bekommt sie die Tür auf, reißt sich los und schließt Nadjas hysterisches Geschrei aus.

»Du musst zahlen! Er hat mich auch nicht bezahlt, das Arschloch.«

Fäuste trommeln gegen die Tür. »Ich will mein Geld! Ihr verdammten Schweine!«

Deniz macht Licht im Flur, steht da und starrt die Tür an, die unter den Schlägen vibriert. Was soll sie tun? Die Kollegen kann sie unmöglich verständigen. Nein, lieber warten und hoffen, dass Nadja aufgibt und verschwindet.

Sie zieht die Jacke aus und wirft sie über einen Hocker. Geht in die Küche, legt die Pizza aus der Hand, nimmt sich ein Glas von der Spüle und füllt es mit Wasser. Ihre Hand zittert, während sie trinkt. Woher weiß Nadja, wo sie wohnt? Wie ist sie hereingekommen? Vermutlich hat ein Nachbar sie hereingelassen. Dann fragt sie sich, was Nadja da gerade gesagt hat. Dass er auch nicht bezahlt hat. Das hat sie doch gesagt, oder nicht?

Es wird still im Hausflur. Keine Schreie mehr, niemand trommelt mehr gegen die Tür. Deniz stellt das Glas weg und geht ans Fenster. Schaut zur Haustür hinunter. Wartet. Atmet auf, als sie sieht, dass Nadja auf die Straße hinaustritt und Richtung Fruängsgången verschwindet.

Dann reißt sie die Hand zum Mund. Der Mann aus der U-Bahn steht unten vorm Haus und schaut zu ihrem Fenster hinauf. Der gelbe Kapuzenpulli leuchtet wie ein Scheinwerfer in der Nacht.

50

Der riesige Kristallkronleuchter wirft ein sanftes Licht in den saalähnlichen Raum.

Hebes Wohnung am Karlaplan sieht genauso aus, wie Zack sie sich vorgestellt hat. Eine Paradewohnung im Hochparterre, fünf Meter hohe Decken, Zimmer an Zimmer an Zimmer. Die alten Holzpaneele an den Wänden glänzen wie von selbst, nicht wie frisch lackiert. Zack folgt Hebe durch die Lounge, bleibt vor den Gemälden stehen, die eine der Wände schmücken. Moderne Schwarzweißfotografien, die Bergarbeiter in Brasilien darstellen, stilisierte Modeaufnahmen von Frauen in aufwändigen Kleidern und eine Auswahl von Helmut Newtons »Big Nudes«. Sexualität, die sich dem Betrachter aufdrängt, ein voyeuristischer Blick in die ausgelebten Fantasien eines alten Lustmolchs.

»Ich habe angefangen zu sammeln«, sagt Hebe und stellt sich zu ihm. »Jetzt, wo ich endlich eigene Wände habe. Mama gefallen sie ganz und gar nicht. Vielleicht gefallen sie mir deshalb so gut.«

Zack lacht. Weiß nicht, was er sagen soll, denn Hebes Arm berührt seinen. Sein gerade erst gefasster Entschluss kommt ins Wanken. Hebe nicht anfassen, sich auf Abstand halten, das Geld nehmen, abhauen. Und nichts braucht er dringender als das Geld.

Unterwegs ist eine SMS von Abdula eingetroffen. *Das Geschäft geht morgen Abend über die Bühne.*

Er hat die Nachricht angestarrt und gedacht, was für ein Glück, dass das mit Hebe so schnell funktioniert hat.

Jetzt darf nichts passieren, um die Sache zu gefährden.

Sie hat sich umgezogen, trägt nicht mehr das Kleid vom Mittagessen, sondern eine weiße Bluse und einen engen Rock mit Blumenmuster. Aber die Ohrringe sind dieselben, und sie strahlen wie ihr Lächeln. Er muss schlucken und macht einen Schritt zur Seite, damit ihre Arme sich nicht länger berühren.

Das ist zugleich eine Aufforderung weiterzugehen.

Er folgt ihr in den nächsten Saal, wo sie sich auf eine riesige Cappellini-Couch setzt. Sie ist weiß, und Zack bemerkt, wie braun Hebes Beine sind, als sie sie unter sich zieht. Er selbst sinkt in einen Sessel gegenüber, der weich wie eine Wolke ist.

»Gefällt es dir hier?«, fragt er.

Hebe streift sich den Pony aus dem Gesicht. »Mit einunddreißig von zu Hause wegzuziehen, war das Beste, was ich tun konnte.« Sie lacht. »Ich hatte zwar meinen eigenen Flügel bei Olympia, aber das ist nicht vergleichbar. Sie ist wie ein Habicht.«

Er nickt, als könne er das nachvollziehen, dabei hatte er selbst nie eine Mutter, die sich um ihn gekümmert hat. Aber er kann sich vorstellen, wie Olympia sich ständig in Hebes Leben eingemischt hat. Sicher hat sie entschieden, in welchen Kreisen Hebe sich bewegen darf. Er weiß, dass Olympia Menschen wie ihn verachtet. Einen Polizisten und simplen Bürger.

Und wenn sie tatsächlich meine Mutter ist? Hat sie auch meinem Leben eine bestimmte Richtung gegeben?

Er steht auf, geht zum Fenster. Betrachtet die ausschlagenden Bäume, die fein getrimmten Hunde, die in ebenso fein getrimmte Blumenbeete pinkeln. Ein Stück entfernt sprüht ein Brunnen Wasser senkrecht in einen privilegierten Abend.

Er muss Hebe fragen. Jetzt. Bevor er sich weiter verstrickt. Muss wissen, was sie über seine Kindheit weiß, ob Olympia ihr gegenüber je einen Leibwächter erwähnt hat. Wurde sie schwanger und brachte ein Kind zur Welt, das sie nicht haben wollte?

»Du?« Er dreht sich um, spricht aber nicht weiter, weil er einen riesigen Strauß roter Rosen auf einem der Tische stehen sieht. Ist nicht auf den schwarzen Stachel vorbereitet, der ihm in die Brust fährt. Er geht hin und liest die Karte. *Denke an dich, C.*

Er wirft Hebe einen fragenden Blick zu und versucht, gleichzeitig erfreut auszusehen, dabei tobt ein Orkan in ihm, dessen Stärke ihn überrascht. Er reißt alle moralischen Vorbehalte mit sich, die an der Frage hängen, ob sie Halbgeschwister sind oder nicht.

»Von einem Verehrer«, sagt Hebe und steht auf, richtet den Rock und verlässt das Zimmer.

Zack liest die Karte noch mal. Hasst den Mann, dessen Name mit C beginnt. Christer? Clas? Nein, nein. Sicher ein Carl oder Charles. Jemand mit einem Bauernnamen würde niemals genügen.

Er lässt die Karte Karte sein und dreht eine Runde durch den Saal.

Warum macht es mir etwas aus, dass Hebe jemanden kennengelernt hat? Ich habe doch Indha. Oder hatte sie.

Sollte er sie als vermisst melden?

Er hat so oft darüber nachgedacht, ist aber jedes Mal zum selben Ergebnis gekommen – er wird immer dastehen wie der eifersüchtige Ex-Freund. Einer, der sich nicht damit abfinden kann, dass seine Ex jetzt mit jemand anderem zusammen ist. So tief wollte er nie sinken. Trotzdem wird er das Gefühl nicht los, dass ihr etwas zugestoßen ist. Bevor er bei ihrem Fitnessstudio vorbeigefahren ist, hat er im Strafregister nach ihr gesucht. Aber er hat nichts gefunden, was ihr Schweigen erklären könnte. Nicht, dass er damit gerechnet hätte, aber man weiß ja nie. Auch ihr Arbeitgeber hatte sie nicht als vermisst gemeldet. Vielleicht war sie ja doch wieder dort aufgetaucht? Vermutlich. Und er macht sich weiter Sorgen um sie.

Fuck it!

Er fährt sich mit den Händen durchs Haar. Atmet in den Bauch, versucht, seinen rasenden Puls zu beruhigen. Erstarrt, als Hebe mit einer Tasche zurückkehrt, auf der das Logo des Heralduskonzerns prangt. Ein stilisiertes H, etwas anders als die alte Version, im Grünton amerikanischer Dollarscheine. Sie reicht Zack die Tasche, behält aber die Hand am Griff. Steht so nah, dass Zack ihr Parfüm riechen kann. Das süßliche Aroma triggert ihn noch mehr. Er schaut auf ihre Lippen, während sie sagt:

»Zwölf Millionen.«

»Wie hast du die so schnell aufgetrieben?«

»Du hast mir nicht gesagt, wozu du das Geld brauchst.«

»Du bekommst es übermorgen zurück.«

Sie stellt die Tasche auf den Boden, und er hört auf zu atmen, als sie ihm die Arme um den Hals schlingt.

»Er bedeutet mir nichts«, flüstert sie ihm ins Ohr. »Kannst du nicht ein bisschen bleiben?«

Ihre Brust streift ihn, er kann sie durch die Bluse sehen.

Seine Jeans wird eng, und er presst sich an Hebe. Küsst ihr Haar. Will sie. Oh, wie gern er bleiben möchte.

Spielt es denn wirklich eine Rolle, ob wir verwandt sind? In der Bibel und in den griechischen Sagen ficken doch ständig Geschwister miteinander.

Aber dies ist keine griechische Sage. Dies ist die Wirklichkeit, und Hebe knöpft ihre Bluse auf. Knopf für Knopf. Die Frau, die Erbin des größten Vermögens Schwedens ist. Er könnte sie auf der Couch ficken. Oder auf dem Schaffell vor dem offenen Kamin.

Ficken. Das Wort schrillt in seinem Kopf. Die Härte, die Hässlichkeit, die ihn gleichzeitig anmacht und abturnt.

Und als er das Verlangen in ihrem Blick sieht, erkennt er darin auch einen Funken von sich selbst. Weiß genau, wie sehr sie ihn will, und das ist die eigentliche Wahrheit. Er kann seine Schwester nicht ficken.

Also greift er nach der Tasche und eilt zur Wohnungstür, während sie ihm folgt und fragt, was sie falsch gemacht hat. Doch er lässt sie im riesigen Flur zurück, im Schein der vergoldeten Lampen und des unendlichen Reichtums.

51

Dienstag, 29. Mai

»Wo hast du die zwölf Millionen her?« Douglas steht am Drucker im Flur und wartet auf die Seiten, die die Maschine ausspuckt.

Zack trinkt seinen ersten Kaffee im Stehen und lässt sich Zeit mit der Antwort, damit seine Lüge auch schlüssig ist. Er will auf keinen Fall die Verwicklung des Heralduskonzerns erwähnen, denn dann würde Douglas niemals zustimmen.

»Von einem Unternehmer mit mehreren Tochterfirmen«, sagt er schließlich. »Manche davon waren schon häufiger ganz spendabel, deshalb habe ich dort nachgefragt.«

»Was für Tochterfirmen?«

Zack trinkt noch einen Schluck Kaffee. Denkt nach, welche Tochterfirma von Heraldus Douglas nicht kennen könnte. »Digital Consultancy.«

»Aha, von denen habe ich noch nie gehört. Aber okay, es kommt also heute zur Übergabe? Da bist du ganz sicher?«

»Das wurde mir von meiner Quelle bestätigt. Er hat gestern noch eine SMS geschickt.«

»Und du willst immer noch nicht verraten, um wen es sich bei deiner Quelle handelt?«

»Ich kann nicht. Wird es nicht auch so gehen?«

Douglas verzieht das Gesicht. »Ich habe so eine Ahnung. Ein bisschen was hab ich über die Jahre ja auch mitbekommen.«

»Dann belassen wir es dabei. Du hast deine Ahnung, ich weiß es. Sind wir uns dann so weit einig? Heute Abend schnappen wir den Polizistenmörder?«

Im Drucker knirscht es, dann blinkt das Display rot. Douglas schlägt gegen das Gerät, öffnet die vordere Klappe und reißt an dem Blatt, das sich verhakt hat. »Dass diese Apparate nie funktionieren!« Er wirft Zack einen Blick über die Schulter zu. »Wir sind uns alles andere als einig, aber darüber sehe ich diesmal hinweg. Wir ziehen das trotzdem durch. Es handelt sich schließlich um einen Polizistenmord, da gelten andere Regeln.« Er knallt die Klappe wieder zu, richtet sich auf und drückt auf ein paar Knöpfe, ehe er fortfährt: »Ich verständige das SEK, damit wir Unterstützung haben. Was meinst du, sollen wir das Drogendezernat auch gleich mitnehmen?«

»Damit können wir doch noch warten, bis wir mehr wissen. Wir dürfen nicht zu viele sein. Die Kollegen machen ihre Sache gut, aber das ist halt kein kleiner Dealer von der Straße, der sich in die Hose macht, wenn er die Bullen anrücken sieht. Ich sage, das SEK reicht.«

»Dann machen wir das so.«

Zack nickt, hauptsächlich, um für sich selbst klarzukriegen, dass Douglas gerade eben dem Einsatz zugestimmt hat. Aber, wie er gesagt hat, bei einem Polizistenmord gelten andere Regeln.

Es gibt nur einen Schuldigen, der bekommt, was er verdient.

52

Im Besprechungszimmer ist es kalt wie an einem rauen Herbsttag. Die Mitglieder der Sondereinheit wärmen sich die Hände an dampfenden Kaffeebechern. Sitzen frierend in dicken Pullis da, starren wütend zur Klimaanlage und fluchen leise, dass sie es gefälligst nicht übertreiben soll.

»Die Anlage ist manisch-depressiv«, sagt Rudolf, den ausdruckslosen Blick auf das dröhnende Gerät gerichtet. »Ungefähr so launisch wie ein griechischer Gott.«

Sie unterhalten sich gedämpft, während sie auf das SEK warten, mit dem sie den bevorstehenden Einsatz durchsprechen wollen. Aber Zack hört nur mit halbem Ohr hin. Sieht nur Abdula im Chaos des IKEA-Restaurants vor sich, wie er sagt: *Ich habe sie aufgeschlitzt. Sie haben mir eine Pistole vorgehalten. Ich hatte die Wahl: sie oder ich.*

Zack hat keinen Grund, Abdulas Worte anzuzweifeln. Trotzdem meldet sich da Widerwille. Hat Abdula wirklich alles getan, was er konnte, um die Frau zu retten? Oder hat er sie, ohne zu zögern, geopfert? Sein Magen zieht sich zusammen, ohne dass er sagen könnte, warum genau.

Ich habe Abdula in all das reingezogen, der Mord an der Frau geht auf mich. Auch wenn sich herausstellt, dass es sich um Copper handelt.

Sie verstummen, als zwei Männer hereinkommen und sich als Tobias Nilsson und Martin Edin vorstellen. In Zivil, aber trotzdem leicht militärisch angehaucht. Sie begrüßen Douglas kameradschaftlich und setzen sich dann nebeneinander an die Längsseite des Tischs. Tobias ist schon sehr lange dabei, er und Douglas haben zusammengearbeitet, als Douglas ein halbes Jahr Einsatzleiter beim SEK war, bevor er die Karriereleiter weiter hinaufkletterte. Martin kennt Zack nicht, er muss neu sein. Er hat die Glut eines jungen Gockels in den Augen, wirkt stolz und engagiert, es ist nicht zu übersehen, dass er sich hier beweisen will.

Zack seufzt, weiß aber, dass viele das Gleiche über ihn denken.

Douglas rückt seinen Stuhl beiseite, damit er nicht den Blick auf die Leinwand versperrt. Schaut zu Tobias, während er sich auf dem Laptop voranklickt. »Zu wievielt rückt ihr heute Abend an?«

»Mit mir sind wir zu siebt. Wenn wir mehr brauchen, kann ich noch ein paar andere bitten, Überstunden zu machen.«

»Nein, nein, das reicht.« Douglas schaut sich in der Runde um. »Zack hat erfahren, dass das Geschäft heute Abend um elf über die Bühne gehen soll, und zwar am Geisterbahnhof in Kymlinge. Wissen alle, wo das ist?« Obwohl die meisten nicken, projiziert er eine Karte an die Leinwand und lässt dann den Mauszeiger über ein Waldstück zwischen Hallonbergen und Kista kreisen. »Das ist der U-Bahnhof, der in den 1970ern gebaut, aber nie in Betrieb genommen wurde. Er ist vollständig ausgebaut – mit Bahnsteig, Tunnel und Gleisen. Wie ihr euch denken könnt, gibt es dort keine Zivilisten, unter die wir uns mischen können, wir sind ganz allein da im Wald. Was auch bedeutet, dass wir schon vorab unsere Positionen einnehmen müssen.« Er richtet den Blick wieder auf Tobias. »Deshalb halte ich es für klug, wenn ihr ein wenig abseits in euren Einsatzfahrzeugen wartet, damit ihr nicht gleich entdeckt werdet.«

Tobias nickt. »Es führen nur kleinere Waldwege dorthin. Wisst ihr, wie die Typen zum Treffpunkt kommen werden?«

Douglas schaut Zack fragend an, und auch die Köpfe der anderen drehen sich zu ihm.

»Meine Quelle hat mir nur Zeit und Ort durchgegeben«, sagt er. »Aber wenn ich dort verabredet wäre, würde ich kein Auto nehmen. Das könnte zu leicht steckenbleiben. Meine Wahl wäre ein Motorrad, mit dem man in dem Gelände unabhängig ist.«

»Deine Quelle?«, fragt Sandra. »Meinst du Copper? Wird der auch da sein?«

»Nein, jemand anderes.«

Verwirrung macht sich breit, weshalb Zack ihnen dieselbe Geschichte erzählt, die er vorher schon bei Douglas zum Besten gab. Dass er schon seit ein paar Tagen nichts von Copper gehört hat, er aber einen neuen Kontakt herstellen konnte, den Käufer im bevorstehenden Geschäft, und dass dieser sogar einen Mord hatte beobachten müssen.

Plötzlich richten sich alle auf, sind hochkonzentriert.

»Einen Mord?«, fragt Deniz. »Wer wurde ermordet? Nicht Josefin, oder?«

Zack schüttelt den Kopf. »Laut meiner Quelle hatte sie dunkle Haare. Mehr hat er nicht gesagt, aber er stand unter Schock. Umgebracht wurde sie auf dieselbe Art wie Roger Dahl.«

Er spürt Deniz' Blick und sieht, dass sie wissen will, ob er von Abdula spricht. Aber sie fragt stattdessen:

»Dann glaubst du also, dass Copper ermordet wurde?«

Zack reibt sich die Stirn. »Ich rede mir selbst ein, dass es nicht so ist. Aber das fällt mir immer schwerer. Es besteht also das Risiko, dass Bogan zwei Polizisten getötet hat.«

Jetzt kommt Leben in die Runde, es hagelt Fragen. Wann ist es passiert? Wo ist die Leiche? Wie zuverlässig ist die Quelle? Wer ist eigentlich diese Quelle? Copper war also eine Frau?

Zack antwortet, so gut er kann, weigert sich aber weiterhin, seine Quelle preiszugeben. Insgeheim hofft er, dass Abdula heute Nacht ungeschoren davonkommt, dass er nicht identifiziert wird.

»Wir müssen wissen, wer der Käufer ist«, sagt Sandra und stemmt die Ellbogen auf den Tisch. »Wenn er mit uns zusammenarbeitet, sind wir für ihn verantwortlich. Ich meine, stellt euch vor, wir erschießen ihn.«

»Er wird einen roten Pullover tragen«, sagt Zack. »Und wenn wir zugreifen, wird er – genau wie alle anderen – versuchen zu fliehen. Deshalb müssen wir gut aufpassen.«

Sandra verdreht die Augen. »Dann lasst uns mal hoffen, dass niemand sonst etwas Rotes trägt.«

»Ich zeig ihn euch, wenn wir dort sind. Ich weiß, dass das nicht ganz einfach ist, aber das ist unsere einzige Möglichkeit, Bogan zu schnappen, bevor er den nächsten Mord begeht.«

»Puh«, sagt Sirpa. »Wann wird die Leiche wohl auftauchen? Den Fundort stelle ich mir lieber nicht vor.«

Die anderen nicken zustimmend. Zack nimmt sich vor, Abdula noch einmal eingehender zu befragen, wenn er sich später mit ihm trifft. Ein bisschen mehr als dunkle Haare sollte er schon beisteuern können.

Wieder beschleicht ihn dieses ungute Gefühl. Wird ihre Freundschaft je wieder dieselbe sein, wenn Zack mit eigenen Augen sieht, wozu Abdula fähig ist?

Eine Kaffeekanne wird herumgereicht, Becher werden nachgefüllt, während Douglas sich wieder der Karte zuwendet und erklärt, wo sich Zack, Deniz und Sandra während des Einsatzes positionieren sollen.

Tobias hebt die Hand wie in der Schule.

»Ja, du hast richtig gehört«, sagt Douglas sofort. »Ich rücke mit aus.«

»Dass du dafür deinen Anzug hierlassen musst, ist dir aber klar?«

»Spricht nichts dagegen, den im Wald zu tragen. Wozu gibt es sonst die chemische Reinigung?«

Am Tisch wird gelacht, selbst Douglas' Mundwinkel zucken. Nur Deniz bleibt ernst, wie Zack feststellt. Sie scheint mit den Gedanken ganz woanders zu sein und nur zu lächeln, um anzudeuten, dass sie etwas mitbekommen hat. Hängt das irgendwie mit der SMS zusammen, die sie ihm geschickt hat?

Vor der Besprechung hat er sie danach gefragt, woraufhin sie erzählte, dass ihr jemand von der U-Bahn bis nach Hause gefolgt war. Direkt musste er daran denken, dass auch er das Gefühl hatte, verfolgt zu werden, kurz vor dem Terroranschlag. Aber er hatte nichts dazu gesagt, obwohl ihm ein finsterer Gedanke gekommen war.

Dass sie beide Zielscheibe von jemandem sind.

»Wo werdet ihr euch positionieren?«, wendet sich Douglas an Tobias.

»Auf den größeren Wegen in der Nähe. Kymlingelänken, Ursvik, Enköpingsvägen. Schätzungsweise haben sie Kundschafter entlang der Strecke, und wenn wir denen zu nahekommen, platzt die ganze Nummer.« Er wendet sich an Zack. »Da kommt es dann auf den roten Pulli an.«

»Gut«, sagt Douglas, bevor Zack etwas darauf erwidern kann.

»Und wir sollten Spürhunde, Motorradpolizei und einen Helikopter bereithalten«, fährt Tobias fort. »Sonst kommen wir nicht hinterher, wenn die fliehen.«

Douglas nickt. »Rudolf, du übernimmst die Kommunikation. Okay?«

»Okay.«

»Und du, Sirpa, bleibst hier und stehst uns mit Rat und Tat zur Verfügung.«

»Wird gemacht.«

»Aber deine Quelle …« Sandra schaut zu Zack. »Kommt der mit leeren Händen zum Treffpunkt? Dann legen die den doch gleich um.«

»Er hat Geld dabei. Zwölf Millionen in bar.«

Verwunderte Blicke.

»Eine Firma hat uns gesponsert. Sie unterstützt uns im Kampf gegen das organisierte Verbrechen. Das Geld will sie selbstverständlich zurück, aber weiß auch um das Risiko, dass es bei diesem Einsatz verloren gehen könnte.«

Davor graut es Zack zutiefst, zudem weiß er ja jetzt schon, dass – egal wie der Einsatz verläuft – auf jeden Fall die zwei Millionen fehlen werden, die er Abdula versprochen hat.

Aber da wird ihm schon etwas einfallen, wenn es so weit ist. Der Heralduskonzern wird deswegen sicher nicht bankrottgehen, Hebe genauso wenig. Zwar weiß er nicht, ob das Geld aus dem Budget einer der Firmen kommt oder von Hebe privat, aber das spielt auch keine Rolle. Denn in erster Linie ermöglicht es ihnen, Bogan festzunehmen und Josefin zu finden.

Douglas räuspert sich. »Wir können dankbar sein, dass die Wirtschaft bereit ist, uns und damit die Gesellschaft hin und wieder zu unterstützen. Wenn der Polizei die Mittel fehlen, um die Kriminellen zu stoppen, kann es sie selbst treffen. Das Problem ist ja nicht neu.«

»Wurde das von der Staatsanwaltschaft abgesegnet?« Sandra verschränkt die Arme vor der Brust. »Nur, damit wir wissen, worauf wir uns genau einlassen.«

»Das geht auf meine Kappe«, antwortet Douglas.

»Du hast also nicht …«

»Jetzt reiß dich mal zusammen«, faucht Deniz und wirft Sandra einen wütenden Blick zu. »Wir reden hier von Polizistenmorden, und du hast nichts Besseres zu tun, als dir Sorgen über Dienstvergehen zu machen? Vielleicht ist Zack der Nächste auf deren Liste. Willst du lieber so lange warten?«

»Entschuldige, dass ich an meinem Job hänge.«

Douglas wird laut. »Es ist euch selbst überlassen, ob ihr teilnehmt oder nicht. Ich habe vollstes Verständnis, wenn ihr euch dagegen entscheidet, dann muss ich das aber jetzt wissen.«

»Ich bin dabei«, sagt Deniz, bevor Douglas überhaupt den Mund schließen kann.

»Ich auch«, sagt Zack.

Reihum wird am Tisch zustimmend genickt, bis zum Schluss nur noch Sandra übrig ist.

Sie windet sich auf ihrem Stuhl und scheint mit sich selbst zu ringen. Möchte sie der Sondereinheit gegenüber loyal sein oder sich an die rechtlichen Vorgaben halten, während die anderen draußen Verbrechen bekämpfen?

Schließlich antwortet sie, ohne voll und ganz überzeugt zu sein: »Ich mach mit.«

53

Entschlossenen Schritts nimmt Zack die Stufen der Rolltreppe, die zu einem der Cafés im Kulturhuset führt, während er sich in dem großen, offenen Gebäude umsieht. In der Mitte steht ein halbmondförmiger Tresen, an dem es Gebäck und Kaffee gibt. Die vielen Lampen an der Decke verströmen warmes Licht und lassen den Holzboden, die Tische und Stühle orange schimmern. Geschäftsleute und Jugendliche trinken die ausgefallensten Kaffeevarianten, ein paar Nichtmuttersprachler gestikulieren wild, während sie sich laut unterhalten.

Wo ist Abdula? Wenn Zack ihn richtig einschätzt, hat er sich einen eher versteckten Platz in der Nähe eines Ausgangs gesucht. Zack geht weiter ins Café hinein und entdeckt ihn schließlich hinter einer Säule, wo er von den anderen Besuchern kaum zu sehen ist. Vor ihm auf dem Tisch eine Flasche Mineralwasser und ein Krabbenbrötchen. Zack stellt die Tasche zu Abdulas Füßen ab, eine schwarze Sporttasche, in die er das Geld umgefüllt hat. Abdula schaut auf und nickt, schiebt sie unter den Tisch.

»Willst du was essen?«, fragt er.

»Nein danke. Bei uns gibt's später Sushi, vor dem Zugriff.« Zack zieht den Stuhl gegenüber von Abdula heraus und setzt sich.

»Dass du immer alles sabotieren musst. Ich versuch hier die ganze Zeit, mir einzureden, dass wir heute nur die Stadt unsicher machen, in einen Club gehen, uns ein Mäuschen suchen.« Abdula lacht und trinkt das Wasser direkt aus der Flasche. »Wieso probieren wir es nicht im Garbo? Da findet sich eigentlich immer was.«

Zack grinst. »Dafür sind wir zu alt. Außerdem ist das hier doch viel besser. Was meinst du, was das für einen Adrenalinkick gibt! Davon bist du einen ganzen Monat high. Ein ONS dagegen ...« Er schüttelt den Kopf. »Einen Tag, wenn du Glück hast.«

Abdula schaut auf den Sergels torg hinab. Der Platz mit seinem signifikanten Schachbrettmuster ist auch Treffpunkt der Junkies, die wie ausgeleierte Gummibänder am U-Bahn-Eingang rumhängen, die Köpfe gesenkt, als wären sie zu schwer.

»So hätten wir auch enden können«, sagt Zack.

»Das kann immer noch passieren. Abrutschen kann jeder.«

Zack nickt und lässt den Blick zur Drottninggatan wandern. Dort ist das Kaufhaus, in das der Terrorist den Lkw gefahren hat. Abdula hat recht. Es kann jeden treffen.

Er war ja neulich auch zur falschen Zeit am falschen Ort. Oder war das im U-Bahnhof kein Zufall? Jemand war ihm gefolgt, jemand, der sicherstellen wollte, dass er auch wirklich dort hinunterging. Der Verdacht hat sich erhärtet, seit Deniz von dem Mann in Fruängen erzählt hat.

Jemand ist hinter ihnen her.

Er verdrängt die Gedanken, weil sein Handy piepst. Sirpa will wissen, wie viel Sushi er möchte. Er bestellt fünfzehn Stück und legt das Handy dann auf den Tisch. Betrachtet Abdula, der noch immer hinausschaut. Er wirkt abwesend, gequält.

»Wie geht es dir?«, fragt Zack.

»Sie verfolgt mich. In meinen Träumen. Jetzt. Ständig. Furchtbar.« Abdula schüttelt den Kopf, als könnte er so die schrecklichen Bilder loswerden.

Bilder, die vermutlich dem gleichen, was Zack sich vorstellt.

»Das kann ich mir denken«, sagt er. »Aber wir müssen mehr über diese Frau erfahren. Kannst du mir nicht irgendwas geben?

Irgendwas, damit wir ihre Beschreibung mit der Fahndungsliste abgleichen können?«

»Sie wird schon noch auftauchen.«

»Mann, sag schon. Wie sah sie aus? Alter? Größe? Gewicht? Eher nordeuropäisch? Südeuropäisch? War sie tätowiert? Trug sie Schmuck?«

Abdula schließt die Augen. »Sie war hübsch.«

»Ja, das hast du schon gesagt. Hast du noch was Konkreteres?«

»Lange, dunkle Haare. Ich musste …« Abdula öffnet die Augen wieder. »Ich musste sie beiseiteschieben, um … die waren im Weg und …« Er lehnt sich über den Tisch und starrt auf irgendetwas.

Zack folgt seinem Blick und stellt fest, dass Abdula sein Handy fixiert. Das Display leuchtet, weil Zack gerade eine Mail bekommen hat. Im Hintergrund lächelt ihn Indha von dem Selfie an, das sie auf dem Weg zum Flippin' Burgers gemacht haben. Er sieht genauso glücklich aus wie sie, seine Augen glänzen frisch verliebt.

Aber das war einmal. Schweren Herzens sperrt er das Display.

»Warte. Zeig mal das Bild.« Abdula wedelt mit der Hand. »Ist das die Frau, mit der du was hattest?«

»Ja, aber das ist vorbei, wozu also …«

»Gib schon her, verdammt!«

Zack ist von Abdulas aggressivem Ton überrascht. Erkennt ihn nicht wieder, aber das ist vielleicht nicht weiter verwunderlich nach allem, was passiert ist.

»Okay, okay«, sagt er, sucht das Bild in der Galerie und gibt Abdula das Handy. Dann steht er auf, um sich einen Kaffee zu holen. Er hat keine Lust, über eine Freundin zu reden, die sich nicht mehr meldet. Momentan hat er Wichtigeres zu tun.

Muss sich auf heute Abend einstellen, wenn sie den Scheißkerl schnappen wollen, der Abdula dazu gezwungen hat, eine schöne Frau abzuschlachten.

54

Abdula ist erstarrt. Das kann nicht sein. Kann einfach nicht. Sie sieht so glücklich aus, wie sie den Kopf gegen Zack drückt. Der Frau in dem Schuppen stand die Todesangst ins Gesicht geschrieben. Trotzdem erkennt er sie. Dieselben Augen, dasselbe lange, dunkle Haar, dieselben asiatischen Züge. Ein kleines Muttermal auf der rechten Wange. Er sieht es so deutlich vor sich, als würde er gerade die Klinge ansetzen. Durch ihr Fleisch schneiden.

Dann der Moment, in dem das Leben in ihren Augen erlischt, direkt oberhalb dieses kleinen Flecks.

Langsam begreift er, was er getan hat. Er hat die Freundin seines besten Freundes ermordet.

Aus seiner Kehle entweicht ein Laut, den er noch nie zuvor gehört hat. Abdula schaut zu Zack, der an der Kasse steht und bezahlt. Das wird er Abdula niemals verzeihen. Niemals. Er wird ihn erschlagen, wenn er es erfährt.

Abdula wischt sich den Schweiß von der Oberlippe, will jede einzelne Krabbe erbrechen, die er gegessen hat. Verstohlen schaut er zu der Tasche unter dem Tisch. Zwölf Millionen. Ich könnte verschwinden, das Land verlassen.

Aber Bogan hat den Film.

Den verdammten Film.

Bogan hat ihn Abdula hinterher vorgespielt. Als er würgend über den schleimigen Boden kroch und nicht wusste, wohin mit sich. Wie er all das Blut loswerden sollte. Wie er all das überleben sollte.

Abdula ist jetzt Bogans Hure.

Alles kann man auf dem Film sehen. Sein Gesicht. Was er mit der Frau gemacht hat.

Ein Vulkan bricht in Abdulas Innerem aus, spuckt fürchterliche Bilder. Die lächelnde Frau in Zacks Handy, die panischen Augen im Schuppen. Dieselben. Ein Knebel, der die Schreie dämpft: »Aaa!« Hat sie Zacks Namen gerufen?

Die scharfe Klinge, die in der Haut versinkt. Die Axt, die die Rippen abtrennt. Seine Hände in der dunkelroten Wärme.

»Shit.« Zack stellt seinen Latte macchiato auf den Tisch und setzt sich. »Du siehst aus, als hättest du erfahren, wie du stirbst.«

Abdula bewegt langsam den Kopf. »Mir geht es nicht so super. Liegt sicher am Kebab, den ich heute Mittag gegessen hab.«

Auf Zacks Stirn bildet sich eine Sorgenfalte. »Aber das heute Abend kriegst du doch hin, oder?«

»Ja, keine Sorge.« Abdula steht auf und greift nach der Sporttasche. »Mir ist bloß grad eingefallen, dass ich noch was regeln muss.« Er schlägt Zack freundschaftlich auf den Rücken und geht mit rauschendem Kopf davon.

»Warte!«

Abdula bleibt stehen und dreht sich mit pochenden Schläfen um.

»Mein Handy.« Zack schaut demonstrativ auf Abdulas Hand.

Erleichterung mitten in der Panik. Abdula bringt sogar ein Lächeln zustande, das hoffentlich glaubwürdig aussieht. »Sorry.« Er macht kehrt und legt das Telefon vor Zack auf den Tisch.

Das Display ist erloschen. Genau wie ihre Freundschaft erlöschen wird, wenn Zack erfährt, was er getan hat.

55

Der Boden vibriert, und die Luft dröhnt, als die U-Bahn durch den sonnenuntergangsroten Wald schießt.

Zack stützt sich auf einen moosbewachsenen Stein, verborgen von Nadel- und Laubbäumen. Er hält sich das Fernglas vor die Augen, um einen genaueren Blick auf den Geisterbahnhof werfen zu können. Zwei Gleise laufen parallel zueinander, zwischen ihnen ragt der von Unkraut überwucherte Bahnsteig auf. Die hohe Fußgängerbrücke hat ein Geländer, das Selbstmorde verhindern soll. Sie verläuft über die Gleise und verbirgt Teile des ungenutzten Bahnsteigs unter sich. Zack zuckt zurück, als die Bahn mit Höchstgeschwindigkeit vorbeidonnert. Will hinlaufen, will die Frau mit dem Kinderwagen retten, die auf die Gleise gestoßen wurde, bevor ihm wieder bewusst wird, wo er ist. In der Nähe einer verlassenen U-Bahn-Station, die aussieht wie die Basis einer feindlichen Zivilisation.

Sie sind seit einer Stunde hier.

Aber noch ist kein Drogenboss aufgetaucht.

Kein Abdula.

Wo zur Hölle ist er? Ist etwas schiefgelaufen?

Zack sucht mit dem Feldstecher die Brücke ab, schaut in die grottenähnliche Tunnelöffnung und weiter in den Wald, der an den Zaun grenzt, der die Haltestelle umgibt. Keine Spur von Abdula oder Bogans Männern.

Aber Abdula kommt doch, oder? Zack kann sich nichts anderes vorstellen, trotzdem ist ein kleiner Teil von ihm nicht überzeugt. Wie hätte er an Abdulas Stelle reagiert? Wenn er eine Frau ermordet hätte?

Hätte er das Geld genommen und wäre abgehauen?

Während ihm die feuchte Kälte durch die Jacke dringt, muss Zack sich eingestehen, dass er das vielleicht sogar getan hätte. Denn wer weiß, wozu einen die Panik verleitet? Selbst der beste Mensch kann entgleisen.

Die Bahn hinterlässt eine trostlose Stille. Schon bald fangen die Vögel wieder an zu krächzen, die Baumkronen rauschen im Wind, irgendwo gurgelt ein Bach, eine trügerische Stille.

Ein Ast knackt.

Zack dreht den Kopf und späht in den Wald. Nichts bewegt sich, er ist von Baumstämmen umgeben, die an Skelette erinnern. Ist da wer? Schleicht sich jemand an?

Aber mehr ist nicht zu hören.

Zack ändert die Lautstärke am Funkgerät, um zu testen, ob es vielleicht geknistert hat. Aber es bleibt still, niemand gibt etwas durch. Alle haben ihre Stellung bezogen, und vermutlich sind sie genauso gespannt wie er, wann ihre Zielpersonen auftauchen.

Gerade als er den Blick wieder auf den Bahnsteig richtet, taucht jemand mit einem roten Pullover auf und stellt sich mitten auf den Bereich zwischen den Gleisen. Das Gesicht von einer Kapuze verdeckt, eine Sporttasche in der Hand. Zack macht eine Siegerfaust: Ich wusste es. Er drückt auf die Sprechtaste am Funkgerät, aber seine Stimme wird von lautem Motorenkreischen ertränkt, das aus allen Richtungen zugleich zu kommen scheint. Er kennt das Geräusch zu gut, Motorräder, die im Gelände beschleunigen, Hindernisse umfahren oder überspringen und nur mit dem Hinterreifen aufsetzen. Eine alarmierende Lautstärke an dem Ort, der gerade noch so friedlich war. Die Scheinwerfer leuchten zwischen den Bäumen, blenden ihn, während sie näher kommen.

Einer, zwei, drei, vier.

Er schaut in die andere Richtung.

Fünf, sechs.

Der Puls beschleunigt, das Blut rauscht ihm durch die Adern. Sofort schärft sich sein Blick, die Welt gewinnt an Klarheit.

Und dann geht es los.

Weitere Lichtkreise hinter dem Bahnsteig. Sie sind in der Unterzahl. Sofort brüllt er ins Funkgerät, dass das SEK zu ihnen stoßen soll. Weiß nicht, ob Douglas sie ebenfalls schon verständigt hat, weiß nicht, ob ihm geantwortet wird, denn er bekommt keine Reaktion. Versteht nichts.

Um ihn herum donnert und kreischt es, das Adrenalin schießt durch seinen Körper.

Wenige Meter von ihm entfernt schießt ein Crossbike vorbei, die Äste wippen im Wind. Zack presst sich gegen den Stein, hofft, dass die grünen Tarnklamotten mit den Farben des Waldbodens verschmelzen. Legt das Fernglas beiseite, zieht die Waffe und versucht, die Motorradfahrer zu erkennen. Aber die tragen alle dunkle Lederanzüge, die Visiere sind geschlossen. Sie erinnern ihn an Militärfiguren von Lego.

Zack sieht, wie Deniz sich tiefer in den Wald zurückzieht.

Die anderen scheinen von der Dunkelheit verschluckt.

Die Motorradfahrer reihen sich vor dem Zaun auf, umstellen den Bahnsteig und leuchten Abdula an wie einen gefeierten Star auf der Bühne. Ein Quad rollt auf die Fußgängerbrücke, der lange Lauf eines Gewehrs ist auf die Gleise gerichtet.

Zack sieht die Waffe, weil sie sich deutlich vom Nachthimmel abhebt, und brüllt eine Warnung.

Durch das Dröhnen der Motoren hört er Schüsse. Abdula wirft sich auf die Seite, rollt ein Stück, steht auf, springt vom Bahnsteig und läuft über das Kiesbett neben den Schienen – fort von Zack.

Zack zielt auf die Brücke, schießt und hört im nächsten Moment weitere Schüsse, von den Motorradfahrern. Sie haben Maschinenpistolen. Vereinzelte Schüsse kommen auch aus dem Wald.

Ein prasselnder Regen.

Was soll der Scheiß?

Ist das eine Falle, um Abdula zu töten? Um das Geld zu kassieren?

Keine Zeit zum Nachdenken.

Zack steht auf und läuft zu den Motorradfahrern, die ihm am nächsten sind. Zwei von ihnen schieben sich durch ein Loch im Maschendrahtzaun. Abdula versucht, über den gegenüberliegenden Zaun zu klettern, und verfängt sich im Stacheldraht, reißt sich wieder los. Dabei verliert er die Sporttasche, die auf der falschen Seite des Zauns zu Boden knallt. Er zögert kurz, scheint dann aber zu begreifen, dass er sich in Deckung bringen muss, und flieht in den Wald. Ohne das Geld. Ohne Heroin.

Ob es je welches gab?

Zack zielt auf die Männer, die sich der Tasche nähern. Rennt ihnen hinterher, Äste schlagen ihm ins Gesicht, Kugeln zischen an ihm vorbei.

Von links nähern sich mehrere schwarz gekleidete Männer über die Gleise. Vermummt mit schusssicherer Ausrüstung. Sie marschieren in einer Linie voran, mit Maschinenpistolen in den Händen.

Die Verstärkung, auf die Zack gewartet hat. Das SEK.

Zack wirft einen Blick in Abdulas Richtung, kann ihn aber nirgends entdecken. Ist er davongekommen? Mit dem Leben?

Hat keine Zeit, darüber nachzudenken.

Muss die Sporttasche holen. Sieht, dass die beiden Männer sie schon erreicht haben.

Zack schießt noch ein paar Mal, der eine der Männer geht zu Boden. Zack nimmt Anlauf und verlässt sich darauf, dass er gedeckt wird, als er durch das Loch im Zaun schlüpft. Er muss Hebes Geld zurückholen. So schnell er kann, rennt er über die Gleise und stürzt sich auf den unverletzten Mann, der gerade die Tasche aufheben will. Sie wälzen sich über den Boden. Zack stößt auf unerwartet großen Widerstand. Die Sig Sauer fällt ihm aus der Hand, und der Mann umklammert seinen Oberkörper mit beiden Beinen.

Zack dreht sich und rammt ihm den Ellbogen in die Nierengegend. Die Umklammerung des Mannes wird lockerer. Zack kann wieder die Oberhand gewinnen. Ihm gelingt es, den anderen in den Schwitzkasten zu nehmen. Er fragt sich, ob das Bogan ist.

Und presst noch fester zu.

Der Mann strampelt mit den Beinen, versucht, sich aus Zacks Griff zu winden.

Der Boden vibriert wieder, und ein Dröhnen ertönt. Zack richtet den Blick auf den Ausgang des U-Bahn-Tunnels. Er weiß, was das ist. Eine weitere Bahn schießt blitzschnell heran.

Er schaut sich um, begreift, dass sie mitten auf dem Gleis liegen.

Robbt rückwärts, den Mann im Schlepptau.

Sieht das Licht des Führerhauses, robbt schneller, so schnell er kann. Spürt, dass der Mann nicht länger um sich tritt. Vermutlich ist er ohnmächtig geworden. Zack lässt ihn los und kriecht weiter, den Blick auf den Tunnel gerichtet, aus dem nun die Spitze der Bahn schaut.

Gleich wird der Mann überfahren, genau wie das Mädchen.

Nicht noch mal.

Ihm ist egal, dass er ein Drogendealer ist, der ihn gerade noch töten wollte. Mensch ist Mensch.

Zack eilt zu ihm, greift nach seinen Armen. Zieht ihn gerade noch rechtzeitig von den Gleisen, dann rauschen auch schon die hell erleuchteten Fenster an ihnen vorbei. Bilden eine Grenze zwischen ihm und seiner Einheit. Der Luftzug erfasst ihn wie ein Orkan, dann ist es vorbei.

Zack hält inne, schnappt nach Atem. Stellt fest, dass niemand mehr schießt, dass die Motorräder sich entfernen. Nur noch die Rücklichter sind im Wald zu sehen.

Da bemerkt er, dass wenige Meter entfernt jemand reglos auf dem Rücken liegt. Am Ärmel prangt das Polizeiwappen, drei gelbe Kronen auf einem blauen Schild.

Zack nähert sich, zieht dem Kollegen den Schutz vom Gesicht. Legt ihm zwei Finger an den Hals, sucht einen Puls, hat aber sofort Blut an der Hand. Er löst den Helm und zieht ihn ab. Da erkennt er ihn.

Tobias Nilsson, der auch bei der Lagebesprechung war.

Douglas' Freund.

Aus einer Schusswunde am Hals strömt das Blut, läuft auf die Steine im Gleisbett. Jemand aus seiner Einheit kommt angerannt, presst Tobias die Hände auf die Wunde. Zack übernimmt die Reanimation, obwohl ihm bewusst ist, dass es nichts mehr bringt. Aber er macht weiter, weil nicht noch ein Kollege sterben soll.

Nicht hier.

Nicht jetzt. Als hätte er gespürt, dass etwas nicht stimmt, schaut er zu der Stelle, an der er den Mann zurückgelassen hat, und stellt fest, dass er fort ist. Inklusive der Sporttasche. Verschluckt von der Dunkelheit.

Zack setzt die Wiederbelebungsversuche fort. Nach dreißig Kompressionen beatmet der Kollege Tobias. Dann macht Zack weiter. Hört, wie eine Rippe bricht. Aber das spürt Tobias nicht mehr, sein irdisches Leben hatte bereits geendet.

56

Sie sitzen schweigend und mit hängenden Köpfen im Einsatzbus und atmen die muffige Luft. Ihre Gesichter sind schmutzig und angespannt. Alle versuchen zu begreifen, was da gerade passiert ist. Deniz spült eine Wunde an der Hand aus, klebt dann ein Pflaster darauf. Douglas sieht aus, als hätte er Kriegsbemalung angelegt. Spuren von Lehm und lange Kratzer prangen auf seinen Wangen. Sandra scheint sich am besten geschlagen zu haben, sie hat nur einen Riss in der Jacke.

Zack weiß nicht, wie er aussieht, aber es tut an verschiedenen Stellen weh. Wie nach einer harten Trainingseinheit mit Sensei Hiro. Sie sitzen sich im hinteren Teil des Busses zu zweit gegenüber, so wie es ihnen der Einsatzleiter befohlen hat, während er sich einen ersten Überblick über den Tatort verschaffen will. Im Scheinwerferlicht sämtlicher Einsatzfahrzeuge, die mittlerweile eingetroffen sind, sieht Zack, dass das Rettungspersonal eine Decke über Tobias Nilsson gebreitet hat. Mehr können sie nicht für ihn tun, seine Seele hat den Körper bereits verlassen. Vielleicht schaut er zu ihnen hinunter und fragt sich: Wieso habt ihr euch so blöd angestellt? Wieso habt ihr so fürchterlich versagt?

Dieser verdammte Bogan Ravi.

War er überhaupt dabei?

Das SEK hat die Männer noch verfolgt, aber über Funk heißt es nur, dass sie wie vom Boden verschluckt sein sollen.

In dem ganzen Durcheinander ist ihnen niemand schnell genug gefolgt. Auch Zack nicht.

Er beißt die Zähne zusammen, was ihm einen Schmerz durch den Kiefer jagt. Schnell greift er sich ans Kinn, wo ihn ein Schlag getroffen haben muss. Er reibt die betroffene Partie und schaut zu dem Teil des Zauns, über den Abdula verschwunden ist. Liegt er jetzt irgendwo da draußen und verblutet? Das könnte Zack sich niemals vergeben.

Mit halbem Ohr verfolgt er über Funk die Jagd auf die Täter. Hört, dass Straßensperren errichtet werden und jeder überprüft wird, der sich in der Nähe aufhält. Die Hundeführer und die Motorradstaffel durchforsten den Ursviksskogen. Ein Helikopter hilft ihnen bei der Suche, und auch alle anderen verfügbaren Ressourcen sind unterstützend tätig.

»Und?«, sagt Sandra schließlich. »Was haltet ihr von unserem Einsatz? Ich bin mir ziemlich sicher, dass er in Zukunft an der Polizeischule als sehr gutes Beispiel dafür dienen wird, wie man nicht vorgehen sollte.«

»Wen interessiert's?«, murmelt Deniz.

»Mich. Es war reines Glück, dass nicht noch mehr von uns umgekommen sind. Und was zur Hölle war mit der U-Bahn?« Sandra schaut jetzt zu Douglas. »Hast du die Linie nicht lahmlegen lassen? Was ist denn da schiefgelaufen?«

Douglas seufzt. »Wir werden den Einsatz untersuchen und nachbesprechen. Die Analyse wird alle Beteiligten einschließen, uns und die Leitstelle. Irgendwo muss es zu einer Verzögerung gekommen sein. Offenbar hat die Nachricht den Lokführer nicht erreicht.«

»Na dann«, sagt Sandra mit einem schiefen Grinsen. »Haben wir alle was fürs nächste Mal gelernt.«

Douglas ringt sichtlich um Fassung. »Ein Grund zum Prahlen ist der Einsatz definitiv nicht.« Er schaut zu Zack. »Kann dein Kontakt uns verraten haben? Galt uns der Hinterhalt?«

Zack zuckt zusammen, mit dieser Unterstellung hat er nicht gerechnet. »Nein, er ist zuverlässig.«

»Der anonyme Pulliträger«, sagt Sandra und verzieht das Gesicht.

Zack will gerade etwas erwidern, als er den Einsatzleiter kommen sieht. Ulf Byström, ein angesehener Kollege, auch wenn er einen Bart trägt, der dem von Hitler nicht unähnlich ist. Er reißt die Tür auf und schüttelt den Kopf mit einem Gesichtsausdruck, der schon verrät, dass die Aufklärung nicht schnell gehen wird.

»Wir bringen euch gleich aufs Revier, und dann machen wir eine Nachbesprechung. Mit Vernehmungen müsst ihr ebenfalls rechnen. Stellt euch darauf ein, dass ihr erst morgen früh nach Hause kommt. Aber ich gehe davon aus, dass von euch sowieso niemand gut schlafen würde.«

»Alles klar, danke«, sagt Douglas.

»Wer von euch hat den Mann in der Nähe des Lochs im Zaun erschossen?«

Zack und die anderen wechseln Blicke. »Gut möglich, dass ich das war«, sagt Zack schließlich. »Aber das ist schwer zu beurteilen, es haben so viele geschossen.«

»Ja, das ist mir nicht entgangen.« Byström hebt die Augenbrauen. »Wir müssen um eure Waffen bitten, ihr kennt das ja …« Er zuckt mit den Schultern. »Ich kann sie gleich mitnehmen. Unten bei den Gleisen liegt eine Sig Sauer. Wem gehört die?«

Zack tastet sofort nach seiner Waffe, das Holster ist leer. »Das wird meine sein. Ich hab sie verloren, als ich mit dem Typen gekämpft habe.«

»Dem, der jetzt tot ist?«, fragt Byström.

»Nein, dem anderen, der abgehauen ist …« Zack flucht innerlich. Wie konnte er vergessen, seine Waffe aufzuheben? »Ich wollte Tobias helfen, da muss ich wohl … Das ging alles so verdammt schnell.«

»Mach dir keine Gedanken.« Byström dreht sein Funkgerät lauter und lauscht dem Polizeifunk. Dann schaut er wieder zu Zack. »Ich werde dir schon kein Dienstvergehen anhängen. Aber komm mal eben mit raus und bestätige, dass das wirklich deine ist.«

Zack nickt und steigt aus. Streckt den schmerzenden Körper und folgt Byström hinter das blau-weiße Absperrband, durch das Loch im Zaun und bis zum hinteren Gleis, wo eine Sig Sauer am Boden liegt. Byström zieht sich Einmalhandschuhe über und hebt die Waffe auf. Hält sie so, dass Zack die Seriennummer ablesen kann.

»Ja, das ist meine«, sagt Zack. »Aber …« Er schaut sich um. Weiß, dass er sie eigentlich dort verloren hat, wo er mit dem Mann am Boden rang. »Sie liegt an der falschen Stelle. Die Waffe müsste dort drüben liegen, zehn Meter weiter.«

»Okay.« Byström streicht sich über den Bart.

»Vielleicht irre ich mich auch«, sagt Zack. »Es ging ja ziemlich drunter und drüber … Aber es ist auf jeden Fall meine.«

»Gut«, sagt Byström und verstaut die Sig Sauer in einem Beweisbeutel. »Jetzt werden wir erst mal herausfinden, was hier genau passiert ist.«

57

Mittwoch, 30. Mai

Bogan Ravi schaut zu den kleinen Feuern, die eine improvisierte Landebahn markieren, atmet den stickigen Rauch ein, der über dem öden Feld hängt.

Es liegt in einer Senke, umgeben vom finstersten Tannenwald Sörmlands. Das orange Flackern beleuchtet den Himmel von unten, als wäre das Ganze der Schauplatz eines uralten Rituals, eine Opferstelle für die Götter.

Sie hätten längst hier sein müssen.

Er schaut in die Wolken und lauscht nach einem Flugzeugmotor. Wirft einen Blick auf die Uhr und muss feststellen, dass sie schon eine Viertelstunde überfällig sind. Diese verdammten Polen! Er steht hier mit dem Heroin im SUV, und sie ignorieren einfach das Risiko, was er damit eingeht. Lassen ihn warten. Nur der Bericht aus Kymlinge hat ihn aufgeheitert. Alles lief nach Plan, und sie haben nur einen Mann verloren. Ein verschmerzbarer Verlust in einem Krieg.

»Schnauze«, sagt er, obwohl seine vier Männer reglos wie Statuen hinter ihm stehen. Ein dumpfes Dröhnen ist über den Baumkronen zu erahnen. Ihm wird ganz warm ums Herz, als er die Cessna erblickt, die sich der improvisierten Landebahn nähert.

Ihre Kameraden auf einem verirrten Planeten.

Aber gleichzeitig auch ihre Feinde.

Das Flugzeug fährt das Fahrwerk aus und hüpft über das holprige Feld, bevor es zum Stehen kommt und der Motor abgestellt wird. Die Tür geht auf, und einige Männer mit schwarzen Ledermänteln steigen aus, unter denen T-Shirts mit einem aufgedruckten weißen Adler zu erkennen sind. Ihre roten Käppis ziert dasselbe Zeichen, das Symbol des polnischen Staates. Es handelt sich um stolze Nationalisten, die ihr Land um jeden Preis schützen wollen. Sie gehören zur Spitze der Partei PiS und damit zur Bewegung der Ultrakonservativen.

Bogan geht auf ihren Anführer zu, Andrzej Kaczynski. Schüttelt dem untersetzten Mann die Hand. Schaut dem Polen in die Augen, die seinen eigenen so ähnlich sind. Voller Liebe für seine Heimat, voller Hass gegen den Rest der Welt.

»Alles in Ordnung?«, fragt Bogan.

Andrzej nickt und schaut zum Flugzeug. »Die Waffen sind dort drin.«

»Und der Sprengstoff?«

»Der auch.« Andrzej richtet sich vor Stolz auf. »Einen Teil haben wir der Armee geklaut, aber der Großteil stammt aus einem Geheimgefängnis der CIA in Gdańsk. Dort haben die Amis nach dem 11. September islamistische Terroristen gefoltert. Als Obama die Anlage schloss, haben wir zugeschlagen. Sie haben sie ein paar Tage lang nicht bewacht.« Andrzej grinst. »Was für eine Ironie, nicht wahr?«

Bogan erwidert das Grinsen, um die freundschaftliche Fassade aufrechtzuerhalten. Dann gibt er seinen Männern ein Zeichen, damit sie die exklusive Ware bringen. Andrzej macht das Gleiche mit seinen Leuten, und dann treffen sie sich in der Mitte. Prüfen alles mit zufriedenen Gesichtern. Kisten voller Automatikwaffen, Maschinengewehre und Sprengstoff. Kiloweise Heroin. Alles wird neu verladen.

Und als die Cessna schließlich abhebt, kann Bogan einen weiteren Punkt abhaken.

Bevor es an der Zeit ist, richtig durchzustarten.

Nach einer etwa einstündigen Fahrt, die er schlafend auf der Rückbank des SUV verbracht hat, steigt er aus dem Wagen und streckt den Nacken. Er hat einen bitteren Geschmack im Mund, weshalb er ein Pfefferminzbonbon aus der Tasche fischt und zur Erfrischung lutscht. Dann geht er zur Scheune, die er von einer alten Witwe am Stadtrand von Stockholm mietet. Sie hat ihnen gute Dienste erwiesen, der perfekte Ort für Treffen, Geschäfte und Ausbildung seiner Leute. Nicht alle kapieren sofort die Grundregeln, aber die meisten begreifen schon bald, dass sie jederzeit geopfert werden können. Für das große Ganze.

Seine Männer tragen die Kisten hinein und bauen sie auf wie ein Buffet – mit einer Handgranate als Krönung. Jeder hängt sich ein Sturmgewehr über die Schulter und so erwarten sie die Männer in schwarzer Ledermontur, die nach und nach mit lehmigen Stiefeln eintreffen. Es ist der Trupp, den Bogan nach Kymlinge geschickt hat, er zählt sie und kommt auf elf. Im Internet steht, dass einer der Bullen tot ist. Mit einem Grinsen fragt er sich, welcher von ihnen.

»Bravouröse Leistung«, sagt er und verharrt mit dem Blick auf dem Mann, der zuvorderst steht. Ein militärischer Leiter, der im normalen Leben Oberleutnant beim Heer ist, nebenher aber mit seinen Fähnrichen solche Einsätze koordiniert und ausführt, wenn das Verlangen nach Edelhuren zu groß wird. »Was ist mit dem Geld?«, fragt Bogan.

Der Oberleutnant wirft einen Blick über die Schulter, einer seiner Männer tritt vor und übergibt eine schwarze Sporttasche.

»Es sind zehn Millionen«, sagt er. »Ich habe selbst nachgezählt.«

Bogan öffnet die Tasche und betrachtet die gebündelten Scheine. Stellt sie dann auf die Werkbank. Weiß, dass die Summe stimmt, niemand würde es wagen, ihn über den Tisch zu ziehen.

»Wie ist es dem treulosen Abdula ergangen?«, fragt Bogan.

»Er ist abgehauen«, antwortet der Leutnant. »Aber machen Sie sich keine Sorgen, der versteckt sich irgendwo und hat Angst um sein Leben.«

»Ich mache mir nie Sorgen.«

Der Leutnant stellt sich ein bisschen breitbeiniger hin. »Wie geht es nun weiter?«

Bogan muss über seinen Eifer lächeln. »Wir teilen das Geld auf. Und sobald wir die Waffen verkauft haben, bekommt ihr noch mehr.«

Der Leutnant sieht ihn fragend an.

»Versteht das als freundliche Geste«, fährt Bogan fort. »Ich möchte gern wieder mit euch zusammenarbeiten. Ihr leistet gute Arbeit, und um euch zu zeigen, wie sehr ich das zu schätzen weiß, bekommt ihr schon jetzt einen Bonus.«

Er geht in den angrenzenden Raum und holt eine Kühlbox, die er vor die Männer stellt.

»Wer möchte sie öffnen?«, fragt er und tritt ein paar Schritte zurück.

»Ich weiß nicht, ob ich in der Stimmung für solche Spielchen bin.« Der Ton des Leutnants hat sich verändert.

»Dabei habe ich mir solche Mühe gegeben.« Bogan klingt gekränkt. »Das Geschenk erforderte viel Planung und einige Umstände.«

Sie betrachten sich gegenseitig, versuchen, den anderen einzuschätzen.

Schließlich tritt der Leutnant vor und hebt den Deckel.

Bogan ist auf den Knall vorbereitet, der Leutnant und seine Männer nicht. Sie tasten in dem weißen Rauch, den die Phosphorgranate verströmt, nach ihren Waffen, doch schon bald steht er wie eine Mauer zwischen ihnen. Bevor sie begreifen, was passiert, werden sie von Bogans Leuten mit den Sturmgewehren durchlöchert.

Wenige Sekunden später liegen die Männer am Boden, Blut strömt zwischen die Ritzen des Dielenbodens.

Nur einer von ihnen lebt noch und schaut zu Bogan hinauf, der sich über ihn stellt und mit einer Pistole auf dessen Stirn zielt.

»Bitte nicht!« Die Stimme des Mannes überschlägt sich.

»Kennst du den Koran auswendig?«

»Was?«

Bogan drückt ab, der Kopf des Mannes zuckt nach hinten.

»Ich dachte es mir fast.«

58

Die Sondereinheit hat sich im Besprechungszimmer versammelt. Sie sitzen um den Tisch, denken an den Vortag, trinken bitteren Kaffee und gähnen um die Wette. Im Laufe der Nacht hatten sie ihre Nachbesprechung. Haben geredet, geredet, geredet. Was ist passiert, wie ging es ihnen dabei, welche Lehren ziehen sie daraus? Zack hat diese ganzen Besserwisser so satt, die nicht mal vor Ort gewesen sind. Schlimmer sind höchstens die Leute, die nie praktische Erfahrungen gesammelt, sondern immer nur Theorien gebüffelt haben. Woher wollen die wissen, was für ihre Truppe das Beste ist?

»Geht nach Hause und ruht euch aus«, hat jemand gesagt.

Wer will nach Hause und schlafen, wenn ein verdammter Polizistenmörder in der Stadt herumläuft? Zack auf jeden Fall nicht. Er hat heute Morgen in der Umkleide geduscht und sich dann eine knappe Stunde auf dem Sofa im Pausenraum ausgeruht. Das muss reichen. Dann hat er sich eine Ersatzpistole ausgeliehen, damit er arbeiten kann. Bogan Ravi muss gefasst werden. Seine Helfer müssen gefasst werden. Copper und Josefin müssen gefunden werden. Zack hofft immer noch, dass sie unversehrt sind. Aber eine Frau ist tot, die Frau, die Abdula ermorden musste. Und Douglas' anklagende Worte kreisen in seinem Kopf: Kann deine Quelle uns verraten haben?

Zack ist überzeugt, dass Abdula so etwas niemals tun würde. Aber sein Handy ist ausgeschaltet. Gut, vielleicht ist er einfach untergetaucht. Das ist schon häufiger vorgekommen, wenn größere Deals schiefgegangen sind.

Und letzte Nacht ist einiges schiefgegangen. Bogan war mit wesentlich mehr Männern angerückt, als Zack gedacht hatte. Sie haben sie überrumpelt, weil sie noch dazu wesentlich besser bewaffnet waren als angenommen. Der Preis, den sie dafür bezahlen mussten, ist hoch, und an eine Festnahme Bogans ist nicht mal zu denken.

Zack nippt an dem Kaffee und redet sich ein, dass er Abdula bald erreichen wird. Die Frage ist bloß, wohin er mit seinen zwei Millionen abgehauen ist.

Douglas schiebt die Zeitung weg. Die Schlagzeile auf der Titelseite lautet: *Polizist tot nach missglückter Drogenrazzia.*

»Noch ein Kollege ist gestorben«, sagt er, als müsse er betonen, was sie alle schon wissen. »Er war mein Freund, ein warmherziger Mensch und zuverlässiger Kollege. Drei Kinder, und der erste Enkel ist unterwegs.« Douglas schlägt mit der flachen Hand auf den Tisch. »Das hier hat oberste Priorität! Niemand fasst mehr irgendwas anderes an, bis wir diesen Bogan haben.« Er schaut Zack direkt in die Augen. »Ich will wissen, wer das in dem roten Pulli war. Der Mann hat mindestens einen Mord beobachtet und kann die Täter benennen.«

Zack schluckt und wählt seine Worte sorgfältig. »Bei allem Respekt, Douglas, aber du weißt, dass ich den Namen eines Informanten nicht preisgeben kann. Ich verstehe, dass diese Sache jetzt persönlich ist für dich, aber glaubst du ernsthaft, dass sich meine Quelle als Zeuge zur Verfügung stellen würde? Damit würde er sich in Lebensgefahr bringen.«

Douglas scheint zu implodieren. »Willst du damit behaupten, dass ich irrational bin?«

»Ich will rein gar nichts behaupten. Ich sage nur, dass ich die Identität meiner Quelle nicht verrate.« Zack wirft einen verstohlenen Blick in Deniz' Richtung. Sie beißt die Zähne aufeinander, scheint mit sich zu ringen, was wichtiger ist. Loyalität gegenüber Zack oder gegenüber der Einheit?

»Der Mann mit dem roten Pulli muss aussagen«, wiederholt Douglas. »Er ist unser einziger Trumpf.«

Zack spürt die Blicke aller auf sich. Alle sind gegen ihn. Aber sie wissen nicht, was er weiß. Wozu Abdula gezwungen wurde.

»Das wird nicht passieren«, sagt er.

Rudolf hebt den Zeigefinger. »Es ist leicht, den Überblick zu verlieren, wenn man sich blenden lässt. Der stymphalische Bogan hat uns reingelegt.«

»Und das Geld mitgenommen«, ergänzt Sandra, den Blick auf Zack gerichtet. »Das wird sicher kein Spaß, das den Verantwortlichen zu gestehen. Hoffentlich haben sie Nachsicht mit dir. Die werden nicht gerade erbaut sein, wenn sie erfahren, dass sie einen Drogendeal finanziert haben.«

»Überlass das mal mir.« Zacks Kopf droht zu explodieren, er presst die Hände gegen die Schläfen. Es kamen schon ein paar SMS von Hebe, auf die er nicht geantwortet hat. In der jüngsten schrieb sie, dass sie ihn um vier vor der Polizeibehörde abholen werde. Punkt. Ende.

Sirpa massiert ihre Knie. »Was machen wir jetzt?«

»Bogan muss gefasst werden«, sagt Douglas, der sich ein bisschen beruhigt zu haben scheint. »Wir müssen die Kollegen wieder einbeziehen, um ihn zu beschatten. Die sollen seine Wohnung im Blick behalten. Und sobald wir den toten Mann von letzter Nacht identifiziert haben, können wir auch dort ansetzen.«

Ein Klopfen an der Tür unterbricht ihn. Polizeichef Claes Widegren steckt den Kopf herein, ein leicht ergrauter Mann mit rundem Gesicht und goldenen Schulterklappen auf der Uniform. Er bedenkt Douglas mit einem Blick, der nur bedeuten kann, dass er keine guten Nachrichten hat. »Ich müsste ein paar Worte mit dir wechseln«, sagt er.

Douglas seufzt, als würde alle Luft aus ihm entweichen. Dann steht er auf und gibt den anderen mit einer wedelnden Geste zu verstehen, dass sie nicht warten sollen. »Macht euch nützlich.« Er wendet sich an Widegren. »Gehen wir in mein Büro.«

Zack und Deniz bleiben allein zurück.

»Worum geht es wohl?«, fragt sie.

»Keine Ahnung.«

»Vielleicht haben sie Copper gefunden.«

Zacks Haare stellen sich auf. Er weiß, dass sie früher oder später die Frau finden werden, die Abdula getötet hat. Und die Identität ihres Mörders wird er für alle Ewigkeit vor seinen Kollegen verbergen müssen.

Er und Deniz spekulieren weiter, was der Besuch des Polizeichefs wohl zu bedeuten hat, und es tut gut, über etwas anderes zu sprechen als über den katastrophalen Einsatz des gestrigen Abends, den sie in den vergangenen Stunden wieder und wieder durchgekaut haben.

Irgendwann kehrt Douglas zu ihnen zurück und wirkt gleichzeitig verwirrt und bestürzt. »Ich muss mit dir sprechen, Deniz. Allein.«

Zack steht auf. »Alles klar.«

Deniz greift nach seinem Arm. »Nein, bleib.« Sie wendet sich an Douglas. »Wenn es um mich geht, darf er das gern mitbekommen.«

Douglas hebt die Augenbrauen. »Sicher?«

»Ja.«

Douglas setzt sich zu ihnen, seine Miene sagt sehr deutlich: Ganz wie du willst. Er legt ein paar Blätter vor sich auf den Tisch.

»Du wurdest angezeigt. Kannst du dir vorstellen, worum es geht?«

Deniz ist wie paralysiert. Öffnet den Mund und schließt ihn wieder. Schüttelt den Kopf.

»Dann lese ich dir die Tatbeschreibung vor.« Douglas räuspert sich verlegen. »Und du bist wirklich sicher, dass du Zack dabeihaben willst?«

Deniz nickt erneut, und Zack fragt sich, worum es gehen mag.

Douglas nimmt das Blatt in die Hand und liest vor. »Deniz Akin steht unter dem Verdacht des Kaufs sexueller Dienstleistungen sowie der Körperverletzung von Nadja Korolev, indem sie …« Er schüttelt den Kopf. Das Weiterlesen scheint ihm schwerzufallen, doch er reißt sich zusammen. »… indem sie erst für den Oralsex, der auf der Toilette des Girls like Girls stattgefunden hat, bezahlt und anschließend die Geschädigte gewürgt hat, was eine Panikattacke, Schmerzen und Hämatome zur Folge hatte.«

»Was zur Hölle?« Deniz lehnt sich über den Tisch und greift nach dem Blatt. »Zeig mal.«

Douglas gibt es ihr und verschränkt die Arme vor der Brust. »Stimmt das?«

»Natürlich nicht.« Deniz überfliegt die Anzeige und wird immer blasser. »Nicht zu fassen. Sie ist danach zu mir nach Hause gekommen und wollte Geld.«

Douglas und Zack wechseln einen Blick, der Deniz nicht entgeht.

»Also«, setzt sie an, ihre Augen funkeln vor Wut. »Es stimmt, dass ich in diesem Club war. Und ja, wir hatten Sex auf dem Klo, und ich kann euch versichern, dass ich nichts mehr bereue als das. Aber ich hatte keine Ahnung, dass sie eine Prostituierte ist, und sie hat auch kein Geld von mir bekommen. Das wird sie auch nicht.«

Douglas sitzt einfach nur mit offenem Mund da, weshalb Zack die nächste Frage stellt:

»Und die Körperverletzung?«

»Erstunken und erlogen!« Deniz weicht ihren Blicken aus, bis sie sich entschließt, zu sagen, was wirklich geschehen ist. »Okay, okay. Vielleicht hab ich sie angefasst, aber nur, weil ich so sprachlos war, als sie auf einmal Geld wollte. Sie hat so laut rumgeschrien, dass man es draußen gehört hat. Das war super peinlich.«

Douglas löst seine Krawatte. »Die Aussagen der Türsteher fallen jedenfalls zu deinem Vorteil aus. Sie sagen, dass du zwar aggressiv warst wegen etwas, das zwischen dir und dieser Frau vorgefallen ist, dich aber schnell beruhigt hast. Aber sie wissen natürlich nicht, was auf der Toilette passiert ist.« Er atmet frustriert aus. »Das kommt zu einem Zeitpunkt, der unglücklicher nicht sein könnte. Selbst wenn sich die Vorwürfe als grundlos herausstellen, muss ich dich erst mal vom Außendienst freistellen.«

»Wie bitte? Kann mich diese Frau etwa …« Deniz reißt die Arme hoch. »Ja, wie lange? Ein halbes, ein ganzes Jahr an den Schreibtisch fesseln? Das kann sich ja ewig hinziehen. Wir haben es mit mehreren Polizistenmorden zu tun, und ich soll hier drinsitzen und Dokumente abheften?«

»Ich schau, was ich machen kann«, sagt Douglas. »Aber vorläufig wirst du wohl genau das tun müssen.«

»Aber sie hat mich reingelegt!«, schreit Deniz.

Zack zuckt zusammen. Muss sofort wieder an den Mann denken, der Deniz letztens gefolgt ist. An das Mädchen in der U-Bahn-Station, die es so offensichtlich auf ihn abgesehen hatte. Das kann doch kein Zufall sein, dass Deniz und er so sonderbare Dinge erleben. Und als ihm bewusst wird, dass Indha ungefähr zum selben Zeitpunkt in seinem Leben aufgetaucht ist, als er Kontakt zu Copper aufnahm, jagt ihm ein Kribbeln durch den ganzen Körper.

Denn sie sind auch ungefähr zum selben Zeitpunkt verschwunden.

59

Zack verlässt um Punkt vier die Polizeibehörde und tritt hinaus auf die Polhemsgatan, wo sich die brutale braun-beige Fassade des Gebäudes von ihrer hässlichsten Seite zeigt. Die kleinen Fenster sehen aus wie boshaft zusammengekniffene Augen.

Jetzt wird er sich mit Hebe treffen. Den Stier bei den Hörnern packen, wie sein Vater Roy immer gesagt hat.

Zack muss nicht lange warten, schon wenige Minuten später biegt eine BMW-Limousine aus der Hantverkargatan ab und bleibt vor ihm stehen. Selbstverständlich lässt Hebe sich fahren. Zack öffnet die hintere Tür und ist sofort wieder wie geblendet von Hebes Schönheit. Selbst in einer zerschlissenen Jeans und einem weißen T-Shirt sieht sie wunderschön aus. Das Einfache steht ihr sogar noch besser als die Businessgarderobe, findet er. Vielleicht weil sie damit mehr auf Augenhöhe sind.

Er steigt zu ihr ins Auto und schlägt die Tür hinter sich zu. Atmet ihr blumiges Parfum ein, versinkt in ihrer Nähe. Sie legt ihm die Hand auf den Oberschenkel, sein Blick fällt auf die perfekt manikürten Nägel, die transparent lackiert sind, auf den glitzernden Ring an ihrem Mittelfinger, den er noch nicht kennt. Ein Geschenk von diesem ominösen C.? Dem Typen, der Hebe nichts bedeutet? Er schiebt seine Eifersucht weg und erwidert ihr Lächeln. Wie kann sie bloß, in Anbetracht aller Umstände, diese Wirkung auf ihn haben?

Schweigend sitzen sie nebeneinander, während draußen die Stadt vorbeizieht. Als wollten sie beide den Anlass ihres Treffens ausblenden und die Zeit auskosten, die ihnen bleibt, bevor sie über den Verbleib des Geldes sprechen müssen, das er sich geliehen hat. Die Außenbereiche der Restaurants quellen über vor Menschen, die sich von einem harten Arbeitstag erholen. Eine Frau und ein

Mann lachen über etwas, als die Limousine vorbeifährt, und sofort fragt Zack sich, ob er und Hebe nach diesem Gespräch jemals wieder so zusammensitzen werden.

Wie Verliebte.

Oder wie Geschwister.

Ihm wird schlecht, was ihm nur verdeutlicht, dass das Warten es auch nicht besser macht. Deshalb spricht er es gleich aus.

»Das Geld ist weg. Es tut mir sehr leid, ich setze alles daran, es zurückzubekommen und den Typen festzunehmen, der es hat, und …« Er fährt sich mit der Hand durchs Haar. »Scheiße, verdammte!«

Hebes Augen werden zu schmalen Strichen, die knallharte Geschäftsfrau übernimmt. »Das habe ich schon befürchtet, nachdem du nicht auf meine SMS geantwortet hast.«

»Ich hatte genug mit allem anderen …«

»Psst.« Hebe legt ihm den Zeigefinger an die Lippen. »Und weil du mit leeren Händen eingestiegen bist. Du weißt, warum ich dir das Geld geliehen habe. Ich habe eine Schwäche für dich, und das hast du ausgenutzt.« Sie wendet sich ab und schaut zum Fenster hinaus. »Du hast eine Woche, um es zurückzuzahlen.«

Zack entgeht nicht, wie ernst sie das meint. Jetzt ist sie ganz wie ihre Mutter. Stolz und dickfellig.

»Du bekommst es in einer Woche.«

»Gut.«

»Ein Kollege wurde vergangene Nacht ermordet. Dabei …« Zack muss schlucken, weil er einen Kloß im Hals hat. Muss sich Mühe geben, damit seine Stimme nicht zittert. »Dabei ist es abhandengekommen. Es tut mir schrecklich leid, ich habe getan, was ich konnte …«

Sie fährt herum. »Du hast gesagt, du brauchst es nicht für die Arbeit.«

»Ich wusste nicht, wie ich es erklären soll.«

»Whatever.«

Zack holt tief Luft und hofft, dass sie es versteht. »Das ist der zweite oder vielleicht sogar vierte Polizistenmord innerhalb kürzester Zeit. Wir schuften wie die Irren, um diesen Mistkerl zu schnappen. Wenn wir ihn haben, haben wir auch das Geld.«

Hebe hebt die schmalen, perfekt gezupften Augenbrauen. »Und das glaubst du selbst?«

Zack hört mit seinen Rechtfertigungsversuchen auf. Sie hat jedes Recht, wütend zu sein. Er hat ihre zwölf Millionen Kronen verloren. Und vermutlich auch ihr Vertrauen.

Niemand versucht, die Stimmung aufzuheitern, während sie sich Kungsholms strand nähern. Jeder hängt seinen eigenen Gedanken nach. Zack würde ihr liebend gern die Kleider vom Leib reißen, ihren nackten Körper gegen die Ledersitze pressen und sie zum Stöhnen bringen, sodass der Fahrer die klassische Musik lauter stellen und den Rückspiegel wegdrehen muss. Bis sie wieder die Hebe ist, die er kennengelernt hat. Die aufmerksam und sympathisch ist.

Aber vielleicht ist es ganz gut, wenn sie ihn hasst. Dann muss er nicht länger gegen diese starke Anziehung ankämpfen.

Als sie da sind, steigt er aus und verabschiedet sich, bekommt aber keine Antwort. Schlägt die Tür zu. Hört verwundert, wie sie hinter ihm wieder aufgeht. Hebe läuft ihm nach, packt ihn am Arm. Presst sich mit tränennassen Augen an ihn.

»Es tut mir leid«, flüstert sie und drückt ihre Lippen auf seine. Dann verschwindet sie wieder in der Limousine, kehrt zurück in ihre privilegierte Welt.

Und lässt ihn verwirrter zurück denn je.

60

Vor den Sprossenfenstern stehen Löwenskulpturen mit offenen Mäulern und erinnern Douglas an einen Fall, der schon ein paar Jahre zurückliegt. Jemand hatte sich als Löwe verkleidet und einen kleinen Jungen in einen Käfig gesperrt, um ihn zu töten. Im Zuge der Ermittlungen war ebenfalls ein Kollege gestorben, und jetzt hat es jemanden getroffen, der Douglas noch näherstand.

Er lässt den Blick zu drei weiteren Skulpturen wandern. Die nackten, Michelangelos David nachempfundenen Männer zeichnen sich vor dem Stora Värtan ab, dessen Wellen dunkel in der Abenddämmerung glitzern. Wieder fragt er sich, warum Olympia Karlsson ihn zu sich in ihre palastähnliche Villa auf Lidingö gebeten hat. Hat sie wieder einen Grund gefunden, ihn zu beschimpfen? In jedem Fall scheint es ihr zu gefallen, Macht auf die Männer auszuüben, die sie mal geliebt haben.

Douglas dreht sich um, als er hört, wie jemand das Zimmer betritt. Schaut vorbei an den vergoldeten Möbeln, der Rokokokommode, dem Piedestal mit Marmorplatte. Sein Blick trifft auf den von Olympia. Seit ihrem letzten Treffen haben noch mehr ihrer Haare den stahlgrauen Ton ihrer Augen angenommen. Heute trägt sie sie zu einem Dutt, der so streng frisiert ist, dass er ihr Gesicht strafft. Der riesige Kronleuchter wirft schimmerndes Licht auf ihren Kopf. Sie ist so würdevoll gealtert. Sofort ist Douglas wieder ganz hingerissen von ihr, hat das Gefühl, eine Privataudienz bei einer Königin von einem fremden Planeten zu haben. Er streicht mit den Händen über sein Jackett, als müsse er sicherstellen, dass es faltenfrei ist. Wartet darauf, dass sie etwas sagt, denn es ist nicht zu übersehen, dass sie aufgebracht ist. Um nicht zu sagen, wütend. So wie es nur eine Herrscherin auf ihre Untergebenen sein kann.

Auf hohen Absätzen kommt sie auf ihn zu, unter ihr ein Teppich, der so dicht gewebt ist, als wäre er für den Schah persönlich geknüpft worden.

»Wie konntest du mich so dreist hintergehen?« Sie spuckt die Worte förmlich aus. »Und diesen Casanova losschicken, um meiner Tochter das Geld abzuluchsen. Ich werde die Polizei verklagen und dafür sorgen, dass du umgehend entlassen wirst.«

Douglas weiß sofort, was sie meint. Sein Magen zieht sich zusammen. Er hätte es wissen müssen, hätte beharrlicher nachhaken müssen, wie Zack so schnell an so viel Geld gekommen ist. Dabei war es seine Idee gewesen, bei Wirtschaftsvertretern um Hilfe zu bitten. Aber an den Heralduskonzern, an Olympia hätte er nie gedacht. Sie ist die Letzte, mit der er es sich verscherzen will. Jetzt steht sie vor ihm, und Verachtung funkelt in ihren Augen.

»Ich weiß nicht, was ich sagen soll.« Er schüttelt den Kopf. »Es ist meine Schuld. Aber ich wusste nicht, dass Zack sich an dich wenden würde, an deine Tochter. Ich dachte, das Geld kommt von jemand anderem.«

Olympia bricht in Gelächter aus. »Von jemand anderem? An wen hätte er sich denn wenden sollen? Der weiß ja nicht mal, mit welcher Gabel man zuerst isst.«

Douglas presst die Lippen zusammen. Wenn Olympia schlecht gelaunt ist, muss er sich zurücknehmen. Er weiß, dass er alles aufs Spiel setzt, wenn er Zack verteidigt, einen Menschen, den zu hassen sie vor langer Zeit beschlossen hat. Oder zeigt sie so ihre Liebe?

»Was kann ich tun, um es wiedergutzumachen?«, fragt er.

»Sorg dafür, dass das Geld zurückkommt. Und nichts davon darf an die Öffentlichkeit gelangen! Wenn jemand erfährt, dass ich den Drogenhandel in Schweden finanziere, ist der Skandal vorprogrammiert.«

»Woher weißt du …?«

Olympia richtet sich kerzengerade auf. »Du weißt, dass ich überall Augen und Ohren habe. Niemand kann etwas tun, ohne dass ich davon erfahre.«

Das weiß Douglas nur zu gut. Der Gedanke, dass sie die mächtigsten Figuren der Gesellschaft lenkt, lässt ihn erschaudern. Sie kann sie jederzeit und nach Belieben ersetzen.

Wie damals, als sie ihn abservierte, weil sie sich in Zacks Vater verliebte.

»Was wird aus mir?«, fragt er und hasst seinen unterlegenen Ton.

Olympia macht ein paar Schritte auf ihn zu, bis sie dicht vor ihm steht. »Das werden wir sehen«, sagt sie und legt ihm eine Hand in den Nacken. Nagt an seiner Unterlippe, bis er nicht länger widerstehen kann. Bis das Verlangen, das er so tief wie möglich in sich versenkt hatte, wieder aufsteigt und er ihr keuchend die Zunge in den Mund steckt.

Er will wie früher mit ihr schlafen.

So, wie er nie mit jemand anderem geschlafen hat.

61

Donnerstag, 31. Mai

Die ersten Sonnenstrahlen des Tages spiegeln sich im Tau, bringen den Grünstreifen an der Karlsbergs strand zum Funkeln, als wäre er von Diamanten übersät. Die Boote, die in der Pampas Marina vertäut sind, glänzen wie Austernbänke bei Ebbe.

Die Läuferin wirft einen Blick auf ihre Pulsuhr und stellt fest, dass sie die letzten zehn Kilometer ihr Renntempo gehalten hat. Perfekt vorbereitet für den Stockholm-Marathon am Samstag.

Nach dem heutigen Lauf gilt es, sich auszuruhen und Kohlenhydrate zu tanken. Die Kinder werden sich freuen, wenn es endlich mal wieder Spaghetti gibt. In letzter Zeit hat sie meistens fettarm gekocht, was niemandem in ihrer Familie besonders gefällt. Außerdem hat sie drei, vier Stunden pro Tag trainiert, während ihr Mann zu Hause die Kinder gehütet hat.

Zwischen den Bäumen blitzt einladend das frische Wasser des Mälaren auf, und sie wirft einen weiteren Blick auf die Uhr. Ein kurzes Bad zur Erfrischung sollte zeitlich noch drin sein, bevor sie zur Arbeit muss. Sie biegt ab auf den Platz vorm Kanucenter, wird langsamer und löst eine der Wasserflaschen aus dem Trinkgürtel. Trinkend umrundet sie den hellblauen Holzschuppen, wo die Kanus und Kajaks aufbewahrt werden. Auf dem Steg liegen ein paar Ruder, die offenbar vergessen wurden. Sie bleibt stehen, zieht das schweißnasse Oberteil aus, dann die Schuhe und Strümpfe.

Am Waldrand krächzen ein paar Elstern auf den Felsen herum und flattern aufgeregt, als würden sie um etwas kämpfen. Sie zieht die kurze Hose aus und schaut sich um. Um die Uhrzeit sollte doch niemand hier auftauchen, oder? Sie entledigt sich des Sport-BHs. Gerade will sie ins Wasser springen, als die Elstern so laut werden, als würden sie sich gegenseitig zu Tode hacken. Ihr Krächzen übertönt sogar den Verkehrslärm auf der Brücke. Sie verschränkt die Arme vor der Brust. Trippelt barfuß über den Steg zurück, durch das Gras. Klettert auf den Felsen und schaut zum Waldrand. Will die Elstern verscheuchen, aber eine bleibt zurück und hackt den Schnabel in die Mahlzeit, um die sie gerade gekämpft haben. Sie macht einen weiteren Schritt vor, um zu prüfen, ob sie wirklich richtig gesehen hat.

Was ist das?

Was liegt da?

Ein Mensch.

Eine Frau, obwohl sie nicht so aussieht.

Sie fühlt sich nackter als nackt, will wegrennen, aber zwingt sich hinzusehen.

Die Leiche ist geschändet, aufgeschlitzt. Die Rippen ragen heraus, wie die Stacheln eines wütenden Rotfeuerfischs. So einen hat sie schon mal beim Tauchurlaub in Sri Lanka gesehen.

Ihr Magen dreht sich um, und das Wasser, das sie gerade erst getrunken hat, steigt durch die Speiseröhre nach oben, in Begleitung der schwarzen Bohnen, die es gestern zu Abend gab. Es platscht auf den Felsen, auf ihre Füße, verjagt selbst die letzte Elster. Sie wischt sich mit dem Handrücken über den Mund und zwingt sich, noch einmal hinzuschauen.

Ja, sie ist sich sicher. Das war keine Halluzination aufgrund von Dehydrierung oder Überhitzung. Auf wackligen Beinen kehrt sie zu ihren Sachen zurück, zieht ihr Handy hervor und tippt die 112.

62

Wer ist das Opfer?

Copper? Josefin?

Zack fährt über die Ekelundsbron, die Kungsholmen mit Solna verbindet, wirft einen Blick zum Karlsbergs Schlosspark, wo die Militärhochschule liegt, bevor er zum Kanucenter auf der gegenüberliegenden Seite abbiegt.

Neben ihm sitzt Sandra und erzählt irgendwas, aber er hört nicht zu, denn in seinem Kopf kreist der Gedanke, welcher Anblick sie wohl erwartet. Eine Frau, die auf die gleiche Weise ermordet wurde wie Roger Dahl, hat die Leitstelle gesagt.

Ist das die Frau, die Abdula getötet hat? Muss er sie jetzt anschauen?

Wenn ja, darf er unter keinen Umständen preisgeben, dass er

weiß, wer der Mörder ist. Selbst wenn sich herausstellt, dass es sich bei dem Opfer um Copper handelt.

Zack holt tief Luft, um sich zu wappnen, und parkt den Wagen am Straßenrand. Der ganze Bereich um das Kanucenter ist abgesperrt, Streifenpolizisten weisen neugierige Spaziergänger ab, die einen Blick auf das erhaschen wollen, was hier offenbar passiert ist.

Im Rückspiegel sieht Zack, dass Koltberg hinter ihnen hält und aus seinem Volvo Coupé steigt.

»Hallo, worauf wartest du?«

Beim Klang von Sandras Stimme zuckt Zack zusammen und schaut sie fragend an.

»Du bist ja total weggetreten. Hast du überhaupt irgendwas von dem mitbekommen, was ich gesagt habe?«

»Es ging um Deniz.«

»Und ich warte immer noch auf eine Antwort.«

Zack schaltet den Motor aus und zieht den Schlüssel ab. Sandra hat ihn mit Fragen zu Deniz gelöchert, seit sie sich in den Wagen gesetzt haben. Sie will unbedingt wissen, weshalb Deniz angezeigt wurde.

»Das solltest du sie selbst fragen«, sagt Zack, ohne zu wissen, was Sandra genau wissen wollte.

»Aber sie verrät mir nichts.«

»Dann musst du wohl Geduld haben.« Zack steigt aus, um zu verdeutlichen, dass das Thema Deniz für ihn abgeschlossen ist. Er stellt sich zu Koltberg, der vor dem Kofferraum seines Autos steht und die Ausrüstung auspackt. »Kann ich dir beim Tragen helfen?«

»Danke, nicht nötig«, sagt Koltberg und schlägt den Kofferraum zu. »Wenn ich noch was brauchen sollte, hole ich es später.« Er schließt den Wagen ab und geht voran, die Tasche in der Hand und eine Kamera um den Hals.

Zack und Sandra folgen ihm. Auf dem Weg zur Fundstelle

kommen sie an einem Streifenwagen vorbei, dessen Beifahrertür offen steht. Im Auto sitzt ein Kollege und spricht mit einer Frau in Laufkleidung. Sie ist aschgrau im Gesicht, wirkt aber überraschend gefasst. Als sie Zack und seine Kollegen sieht, deutet sie in die Richtung des schrecklichen Funds, den sie gemacht hat.

Koltberg hält ihnen das Absperrband hoch. Sie meiden den eigentlichen Kiesweg, um keine eventuellen Reifenspuren zu zerstören, halten sich so nah am Gebüsch wie möglich. Nicht weit vor ihnen führt ein Steg ins Wasser, und vor dem Kanucenter steht ein alter Holztisch mit Bänken. Zack weiß nicht, warum er schneller wird, aber er drängt an Koltberg vorbei und läuft die Felsplatte hinauf, zu der eine Kollegin gezeigt hat. Will nur wissen, wer die Frau ist. Er muss es hinter sich bringen, hält es nicht länger aus.

Ist es Copper oder Josefin?

Und dann muss er einen Schrei unterdrücken, als er die Leiche sieht. Brüllt innerlich, als er in das Gesicht schaut, das er so häufig geküsst hat. Das lange Haar, in das er griff, wenn sie miteinander schliefen. Er weigert sich, irgendwo anders hinzuschauen. Weigert sich, ihren geschundenen Körper anzusehen. Fällt vor ihr auf die Knie, legt ihr die Hand an die Wange. Schluchzt erstickt. Spürt, dass ihn jemand am Rücken berührt. Dann sagt Koltberg:

»Das ist vielleicht nicht sonderlich klug, wenn man bedenkt, dass hier noch keine Spuren gesichert wurden.«

»Fass mich nicht an!« Zack fährt herum, und das Chaos bricht aus ihm heraus. »Das ist meine Freundin! Meine Freundin!«

Er weiß nicht, wie oft er es schreit, aber als die Welt um ihn herum wieder klarer wird, liegt er auf dem Rücken und schaut in den Himmel. Weiß, dass Sandra hinter ihm steht und sicher tausend Fragen beantwortet haben will. Dass Koltberg ihn mit der Begründung von Indha weggebracht hat, dass er sich nicht länger am Fundort aufhalten darf, weil er von der Ermittlung ausgeschlossen wird. Zack weiß, was er meint. Die Statistik ist eindeutig, neun von zehn Frauen, die tot aufgefunden werden, wurden von ihrem Freund umgebracht.

Er bleibt mit dem Blick an einem Vogel hängen, der mit ausgebreiteten Flügeln über ihm kreist wie ein Raubvogel, der nur auf den richtigen Moment wartet, um anzugreifen. Er schreit hinauf: »Was willst du? Wenn du Gott bist, dann erklär mir bitte, was du von mir willst!«

Dann ist der Vogel weg. Nur ein paar schwere Regenwolken türmen sich am Horizont.

63

Zu Hause in der Dusche läuft ihm das Wasser über Kopf und Körper und sorgt für Abkühlung. Zack will es noch kälter. Will, dass das Wasser für Klarheit sorgt, für Ruhe in ihm. Aber es ist hoffnungslos, in ihm wirbelt das Chaos.

Alle, die ich liebe, sind tot.

Und jetzt hat auch noch mein bester Freund einen Blutadler in meine Freundin geritzt.

Der Hass pulsiert in ihm, alle Muskeln spannen sich an, damit er vorbereitet ist.

Ich werde ihn töten.

Gleichzeitig ist da die schmerzliche Gewissheit, dass er selbst Abdula in die Sache hineingezogen hat. Dass Abdula keine Wahl hatte.

Nein, man hat immer eine Wahl.

Zack rammt die Faust gegen die Fliesen. Heißt den Schmerz in seiner Hand willkommen.

Warum wurde Indha ermordet? War sie Copper? Hatte er wirklich sie vor Bogans Wohnhaus in Flemingsberg gesehen?

Zack dreht das Wasser ab, steigt aus der Dusche und schlingt sich ein Handtuch um die Hüften. Er wird noch mal in die Jahrbücher der Polizeischule schauen. Vielleicht finde ich dich da, vielleicht finde ich die Bestätigung, dass du Polizistin warst. Copper.

Er geht ins Wohnzimmer und holt die Bücher aus der Tasche, die er unter den Tisch geschoben hat. Setzt sich aufs Sofa und überlegt, welche er schon durchblättert hat. Erinnert sich daran, wie nervös Indha geworden ist, als sie ihn damit gesehen hat. Dass sie ihn gebeten hat, das zu lassen. Damals dachte er, sie wollte Ester schützen, die so betroffen auf den Mord an einem Kollegen reagiert hatte. Jetzt begreift er den eigentlichen Grund.

In einem dieser Bücher versteckst du dich, trägst eine hellblaue Uniform. Ich habe nach einem Mann gesucht, nicht nach dir. Weil du mir gegenüberstandst und Esters Haare geflochten hast. Und meine Freundin warst.

Jetzt bist du tot. Hättest du doch nur etwas gesagt. Dann hätte ich dich vielleicht beschützen können. Stattdessen bin ich für deinen Tod mitverantwortlich.

Er blättert die Jahrbücher durch, überfliegt die stolzen Gesichter. Junge Frauen und Männer, die direkt in die Kamera blicken. Liest die Namen derer, die zum Fototermin nicht erschienen sind. Sucht, bis sein Nacken in der gekrümmten Haltung eingerastet scheint, bis die Augen trocken sind, der Blick verschwimmt.

Bis er sie findet.

Ein Stich ins Herz, als ihn die warmen Augen direkt ansehen. Sie lächelt ihn mit geschlossenem Mund an. Zack fährt mit dem Finger über das Bild, möchte sie noch einmal spüren, die Konturen ihres Kinns nachzeichnen. Dann wandert sein Blick zu dem Namen, der unter dem Bild steht, und Zack verschlägt es den Atem. *Winda Purnema.*

Wieso steht da Winda Purnema und nicht Indha Gullander?

Warum hast du unter falschem Namen gelebt? Weil Roger

Dahl, der dich angeheuert hat, wusste, wie gefährlich dieser Einsatz war?

Warum hast du mich angetanzt, da in dem Club? Denn das kann kein Zufall gewesen sein. Was hattest du vor?

Er schlägt das Jahrbuch zu, plötzlich überwältigt von einem Verlangen, das er nun schon so lange mit Arbeit und hartem Training unterdrückt.

Aber jetzt ist ihm die Arbeit scheißegal. Ihm ist alles scheißegal.

Er braucht den einzigen Freund, der ihm noch geblieben ist.

Die Droge.

Das Taxi hält einen Block von Zacks Wohnung entfernt, direkt vor dem Café, das Zack angegeben hat und dessen WLAN er genutzt hat, um sich bei seinem geheimen E-Mail-Konto anzumelden und eine Mail zu verschicken. Eine Bestellung bei seinem Dealer, den er bemüht, wenn Abdula – aus welchen Gründen auch immer – mal nicht abkömmlich ist. So wie gerade.

Zack joggt zum Taxi und steigt hinten ein. Der Fahrer sucht über den Rückspiegel den Blickkontakt, und Zack nickt.

Langsam setzt sich das Taxi in Bewegung, und der Fahrer reicht ihm ein kleines Plastiktütchen nach hinten, für das ihm Zack einen Tausender gibt.

»Hast du Abdula in letzter Zeit gesehen?«, fragt er, aber der Fahrer schüttelt den Kopf.

Zack steigt aus dem Wagen und geht wieder nach Hause. Holt ein Stück Alufolie und ein Feuerzeug aus der Küche und setzt sich aufs Sofa. Öffnet das Tütchen und betrachtet das braune Pulver. Weiß, welche Folgen es haben kann. Dass er wieder abstürzt. Den Job verliert. Sein Leben.

Aber er will sich nicht wehren.

Kann es nicht.

Wozu auch?

Ich steck das schon weg.

Nur ein Rausch. Ein paar Stunden, in denen er befreit ist von den Bildern, die ständig vor seinem inneren Auge auftauchen. Indha auf der Felsplatte. Er wollte nicht hingucken und hat doch alles gesehen. Ihren nackten Körper. Gefoltert wie Roger. Aufgeschlitzter Rücken, abgehackte Rippen, herausgerissene Lunge. Abdulas Werk. Die Einsicht trifft ihn mit voller Wucht. Sein bester Freund ist ein bestialischer Mörder.

Er erschaudert so sehr, dass er am ganzen Körper zittert. Was für Schmerzen das gewesen sein müssen. Er will lieber nicht darüber nachdenken, was Indha durchgemacht hat, bevor sie starb. Trotzdem kehren seine Gedanken immer wieder dahin zurück, als hätte jemand die Repeat-Taste gedrückt. Meine schöne Indha. Was du für eine unfassbare Angst gehabt haben musst, mit diesem riesigen Mann, der dir den Rücken zerhackt hat.

Er muss sterben, der Scheißkerl. Zack hat sich entschieden. Es gibt keine andere Möglichkeit.

Dann sieht er das Einschussloch in ihrer Stirn vor sich, spürt die leise Hoffnung, dass sie vorher erschossen wurde. Wobei das bei Roger nicht der Fall war. Auf ihn wurde eine Woche später geschossen. Zack begreift das nicht. Begreift nichts mehr. Will nichts lieber als seine Ruhe. Nicht länger mit diesem Scheiß konfrontiert sein.

Er schüttet Heroin auf die Alufolie und hält die Flamme darunter. Lehnt sich darüber und atmet den Rauch mit tiefen Atemzügen ein, die die Lunge mit diesen wohltuenden Dämpfen füllen, die die Seele beruhigen und zu einem friedlichen Ort machen. Hier will ich bleiben. Alles ist so viel besser. Hier tanzt du auf einer Sommerwiese in deiner bunten Tunika. Zwitscherst wie ein Vogel und drehst dich mit deinem langen Haar, das wie ein Mantel im Wind fliegt. Ziehst mich aus dem Gras, umarmst mich. Und als wir uns küssen, verlieren wir den Boden unter den Füßen, schweben davon wie verliebte Adler. Dann peilen wir die höchste Baumkrone an, und du flüsterst mir ins Ohr:

»Nimm mich, Zack Herry. Nimm mich.«

64

Er setzt sich senkrecht auf, starrt in den dunklen Raum und versucht zu verstehen, was ihn geweckt hat. Die Zunge fühlt sich an wie Schmirgelpapier. Sein Körper ist heiß, als würde er gleich verglühen. Er braucht Wasser. Luft. Hat das Gefühl, er hätte in den letzten Stunden das Atmen vergessen. Wie spät ist es? Er reckt sich nach dem Handy und sieht, dass es Viertel nach elf am Abend ist. Was zur Hölle ist passiert? Dann überfällt ihn die Erinnerung. Indha. Abdula. Der Rausch.

Aber was hat ihn geweckt? Das konnte doch unmöglich …

Er wirft einen Blick auf das Kontakthandy, das auf dem Couchtisch liegt. Kann es … Nein. Trotzdem nimmt er es in die Hand und entsperrt das Display. Keucht, als er sieht, dass Copper eine Nachricht geschickt hat.

Oder Indha. Wer immer du bist.

Tut mir leid, aber deine Hure war meine Hure.

Er starrt auf die Buchstaben.

Wer hat diese Nachricht geschickt?

Gedanken summen wie wütende Bienen durch seinen Kopf.

Der Rausch ist fort. Will mehr. Will sich mehr Heroin bestellen. Zögert.

Dann klingelt es an seiner Tür. Er dreht den Kopf in die Richtung, als könne die Tür ihm verraten, wer davorsteht. Kann jetzt unmöglich mit jemandem sprechen. Will mit seinem Schmerz allein sein. Aber die Neugier gewinnt, er steht auf und schleicht in den Flur. Senkt das Auge zum Spion. Blinzelt. Spielt ihm seine Wahrnehmung einen Streich? Halluziniert er noch?

Er öffnet die Tür.

»Hallo, darf ich reinkommen?«

Zack starrt sie an. »Du lebst.«

»Äh, ja. Wieso? Sollte ich das nicht?«

Er streckt die Hand aus, berührt sie am Arm. Steht sie wirklich vor ihm?

Josefin Dahl. In einem gepunkteten Kleid und einer Strickjacke. Ihr blondes Haar fällt adrett auf ihre Schultern.

»Ich weiß, dass ich direkt aufs Revier hätte fahren sollen, aber ich wollte zuerst mit dir sprechen.«

»Aber …« Er geht einen Schritt beiseite und lässt sie herein. Macht die Tür zu und schließt ab. »Wo warst du denn?«

»Ich hab mitbekommen, dass noch jemand getötet wurde. Eine Frau, die auch bei der Polizei war. Da war mir klar, dass ich mich nicht länger verstecken kann. Ich habe begriffen, dass es nicht Johan Sundgren …« Josefin reißt sich die Hände vor den Mund, Tränen steigen ihr in die Augen. »Ich weiß nicht, was in mich gefahren ist. Ich war so wütend, so gekränkt. Aber ich hab nicht gemeint, was ich da gesagt habe – und dann habe ich Panik bekommen, dass er es gewesen sein könnte. Ich hab wirklich geglaubt, dass er Roger getötet hat und dass das meine Schuld war.« Die Tränen laufen, und Josefin stolpert in Zacks Arme. Presst ihr Gesicht an seine Brust. Schluchzt.

Da steht er nun und weiß nicht, was er tun soll. Legt die Arme um sie, streichelt ihr unbeholfen über den Rücken.

Stimmt, was sie da sagt? Theoretisch wird sie immer noch verdächtigt, ihren Mann ermordet zu haben. Dabei weiß Zack, dass sie es nicht war, sondern Bogan Ravi.

»Wir kriegen das schon hin«, sagt er. »Wir haben die Aussage von Johan Sundgren. Er hat zwar erzählt, dass du bei ihm warst, aber wir wissen auch, dass ihr unschuldig seid. Trotzdem wirst du um eine Aussage nicht herumkommen.«

Josefin nickt.

Zack löst sich von ihr, lässt aber die Arme auf ihren Schultern liegen und streichelt sie beruhigend mit den Daumen. »Das wird schon. Ich rufe dir jemanden, der dich aufs Revier bringt, ja? Ich kann leider nicht mitkommen. Das …« Seine Kehle wird eng. »Das war meine Freundin … die da ermordet wurde. Deshalb …«

»Deine Freundin?«, fragt Josefin mit aufgerissenen Augen. »Mein Gott, das tut mir so leid, ich wusste nicht …«

»Schon okay.« Zacks Haut kribbelt. Er möchte nicht drüber sprechen, möchte nicht mal daran denken. Will, dass sie geht. »Ich kümmere mich darum, dass du abgeholt wirst«, sagt er und macht noch einen Schritt zurück, um Abstand zwischen ihnen zu schaffen, jetzt gerade erträgt er keine Nähe.

Trotz der Uhrzeit ruft er bei Douglas an, der verspricht, umgehend jemanden zu schicken.

»Das wird nicht lange dauern«, sagt Zack, nachdem er aufgelegt hat. »Ich bring dich raus.«

Josefin nickt und legt eine Hand auf ihren gewölbten Bauch.

»Alles okay?«, fragt er.

Keine Antwort. Sie gehen ins Treppenhaus, warten an der Haustür.

Zack liest sich das Infoblatt zur korrekten Müllentsorgung durch, nur damit er sich nicht unterhalten muss.

»Du.« Josefin zwingt Zack, sie anzusehen. »Darf ich dich was fragen?«

»Klar.«

»Da gibt es etwas, was mich schon seit Jahren beschäftigt. Warum wolltest du nicht mehr mit mir zusammen sein?«

Zack hebt die Augenbrauen. »Ich? Jetzt kann ich dir nicht folgen. Erinnerst du dich nicht mehr, dass du was mit Roger angefangen hast?«

»Ja, aber nur, weil du plötzlich mit Hilda zusammen warst.«

»Mit wem?«

»Mit Hilda. Ihr habt immer zusammen trainiert.«

»Ach, die. Wir waren im selben Jahrgang, das stimmt. Aber zusammen waren wir nicht. Wie kommst du denn auf die Idee?«

»Aber Roger hat doch gesagt, dass ...« Josefin wendet den Kopf ab, als sie im selben Moment wie Zack begreift, was damals geschehen sein muss.

Roger hat sich weiß Gott was einfallen lassen, nur um Zack einmal zu besiegen. So einer war er.

Ein Mistkerl.

Und auf einmal sieht Zack ganz klar. Rogers schwangere Frau steht vor ihm, die Frau, die er betrogen und die er Zack ausgespannt hat.

Es ist so offensichtlich, dass Roger niemals verlangt hätte, dass Zack seinen Auftrag übernehmen sollte, falls ihm etwas zustieß. Warum hatte er das überhaupt je geglaubt? Roger war nie der Typ, der jemand anderen freiwillig auf seine Ebene gestellt hätte. Und am allerwenigsten Zack.

Warum also bin ich Coppers Kontaktperson geworden? Warum wurde Indha meine Freundin?

Darauf weiß Zack keine Antworten. Trotzdem denkt er jetzt endlich klarer, als hätten die Drogen seinen Blick geschärft.

Und schon trifft ihn die nächste Einsicht: Abdula weiß, dass er meine Freundin abgeschlachtet hat. Deshalb hat er sich so komisch verhalten, nachdem er das Foto von Indha und mir gesehen hat. Deshalb ist er so schnell abgehauen und hält sich jetzt versteckt.

Aber ich werde dich finden. Und dann kümmere ich mich um Bogan Ravi.

65

Freitag, 1. Juni

Zack beginnt seine Jagd auf Abdula in den illegalen Clubs, in denen er sich für gewöhnlich aufhält. Grüßt die Türsteher, die ihn wiedererkennen und durchwinken. Sucht die Tanzfläche ab, schaut in die Klos, geht zu jedem Sofa in den dunklen Ecken. All die Orte, an denen Abdula Drogen an die feierfreudigen Gäste verhökert. Im dritten Club geht er direkt zu einem von Abdulas Konkurrenten, einem schmierigen Typen mit zurückgegeltem Haar und kauft ihm Kokain in Alufolienkügelchen ab. Für das, was er vorhat, muss er wach sein.

Er geht auf die Herrentoilette, kippt das weiße Pulver auf den Klodeckel und formt zwei Lines. Hält sich das eine Nasenloch zu, zieht durch das andere. Wiederholt das Prozedere auf der anderen Seite und spürt, wie der Rausch sein Hirn kitzelt. Verlässt die Toilette wie ein König, reißt die Arme zur Decke. Wippt im Strobolicht. Mischt sich in die Menge aus Körpern, die angenehm leicht bekleidet sind. Kurze Röcke, enge Kleider, tiefe Ausschnitte. Sieht, wie die Mädels ihn anschauen, weiß, dass sie tuscheln. Ihn abchecken, den durchtrainierten blonden Mann, der tanzt wie ein Gott.

Zwei Frauen tanzen zu ihm, pressen sich an ihn, strecken die Brüste vor, schürzen die Lippen. Die eine gibt ihm einen Kuss auf die Wange, die andere ist kühner, reißt seinen Kopf zu sich, gibt ihm einen Zungenkuss. Er macht mit, aber sie schmeckt nicht wie Indha, nicht wie Hebe. Und dann fällt ihm wieder ein, wieso er hier ist. Er will Abdula finden. Ihn töten.

Er setzt die Jagd durch die Stockholmer Nacht fort, dreht seine Hayabusa voll auf und saust durch die erleuchtete Stadt. Die Geschwindigkeit treibt das Adrenalin noch einmal in die Höhe, macht ihn noch zielstrebiger. Er will zu Abdulas Wohnung in Skärholmen. Nicht weil Zack ihn für dumm genug hält, noch dort zu sein, trotzdem muss er nachschauen.

Niemand öffnet ihm, kein Laut ist von innen zu hören, kein Licht brennt. Nicht mal der Fernseher wirft sein bläuliches Licht in den Raum, wie Zack von der gegenüberliegenden Straßenseite aus feststellt. Er geht ein paar Häuser weiter, klingelt bei Abdulas Mutter. Trommelt mit den Fäusten gegen die Tür, weil er weiß, dass sie zu Hause ist. Nach einer Weile öffnet sie, die Hände am Gürtel ihres Morgenmantels, was ihm bewusst macht, dass normale Menschen zu dieser Zeit schlafen und dass er ihr vermutlich durch seinen Besuch Angst macht. Er entschuldigt sich mit dem unschuldigsten Lächeln, das er hervorbringen kann:

»Ich muss mit Abdula sprechen. Es ist verdammt wichtig.«

Sie betrachtet ihn skeptisch, er weiß, was sie denkt. Der kleine, süße Zack ist wieder abgestürzt, ist wieder total high. Kann man das so deutlich sehen? Er war doch immer so gut darin, es zu verbergen. Aber sie kennt die Zeichen nur zu gut. Weite Pupillen, blasse Haut, unfreiwillige Zuckungen. Er greift sich an die Stirn, als würde das helfen. Versucht es noch mal.

»Es ist was passiert. Tut mir leid, dass ich so spät noch vorbeikomme, aber ich muss ihn unbedingt sprechen, und er geht nicht ans Telefon.«

»Nicht? Dabei geht sein Flug doch um zwei.«

»Welcher Flug? Wohin will er?«

»Thailand. Er hat so ein Last-minute-…«

Zack lehnt sich vor, küsst sie auf beide Wangen und dankt der Frau, deren Kind er bald töten wird.

Auf dem Weg zum Flughafen googelt er, von welchem Terminal der Nachtflug nach Bangkok startet. Er saust an dem spärlichen Verkehr vorbei, öffnet das Visier und lässt sich den Wind ins Gesicht wehen. Versucht, sich zu entscheiden, ob er das Richtige tut oder nicht. Was sagt es über mich, wenn ich meinen Kindheitsfreund töte? Denn das Ganze ist schließlich auch meine Schuld. Aber ich hätte nie eine Frau auf diese Art umgebracht. Oder besser gesagt, ich hätte sie gar nicht umgebracht.

Wie konntest du nur, Abdula? Und jetzt fliehst du wie eine feige Ratte, scheißt auf unseren heiligen Kodex, dass man zu dem steht, was man verbrochen hat.

Beim Flughafen angekommen, reißt Zack sich den Helm vom Kopf, hängt ihn an den Lenker seines Motorrads und rennt in die Abflughalle. Sucht die Schlangen von Menschen ab, die an den Schaltern anstehen oder sich an den Automaten selbst ihre Bordkarten ausdrucken. Reisetaschen, Rollkoffer, Rucksäcke. Leute, die herzhaft gähnen, aber trotzdem glücklich aussehen, schließlich haben sie irgendein Ziel, weit weg von hier.

Er überfliegt die Anschlagstafel, findet den Flug, den er sucht, bewegt sich auf den Check-in-Schalter zu. Versucht nicht, sich zu verstecken, durch seine Größe und die blonden Locken zieht er ja doch immer die Aufmerksamkeit auf sich.

Sie sehen sich genau gleichzeitig. Abdula steht ganz vorn in der Schlange und will gerade an den Schalter treten, die Tasche auf das Band legen. Er verharrt mitten in der Bewegung, starrt Zack an, der ebenfalls stehen bleibt. Sie messen sich mit testosterongeladenen Blicken, versuchen vorherzusehen, was der andere als Nächstes planen könnte. Die anderen Reisenden bilden eine bewegliche Mauer zwischen ihnen.

Abdula lässt die Tasche Tasche sein und rennt los, stößt Menschen beiseite, springt über die Trennbänder. Zack folgt ihm, sieht, dass Abdula zögert, nicht weiß, welche Richtung er einschlagen soll. Dann entscheidet er sich und steuert eine Tür an, die für das Flughafenpersonal gedacht ist. Zwängt sich an einem Mann vorbei, der einen Stapel Taschenbücher in den Händen hält, pumpt einen Securitymann um und verschwindet um die Ecke. Zack springt über den Wachmann, folgt Abdula um die Ecke und sieht eine Frau in Verkaufsuniform am Boden liegen. Sie schreit:

»Er hat meine Zugangskarte. Haltet ihn auf!«

Zack rennt um noch eine Ecke.

Entdeckt Abdulas breites Kreuz am Ende eines langen Korridors, sieht, dass er abbiegt, eine Treppe hinunterläuft und sich mithilfe der Karte Zutritt in den geschützten Bereich verschafft.

Zack erreicht die Tür, bevor sie zufallen kann.

Rennt Abdula hinterher.

Hört, dass ihnen hinterhergerufen wird. Sieht, dass alle erschrocken ausweichen, als die beiden Männer auf sie zukommen.

Dann ist Abdula weg.

Wohin zur Hölle ist er verschwunden?

Zack bleibt stehen und sucht mit Blicken die Rolltreppe ab, die zu den Restaurants führt, dann schaut er zur Landebahn hinaus. Und durch die riesigen Fenster sieht er, wie Abdula einen Mann aus dem Fahrerhaus eines Transporters zerrt, der gefüllt mit Gepäck unter einem Jumbojet steht.

Zack rennt zur nächsten Tür, reißt an der Klinke, doch sie ist verschlossen, und er trifft eine schnelle Entscheidung. Greift nach einem metallisch glänzenden Papierkorb und rammt ihn mit voller Wucht gegen die Scheibe in der Tür. Das Glas zerbricht in Tausend Stücke, die durch die Luft fliegen.

Zack klettert hindurch.

Sprintet zum Transporter, der sich gerade in Bewegung setzt. Aber Zack ist schneller, überholt den Anhänger und bleibt eine Weile auf einer Höhe mit dem Führerhaus, ehe es ihm gelingt, die Tür zu öffnen und hineinzuspringen. Er stürzt sich auf Abdula, schlägt ihm immer wieder die Fäuste ins Gesicht. Weiß nicht, ob er trifft, zielt nur auf den Kopf, den Abdula zu schützen versucht, während er weiterfährt und das Lenkrad herumreißt. Zack wird gegen die Windschutzscheibe geschleudert, schlägt aber sofort weiter.

»Wie konntest du?«

»Du weißt, dass ich keine Wahl hatte!«

»Sie war meine Freundin!«

»Woher hätte ich das wissen sollen?« Abdula rammt Zack den Ellbogen ins Gesicht.

Das Nasenbein knackt, und kurz verschwimmt alles vor Zacks Augen.

Abdula nutzt den Moment von Zacks Wehrlosigkeit, bremst abrupt ab und stürzt sich mit solcher Wucht auf Zack, dass sie zusammen aus der Tür auf die Landebahn fallen. Sie rollen ein paar Mal herum, bis Zack die Oberhand gewinnt und Abdula den Arm gegen den Kehlkopf pressen kann. Er schaut ihm in die Augen, in denen immer der Überlebenswille gefunkelt hat. Doch nun ist da nur noch Resignation. Als wäre ihm alles egal. Er wehrt sich nicht mal mehr.

Und da versteht Zack. Abdula lässt ihm die Wahl. Indha oder Abdula.

Zack lockert den Druck an Abdulas Hals. Weiß nicht, was er tun soll, weiß nur, dass er seinen besten Freund nicht umbringen kann. Seinen einzigen wahren Freund. Ungeachtet seiner Tat.

Es ist auch meine Schuld. Wir tragen sie beide. Wir sind wie vergiftetes Abwasser, das sich nicht reinigen lässt. Verdorben durch eine höhere Macht.

Bogan Ravi.

Und durch eine Menge anderen Dreck aus längst vergangenen Zeiten.

Aus dem Augenwinkel sieht Zack Blaulicht und schaut auf. Ein Polizeiauto nähert sich, zwei Beamte zu Fuß von der anderen Seite. Sie springen über das Gepäck, das verstreut am Boden liegt. Schreien, dass Zack und Abdula die Hände hochnehmen sollen.

Zack gibt Abdula frei und zischt:

»Verschwinde. Aber wenn du das Land verlässt, bringe ich dich persönlich in den Knast, wegen Mord.«

Sie trennen sich, jeder flieht in eine andere Richtung, rennt über die erleuchtete Landebahn, immer den Waldrand vor Augen.

66

Douglas betritt das Büro mit einem dumpfen Schmerz in der Brust.

Die Probleme in seiner Einheit haben Folgen. Er schläft schlechter, isst weniger und blafft Leute an, die ihm in die Quere kommen. Genau genommen hat er sich arrogant und eingebildet verhalten. Nichts, worauf er stolz ist. Die Misserfolge der letzten Tage haben ihren Tribut gefordert.

Durch die Anzeige hat er mehr intime Details über Deniz erfahren, als er gewünscht hätte. Allein beim Gedanken an das, was da in der Toilettenkabine passiert ist, bekommt er rote Wangen.

Das Schlimmste ist aber trotz allem das Fiasko am Geisterbahnhof, bei dem sein alter Freund und Kollege ums Leben gekommen ist. Ein Skandal, und er weiß immer noch nicht, wie er damit umgehen soll. Das Telefon klingelt ununterbrochen, und die internen Ermittler versuchen es mit dem üblichen Trick: »Wir vernehmen dich nur zur allgemeinen Aufklärung, nicht weil du unter Verdacht stehst.« Darüber kann Douglas nur abfällig schnauben. Entweder sie verdächtigen ihn oder nicht. Fertig. Aber er weiß, wie so was läuft. Solange es der Sondereinheit nicht gelingt, Bogan Ravi zu finden, werden die Sündenböcke bei der Polizei gesucht. Die Spurensicherung am Kanucenter und die Obduktion von Coppers Leiche haben oberste Priorität beim NFC, dem Nationalen Forensischen Centrum, trotzdem wird es ein paar Tage dauern, bis es Ergebnisse gibt. Bislang ist es ihnen noch nicht gelungen, den Mann zu identifizieren, der beim Einsatz am Geisterbahnhof erschossen wurde. Seine DNA befindet sich in keinem Register, und Sirpas Suche in der Fahndungsliste war ebenfalls erfolglos.

Darüber, wer der Mann im roten Pulli war und inwiefern er in die Sache verstrickt war, will Douglas lieber nicht nachdenken. Die gesamte Einheit ist davon überzeugt, dass es sich um Abdula Kahn handelt, Zacks Kindheitsfreund, und einige würden ihn am liebsten festnehmen und damit hochachtungsvoll Zacks Wünsche ignorieren. Douglas ist theoretisch auf ihrer Seite, dabei weiß er ganz genau, dass sie das nicht weiterbringen würde. Abdula ist viel zu gewieft, der würde niemals reden.

Und das Letzte, was Douglas will, ist eine gespaltene Einheit. Sie müssen zusammenhalten, müssen schneller werden und die Hinweise abarbeiten, die sie seit der Fahndung nach den Motorradfahrern und dem Mord an Copper bekommen haben.

Das Einzige, was ihm ein bisschen die Seele wärmt, ist der Besuch auf Lidingö. Olympias Lippen auf seinen, das tiefe Verlangen, das so viele Erinnerungen weckte. Gute wie schlechte.

Er wünscht Sirpa und Rudolf, die vor ihren Computern sitzen, einen guten Morgen und begrüßt Sandra, die am Drucker auf die Blätterausgabe wartet. Er geht davon aus, dass sie gerade das Protokoll der Vernehmung ausdruckt, die sie mit Josefin Dahl geführt hat. Sie hat sich am Vorabend freiwillig dazu gemeldet, und wenigstens dieses Problem ist jetzt gelöst. Josefin gehört nicht länger zu den Verdächtigen oder Vermissten.

Er geht wieder zur Küche und zieht sich einen Café au Lait an der Maschine. Sie gurgelt ein bisschen, dann blinkt das Display, und sie piept, als wäre ihr Herz stehengeblieben.

»Mein Gott, was soll das denn jetzt wieder?« Er würde am liebsten mit der Faust dagegen schlagen, hält sich aber zurück.

»Der Tropfenfänger ist voll«, erklärt Deniz hinter ihm.

Sie löst ihn von der Maschine, leert den Inhalt aus, und schon funktioniert die Maschine wieder.

»Wie geht es dir?«, fragt sie.

»Danke der Nachfrage. Heißt wohl, Zähne zusammenbeißen. Und selbst?«

»Scheiße.«

Der Kaffeebecher verbrennt ihm fast die Hand, schnell wechselt er sie. »Können wir vielleicht später darüber sprechen?«

Deniz schüttelt den Kopf. »Nicht nötig, es gibt Wichtigeres zu tun.«

Er nickt und geht, allerdings mit dem Gefühl, dass er mehr tun, mehr hätte sagen müssen. Dass sie sich keine Sorgen machen soll. Aber er kann nicht, das alles kostet zu viel Energie. Er will mit Zack sprechen, sobald er erscheint. Will von ihm hören, in welcher Beziehung er zur Informantin Indha Gullander stand – oder vielmehr Winda Purnema. Das war ihr richtiger Name, wie Zack telefonisch durchgegeben hat.

Douglas kann nicht begreifen, wie Copper gleichzeitig Zacks Freundin sein konnte, und er verflucht sich dafür, dass er Zack in diese Sache reingezogen hat, indem er ihn zur Kontaktperson machte. Er hätte sofort die Notbremse ziehen müssen, als klar wurde, dass die Identität der Informantin nicht preisgegeben würde. Und jetzt ist sie tot.

Er geht in sein Büro und schließt die Tür hinter sich.

Setzt sich auf seinen Lederstuhl und loggt sich ins System ein. Er hat eine Mail vom NFC bekommen, das nonstop Waffen und Patronen des Schusswechsels am Geisterbahnhof ausgewertet hat. Er öffnet sie und verschluckt sich beim Lesen fast am Kaffee. Gleichzeitig klingelt das Festnetztelefon auf seinem Tisch, und er erkennt die Nummer der Reichspolizeichefin. Sie muss dieselbe Mail bekommen haben wie er.

Sofort bricht ihm der Schweiß aus und er muss seine Krawatte lockern. Schnell wischt er seine verschwitzte Hand an einem Umschlag ab, der auf dem Tisch liegt.

Starrt die Mail an, dann das Telefon.

Das muss ein Irrtum sein, das kann nicht stimmen.

Dann hebt er den Hörer ab, lauscht dem, was die Polizeichefin zu sagen hat. Verspricht, sich sofort um die Angelegenheit zu kümmern. Wiederholt mehrfach »ja« und »auf jeden Fall«, bevor sie auflegen. Sofort spürt er Stiche im Herzen, die bis in seine Arme ausstrahlen. Er lockert die Krawatte noch weiter, knöpft sein Hemd auf. Geht zur Tür und wirft einen Blick hinaus, sieht, dass Zack eingetroffen ist, ruft ihn zu sich.

Wie er aussieht. Als hätte er eine Kneipenschlägerei angezettelt. Geschwollene Nase, blaues Auge, wunde Fingerknöchel. Außerdem ist er nervös, schaut hektisch umher und kratzt sich ununterbrochen.

Er hat also wieder Drogen genommen. Wie lange geht das wohl schon? Bin ich blind? Oder wollte ich es nicht sehen, weil ich zu sehr damit beschäftigt war, ihn zu verteidigen? Aber das ist jetzt vorbei.

»Setz dich«, sagt Douglas mit einer Wut in der Stimme, die er lange nicht mehr bei sich gehört hat.

Zack schaut ihn verwundert an, tut aber, was sein Chef sagt.

Douglas setzt sich an seinen Schreibtisch, gegenüber von Zack. Überfliegt die Mail noch einmal, in der Hoffnung, dass er und die Reichspolizeichefin etwas missverstanden haben. Aber leider steht dort klar und deutlich, was Zack getan hat.

Douglas schaut ihm direkt in die Augen. »Die Analyse vom NFC ist gekommen. Die Kugel, die Tobias Nilsson getötet hat, stammt aus deiner Dienstwaffe. Ist dir klar, was das bedeutet? Du hast einen Kollegen ermordet.«

Zack zuckt zusammen, scheint die Anschuldigung aber nicht

ganz verstanden zu haben. Er sieht Douglas an, als wäre er begriffsstutzig. »Das kann nicht sein«, sagt er.

»Hör zu, ich habe gerade mit der Polizeichefin telefoniert. Du stehst unter Mordverdacht und wirst festgenommen. Das ist …«

»So ein Schwachsinn, das kann doch gar nicht …«

»Jetzt reicht es!« Douglas donnert die Faust auf den Tisch. »Ein Kollege ist tot. Ein Freund von mir noch dazu. Und eine Kugel aus deiner Waffe wurde in seiner Leiche gefunden. Hast du irgendeine andere Erklärung dafür, als dass du ihn erschossen hast?«

Zack bleibt still, kratzt sich an der Brust. »Dann muss es ein Querschläger gewesen sein. Ich habe die Waffe nie auf unsere Leute gerichtet, aber ich war im Gleisbett, da sind doch Steine … Es muss ein Querschläger gewesen sein.«

Douglas umklammert die Armlehnen seines Stuhls, damit er aufhört zu zittern. »Du hast Drogen genommen«, sagt er. »Bist du deshalb durchgedreht? Du gehst sofort zum Drogentest, und diesmal nehme ich dich nicht in Schutz. Du bist ein Junkie. Drei Kinder haben deinetwegen ihren Vater verloren.«

Innerlich kocht er, will Zack vom Stuhl reißen und ihn verprügeln. Gleichzeitig schlägt sein Herz immer noch ein wenig für diesen jungen Mann. Zack wird seinen Job verlieren, die einzige Sicherheit in seinem Leben, seine Identität. Hier bei der Polizei hat er zum ersten Mal so etwas wie Zugehörigkeit empfunden. Seine Eltern hat er viel zu früh verloren.

Eine weitere Mail trifft ein, Douglas sieht, dass sie ebenfalls vom NFC kommt. Schnell öffnet er sie und betet zu Gott, dass die Analyse der Forensiker fehlerhaft war. Doch was er nun liest, macht ihn noch fassungsloser. Er liest die Mail noch mal. Kann nicht glauben, was da steht. Liest sie ein drittes Mal und begreift gar nichts mehr.

»Noch eine Mail vom NFC«, sagt er. »Sie konnten deiner Waffe zwei weitere Patronen zuordnen. Sowohl auf Roger Dahl als auch auf Winda Purnema wurde mit deiner Waffe geschossen, Zack. Was geht hier vor? Hast du …«

Douglas schaut auf, sieht das blanke Entsetzen in Zacks Augen. Oder spielt er das nur? Douglas schwirrt der Kopf. Ist das etwa eine Dreiecksgeschichte? Hat Zack erst Roger Dahl und dann seine Freundin getötet? Nein, so etwas würde Zack nie tun. Und erst recht nicht auf diese bestialische Art und Weise.

»Jemand will mir was anhängen.« Zack springt auf. »Dir ist doch auch klar, dass das nicht stimmen kann, oder? Jemand will mir das anhängen!«

»Setz dich wieder.« Douglas deutet auf den Stuhl. »Wir klären das. Ich glaube auch nicht …«

Er verstummt, weil ihm bewusst wird, dass er sich professionell verhalten muss. »Die Ermittlungen werden zeigen, ob du schuldig bist oder nicht. Du kannst bei der Vernehmung schildern, was passiert ist.«

»Was passiert ist?« Zack fegt mit einer Armbewegung alles von Douglas' Schreibtisch. »Jemand will mir was anhängen!«

»Jetzt beruhig dich. Wir setzen uns in ein Vernehmungszimmer und warten auf …« Mehr kann Douglas nicht sagen, denn Zack packt den Schreibtisch und kippt ihn in seine Richtung. Douglas kann gerade noch rechtzeitig mit dem Stuhl zurückrollen, damit ihn der massive Tisch nicht unter sich begräbt.

»Haltet ihn auf!«, brüllt er so laut er kann, als Zack aus dem Büro flieht. Schnell ist auch Douglas auf den Beinen und folgt ihm. Sieht, dass Zack seine Lederjacke vom Garderobenständer reißt und zum Treppenhaus rennt. »Haltet ihn auf!«, schreit er, doch die anderen schauen ihn nur mit Fragezeichen auf den Gesichtern an. »Er ist wegen Mordes festgenommen.«

Sandra reagiert als Erste, setzt Zack nach, zieht die Waffe, zielt auf ihn, während er durch den Flur rennt. »Ich hab ihn. Soll ich schießen? Was ist denn los?«

»Tickst du nicht mehr richtig?«, ruft Deniz und stürzt los, um sich in die Schusslinie zu stellen. »Nur über meine Leiche.«

Douglas bleibt bei Sandra stehen und drückt resolut ihre Hände zu Boden, in denen die Waffe zittert. Alle schauen sich gegenseitig verstört in die Augen.

Was zur Hölle geht hier vor?

67

Zum zweiten Mal innerhalb weniger Stunden flieht Zack auf seiner Hayabusa. Erst vor den Kollegen am Flughafen Arlanda, nachdem sich die größte Aufregung gelegt und er sich zu seinem Motorrad zurückgewagt hatte. Und jetzt vor seiner eigenen Einheit. Wer will mir etwas anhängen? Warum? Wie? Wann?

Er hat einen unfassbaren Druck auf der Brust, als würde ein Riese seinen Oberkörper umklammern. Er bekommt kaum noch Luft, alles verschwimmt vor seinen Augen. Das kann doch gar nicht wahr sein.

Er muss sich zusammenreißen. Sonst war's das. Langsam lässt der Druck auf seinem Brustkorb nach, er sieht wieder klarer. Er muss kämpfen, muss die Sache aufklären.

Der Helm hängt noch am Lenker, der Wind reißt an seinen Haaren, während er über Kreuzungen fliegt, im Slalom Autos überholt und einem Fahrradfahrer ausweicht, der vor ihm auftaucht. Im Rückspiegel sieht er, dass der Radfahrer stürzt, aber offenbar eins dieser neumodischen Dinger trägt, die wie Airbags funktionieren, also ist immerhin sein Kopf geschützt.

Dann fällt ihm das Blaulicht auf, das hinter ihm her ist. Also erhöht er noch mal die Geschwindigkeit, saust den Hügel zum Lindhagensplan hinunter, hebt von der Fahrbahn ab und fliegt in den Kreisverkehr. An der Tankstelle steht ein Streifenwagen. Die dazugehörigen Kollegen lassen fallen, was sie in den Händen halten, und springen in den Wagen. Seine Beschreibung wird also schon per Funk verbreitet. Alle Kollegen suchen nach ihm. Seine einzige Chance ist das Motorrad, damit holt ihn niemand ein.

Ich muss so schnell wie möglich hier weg. Aber wohin?

Er biegt in südlicher Richtung auf die Autobahn und dreht voll auf. Prüfend schaut er in den Himmel, ob ihm ein Helikopter folgt. Lenkt seine Maschine blitzschnell im Zickzack durch den Verkehr, während in seinem Kopf die immer gleiche Frage kreist: Wie können Kugeln aus meiner Waffe in die drei Leichen geraten sein? Und zwar in die Leichen von Polizisten. Ich werde von den Kollegen geächtet werden, gehasst. Er weiß, dass es richtig war, zu fliehen, denn ein Polizistenmörder bekommt keine Gnade. Der Einzige, der ihn retten kann, ist er selbst. Er muss den finden, der dahintersteckt.

Vielleicht ist es der Schock, der ihn in Hökarängen abbiegen lässt. Oder aber Indhas Wohnung ist das einzige Versteck, das ihm einfällt.

Er stellt das Motorrad ganz hinten auf den Parkplatz hinter einen Wohnwagen, sodass es von der Straße her nicht zu sehen ist. Zieht sich die Kapuze über den Kopf und schaut sich auf dem Weg bis zu ihrem Haus ständig um. Niemand folgt ihm, kein Streifenwagen in der Nähe.

An der Wohnungstür klebt noch ein Polizeisiegel, Koltberg muss hier gewesen sein und die Wohnung durchsucht haben.

Er testet die Türklinke, aber selbstverständlich ist abgeschlossen. Dann hebt er die Briefkastenklappe und lauscht. Aber wer sollte in der Wohnung sein? Er überlegt, wie er hineinkommen könnte. Wenn er die Tür aufbricht, bekommen das die Nachbarn gleich mit. Also versucht er es lieber über den Balkon, geht hinaus und verschafft sich einen Überblick. Ein Regenrohr verläuft in unmittelbarer Nähe, außerdem gibt es genügend Fensterbänke, die Halt bieten könnten. Allerdings ist es helllichter Tag, alle können ihn sehen. Also muss es schnell gehen.

Er schaut sich um, stellt sicher, dass niemand in der Nähe ist, umschließt das Ablaufrohr mit beiden Händen und klettert hinauf, wie er es so häufig an Seilen im Fitnessstudio getan hat.

Innerhalb von zehn Sekunden ist er auf der Höhe des Balkons, stellt den Fuß auf die Fensterbank, stößt sich ab, landet mit Schwung am Geländer und zieht sich hinauf. Atmet auf, als er es auf die andere Seite geschafft hat, schaut prüfend zur Straße. Ein Typ radelt vorbei, scheint ihn aber nicht bemerkt zu haben, außerdem trägt er Kopfhörer. Zack prüft die Balkontür, aber auch sie ist abgeschlossen. Er nimmt einen der Stühle und rammt die Rückenlehne gegen die Scheibe in der Tür, bis sie zerbricht und Scherben auf den Betonboden fallen. Er schaut sich um, ob jemand etwas gehört hat, dann steckt er die Hand durch das Loch und öffnet die Tür von innen.

Wärme schlägt ihm entgegen. Es riecht abgestanden und nach vergammelten Essensresten. Das Bett ist nicht gemacht, aber das bedeutet nichts, so sah es auch bei seinem letzten Besuch aus. Er geht zu dem Klapptisch, berührt die langen silbernen Ohrringe, die dort liegen. Die hatte sie an, als sie sich kennengelernt haben.

Wieder dieser Schmerz in der Brust, die vielen unbeantworteten Fragen. Warum hat sie nichts gesagt? Warum wollte sie mich als ihre Kontaktperson? Dann erinnert er sich an die jüngste SMS, die er auf das Kontakthandy bekommen hat. *Deine Hure war meine Hure.* Sie musste von Bogan stammen. Aber was meinte er damit? Dass sie mit ihm geschlafen hat? Hat sie sich so Zugang zu seinem Drogenring verschafft? Weil sie die Geliebte von Bogan war, ganz wie er und Douglas gemutmaßt hatten? Aber zu dem Zeitpunkt hat er sich nicht vorstellen können, dass Copper und Indha dieselbe Person waren.

Finstere Gedanken überkommen ihn. Indha zusammen mit Bogan. Die beiden im Bett. Wie haben sie es getrieben? Welche Stellungen? Sofort muss er an all die Rollenspielchen denken. Hat sie das auch mit ihm gemacht? Krankenschwester und Stewardess gespielt? Oder die Nachbarin, die Zucker braucht? Konnte sie sich so besser vor der Wirklichkeit schützen? War Zack nur ein Auftrag für Indha? Ganz wie Bogan nur ein Auftrag für sie gewesen sein muss? Aber wozu das Ganze?

Er ballt die Hände zu Fäusten, weil er nicht weiß, was er mit sich anfangen soll. Geht auf und ab, durchsucht ihre Habseligkeiten, findet nichts Persönliches. Jetzt versteht er, warum. Das war nicht ihr richtiges Zuhause. Das war nicht sie. Das hier war Indha Gullander. Aber wer war die Polizistin, wer war Winda Purnema? Das muss er herausfinden.

Er durchsucht die Kommode im Flur, den Badezimmerschrank und den einzigen Kleiderschrank, den es in der Wohnung gibt. Checkt den Kühlschrank, schaut unters Sofa. Unters Bett, den Teppich. Aber alles, was er findet – abgesehen von ein wenig Geschirr –, sind Kleider, Trainingsgeräte und Schminkzeug. Keine Fotos, keine Briefe, nichts, was einen Hinweis auf ihr wirkliches Leben geben könnte.

Was soll ich machen? Hier kann ich unmöglich bis in alle Ewigkeit bleiben. Ich muss herausfinden, wer mir das anhängen will.

Am liebsten würde er Deniz anrufen, aber den Gedanken verwirft er schnell wieder. Alle sind gerade auf der Suche nach ihm. In ihren Augen ist er ein Polizistenmörder. Ob Deniz das auch glaubt?

Vielleicht sollte er Abdula anrufen? Nein, unmöglich.

Es kitzelt unter der Nase, er fasst hin. Warm und feucht. Er hat Nasenbluten. Geht ins Bad und wäscht sich das Gesicht. Spült das Blut weg, das beweist, was er gestern getan hat. Koks zerstört die Blutgefäße. Was bin ich nur für ein elendiger Loser.

Er starrt in den Spiegel, schaut sich selbst in die Augen.

Wer bin ich?

Ein Junkie? Der ungewollte Sohn einer der mächtigsten Frauen Schwedens?

Ein gescheiterter Polizist, der seinen besten Freund in eine Situation brachte, in der er gezwungen war, seine Freundin zu ermorden, die sich von einem Drogenhändler hatte täuschen lassen?

Er greift sich in die Haare, zieht eine Strähne lang, begutachtet sich im Spiegel. Die blonden Locken lassen ihn überall hervorstechen. Er muss sie loswerden, sie abrasieren. Muss untertauchen, um das Ganze aufzuklären. In der Menge verschwinden.

Er öffnet den Schrank unter dem Waschbecken, wo er vorhin einen Rasierer gesehen hatte. Holt ihn aus dem Karton, schaltet ihn ein, spürt die Vibration in der Hand. Schon bald fallen die Locken auf das weiße Porzellan. Als er fertig ist, fährt er sich mit der Hand über den kahlen Kopf, starrt sein neues Ich an.

Eine aggressivere Version von Zack Herry.

Der Hass, den er für den Mann empfindet, der hinter all dem steckt, sprüht ihm aus den Augen.

Bogan Ravi. Dich kriege ich. Bloß wie?

Er geht wieder ins Wohnzimmer, wo ihm siedend heiß einfällt, dass er die Standortfreigabe an seinen Handys deaktivieren sollte, sonst dauert es nicht lange, bis das SEK vorm Haus steht. Blind vor Wut über das, was er angeblich ihrem Chef, Tobias Nilsson, angetan hat.

Er holt die Handys aus der Jacke und setzt sich auf die Bettkante, ändert die Einstellungen, aber weiß, dass das nicht reicht. Er braucht ein neues Handy, um ganz sicher zu sein. Weiß, woher er ein nicht registriertes bekommen kann, aber dorthin zu fahren wäre lebensgefährlich. Wen kann er um Hilfe bitten? Deniz ist ausgeschlossen. Aber es muss doch noch jemanden geben. Bloß wen? Ihm kommt eine Idee, dabei möchte er sie nicht in die Sache verwickeln. Möchte niemanden in die Sache verwickeln. Aber er muss.

Er schreibt eine SMS und erklärt sich, so gut er kann. Beschreibt, wo genau sie das Handy holen, wo sie es hinbringen soll. Riskiert es. Schickt die SMS ab. Legt sich auf den Rücken. Zieht sich die Decke über den Kopf und schließt die Augen. Sie riecht noch nach Indha, und sofort sieht er sie vor sich, ihr langes Haar im Wind. Sie blendet ihn mit ihrem Lächeln, wie eine Fata Morgana aus einer anderen Welt.

Dann verzerrt sich ihr Gesicht, ein Schnabel wächst ihr, die Arme verwandeln sich in Flügel, die Füße werden zu scharfen Krallen. Sie stürzt sich auf ihn und hackt ihm in den Rücken, reißt ihm die Lunge heraus. Wie sehr er auch versucht, dieses Bild loszuwerden, es gelingt ihm nicht, denn er ist längst eingeschlafen.

68

Deniz nimmt den Aufzug in den sechsten Stock des Gebäudes, das geformt ist wie eine Banane und in Sundbyberg liegt. Der gelbe Linoleumboden riecht säuerlich, rechts und links gehen Türen ab wie auf einer Fähre. Das Haus ist berüchtigt für die vielen Sozialfälle, die von der Gemeinde hier einquartiert wurden, und Deniz war schon häufiger hier, um Betrunkene abzuholen oder Feiern aufzulösen, die außer Kontrolle geraten sind. Heute ist sie allerdings aus einem anderen Grund hergekommen.

Sie will Nadja bei sich zu Hause überraschen. Zur Not wird sie vor der Wohnungstür warten, bis sie zurück kommt. Denn etwas, das Nadja ihr hinterhergerufen hat, geht ihr nicht mehr aus dem Kopf. Dass auch »er« nicht habe zahlen wollen.

Was hat sie damit gemeint?

Welcher »er«? Irgendwas stimmt nicht. Deniz weiß, dass dieser Besuch womöglich mehr negative Folgen haben wird als positive. Dass Nadja sie vielleicht noch einmal anzeigen wird. Aber was soll sie sonst tun? Abwarten, bis alles zu spät ist? Wie bei Zack?

Sie fragt sich, wo er steckt. Wie es ihm geht. Sie hat mehrmals bei ihm angerufen, aber er ist nicht drangegangen. Und es tut weh, dass er ihr nicht traut. Dabei kann sie das absolut nachvollziehen.

Sie steht vor Nadjas Wohnungstür und lauscht. Nichts als Geschirrklappern, das allerdings auch aus einer der Nachbarwohnungen kommen könnte. Sie drückt auf die Klingel und legt einen Finger über den Türspion. Weil niemand öffnet, geht sie ans Ende des Flurs und setzt sich unter das kleine Fenster, um zu warten. Beschließt, nicht länger als zwei Stunden zu bleiben. Während sie ein bisschen im Internet surft, fragt sie sich, wer der Mann war, der ihr letztens gefolgt ist. So viele offene Fragen. So viel Sonderbares, was in letzter Zeit passiert ist. In ihrem Leben. In Zacks. Kann das Zufall sein?

Drei andere Leute kommen oder gehen, ehe Nadja auftaucht. Sie wühlt in ihrer Handtasche, während sie auf ihre Wohnungstür zugeht, Plateausandalen an den Füßen, dazu eine dreckige Hose mit Leopardenmuster und ein rotes Oberteil, das den Blick auf zu viel Bauch freigibt.

Deniz steckt ihr Handy ein und steht auf.

Ist hinter Nadja, noch bevor diese aufschließen kann. Bevor sie überhaupt mitbekommen hat, dass noch jemand da ist. Nadja zuckt überrascht zusammen, als sie Deniz bemerkt, fasst sich aber schnell wieder.

»Was willst du hier?«

Die Szene kommt Deniz bekannt vor, letztes Mal waren die Rollen nur anders verteilt. Diesmal wird Deniz nicht ausrasten und schreien, denn damit beeindruckt man einen Junkie wie Nadja nicht.

»Bezahlen«, sagt sie also in sanftem Ton. »Sogar das Doppelte, wenn du mir ein paar Fragen beantwortest.« Sie holt ein Bündel Scheine aus der Tasche, das sie gerade erst in der Nähe abgehoben hat. Blättert es durch, bevor sie weiterspricht. »Dreitausend. Dann kannst du für heute Feierabend machen, kannst deinem Dealer schreiben und dich erst mal schön eindecken. Wofür reicht das? Einen Schuss? Zwei?«

Nadjas Augen funkeln wie die eines kleinen Hundes, der auf ein Leckerli wartet. Dann wird ihr Blick gierig.

»Fünf. Gib mir fünf, dann zieh ich die Anzeige zurück.«

Deniz schnaubt. »Damit kommst du eh nicht weit. Dein Wort steht gegen das einer Polizistin. Was hast du denn erwartet?«

Sie sieht Nadja an, dass sie rein gar nichts begreift. Dass die wenigen Hirnzellen, die ihr noch geblieben sind, auf Hochtouren arbeiten.

»Oh, das wusstest du nicht?«, fährt Deniz fort. »Ja, ich bin Polizistin. Da kannst du dir denken, wem die Staatsanwaltschaft eher glaubt. Einer Polizistin ohne Vorstrafen oder einer wie dir mit zahllosen Einträgen im Führungszeugnis.«

Nadja scheint das abzuwägen. Dann murmelt sie: »Okay, vier Riesen. Was willst du wissen?«

Sie fummelt an der Naht ihrer Handtasche herum.

Deniz zieht noch einen Tausender aus der Tasche und gibt Nadja zweitausend Kronen, die diese sofort an sich reißt.

»Den Rest gibt's, wenn wir fertig sind«, sagt Deniz. »Also, schieß los.«

Nadja schluckt. »Da war ein Typ, der wollte, dass ich dich provoziere. Er hat mir einen Riesen gegeben und fünf weitere versprochen, aber die hab ich nie bekommen.«

»Wer war das?«

»Keine Ahnung. So ein Typ halt. Um die dreißig. Dunkle Haare.« Nadja berührt ihren Kopf.

»So dunkel wie meine?«

Nadja nickt.

»Und du weißt nicht, wer das war?«, fragt Deniz.

»Nein, der ist einfach auf mich zugekommen, als ich ins Girls like Girls wollte.«

Deniz denkt zurück. Sie war mit der U-Bahn zum Club gefahren, wo sie Nadja begegnet ist. War ihr auch da schon jemand gefolgt? Sie erschaudert, als ihr bewusst wird, dass das die Erklärung sein könnte. Dass es vermutlich derselbe Mann war, der ihr bis nach Fruängen nachlief. Der dann vor ihrem Haus gestanden und zu ihrer Wohnung hochgeschaut hat.

»Warum wollte er, dass du mich provozierst? Was genau hat er gesagt?«

»Also, ich sollte dafür sorgen, dass die Türsteher eingreifen müssen und so.« Dann schnippst sie mit den Fingern, als wäre ihr noch etwas eingefallen. »Sieh zu, dass sie angezeigt wird! Das hat er noch gesagt. Er wollte, dass wir auf dem Klo fummeln und du mich bezahlst. Aber diese verdammten Türsteher haben sich überhaupt nicht dafür interessiert. Jetzt ist mir auch klar, warum. Du bist ein Bulle. Da ist es ja kein Wunder, dass sie dir geglaubt haben. Weil daraus nichts geworden ist, hab ich dich halt selbst angezeigt. Ich arbeite schließlich nicht umsonst, nur dass du's weißt.« Sie schielt auf die verbliebenen Scheine in Deniz' Hand. »Bekomm ich jetzt den Rest? Ich hab alles erzählt, was ich weiß.«

»Was hatte er an?«, fragt Deniz. »Beschreib den Mann noch etwas genauer.«

Nadja denkt nach. »Jeans, glaube ich. Nee, keine Ahnung. Er war nett. Bisschen Bart.«

»Weißt du noch, was für Schuhe er trug?«

»Keine Ahnung.« Nadja streckt die Hand aus. »Sind wir jetzt fertig?«

Deniz seufzt, weil sie doch nur spärliche Informationen bekommen hat, aber zahlt trotzdem die versprochenen viertausend. Nadja hat ja offenbar ihr Bestes gegeben. Schließlich waren sie beide nicht gerade nüchtern gewesen an jenem Abend, und Nadja hat schließlich das Wichtigste bestätigt. Dass jemand hinter Deniz her ist.

Bloß wer? Und warum?

69

Wo bin ich?

Zack schlägt die Augen auf und schaut sich in dem dunklen Zimmer um.

Was hat mich geweckt?

Der Vorhang vor dem einen Fenster hängt schief und lässt Licht von einer Straßenlaterne herein. Es dünnt sich aus, je tiefer es in den Raum fällt, ungefähr so fühlt Zack sich. Als würde er sich auflösen.

Das Bett, in dem er liegt, ist schmaler als seins. Davor befindet sich ein Klapptisch mit zwei Stühlen. Darüber hängt etwas Buntes. Indhas Tunika.

Und da holt ihn alles wieder ein. Dass er in ihre Wohnung geflohen ist, dass er an drei Polizistenmorden schuld sein soll. Dass er sich verstecken muss.

Er steht auf und schleicht in den Flur. Lauscht. Ist da jemand vor der Tür? Er stellt sich direkt davor. Hört ein Zischen und dann, wie jemand in einer der Nachbarwohnungen die Klospülung betätigt. Aber im Hausflur ist alles still. Bereitet sich das SEK etwa darauf vor, sich gewaltsam Zugang zu verschaffen? Eine Nebelgranate hereinzuwerfen und ihn festzunehmen? Er macht ein paar Schritte rückwärts zum Balkon, als jemand anklopft. Er erkennt die Kombination: zweimal kurz, Pause, dreimal kurz. Erinnert sich wieder daran, wem er sein Versteck durchgegeben hatte. Wer mit einem neuen Handy herkommen sollte.

Er geht zum Spion, schaut hinaus. Öffnet.

Ester reißt die Augen auf, als sie ihn sieht. Starrt ihn weiter an, als er sie hereinwinkt. Er schließt die Tür hinter ihr, prüft zweimal, ob er auch abgeschlossen hat.

»Was hast du gemacht?«, fragt sie in einem Ton, der deutlich sagt, dass er nicht ganz bei Trost sein kann.

Zack tastet sein blaugeschwollenes Gesicht ab, schämt sich, dass er sie überhaupt um Hilfe gebeten hat.

»Nichts«, sagt er und weiß nicht, wie viel er ihr erzählen kann. »Es ist eine Menge passiert.«

»Ich weiß, aber deine Haare!«

Es dauert einen Moment, bis er versteht, was sie meint. Dann streicht er sich mit der Hand über die Glatze. »Stimmt ja. Das ging nicht anders.«

»Damit dich niemand erkennt?« Ester sieht aus, als würde sie gleich vor Neugierde platzen.

Er schaut sie prüfend an. »Woher weißt du das?«

»Steht doch in der Zeitung. Hast du das nicht mitbekommen?«

»Was? Nein. Zeig!« Er streckt die Hand nach ihrem Smartphone aus. Sie gibt es ihm, und er geht damit ins Wohnzimmer. »Wo hast du es gelesen?«

»*Aftonbladet*«, sagt Ester, die ihm gefolgt ist. »Aber das stimmt doch nicht, oder?«

»Nein, natürlich nicht.« Er öffnet die App und wartet auf die neuste Schlagzeile. »Was steht denn da?«

»Dass du zwei Polizisten getötet und einen dritten bei einem Schusswechsel getroffen hast.«

Zack wird eiskalt, als er das hört. Dann liest er, was die schwedische Bevölkerung lesen kann:

Polizist wird mehrerer Ritualmorde verdächtigt.

Er starrt das Display an. Das Foto von sich, seinen Namen, der mehrfach auftaucht. Zack Herry. Zack Herry. Zack Herry.

Es ist schlimmer, als er gedacht hat. Ein paar seiner Kollegen haben ihn zum Schuldigen gemacht, bevor überhaupt irgendetwas bewiesen wurde. Dabei versteht er, warum sie so von seiner Schuld überzeugt sind. In allen drei Fällen wurde mit seiner Dienstwaffe geschossen. Er begreift immer noch nicht, wie das sein kann. Wer will ihm da was anhängen?

Und wie ist das überhaupt möglich?

»Ich hab das Handy dabei«, sagt Ester und reicht ihm eine Tüte.

Zack schaut hinein und sieht das Telefon, das er in einem Schrank versteckt hatte – für den Fall der Fälle. »Danke«, sagt er. »Du kannst dir gar nicht vorstellen, wie extrem dankbar ich dir bin.«

»Kein Ding. Ist doch klar, dass ich dir helfe. Wozu hab ich den Schlüssel denn sonst?«

Zack schüttelt den Kopf. »Ich hätte dich trotzdem niemals fragen dürfen.«

»Warum nicht? Ich möchte dir helfen. Endlich passiert mal was Spannendes.«

Er muss lächeln, weil ihre naive Sichtweise ihn trotz allem amüsiert, und nimmt sie in den Arm. »Du musst jetzt gehen. Erzähl niemandem, dass du hier warst.«

»Das ist doch selbstverständlich.«

Er gibt ihr einen Kuss auf den Kopf. Will sie loslassen, aber sie drückt sich näher an ihn.

»Ich tu alles für dich«, flüstert sie. »Das weißt du.« Dann lässt sie ihn los, blinzelt ihn an. »Sag einfach, wenn du noch was brauchst.«

Zack nickt, während ihm ein Gedanke durch den Kopf schießt: Was sollte denn das? Er folgt ihr in den Flur, und erst da fällt ihm auf, wie sie sich zurechtgemacht hat, obwohl es so spät ist. Rosa

Lipgloss, große Silberohrringe, ein Top, das über der Brust spannt. Und dann verflucht er sich innerlich: Wie konnte ich nur so dumm sein? Er hofft, dass er das alles falsch deutet. Muss unbedingt mit ihr reden, wenn sich die Lage beruhigt hat.

Sie zieht ihre Weste an und befreit ihre roten Haare, die sich darunter verfangen haben. Umarmt Zack noch einmal, und jetzt riecht er ihr süßes Parfum. Er schiebt sie sachte von sich, wirft einen Blick durch den Spion, öffnet die Tür und zeigt ihr mit einer Geste, dass sie jetzt gehen muss.

Als sie auf der obersten Stufe steht, schaut sie sich noch einmal um. »Deine neue Frisur steht dir echt gut.« Dann verschwindet sie.

Er lauscht ihren Schritten, während sie in die Nacht verschwindet, in der Mörder, Vergewaltiger und Diebe lauern. In eine solche Welt entlässt er eine Fünfzehnjährige.

Dann schließt er die Tür und reibt sich die Stirn. Fühlt sich wie das elendste Schwein der Welt. Wie konnte ich sie nur so ausnutzen?

Er bleibt im Flur stehen, als hätte er sich verlaufen und wüsste den Weg nach Hause nicht mehr. Plötzlich überfällt ihn ein unbändiges Verlangen nach Drogen, um die Angst zu dämpfen. Aber das kann er unmöglich machen, er muss einen klaren Kopf bewahren. Muss denjenigen finden, der ihm etwas anhängen will. Er weiß, dass er sein eigenes Todesurteil unterschreibt, wenn er sich wieder in den Drogensumpf ziehen lässt. Aber es kribbelt überall. Er muss etwas tun. Also schaltet er das Handy ein, das Ester ihm gebracht hat, koppelt es mit seinem eigentlichen. Koltberg hat ihm geschrieben.

Komm her, Zack. Und leider: Peter ist nicht dein Bruder. Ergebnis ist grad reingekommen.

Sein Misstrauen wächst. Wieder fragt er sich, ob Koltberg die Proben manipuliert hat. Wird er bestochen oder bedroht? Die Einzige, die so etwas tun könnte, wäre Olympia, wenn sie unbedingt verschleiern wollte, dass sie seine Mutter ist. Sie hätte Macht und Mittel, das zu tun. Zack weiß, dass sie die Stadt mit eiserner Hand führt. Und sie kann alles beeinflussen: die Politik, die Geschäftswelt, die Kriminellen.

Zack fühlt sich einsamer denn je. War ich als Kind tatsächlich so wenig gewollt?

Er liest die SMS von Koltberg noch einmal. Warum will er, dass ich zu ihm komme? Er sollte doch von allen am besten wissen, wie tief ich in der Scheiße stecke – bei all den Beweisen gegen mich.

Dann trifft ihn eine Erkenntnis. Vielleicht hat Koltberg ja auch die ballistische Untersuchung verfälscht! Damit es so aussieht, als hätte Zack auf Roger, Indha und Tobias geschossen. Aber aus welchem Grund? Er kann sich keinen Reim darauf machen.

Er sieht, dass er mehrere verpasste Anrufe von Deniz hat, aber das ist ihm egal.

Das hier muss er allein hinkriegen.

Er weiß nicht mehr, wer auf seiner Seite steht. Wenn überhaupt jemand auf seiner Seite steht.

Zack sinkt zu Boden, winkelt die Beine an und legt die Stirn auf die Knie. Wo soll er ansetzen? Er muss seinen Namen reinwaschen, nur wie? Gibt es etwas, das sie bisher übersehen haben? Irgendwelche losen Fäden? Seine Gedanken scheinen wild umherzuirren, dabei drehen sie sich doch hauptsächlich um Roger Dahl.

Ihm war es definitiv wichtig, Hinweise zu hinterlassen. Das Handy, das er ihm Auto versteckt hat. Der Schnellhefter im Waffenschrank mit Informationen über Bogan Ravi. Das einzig Unklare ist der rosa Klebezettel, auf dem *Gretas Trödelladen!* steht. Sirpa hat im Netz recherchiert, wie sie konnte, aber nichts dazu gefunden.

Auch Rogers Wohnung wurde durchsucht – und sein Büro. Was bleibt noch? Ein Schrank in der Umkleide? Aber in welcher? Es gibt unzählige zur Auswahl – und dort ist man nie allein. Was ist mit seinem Dienstwagen? Das Fahrzeug vor seiner Wohnung war sein Privatauto, aber Tom Kroon hat erwähnt, dass Roger dienstlich einen grauen Audi A3 gefahren ist.

Zack steht auf und zieht seine Lederjacke an. Weiß, was zu tun ist. Er nimmt einen Schraubendreher mit, den er im Flur auf der Hutablage entdeckt hat, und verlässt die Wohnung.

Draußen regnet es, was ihm gerade recht ist, so fällt es nicht sonderlich auf, dass er die Kapuze aufgesetzt hat. Er schaut sich um, aber er scheint nicht beschattet zu werden. Auf der Suche nach einem geeigneten Motorrad entdeckt er eine Maschine, die unter einer Birke geparkt und so vor neugierigen Blicken geschützt ist. Er kniet sich dahinter und schraubt das Kennzeichen ab, versteckt es unter seiner Jacke, geht zu seiner Hayabusa und tauscht die Identität der beiden Motorräder.

Dann setzt er sich auf seine Maschine und fährt in die Stadt.

Sein Ziel: die Tiefgarage unter der Polizeibehörde.

70

Er stellt das Motorrad unten am Ufer des Riddarfjärden ab und versteckt seine Glatze wieder unter der Kapuze. Fühlt sich wie ein Krimineller, der sich in die Polizeibehörde schleicht, dabei ist er unschuldig. Er weiß nur zu gut, wie bescheuert das klingt. Wie oft hat er diese Worte von Leuten gehört, die er festgenommen hat? Natürlich bist du unschuldig, hat er sich dann immer gedacht und manchmal sogar spöttisch gefragt: Warum bist du denn dann weggelaufen? Warum hast du dich gewehrt?

Jetzt ist er selbst in der Situation und muss ganz allein seine Unschuld beweisen.

Er schaut zur Västerbron, der Brücke, die wie eine Diamantenkrone in Königin Silvias dunklem Haar funkelt und sich im glatten Wasser spiegelt. Er geht weiter und hält die ganze Zeit Ausschau nach Verstecken, in die er schnell springen kann, sollte ein Streifenwagen auftauchen. Ein Hauseingang hier, eine Hofeinfahrt da, ein Gebüsch. Schließlich erreicht er den Fridhemsplan, bleibt stehen, als er sein Gesicht auf dem Titelbild des *Expressen* sieht. *Polizist Zack Herry wegen dreifachen Mordes gesucht.*

Er starrt sich selbst an und zieht die feuchte Kapuze enger um den Kopf. Schaut sich um, weiß, wie viele Augen es in dieser Stadt gibt. Aber er hat sich in jemand anderes verwandelt, hat sich die blonden Locken abrasiert, die so deutlich auf dem Foto zu erkennen sind. Eine kleinere Zeile erinnert daran, dass morgen der Stockholm-Marathon stattfindet, dass mit perfekten Bedingungen gerechnet wird. *Von hier siehst du die Läufer am besten*, steht dort, und es folgt ein Bild der Västerbron.

Natürlich werden die Leute da stehen und die Sportler anfeuern.

Die Västerbron ist der härteste Streckenabschnitt, hier scheitern die meisten Läufer an der heftigen Steigung. Wie es Peter wohl ergehen wird? Ob er in unter fünf Stunden das Ziel erreicht, wie er sich das vorgenommen hat? Dabei spielt das für ihn gerade gar keine Rolle mehr, er hat Wichtigeres zu tun.

Eine weitere Schlagzeile sticht ihm ins Auge. Ein bekannter Ingenieur ist seit vielen Wochen verschwunden, und seine Angehörigen sind frustriert, wie wenig die Polizei unternimmt.

Zack kann das sehr gut verstehen. Gerade war er es ja noch gewesen, der sich Gedanken darüber gemacht hat, was mit Indha passiert sein könnte. Im Gegensatz zu der Familie des Ingenieurs gibt es für ihn jedoch keine Ungewissheit mehr. Vielleicht sind diese Angehörigen doch zu beneiden?

Er schaut sich um, bevor er die Kreuzung überquert und sich

zur bewachten Einfahrt der Tiefgarage unter der Polizeibehörde schleicht. Kauert sich hinter einen parkenden Wagen in der Nähe des Wachhäuschens und wartet auf den richtigen Moment. Die Minuten verstreichen, bald ist eine Stunde vergangen, bis sich eine Gelegenheit bietet. Ein Einsatzbus biegt in die Einfahrt und hält vor der Schranke. Darin sitzt ein Einsatzleiter, und Zack ergreift die Chance. Häufig sind sie allein unterwegs, was die Gefahr mindert, dass er entdeckt wird. Er läuft vor und presst sich auf der Beifahrerseite gegen den hinteren Teil des Busses, folgt ihm in den Tunnel, der zur Garage führt. Hofft, dass der Fahrer nicht in den Seitenspiegel schaut und der Wachmann zu sehr mit seinem Handy beschäftigt ist, um auf die Überwachungsmonitore zu gucken. Als sie tief in der Garage angelangt sind, lässt er den Bus ziehen. Verschmilzt mit der aus dem Stein geschlagenen Wand, als ein Streifenwagen an ihm vorbeifährt. Sein Rücken wird nass, weil Wasser an der groben Wand hinunterläuft.

Die Garage ist überfüllt von Streifenwagen, Motorrädern, Bussen und Zivilfahrzeugen. Zack schiebt sich an einem Kollegen vorbei, der gerade ein Auto mit Wasser abspritzt. Wartet hinter einem Betonpfeiler, bis zwei Kollegen einen Verdächtigen eingeliefert haben. Dann huscht er weiter und findet tatsächlich Roger Dahls Audi A3 in der hintersten Ecke. Flucht dann leise, weil er abgeschlossen ist. Die meisten machen sich die Mühe gar nicht, da die Garage ja sowieso bewacht ist, aber Roger gehörte offenbar nicht dazu. Zack muss das Fenster einschlagen. Also prüft er die Tür des danebenstehenden, etwas älteren Saabs. Sie lässt sich öffnen, und im Fußraum liegt ein weißer Schlagstock, das alte Modell, das nur noch in Notfällen zum Einsatz kommt. Er nimmt ihn in die Hand und schlägt mit zwei kraftvollen Schlägen die Seitenscheibe des Audis ein, schlüpft schnell hinein und durchsucht das Handschuhfach. Wirft einen Blick ins Fahrtenbuch, wo an mehreren Stellen Rogers Initialen stehen. Dann blättert er die Tankbelege durch, die sorgfältig in einer Mappe gesammelt sind. Zieht die mit RD indizierten heraus, die auch Rogers Dienstnummer tragen. Prüft, an welchen Tankstellen er war. Die meisten liegen in der Innenstadt, aber drei Quittungen stechen heraus. Sie stammen von einer Tankstelle in Botkyrka, wo Roger in den Wochen vor seiner Ermordung gewesen ist.

Als sich ein anderes Fahrzeug nähert und nur zwei Plätze neben ihm parkt, lässt Zack sich so weit in den Sitz sinken, wie er kann. Zwei Kollegen steigen aus. Er hört, dass sie ihre Vernehmungstaktik durchsprechen. Sie bleiben genau vor dem Audi stehen, werden still, und Zack presst sich noch tiefer in den Sitz.

Haben sie ihn gesehen?

Doch dann lacht jemand, und schon entfernen sich ihre Schritte. Zack steckt die Belege ein und steigt aus dem Audi und in den Saab, der sich sehr leicht kurzschließen lässt. Holt den Schraubendreher heraus, rammt ihn ins Zündschloss und dreht um. Fährt zur Ampel, die den Verkehr auf dem schmalen Tunnelstück regelt, wartet auf Grün, fährt bis zur Schranke vor und dann wie jeder andere Polizist im Nachtdienst hinaus.

Eine knappe halbe Stunde später – er hat längst den alten Saab gegen seine Hayabusa getauscht – hält er bei der Tankstelle in Botkyrka. Sie hat geöffnet, eine junge Frau am Nachtschalter reicht gerade einem großen Mann einen Hotdog. Zack prüft nach, wo die Überwachungskameras sitzen, und wartet, bis der Mann zu seinem Lkw zurückkehrt, der ein Stück entfernt steht. Dann geht Zack zum Nachtschalter, das Gesicht bewusst von den Kameras abgewandt. Er zeigt der Angestellten das Foto von Roger Dahl, das er auf das neue Handy geladen hat. Fragt, ob sie ihn schon mal gesehen hat. Doch sie schüttelt den Kopf und wirkt nervös. Da fällt ihm ein, wie er aussieht. Das misshandelte Gesicht, verborgen in einer Kapuze, vermutlich sieht er aus wie ein Krimineller.

Er kehrt zu seinem Motorrad zurück und schaut sich um. Doch nichts weckt sein Interesse, dies ist eine ganz normale Tankstelle an einer öden Landstraße nicht weit vom Waldrand. Der Lkw-Fahrer steht mit dem Rücken zu ihm und pinkelt in den Straßengraben.

Was mache ich jetzt?

Zu Bogans Wohnung in Flemingsberg fahren und hoffen, dass er dort aufkreuzt?

Es vibriert in seiner Tasche und er holt das Handy heraus. Eine unbekannte Nummer, ein weitergeleiteter Anruf von seinem Diensthandy. Soll er drangehen, auch wenn die Gefahr besteht, dass seine Kollegen das Gespräch mitverfolgen, seinen Standort bestimmen? Er muss das Risiko eingehen.

»Hallo.«

»Hi, hier ist Isse. Aus Rinkeby.«

Zacks Puls beschleunigt kurz, als er begreift, wer das ist. Der Junge mit dem Fidget Spinner, der Freund von Amina.

»Hallo«, sagt Zack. Isse muss irgendwo draußen sein, denn der Wind heult im Hintergrund.

»Er ist hier«, sagt Isse. »Einer der Männer.«

»Wo? In der Wohnung?«

»Nein, vorm Haus. Du musst dich beeilen, damit der Typ nicht abhauen kann. Der sucht was. Buddelt in den Blumenbeeten rum.«

Zack denkt kurz nach. Soll er hinfahren und damit riskieren, selbst festgenommen zu werden? Aber dieser Terrorist hat ein Kind für seine Zwecke missbraucht, ein Kind, das Zack töten musste. Und wer weiß, was er vorher noch mit ihr angestellt hat.

»Ich bin in spätestens zwanzig Minuten da«, sagt er.

»Zwanzig Minuten? Das ist ja ewig.«

»Ich muss ein bisschen Strecke machen, aber ich fahre gleich los. So lang bin ich auf deine Hilfe angewiesen, Isse. Okay?«

Isses Stolz ist nicht zu überhören.

»Klar, ich pass auf.«

71

Samstag, 2. Juni

Sirpa massiert ihre Beine. Das schmerzhafte Ziehen ist ein Teil von ihr, sie weiß gar nicht mehr, wie es ohne wäre. Würde mich das verändern? Bestimmt. Aber wie sehr? Ein grauer Himmel weiß, dass er grau ist. Und kann dennoch glücklich sein.

Sie hat zu lange stillgesessen, vergisst die Zeit, wenn sie in unterschiedlichen Computersystemen unterwegs ist. Es ist nach Mitternacht, aber Rudolf ist auch noch im Büro. Beide wollen sie nicht nach Hause gehen. Nicht nach dem, was mit Zack passiert ist.

Sirpa weiß nicht, was sie glauben soll.

Die Beweise gegen Zack sind stark und lassen sich nicht ignorieren. Und wenn man außerdem bedenkt, wie er heute Morgen aussah. Blass, eingefallen. Viel zu deutliche Anzeichen dafür, dass er wieder zu Drogen gegriffen hat. Aber könnten die ihn zum Mörder gemacht haben? Vielleicht hat er halluziniert. Das schlechte Gewissen nagt an ihr. Wieso hat sie die Warnzeichen übersehen? So sehr sie auch nachdenkt, sie kann sich nicht erinnern, dass er in den letzten Monaten nur ein einziges Mal high gewirkt hat.

Was ist also passiert? Steckt wirklich Zack hinter den Morden?

Sirpa tippt Sadina Haloud in das Suchfeld bei Google, den Namen der Frau, die Zack und Deniz vor ein paar Wochen besucht haben, weil Roger Dahl ihre Kontaktdetails von einem blauen Samsung-Handy abfotografiert hatte. Sie probiert andere Schreibweisen, weil sie ein paar Dinge über die Französin herausgefunden hat. Sie scheint nämlich nicht die zu sein, für die sie sich ausgibt. Sirpa hat die Angaben von Sadinas Lebenslauf geprüft, den sie bei ihrer Bewerbung bei Accor Hotels abgegeben hat. An der École Polytechnique kennt man sie jedenfalls nicht.

Sirpa seufzt, weil sie auch unter anderer Schreibweise nichts findet. Dann steht sie auf, streckt vorsichtig die Beine aus und humpelt zu Rudolf, der mit aufgesetztem Kopfhörer an seinem Schreibtisch sitzt. Tippt ihm auf die Schulter.

»Wie läuft's bei dir?«, fragt sie, als er den Kopfhörer abnimmt.

»Gut, gut. Es fällt mir nur schwer, mich zu konzentrieren. Dieser Screenreader klingt extrem einschläfernd.«

Sirpa macht leichte Kniebeugen, um die Bänder zu lockern. Mehrfach verzieht sie vor Schmerzen das Gesicht, trotzdem hört sie nicht auf. »Was macht er jetzt wohl, was glaubst du? Was, wenn er sich jetzt wieder mit Drogen abschießt?«

Sie reden schon den ganzen Tag über Zack, aber der Gesprächsbedarf verebbt nicht.

»Die Wahrscheinlichkeit ist groß«, sagt Rudolf. »Wenn er das wirklich getan hat …« Er schüttelt den Kopf. »Ich kann mir das nur nicht vorstellen.«

»Aber wie soll es sonst gewesen sein? Geschossen wurde mit seiner Sig Sauer. Und hast du mitbekommen, was Koltberg gesagt hat?«

Rudolf legt die Stirn in tiefe Falten.

Also fährt Sirpa fort. »Er meint, dass Zack die Spuren an der Leiche seiner Freundin bewusst unbrauchbar gemacht haben könnte. Er hat ihr Gesicht berührt. Wenn seine DNA bei ihr gefunden wird, ist sie trotzdem wertlos als Beweismittel.«

»Aber hältst du ihn wirklich für so berechnend? Sie war schließlich seine Freundin. Wer wäre in so einer Situation nicht einfach hingerannt und hätte sie berührt?«

»Warum wusste denn niemand, dass sie zusammen sind? Und wie kann es sein, dass sie Copper war? Davon abgesehen hatte er auch was mit Josefin Dahl. Wenn ich das richtig verstanden habe, gab es zwischen ihm und Roger damals sogar richtig Ärger. Da ist also auch ein Motiv. Trotzdem kann ich mir keinen Reim darauf machen.«

»Ich auch nicht. Koltberg hat außerdem betont, dass Copper die Kehle durchtrennt worden ist. Das war bei Roger nicht der Fall, was darauf hindeutet, dass die Morde von unterschiedlichen Personen begangen wurden.« Rudolf greift nach der Tischkante und dreht den Stuhl. Reckt sich nach dem Telefon und hebt den Hörer ab. Sagt, mit dem Rücken zu Sirpa: »Mir ist gerade etwas eingefallen, was ich eben prüfen muss. Mach du erst mal mit deinen Sachen weiter. Oder nutz die Gelegenheit, um deinen Tierarzt anzurufen. Gerade in solchen Situationen darf man seine Liebsten nicht vergessen.«

Sirpa lacht, kehrt an ihren Schreibtisch zurück und sagt über die Schulter: »Da hast du natürlich recht. Danke für die Erinnerung.« Sie setzt sich vor ihren Computer und holt das Handy hervor. Ruft Gunnar an, der müde klingt. Er ist auf dem Sofa eingeschlafen, wo er auf sie gewartet hat. Bei der Vorstellung, dass jemand möchte, dass sie nach Hause kommt, wird ihr ganz warm in der Brust. Gleichzeitig meldet sich die Unsicherheit. Was, wenn ihre Beziehung nicht hält? Wenn sie ihr Innerstes offenbart, verschwindet er vielleicht wie ein Gespenst in der Nacht. Sie hört Zeus, ihren Hund, im Hintergrund herumtrapsen, und bittet darum, ihn sprechen zu dürfen. Sofort ändert sich ihre Tonlage, und sie spricht wie mit einem Baby.

»Hallo, mein Großer. Hier ist dein Frauchen. Vermisst du mich? Ja?«

Sie macht schmatzende Kussgeräusche.

»Musst du mal? Dann sag Herrchen, dass du rauswillst.«

Gunnar lacht, als er wieder am Hörer ist, erinnert sie daran, dass er Tierarzt ist. Sie legen auf, und Sirpa genießt einen Moment lang die Erkenntnis, dass sie einen tollen Mann hat, der zu Hause auf sie wartet. Vielleicht ist er zu toll, um wahr zu sein? Zeus wird ihr hingegen immer treu bleiben.

Damit gibt sie sich zufrieden und tippt noch einmal Sadina Halouds Namen in die Suchmaske. Versucht sich wieder an abweichenden Schreibungen, und beim fünften Versuch findet sie ein unscharfes Bild aus einem Vorort von Paris. Darauf ist neben zwei Männern eine Frau zu sehen, die eine gewisse Ähnlichkeit mit Sadina Haloud hat. Sirpa kneift die Augen zusammen, um besser sehen zu können. Dann liest sie, was in dem sonderbaren Forum steht, in das sie geraten ist. Laut dortigen Angaben sollen die Personen auf dem Foto in Syrien gewesen sein und dort gekämpft haben.

Sie lehnt sich zurück. Endlich hat sie etwas gefunden. Sie schreibt eine E-Mail an eine ihrer Kontaktpersonen bei der Säpo, erklärt, was sie gefunden hat, und fragt, ob sie weiterführende Informationen über eine Sabrina Hallough haben, das ist die Schreibweise, mit der sie zuletzt gesucht hat und in diesem Forum gelandet ist. Zu ihrer Überraschung bekommt sie schon wenige Minuten später eine Antwort. Offenbar sind sie nicht die Einzigen, die noch arbeiten. Spontan fällt ihrer Kontaktperson nichts zu der Französin ein, und leider hat er keine Zeit, einen genaueren Blick auf die Sache zu werfen. Sie haben alle Hände voll zu tun, die Strippenzieher des Terroranschlags in der U-Bahn zu finden. Außerdem müssen sie einen ganzen Trupp Soldaten finden, die von ihren Frauen bereits am Dienstag vermisst gemeldet wurden. Vermutlich hat sie einfach geschummelt bei ihrer Bewerbung, schreibt er. Und die École Polytechnique ist eine Eliteschule, die wollen vielleicht keine Angaben zu ihren ehemaligen Schülern machen?

Seufzend schreibt Sirpa zurück und fragt, um welche Soldaten es sich handelt. Weist darauf hin, dass die Männer, denen sie am Geisterbahnhof gegenüberstanden, sich wie geübte Militärs verhalten haben. Vielleicht gibt es ja einen Zusammenhang? Dann vertieft sie sich wieder in ihre Suche im Internet. Sie selbst wird nicht so ohne weiteres aufgeben und die Französin einfach ad acta legen, ehe sie nicht ihre wahre Identität herausgefunden hat, und welches Ziel sie mit ihrem Aufenthalt in Schweden verfolgt. Ihre Finger fliegen über die Tasten, und sie bemerkt erst, dass Rudolf sich entfernt, als er die Tür öffnet und mit Sandra im Flur spricht. Sie schnappt auf, dass sie unterwegs zum Schießstand sind, bevor sie allerdings fragen kann, was sie dort wollen, schlägt die Tür schon wieder zu.

72

In Rinkeby stehen Taxifahrer und nachtaktive Einwohner an der überdachten Tankstelle und diskutieren – offenbar ein allgemein bekannter Treffpunkt der Nachbarschaft. Zack düst daran vorbei. Brandgeruch liegt in der Luft, etwas entfernt heulen Rettungsfahrzeuge. Vermutlich haben ein paar Helden wieder irgendwo ein Auto angezündet, weil ihnen nichts Besseres eingefallen ist, und jetzt sind Feuerwehr und Rettungsdienst unterwegs. Für sich schätzt er die Gefahr gering ein. Auch Polizei wird herumschwirren, aber die haben anderes zu tun, als auf ihn zu achten.

Als Zack vom Motorrad steigt, kommt Isse um die Hausecke geschlichen. Zack hängt seinen Helm ans Lenkrad, Isse winkt, dass er sich beeilen soll.

»Das hat ja ewig gedauert! Er ist jetzt in der Wohnung.«

»Ist er allein?«

»Ich habe zumindest niemand anderes gesehen.« Isse fasst sich an die Baseballkappe, die er falschrum aufgesetzt hat. Will offenbar etwas sagen, denn seine Augen leuchten vor Sensationslust.

Zack schüttelt den Kopf und kommt der Frage zuvor. »Was immer du über mich gelesen hast, es stimmt nicht.«

»Aber du hast den Mijailović gemacht.«

Zack muss grinsen. »Mijailović? Warst du da überhaupt schon auf der Welt?«

»Was spielt das denn für eine Rolle?« Isse macht einen Schritt auf ihn zu. »Meinst du, ich kenn mich nicht mit schwedischer Geschichte aus, nur weil ich in Rinkeby wohne? Er ist aus dem Kaufhaus abgehauen und hat sich gleich die Haare abrasiert. Und davor hat er jemanden getötet.«

»Ich aber nicht«, sagt Zack und schluckt. »Aber wenn du das wirklich glauben würdest, hättest du mich auch nicht angerufen, oder?«

Isse zuckt mit den Schultern. »Keine Ahnung. Ich will, dass du die Leute schnappst, die Amina reingelegt haben. Der Rest interessiert mich nicht. Das ist dein Problem. Komm.«

Er geht voran, als wäre Zack noch nie hier gewesen. Öffnet die Tür mit einer Zugangskarte und nimmt dann immer zwei Stufen auf einmal. Zack hält ihn zurück, bevor er auf den Laubengang hinaustreten kann.

»Bleib hier oder geh nach Hause. Man weiß nie, was passieren kann.«

Isse protestiert, aber Zack bringt ihn mit einem Blick zum Schweigen und lässt ihn dann im Treppenhaus zurück. Dann lauscht er, ob er etwas hören kann, steuert die Wohnungstür an und überlegt, welche Taktik er am besten anwenden sollte. Mit welchem Widerstand muss er rechnen? Er will gerade die Waffe ziehen, als sich die Tür zu einer der hinteren Wohnungen öffnet und ein Mann herauskommt.

Er betrachtet Zack kurz, rennt dann los und stürzt sich auf ihn, bevor Zack Zeit zum Reagieren hat. Der Mann stößt ihn so heftig aus dem Weg, dass ihm die Luft ausgeht. Er greift nach seinem Pulli, kann ihn aber nicht festhalten. Der Mann erreicht die Tür zum Treppenhaus, bekommt sie aber nicht auf.

Schon steht Zack wieder und sieht, dass Isse von der anderen Seite die Tür zuhält. Als der Mann einsieht, dass dieser Fluchtweg versperrt ist, springt er in einem Satz übers Geländer, ohne das geringste Zögern. Zack erreicht ihn gerade noch rechtzeitig, um ihn am Arm zu packen. Will den Mann auf keinen Fall aus dem vierten Stock in seinen sicheren Tod fallen lassen. Zusammen mit allen Informationen, die er hat. Und während er verzweifelt versucht, den Mann wieder auf seine Seite des Geländers zu holen, treffen sich ihre Blicke. Zack zuckt zusammen.

Er kennt diese Augen.

Aber woher?

Kennen sie sich?

Dann sieht er die Panik in seinem Blick. Dieselbe Panik, die in Aminas Blick lag, als ihr bewusst war, dass er sie erschießen würde, obwohl sie eigentlich nicht sterben wollte.

Das will dieser Mann auch nicht, er kämpft um sein Leben, will wieder hoch.

»Hilf mir.«

Er rutscht langsam, sein Arm ist glatt, verschwitzt. Je größer seine Panik wird, desto mehr zappelt er. Der Sturz in die Tiefe wirkt immer unausweichlicher. Aber es sind schon genug Leute gestorben, Zack will nicht noch einen Toten. Auch wenn er sich selbst damit in tödliche Gefahr begibt, lehnt er sich weit über das Geländer und greift nach dem Hosenbund des Mannes. Zieht mit aller Kraft, und schließlich liegen sie beide auf dem kalten Betonboden des Laubengangs. Atmen gierig die laue Sommerabendluft ein. Doch schon bald stößt Isse zu ihnen und tritt den Mann mit seinen kaputten Turnschuhen.

»Du Scheißkerl! Dich bring ich um!«

Es braucht nicht mehr als einen Blick von Zack, schon weicht Isse zurück.

»Ich kümmere mich drum. Geh nach Hause.«

Isses Hass ist überwältigend, trotzdem schafft es der Junge, sich zu kontrollieren. »Ich bring dich um!«, sagt er noch mal, bevor er sich abwendet und seine Wohnungstür ansteuert.

Zack ruft ihm nach: »Sag deiner Mutter, dass sich hier zwei Betrunkene geprügelt haben.«

Isse schnaubt. »Wir sind hier in Rinkeby, Mann. Da kümmert so ein bisschen Geschrei niemanden.« Dann verschwindet er im Inneren der dunklen Wohnung und schließt die Tür hinter sich.

Zack legt dem Mann Handschellen an. »Ist jemand in der Wohnung?«

Der Mann schüttelt den Kopf.

»Erwartest du jemanden?«

»Nein.«

»Gut. Dann gehen wir rein. Und mach keinen Scheiß, noch mal rette ich dich nicht.«

Zack hält ihn fest, während sie sich auf die Wohnungstür zubewegen. Schiebt ihn dann in den Flur, macht die Tür zu und schließt ab. Presst den Mann gegen die Wand und tastet ihn ab. Von Kopf bis Fuß. Dabei findet er einen erdigen Plastikbeutel in seiner Jeanstasche und erinnert sich an Isses Worte, dass er im Blumenbeet gebuddelt hat. Er öffnet den Beutel, in dem sich Geldscheine verschiedener Währungen befinden.

»Woher kommt das? Gehört das dir?«

Der Mann starrt ihn an. Scheint nicht reden zu wollen. Und wieder hat Zack das Gefühl, ihn zu kennen. Besonders die Augen. Aber woher?

»Sind wir uns schon mal begegnet?«, fragt er, packt den Mann und verdreht ihm den Arm.

Der Mann stellt sich auf die Zehenspitzen, damit der Schmerz erträglich bleibt. Verzieht das Gesicht, unterdrückt ein Stöhnen.

»Sind wir uns schon mal begegnet?«, hakt Zack nach. »Du kommst mir bekannt vor!«

Der Mann schüttelt den Kopf und beißt die Zähne zusammen.

Zack lockert den Griff, damit er die restliche Kleidung des Mannes durchsuchen kann. Den Idioten kann er auch später noch ausquetschen. Er legt den Beutel weg und tastet den Mann mit erfahrenen Händen weiter ab. Spreizt seine Beine, greift in den Schritt, fährt die Beine ab. Sagt ihm, er soll die Schuhe ausziehen, zieht die Innensohlen heraus, wirft sie beiseite. Und da fällt es ihm auf. Irgendwas ist mit den Schuhen. Er betrachtet sie genauer. Sie sind schmutzig, waren mal weiß mit gelben Streifen. Weiß mit Gelb. Er denkt nach, und da fällt es ihm wieder ein. Er greift nach seinem Handy und sucht die SMS heraus, die Deniz ihm geschickt hat, als sie verfolgt wurde.

Mann, 25–30 Jahre, etwa 1,80 m groß, normal gebaut. Arabisches Aussehen, gelber ärmelloser Kapuzenpulli, weißes T-Shirt, blaue Jeans, weiße Turnschuhe mit gelben Applikationen.

Er schaut immer wieder auf, vergleicht die Beschreibung mit dem Mann im Flur. Muss feststellen, dass sie eins zu eins mit ihm übereinstimmt.

Es muss derselbe Mann sein.

Aber wer ist er?

Sein T-Shirt ist dreckig, er riecht nach Schweiß. Hat sich offenbar schon länger nicht umgezogen. Aber wie lange genau? Zack schaut auf den Datumsstempel der Nachricht. Bald eine Woche.

Warum war er Deniz gefolgt? Ich muss sie anrufen. Geht das?

Er nimmt den Mann mit ins Wohnzimmer und setzt ihn auf das U-förmige Sofa. Schaut sich um. Hier scheint seit seinem letzten Besuch nichts verändert worden zu sein. Er schaltet die nackte

Lampe nicht ein, um keine Aufmerksamkeit zu erregen. Gibt sich mit dem schwachen Licht zufrieden, das der Mond zum Fenster hereinwirft. Schnell wirft er einen Blick in Küche und Schlafzimmer, um sich zu vergewissern, dass die Wohnung tatsächlich leer ist. Tippt Deniz' Nummer ins Handy und behält den Mann im Blick, während die Verbindung hergestellt wird. Sollte ich ihn richtig fesseln? Nein. Er wirkt sonderbar ruhig, als wollte er gefangen genommen werden.

»Hallo?«

Zacks Herz hämmert, als er Deniz' fragenden Ton hört, der sicher auf die unbekannte Nummer zurückzuführen ist. Wieder zögert er. Vielleicht hätte er doch nicht anrufen sollen?

»Zack? Bist du das?«

Er hört, dass sie schluckt, bevor sie weiterspricht. »Ich war heute bei Nadja. Sie sagt, jemand hat sie dafür bezahlt, mich drankriegen. Zack, wir müssen reden.«

Er versucht zu verstehen, was Deniz da sagt. Jemand wollte sie drankriegen.

Der Mann auf dem Sofa?

»Ich hab ihn.« Zack räuspert sich. Sein Hals ist trocken wie die Wüste. »Den Typen, der dir nachgelaufen ist. Ich hab ihn.«

»Woher weißt du …«

»Deine SMS. Er ist der Typ, ganz sicher.«

Es wird still. Wagt er es preiszugeben, wo er ist?

»Wir klären das jetzt auf«, fährt er fort. »Zusammen. Du und ich. Niemand sonst. Okay?«

»Wie lange arbeiten wir schon zusammen?«

Zack denkt nach. »Keine Ahnung. Drei, vier Jahre.«

»Fünf. Und wie oft hab ich dir in der Zeit den Rücken freigehalten? Egal wovon?«

»Immer.« Er schließt die Augen, dabei muss er den Mann im Blick behalten. Legt sein Leben in Deniz' Hände. »Ich bin in der

Wohnung, in der das Mädchen festgehalten wurde. Weißt du noch, wo wir mit der Säpo waren?«

»Bin unterwegs.«

Sie legen auf, und Zack steckt das Handy weg. Dann geht er auf und ab. Hat er einen Fehler gemacht? Sollte er abhauen? Er schaut aus dem Fenster. Sieht die Scheinwerfer der wenigen Autos, die in beiden Richtungen über den Kymlingelänken fahren. Den dunklen Wald, in dem der Geisterbahnhof liegt. Sein Magen krampft sich zusammen, als er an Tobias Nilsson denkt, der dort gestorben ist. Das einzige Opfer, bei dem er sich selbst unsicher ist. Denn Tobias Nilsson kann wirklich von einem Querschläger getroffen worden sein. Aber dann war es ein Unfall. Dass mit seiner Waffe auf Roger Dahl und Indha geschossen wurde, kann er sich überhaupt nicht erklären.

Er richtet ein paar Fragen an den Mann auf dem Sofa. Wer er ist, wie viele sich für gewöhnlich in der Wohnung aufhalten. Aber der Mann starrt nur stumm vor sich hin, als wüsste er, dass sein Leben zu Ende ist. Er ist ein Terrorist, der sich für den Tod unschuldiger Menschen zu verantworten hat. So jemanden erwartet die Hölle im Knast. Er wird das Hassobjekt der anderen Gefangenen. Sie werden Wetten abschließen, wie lange es dauern wird, bis er sich mit seiner Hose in seiner Zelle erhängt.

Was sie auch tun werden, wenn Zack zu ihnen gesteckt wird.

Er tritt wieder ans Fenster und öffnet es. Horcht in die Nacht. Hört Polizeisirenen in der Ferne. Aber das scheint die übliche Geräuschkulisse in Rinkeby zu sein.

In regelmäßigen Abständen wirft er einen Blick auf die Uhr. Nach siebzehn Minuten klopft jemand an die Tür. Zack wagt es kaum zu atmen. Lauscht. Stehen dort mehrere Personen vor der Tür? Oder nur Deniz? Er gibt dem Mann ein Zeichen, dass er sich bäuchlings auf den Boden legen soll, damit er ihn vom Flur aus sehen kann. Dann schleicht er zur Tür und schaut durch den Spion.

Als er sieht, dass Deniz allein ist, öffnet er die Tür und schließt sie sofort hinter ihr.

»Bist du wirklich allein? Hast du jemandem Bescheid gesagt? Ist dir jemand gefolgt?«

»Nein, jetzt beruhig dich mal.« Sie schüttelt den Kopf und betrachtet ihn voller Frustration. »Zack, verdammt. Was geht denn hier eigentlich vor?«

»Ich habe keine Ahnung. Aber das ist doch alles ziemlich verdächtig.«

»Deine Haare.« Sie fährt ihm mit der Hand über die Glatze.

»Es ging nicht anders.« Er nickt zum Wohnzimmer. »Er ist dort. Wir müssen rausfinden, was er weiß.« Zack macht einen Schritt zur Seite. Der Mann schaut auf, sein Gesichtsausdruck verändert sich, als er Deniz erkennt. Als wäre plötzlich eine Tote vor seinen Augen auferstanden.

Und Zack zuckt zusammen, weil sie etwas in einer Sprache schreit, die er nicht versteht, und zu dem Mann rennt. Sich ihm in die Arme wirft, weint, lacht, alles auf einmal.

»Bira yé min, birayé delal.«

73

Der Blindenstock bewegt sich vor Rudolfs Füßen über den Boden des Schießstands.

Es ist still wie in einem Bunker, nur Sandras Bewegungen sind zu hören. Wie sie sich von ihm entfernt, den Gehörschutz von der Wand holt, in der Schublade nach einer Schutzbrille sucht, den Schrank öffnet, in dem die Munition verwahrt wird. Er hat um ihre Hilfe gebeten, weil er mit Zacks Waffe schießen will. Denn irgendetwas stimmt nicht an dieser Geschichte mit zwielichtigen Drogengeschäften, Ritualmorden und einer Informantin, die gleichzeitig Zacks Freundin ist. Er soll mit seiner Dienstwaffe auf seine Opfer geschossen haben? Nach ihrem Tod? Wozu? Das ist doch komplett idiotisch. Und Zack ist kein Idiot. Da ist Sandra ganz seiner Meinung.

Rudolf bleibt stehen, als der Stock gegen den kleinen Tisch stößt, der im hinteren Teil des Raums steht. Denkt weiter über seinen hitzköpfigen Kollegen nach. Klar, manchmal ist das Urteilsvermögen dieses Jungspunds vielleicht nicht das beste gewesen, aber macht ihn das zu einem kaltblütigen Mörder? Nein, dann müssten die Drogen ihm die Seele geraubt und ihn zu einem Untier gemacht haben.

»Dann los«, sagt Sandra, die etwas neben ihn auf den Tisch legt. »Hier ist die Munition, und das sind die beiden Magazine.«

Rudolf greift nach den Magazinen, dann holt er eine Handvoll Patronen aus der Kiste mit der Munition. Füllt sie hinein. Schließt dabei die Augen, um sich noch besser konzentrieren zu können, die Sinne noch weiter zu schärfen. Ruft sich in Erinnerung, wie Zacks Pistole reagierte, als er letztens damit schoss. Wie leicht und geschmeidig die Magazinfeder war. Bei diesem Magazin hingegen reibt sie etwas, und die Patronen lassen sich schwerer einsetzen. Er befüllt die beiden Magazine mit je acht Patronen, bevor Sandra ihm die Sig Sauer reicht, die beschlagnahmt ist und Teil von drei unabhängigen Ermittlungen.

Ein Kribbeln in der Brust.

Die Erinnerung an die Zeit, in der er noch sehen konnte. In der er noch Polizist im Außendienst war. Jetzt gibt es nur noch den Innendienst für ihn, wo von ihm erwartet wird, Puzzleteile zusammenzufügen, die seine Kollegen übersehen haben. Einfach weil er über die beste Analysefähigkeit verfügt. Aber er ist dankbar, dass er noch Teil einer Einheit sein kann, die einen Unterschied macht und den Opfern und ihren Angehörigen Gerechtigkeit bringt.

In diesem Fall vielleicht sogar Zack.

Rudolf setzt eins der Magazine ein und wiegt die Waffe in der Hand. Nimmt sie richtig in die Hand, spürt den aufgerauten Kolben an der Handfläche, legt den Zeigefinger an den Abzug. Und schon da ist er fast überzeugt, dass dies nicht dieselbe Waffe ist, die er von Zack beim Schießtraining bekommen hat. Diese hier liegt anders in der Hand. Um den Abzug zu erreichen, muss man die Hand in eine Position bringen, die sich nicht natürlich anfühlt.

Hat Zack deshalb so schlecht gezielt? Weil es nicht seine Waffe war?

»Bist du bereit?«, fragt Sandra.

Er lässt sich von ihr bis zur Siebenmeterlinie bringen, wo er den Gehörschutz aufsetzt. Versinkt weiter in der Erinnerung, wo er Sandra sagen hört, dass der Terrorist beschlossen hat, dass sie heute Abend nicht mehr nach Hause gehen werden. Eine Erinnerung daran, dass es hier um Leben und Tod geht.

Er wartet auf das Rasseln der Pappscheibe, zielt und versenkt drei Schuss im Oberkörper und einen im Kopf. Dann fällt ihm wieder ein, was Zack letztes Mal geschrien hat:

Zehn nach zwölf. Dann erwischst du ihn auch noch in der Schulter.

Rudolf senkt die Arme ein wenig und schießt. Richtet den Lauf nun auf den Boden und nimmt den Gehörschutz ab.

»Wie sieht das Ergebnis aus?«, fragt er und hört, dass Sandra näher zur Scheibe gegangen ist.

»Imposant. Drei Treffer im Bauch, einer im Hals und einer im rechten Arm.«

Rudolf kann ihr nur zustimmen, dass es ein gutes Ergebnis für einen blinden, alten Mann ist. Aber er weiß auch, dass er beim letzten Mal genau gleich gezielt hat und dabei drei Kugeln in der Brust, die vierte in der Stirn und die fünfte in der Schulter versenkt hat. Diese Pistole hat also ein anderes Trefferbild als die Waffe damals.

Das Schießpulver kitzelt ihn in der Nase. Es riecht nach Wahrheit und einem größeren Gesamtverständnis.

Rudolf ist sich jetzt hundertprozentig sicher.

Zack ist unschuldig. Jemand will ihm etwas Schreckliches anhängen.

Aber wer?

74

Zack lehnt im Türrahmen zwischen Küche und Wohnzimmer und beobachtet die Szene, die sich vor seinen Augen abspielt. Er weiß nicht, wie er darauf reagieren soll.

Deniz sitzt mit dem Terroristen, den er geschnappt hat, auf dem Sofa und küsst und drückt ihn. Ein bestialischer Mörder, der sich als ihr kleiner Bruder Sarkawt entpuppt hat.

Deshalb hatte Zack wohl das Gefühl, ihn zu kennen. Weil sie fast die gleichen Augen haben.

Der verlorene Sohn, der nach vierzehn Jahren in Schweden nach Kurdistan zurückgekehrt war. Von dem sie seither keinen Ton gehört hat. Zack weiß, wie sehr Deniz darunter gelitten hat, nicht zu wissen, ob er noch lebt oder nicht. Aber jetzt sitzt er in einer Wohnung, die die Basis von Terroristen war. Und zwar nicht von irgendwelchen Terroristen, sondern von denen, die für ihre scheinheiligen Zwecke ein Mädchen geopfert haben. Ein Mädchen, das er erschießen musste, das von einer einfahrenden U-Bahn geköpft worden war. Vier Unschuldige hatten das Leben verloren, neun wurden schwer verletzt.

Am liebsten würde er hingehen und den Mistkerl ordentlich vermöbeln, was ihm nur verdeutlicht, dass sein Blutzucker und seine Frustrationstoleranz einen absoluten Tiefpunkt erreicht haben. Wann hat er zuletzt etwas gegessen? Um nicht die Kontrolle zu verlieren, sucht er nach einer Kleinigkeit und findet schließlich Kekse, die er sich in den Mund steckt.

Dann kann er sich aber doch nicht länger zurückhalten.

»Was machst du in dieser Wohnung? Und warum hast du Geld im Blumenbeet vergraben?«

Deniz bedenkt ihn mit einem finsteren Blick. »Nicht jetzt.«

»Wie bitte? Also, ich verstehe ja, dass das hier ein großes Ding für euch ist, aber die Situation ist gerade ziemlich beschissen. Willst du nicht wissen, was er hier macht?«

Deniz scheint das kurz abzuwägen und wirft ihrem Bruder dann einen vielsagenden Blick zu. »Erzähl uns, was du hier machst.« Sie hält seine Hand, während sie auf eine Antwort wartet. Zittert, als würde sie frieren.

Dabei ahnt er, dass sie Angst hat, jetzt zu erfahren, dass ihr kleiner Bruder radikalisiert wurde. Wie so viele andere junge Männer, denen eingetrichtert wird, dass das gesamte Universum sie schlecht behandelt.

»Ich brauchte Geld, um von hier zu verschwinden«, sagt Sarkawt mit gesenktem Blick. »Ich hab das hier versteckt, als mir klar wurde, dass ...« Er räuspert sich, schluckt. »Als mir klar wurde, was sie vorhatten. Mit einem Kind.«

Deniz unterdrückt ein Keuchen. Muss sich erst mal sammeln.

»Das heißt, du hast mitgemacht? Du bist ... einer von denen?«

Sarkawt schaut sie an, hat Tränen in den Augen. »Ich hatte keine Wahl. Als ich vom IS gefangen genommen wurde, gab es nur zwei Optionen: für sie kämpfen oder sterben.«

»Man hat immer eine Wahl.«

»Ich habe mich fürs Überleben entschieden.«

Sie starren sich an wie zwei Boxer, die sich gleich im Ring gegenüberstehen werden. Wer ist stärker? Wer ist im Recht? Ist überhaupt jemand im Recht?

Zack muss an Abdula denken, der sich auch fürs Überleben entschieden hat. Hätte er das nicht getan, würde Indha heute noch leben. Oder? Er muss sich eingestehen, dass die Antwort darauf doch eher Nein lautet. Bogan wollte, dass Copper stirbt, und davon hätte er sich auch dann nicht abhalten lassen, wenn Abdula sich geweigert hätte.

»Was hast du getan?«, fragt Deniz, die den Blick als Erste abwendet. Sie lässt Sarkawts Hand los und rückt ein Stück von ihm ab. Schüttelt den Kopf und sagt: »Mein lieber kleiner Bruder, was hast du getan?« Dann hält sie inne, als wäre ihr gerade etwas bewusst geworden. »Hast du mir dieses Mädel auf den Hals gehetzt? Um mich anzuzeigen?«

Sarkawts Stirn legt sich in Falten. »Ich hab dir niemanden auf den Hals gehetzt. Ich bin dir mal nachgegangen, als du von der Arbeit nach Hause gefahren bist. Ich wollte wissen, wie's dir geht. Aber … Wer wollte dich anzeigen?«

»Ach, keine Ahnung. Ich dachte …« Deniz schließt die Augen, scheint über alles Geschehene nachzudenken. Sieht ihren Bruder dann wieder an. »Ach, vergiss es. Gerade passieren eine Menge merkwürdige Dinge. Erzähl erst mal weiter. Was hast du getan?«

Sarkawt seufzt. »Ist vielleicht egal, was ich jetzt sage. Aber als ich begriffen habe, was sie mit dem Mädchen vorhatten, hab ich mich rausgezogen. Und ja, ich hab es nicht verhindert. Ich war danach noch kurz aktiv, aber hier drin …«

Sarkawt schlägt sich gegen die Brust.

»Hier drin war ich mit allem fertig. Ich musste nur einen Weg hinaus finden. Er verschont nämlich niemanden.«

»Wer?«, fragt Zack. »Und welche Rolle hast du hier gespielt?«

»Wer ihn verrät, ist tot.«

»Dann bist du ja praktisch schon tot«, folgert Deniz. »Oder? Wenn du wirklich abgesprungen bist, wie du behauptest.«

»Du glaubst mir nicht.«

»Ich weiß nicht, was ich glauben soll. Wie bist du überhaupt beim IS gelandet?« Ihr Blick ist anklagend. »Warum bist du zurückgefahren?«

»Du weißt, dass ich mich hier nie wohlgefühlt habe. Ich wollte nach Hause, wollte herausfinden, wer ich wirklich bin. Aber das war eine einzige Katastrophe. Unser Onkel hat versucht, mich zu töten, weil wir beide geflohen sind, deshalb musste ich wieder fliehen. Bin dann nach Syrien. Hab in Damaskus gejobbt, aber dann fing der Krieg an. Ich hab gekämpft, wie alle, weil ich musste, aber dann hat mich der IS gefangen genommen, und ich hab mit angesehen, wie die USA mit ihren Drohnen Bomben auf Kinder geworfen haben. Ich habe eine Menge gesehen. Als er gefragt hat, ob ich mitkommen will nach Schweden, hab ich die Chance ergriffen.«

»Wer?«, wiederholt Zack, diesmal lauter. »Antworte, sonst werf ich dich eigenhändig übers Geländer. So macht ihr das doch mit euren Frauen, wenn sie euch nicht gehorchen? Plötzlich fallen sie überraschend aus dem sechsten Stock oder werden von einem Lkw überfahren.«

»Schnauze!«, brüllt Deniz. »So einer ist er nicht!« Aus ihren Augen sprüht die Wut, sie richtet ihren Blick auf Sarkawt. »Weißt du noch, dass wir genau deshalb damals geflohen sind? Damit nicht so einer aus dir wird? Und was hast du jetzt getan? Was ist aus dir geworden?«

Zack geht in die Küche und trinkt direkt aus dem Wasserhahn. Fährt sich mit den Händen über den rasierten Kopf. Wieso hat er sich zu so einem Spruch hinreißen lassen? Er weiß, was Deniz in Kurdistan erlebt hat. Dass ihre beste Freundin Jasmina von ihren eigenen Brüdern verbrannt wurde. Das hatte Deniz ihm im Vertrauen erzählt, und nun hat er sein Wissen missbraucht. Scheiße, Scheiße, Scheiße.

Das Licht von Autoscheinwerfern fällt durchs Fenster. Zack stellt sich an die Seite und schaut vorsichtig hinaus. Sieht, wie ein BMW langsam aus einer Parklücke setzt und davonfährt. Kein Grund zur Sorge. Trotzdem müssen sie hier schleunigst weg. Aber was machen sie mit Sarkawt?

Zack kehrt ins Wohnzimmer zurück, seine Miene verrät, dass es jetzt ernst wird. Es ist Zeit, Tacheles zu reden. »Wer steckt hinter dem Terroranschlag?«, fragt er zum dritten Mal. »Du hast nichts mehr zu verlieren. Im Gegenteil, das hier ist wohl die einzige Chance für dich, alles zu erzählen, was du weißt. So funktioniert das doch? Man beichtet seine Sünden, damit einem vergeben werden kann. Keine Ahnung, an wen du glaubst. Allah? Welchen Gott auch immer. Aber ich verspreche dir: Wenn du den Mund nicht aufmachst, kommst du hier nicht lebend raus. Du hast die Wahl. Rede und bleib am Leben oder stirb als Deserteur. Ins Paradies kommst du so oder so nicht, auf dich wartet eine kleine Zelle, an der alle anstehen werden, um ihre Bedürfnisse zu befriedigen.«

Sarkawt schaut sich in dem kahlen Zimmer um, als könnten die Wände ihm einen Hinweis darauf geben, wie er weiter vorgehen soll. Dann presst er einen Namen hervor. »Bogan Ravi. Der steckt dahinter. Wenn der mich in die Finger kriegt … Er hat jetzt schon eine Menge Leute aus dem Weg geschafft. Alle, die ein Sicherheitsrisiko darstellen.«

Zack und Deniz wechseln einen Blick. Bogan Ravi führt diese Terrorzelle? Er ist nicht nur Drogendealer, er ist ein knallharter IS-Kämpfer? Plötzlich ist ihm alles klar. Deshalb die ganze Heimlichtuerei rund um Copper. Roger Dahl muss das aufgedeckt haben, was dann wiederum aufgeflogen ist.

Zacks Kehle schnürt sich zusammen. Er hat Abdula in eine Terrorzelle geschickt.

»Indha Gullander«, presst er hervor. »Winda Purnema. Was ist da passiert? Wieso wurde sie getötet?«

Er schaut Sarkawt in die Augen, und sofort wird ihm unbehaglich. In Sarkawts Blick liegt Mitleid, als würde er wissen, dass er ihm mit dem, was er jetzt erzählen wird, wehtun muss.

»Sie war eine von uns«, sagt er. »Sie gehörte zu Bogan, von Anfang an. Aber sie hat jemanden gewarnt, Bogan hat es rausgefunden und fand sie nicht mehr tragbar. Sie hat den großen Plan gefährdet. Deshalb war sie in Bogans Augen eine Hure, seit sie mit dir zusammen war.«

»Was redest du da?«

In wenigen Schritten ist Zack beim Sofa, packt Sarkawts Kehle. »Sie war Polizistin. Sie wurde getötet, weil sie euch auffliegen lassen wollte. Komm mir nicht mit so einer Scheiße.«

Sarkawt windet sich, quetscht hervor: »Glaub, was du willst. Das ist die Wahrheit. Was weißt du schon über sie? Hat sie dir überhaupt was Persönliches erzählt? Von ihren Eltern? Woher sie kommt? Warst du überhaupt mal bei ihr zu Hause?«

Zacks Wange zuckt, jeder Nerv zuckt. All die Fragen, die er hatte. Warum Indha so wenig von sich preisgab. Wieso sie so spartanisch lebte. Ihre Rollenspiele.

War er nur ein Auftrag für sie? Ein Spiel?

Bin ich wirklich so ein Idiot?

»Jetzt reicht es!« Deniz greift nach Zacks Arm, und da erst fällt ihm auf, wie fest er ihren Bruder gepackt hat. Als würden seine eigenen Verfehlungen verschwinden, wenn er den Überbringer der Botschaft vernichtet.

»Lass ihn los.« Deniz rammt Zack einen Ellbogen in den Bauch, sodass er zu Boden geht.

Aber er kommt sofort wieder auf die Füße, beugt sich über Sarkawt.

»Warum war sie mit mir zusammen?«

Sarkawt blinzelt. »Keine Ahnung.«

Zack versucht, die Wut unter Kontrolle zu halten, die in ihm brodelt. Weiß, dass Sarkawt lügt. »Roger Dahl«, fragt er dann. »Warum wurde er ermordet?«

Sarkawt scheint zu überlegen, wie viel er verraten kann. Dann antwortet er. »Er hat etwas in Indhas Handy gefunden. Er kam der Sache zu nah.«

»War es ein blaues Samsung?«

Sarkawt zuckt mit den Schultern.

»Was hat er gefunden?«, fragt Zack.

»Das weiß ich nicht.«

»Antworte, verdammt! Bevor ich dich totschlage!«

Sarkawt starrt ihn an. »Ich weiß längst nicht alles, nur eins mit Gewissheit: Dass ihr eure Zeit nicht mit mir verschwenden solltet. Sucht Bogan. Und wenn du mir nicht glaubst, wirf mal einen Blick in Indhas Keller. Da wirst du vermutlich das eine oder andere Interessante finden.«

Zack schluckt. Er wusste ja nicht mal, dass sie einen Keller hatte.

»Wo finden wir Bogan?«, fragt Deniz.

»Er hat eine Wohnung in Flemingsberg.«

»Die kennen wir. Sie wird beobachtet, und er hat sich dort seit einer Woche nicht blicken lassen. Es muss noch eine Wohnung geben.«

»Nicht, dass ich wüsste.«

Zack meldet sich zu Wort. »Du hast gesagt, dass Bogan einen größeren Plan hat. Was denn für einen?«

»Keine Ahnung.«

Zack schnaubt. »Und der Deal in Kymlinge? Was ist mit dem Geld passiert?«

»Das hat Bogan.«

»Und was will er damit?« Zack wedelt mit der Hand, um das Gespräch zu beschleunigen.

»Das musst du ihn fragen.«

»Plant er noch einen Anschlag?«, fragt Zack.

Wieder nur ein Schulterzucken.

Zack ballt die Hände zu Fäusten, macht aber ein paar Schritte zurück, damit er nichts tut, was er später bereuen würde. Dann wendet er sich an Deniz. »Ich fahre zu Indha und schau mal, ob ich was finde. Du kommst doch klar, oder?«

»Aber du kannst mich doch nicht alleinlassen …« Sie schaut zu ihrem Bruder, als handelte es sich um einen Außerirdischen. »Was soll ich denn machen?«

»Nimm ihn mit zu dir nach Hause. Und bring ihn zum Reden. Er weiß wesentlich mehr, als er zugibt.«

Deniz nickt, obwohl ihr die Vorstellung nicht gerade zu gefallen scheint. Ein bisschen entspannt sie sich, als Sarkawt sagt: »Dir würde ich nichts tun, Schwesterchen. Das weißt du doch. Du bist alles, was ich noch habe.«

75

Zack schaltet das Licht an seinem Handy ein und leuchtet in den dunklen Keller. Liest die Nummern, die auf kleinen Plastikschildern an den einzelnen Abteilen hängen. Sie setzen sich zusammen aus der Wohnungsnummer und dem Stockwerk. Schon bald hat er Indhas Kellerabteil gefunden.

Ein Stapel Kartons drängt sich in der Ecke, dazu eine Tür, die offenbar eigentlich in die Wohnung gehört. Mehrere Tapetenrollen und ein benutzter Farbeimer, die seit der letzten Renovierung nicht bewegt wurden. Zack rüttelt an der Tür, die mit einem Vorhängeschloss versehen ist. Es ist eine schwache Konstruktion aus vernagelten Holzlatten mit alten Angeln. Zack schaut sich um und entdeckt einen Spaten neben der Kellertür. Er rammt ihn zwischen

Tür und Angeln und hebelt so lange, bis die Angeln knirschend nachgeben.

Zack betritt den Kellerraum und kippt den Inhalt des oberen Kartons aus: Es sind Klamotten, und Zack wird es eiskalt, als er sieht, worum es sich dabei genau handelt. Tücher, um Frauenkörper zu verhüllen, Hidschab, Burka. Er spürt die Wut in sich aufsteigen, als er sich vorstellt, wie Indha gezwungen wurde, das zu tragen. Doch sofort kommt ihm ein anderer Gedanke. Was, wenn sie das freiwillig getragen hat? Wenn es stimmt, was Sarkawt sagt? Dass sie eine von ihnen war, immer gewesen ist?

Im nächsten Karton liegen alte Polizeiuniformen. Blusen und ein langer, marineblauer Rock für den Innendienst. Schulterklappen mit silbernen Kronen, wie alle Abgänger der Polizeischule sie haben. Alles Kleidungsstücke, die lange nicht benutzt wurden. Ob sie wohl noch einen Spind in irgendeiner Wache hat? Oder wurden mit ihrem Auftrag als Informantin sämtliche Bande gekappt? Er stellt den Karton beiseite und öffnet den dritten und letzten. Holt einen Schuhkarton mit arabischer Beschriftung heraus. Etwas klappert darin.

Mit klopfendem Herzen nimmt er den Deckel ab.

Obenauf liegt ein Handy. Ein blaues Smartphone von Samsung. Zack nimmt es mit zitternden Händen heraus, drückt auf den Einschaltknopf, obwohl der Akku sicher leer ist. Trotzdem weiß er, dass er das richtige Telefon gefunden hat. Weiß, dass sie darin die Kontaktdaten finden werden, die Roger Dahl abfotografiert hat. Von den beiden Personen, die gleich zu Beginn der Ermittlungen aufgetaucht waren: Sadina Haloud und Chandler Smith.

Er steckt das Handy ein und schaut, was sonst noch im Karton ist.

Fotos, die Indha als Kind neben einem großen Mann in einem weißen Kaftan zeigen, der ihr Vater sein muss. Ein Artikel auf Englisch aus der *Jakarta Times*, den er überfliegt. Ihm wird schlecht von dem, was er da liest. Indhas Vater wurde auf Bali von Hindus regelrecht geschlachtet, weil sie glaubten, die muslimischen Gastarbeiter nähmen ihnen die Arbeitsplätze weg. Zack legt den Artikel weg, betrachtet die Fotos von der Beerdigung. Auf einem steht Indha ganz allein da, noch so klein.

Ihr verlorener Gesichtsausdruck versetzt ihm einen Stich. Weil er sich selbst in ihr wiedererkennt, damals, nach dem Mord an seiner Mutter. Anna, die wohl doch nicht seine Mutter war.

Lebte auch Indhas Mutter nicht mehr?

Unter den Fotos liegen mehrere Skizzen von Falken. Er blättert sie durch und erkennt ihn wieder. So einer war zwischen Indhas Brüste tätowiert. Sie hatte behauptet, er bedeute nichts, sie fände ihn nur schön. Jetzt fragt er sich natürlich, ob das stimmt. Und dann sieht er etwas, was er gar nicht sehen will. Die Skizze in seiner Hand zeigt einen Menschen, der durch das Ritzen des Blutadlers gefoltert wird.

Zack muss sich setzen, lehnt sich mit dem Rücken gegen die Trennwand. Starrt auf die Zeichnung. Wenden Islamisten diese Mordmethode etwa auch an? Er schließt die Augen, um die Skizze nicht länger sehen zu müssen. Doch nun hat er Indha vor sich, wie sie auf der Felsplatte liegt. Geschlachtet wie ein Tier.

Warum musste sie sterben?

Die Frage quält ihn. Sie war ein Sicherheitsrisiko, hat Sarkawt gesagt. Eine Hure. Er erinnert sich an die SMS, die von Coppers Nummer kam.

Deine Hure war meine Hure.

Wenn Indha schon als Kind radikalisiert wurde, muss ihr Auftrag gewesen sein, Polizistin zu werden. Trotzdem fehlen ihm noch etliche Puzzleteile, um das große Ganze zu verstehen. Er weiß, dass viele Terroristen sehr lange planen und ihre Leute in allen gesellschaftlichen Schichten platzieren, damit sie sie einsetzen können, wann immer sie sie brauchen. Wieso sollte Indha als

Informantin für eine Organisation arbeiten, der sie bereits angehörte? Auf diese Frage fällt Zack nur eine Antwort ein: Die terroristische Vereinigung muss gemerkt haben, dass ihr die Polizei auf den Fersen war. Um zu verschleiern, was sie eigentlich planten, setzten sie Indha als Informantin Copper ein, damit sie die Polizei mit falschen Drogendeals ablenken konnten.

Er schaltet das Licht am Handy aus und legt die Skizzen weg. Massiert sich die Schläfen und kann nicht fassen, dass er Bogan geradewegs in die Falle gegangen ist und obendrein noch Hebes Geld an eine Gruppe IS-Kämpfer verloren hat. Selbst wenn Sarkawt nicht gesagt hat, was mit dem Geld geplant ist, muss man nicht gerade hellseherisch veranlagt sein, um sich das auszumalen.

Ein Terroranschlag. Bloß wann? Und wo?

Sein Handy klingelt, es ist Sirpa. Was will denn Sirpa mitten in der Nacht? Sollte er drangehen? Das Handy verstummt, noch während er überlegt. Um einen geplanten Terroranschlag zu verhindern, werden wesentlich mehr Leute benötigt, das schaffen er und Deniz nicht allein. Die Bevölkerung muss gewarnt werden – viele Menschen sind in Gefahr. Es geht nicht mehr nur um sein Leben und um die Morde, derer er verdächtigt wird.

Er ruft zurück, und Sirpa meldet sich mit einer schleppenden Stimme, die verrät, dass sie durchgearbeitet hat.

»Ich werde nicht fragen, wo du bist«, sagt sie. »Du würdest es sowieso nicht verraten. Ich möchte nur, dass du eins weißt. Rudolf war mit deiner Dienstwaffe im Schießstand und schwört, dass es nicht dieselbe ist, die du ihm vor ein paar Wochen geliehen hast. Jemand will dir was anhängen, Zack, ganz wie du gesagt hast.«

In Zacks Kopf dreht sich alles.

Er hatte recht, aber er wäre nicht darauf gekommen, dass jemand seine Sig Sauer ausgetauscht hat. Wie konnte das überhaupt sein? Wer hatte Zugang zu seiner Waffe?

Schnell erzählt er von dem bevorstehenden Terroranschlag, wehrt Sirpas Nachfragen ab, indem er gleich die nächsten Schritte durchgibt.

»Informier die Säpo. Die müssen unbedingt Sadina Haloud und Chandler Smith vernehmen. Ich bin davon überzeugt, dass sie mit Bogan Ravi gemeinsame Sache machen, er ist der Kopf der Organisation. Ich habe das Handy gefunden, das Roger Dahl fotografiert hat. Es gehört Indha, sie hat genau wie alle anderen für Bogan gearbeitet.«

»Copper? Bist du sicher?«

»Ja«, sagt Zack, obwohl er es immer noch nicht glauben will. »Ohne Zweifel.«

Sirpa spricht jetzt schneller, als hätten all die neuen Informationen einen anregenden Effekt auf sie. »Über Sadina Haloud habe ich gerade etwas Neues in Erfahrung gebracht. Eigentlich heißt sie Sabrina Hallough, und den Job in Schweden hat sie mit falschen Dokumenten bekommen. Auch sie hat Verbindungen zum IS.«

»Dann können wir davon ausgehen, dass der nächste Terroranschlag bevorsteht. Jetzt liegt es an uns, so viel Lärm zu machen, dass unsere Chefs verstehen, was dem Land droht. Und könntest du Rudolf bitten, mal zu prüfen, ob es in Syrien ein Ritual gibt, das dem Ritzen des Blutadlers ähnelt? Irgendwas mit Falken? Ich hab da nämlich was gefunden.«

»Klar, gebe ich weiter«, sagt Sirpa. »Der liegt hier grad auf dem Sofa und ruht sich aus, aber ich werde schon wieder Leben in ihn bringen.«

»Mach das. Ich melde mich, sobald ich mehr weiß.«

Sie legen auf, und Zack bleibt mit der größten Frage von allen allein zurück: Wer konnte seine Pistole austauschen? Er trägt sie immer bei sich, selbst wenn er nicht im Dienst ist. Zu Hause liegt sie in seiner Tasche. Niemand konnte darauf zugreifen, niemand außer …

Aber war das möglich? Konnte Indha das gewesen sein? Er will es nicht glauben.

Wir waren doch immer gemeinsam bei mir. Wann hätte sie …

Dann erinnert er sich an eins ihrer Spiele, an den Tag, als sie ihn ans Rohr fesselte. Dass sie etwas im Flur machte, bevor sie sich davonschlich.

Die Erkenntnis brennt wie Säure.

Ausgerechnet Indha hatte ihm die Morde anhängen wollen.

76

Ärzten kann man trauen, oder?

Sirpa nimmt eine Tablette aus der Verpackung, die ihr Arzt ihr verschrieben hat. Aufputschmittel gegen die Nebenwirkungen der starken Schmerztabletten, die sie nimmt, um das Leben mit ihren kaputten Knien zu erleichtern. Sie sollten auch jetzt helfen, sie ein bisschen wacher zu machen. Die Augen sind schon sehr müde von der fast pausenlosen Bildschirmarbeit. Aber sie ist zufrieden mit dem, was sie herausgefunden hat. Mithilfe ihrer Kontakte im Darknet konnte sie bereits nachweisen, dass auch Chandler Smith ein falscher Name ist. In Wahrheit heißt er Chandler Haddad. Er hat Verbindungen zu radikalen Islamisten, hat in Syrien für den IS gekämpft und war in einem Trainingslager in Libyen. Wieso hat Roger Dahl die beiden nicht längst gemeldet, wenn er ihnen doch auf der Spur war? Kam er nicht mehr dazu? Wurde er ermordet, bevor er seine Vermutungen belegen konnte?

Und Zack hat recht.

Irgendetwas Großes ist in Planung. Und Bogan Ravi steht an der Spitze.

In einem Forum, das sie rekonstruieren konnte, hat sie einen

Imam gefunden, der Bogan Ravi ähnlich sieht. In diesem Forum wurde auch klar, wie er das Mädchen zu der Tat in der U-Bahn bewegen konnte. Wie er langsam Vertrauen aufbaute, wie er sie langsam in seine Lügenwelt verstrickte, während sie durch Folter und Vergewaltigung im Lager gebrochen wurde. Zuletzt war der Imam der Einzige, dem sie vertraute. Sie wollte nichts lieber, als nach Schweden kommen. Um Allah zu dienen, um im Paradies die ewige Ruhe zu finden. Der Imam erklärte ihr, dass sie nur eine ganz einfache Tat vollbringen müsse, weil die einfachsten Taten oft die mit der größten Wirkung seien. Taten, die jederzeit passieren könnten, an jedem Ort. Und wenn sie erfolgreich war, würde ihre Tat Nachahmer finden. Niemand würde sie vergessen. Im Gegenteil, sie würde verehrt werden.

Sirpa musste mit dem Lesen aufhören, weil ihr schlecht wurde von der systematischen Manipulation einer Minderjährigen, um sie zu einem Massenmord zu bewegen.

Sie streckt sich nach ihrem Wasserglas, um die Tablette zu schlucken.

Wieso gelingt das diesen IS-Kämpfern immer wieder? Dass sich Kinder davon beeindrucken lassen, mag ja noch verständlich sein, aber was ist mit all den erwachsenen Männern, die sich dem IS anschließen? Die in Allahs Namen kämpfen wollen, um zu Ehre zu gelangen. Womit denken die eigentlich?

Mit ihrem Schwanz?

Sirpa verschluckt sich und hustet, leicht schockiert über das Wort, das ihr da gerade in den Sinn kam. Aber nach allem, was sie in diesem Forum gelesen hat, weiß sie eben, was diese Männer reizt: mit so vielen Frauen schlafen zu können, wie sie wollen. So oft sie wollen. Sie zu vergewaltigen.

Frauen und Mädchen, die vielleicht freiwillig in die Trainingslager des IS gekommen sind, nun aber gegen ihren Willen festgehalten werden.

Das machen die Männer dort. Wenn sie nicht gerade jemandem den Kopf abschlagen.

Ein Gott, der so etwas zulässt, ist kein Gott. Nur ein Wesen in einem Luftschloss.

Sie stellt das Glas ab und widmet sich wieder ihrer Recherche. Gerade ist sie in einem der finstersten Foren für radikale Islamisten unterwegs, liest ihre verworrenen Ideen, schaut Videos von Hinrichtungen. Die Kommentare darunter scheinen von Monstern zu stammen, denn Menschen kann man sie nicht mehr nennen. Dann klickt sie auf einen Clip, der sie zurückschrecken lässt. Aber sie schaut weiter, zwingt sich hinzusehen, obwohl die Szene an Widerlichkeit nicht zu überbieten ist. Aber dies ist ein Durchbruch in den Ermittlungen, den sie als Beweismittel sichern muss. Und sie weiß, wem sie als Erstes davon erzählen muss. Egal wie sehr es ihr auch widerstrebt, sie greift trotzdem zum Telefon und wählt die entsprechende Nummer.

77

Zack ist auf dem Weg zu Deniz' Haustür, als sein Handy in der Hose summt. Wieder ist es Sirpa, er nimmt den Anruf an und entfernt sich ein Stück. Will nicht direkt unter den Fenstern stehen, von denen manche geöffnet sind. Setzt sich auf eine Treppe an der Ecke des Gebäudes und hört sofort, dass Sirpa ihm etwas Unangenehmes sagen muss.

»Ich schicke dir gleich ein Video«, sagt sie. »Aber versprich mir, dass du nichts überstürzt.«

»Was für ein Video?«

»Das musst du dir selbst ansehen. Ich …« Sie atmet schwer, kriegt offenbar keine Luft. »Okay?«

»Okay«, sagt Zack, obwohl er lieber dankend ablehnen würde. »Schick's rüber.«

»Mach ich. Übrigens glaube ich, die sind kurz davor, ein paar Schläfer zu aktivieren, die sie über ganz Schweden verteilt haben. Die warten sicher schon seit ein paar Jahren auf ihren Einsatz. Wenn es stimmt, dass die was Großes planen, sind die garantiert beteiligt. Wir müssen unbedingt herausfinden, wo der Anschlag stattfinden soll. Und wann.«

»Ich schau mal, was ich tun kann«, sagt Zack. Ob Deniz wohl etwas herausgefunden hat? Ob ihr Bruder mehr erzählt hat? »Ich melde mich, so schnell ich kann. Habt ihr jemanden von der Säpo erreicht? Was sagen die?«

»Rudolf ist dran. Aber die wollen alle mehr wissen. Wir haben ja nichts Konkretes. Und Bogan ist noch immer nicht wieder aufgetaucht. In seiner Wohnung war er seit Tagen nicht, niemand weiß, wo er ist. Auch das ist ein schlechtes Zeichen, oder? Außerdem können wir ihnen ja auch keine Quelle nennen, oder?«

Zack schließt die Augen und seufzt. Wenn sie ihre Quelle preisgeben, müssen sie Sarkawt an die Säpo aushändigen, und das wird Deniz das Herz brechen. Aber es gibt keine Alternative.

»Ihr erfahrt bald, wer die Quelle ist«, sagt er. »Aber schick mir doch erst mal das Video, dann sehen wir weiter.«

»Kommt sofort.«

Er drückt sie weg und steht auf. Schickt Deniz eine Nachricht, dass sie runterkommen und ihm die Tür öffnen soll. Während er auf das Video wartet, öffnet er die App des *Aftonbladet*, um herauszufinden, ob dort etwas Neues über ihn steht. Die Schlagzeilen werden allerdings von Meldungen zu dem vermissten Ingenieur dominiert. Seine Frau bietet hunderttausend Kronen für Hinweise, die zu seinem Auffinden führen. Zack schließt die App, als das Video ankommt, und startet es mit klopfendem Herzen. Weiß, dass er das nicht sehen will, aber muss. Versucht, sich mental vorzubereiten. Glaubt, das Schlimmste schon gesehen zu haben, als er Indhas Leiche fand. Nichts kann schlimmer sein. Trotzdem fühlt es sich an, als würden sämtliche seiner Organe aufhören zu arbeiten, als das Video startet.

Er sieht einen dunkelhaarigen Mann mit einem Messer in der Hand. Einen Mann, der sich wie Abdula bewegt. Dessen Kopf kahl rasiert ist wie Abdulas.

Er nähert sich einer nackten Frau, die an ein Kreuz gebunden ist, mit dem Rücken zur Kamera.

Zack wimmert, so wie Indha mit dem Knebel im Mund wimmert. Er will es nicht sehen, aber muss.

Eine dunkle Stimme, die Drohungen ausspricht, eine Hand mit einer Pistole.

Sie richtet sich auf Abdulas Kopf, in seinen Augen steht die blanke Panik. Weil er wählen muss. Sterben oder töten.

Er entscheidet sich fürs Töten. Legt die Klinge an Indhas Hals – und schneidet. Die Haut gibt sofort nach, und Blut quillt hervor. Läuft über ihren nackten Körper.

Zack schließt die Augen, so fest er kann. Merkt, dass jemand nach seinem Handy greift. Mit brennenden Augen erkennt er Deniz, die sich über ihn beugt. An ihm rüttelt. Ihn schlägt.

»Reiß dich zusammen! Wir müssen rein. Schnell!«

Sie zerrt an seinem Arm, zieht Zack vom Boden hoch. Wie ist er dort überhaupt hingekommen? Dann sind sie im Treppenhaus, ihre Schritte hallen, während sie die Stufen hochstolpern. Eine Tür wird geöffnet. Eine Tür hinter ihm fällt zu.

Ein enger Flur, er kriecht auf dem Teppich, robbt vorwärts. Der Rotz rinnt ihm aus der Nase, hängt ihm wie Eiweiß vom Kinn.

»Nein!« Deniz schreit. »Komm, Zack! Hilf mir! Nein, nein, nein, nein!«

Er kommt auf die Beine und folgt ihr ins Wohnzimmer.

Sarkawt hängt an einer Schlinge, die er an einem Lampenhaken befestigt hat. Die Füße baumeln über einem umgestürzten Stuhl, sein Gesicht schimmert bläulich, die Lippen sind rot geschwollen, die Augen quellen aus ihren Höhlen.

Deniz hat seine Beine umschlossen, drückt ihn hoch. »Hol ein Messer!«

Langsam begreift Zack, was er da sieht, die Welt gewinnt wieder Konturen.

»Zack, verdammt! Hilf mir!«

Er hört die Verzweiflung in Deniz' Stimme.

Versteht, was passiert.

Sie müssen ihn da runterholen. Den Einzigen, der ihnen erzählen kann, wo der Anschlag stattfinden soll, wo Bogan Ravi sich aufhalten könnte. Denn er muss sterben. Nicht verhaftet werden, nein. Er muss sterben. Und es ist nicht das Paradies, das ihn erwartet, es ist Zack Herry, die glühende Hölle.

Zack rennt in die Küche, reißt die Schubladen auf, bis er ein Küchenmesser findet, dann läuft er zurück. Und während er an dem Seil schneidet, an dem Sarkawt hängt, wird ihm etwas klar.

Das Video hat gezeigt, dass Abdula Indha die schlimmste Folter erspart hat. Er hat ihr die Kehle durchtrennt, bevor er mit dem Ritual begann.

Hat trotz allem sein Leben riskiert, für eine Frau, die er nicht kannte, für eine Frau, über die er nichts wusste.

Im Gegensatz zu Zack. Er weiß jetzt eine ganze Menge. Dass sie mit Bogan zusammen war, zum Beispiel.

Und dass sie von Anfang an mit Zack gespielt hat.

Dass sie es verdient hat zu sterben, weil sie eine Terroristin war.

Endlich gibt das Seil nach, und Sarkawt fällt zu Boden. Sie schleppen ihn zum Sofa. Keuchen vor Anstrengung, aber auch vor Erleichterung, dass er lebt. Sarkawt atmet rasselnd, hält sich den Hals, als wäre da noch immer der Strick. Er kann nicht lange dort gehangen haben, nur wenige Sekunden.

Zack hat keine Ahnung, hat jedes Zeitgefühl verloren, zu viele Gedanken rauschen durch seinen Kopf.

Deniz wischt sich die Wangen ab, die feucht von Tränen und Schweiß sind.

»Du verdammter Idiot«, schluchzt sie an Sarkawts Brust, obwohl er sie vermutlich gar nicht hören kann. »Ich werde nie verstehen, wie du das alles tun konntest, aber ich liebe dich, kleiner Bruder. Du musst raus aus Schweden und darfst nie zurückkommen.«

Zack hockt sich zu Deniz, legt den Arm um ihre Schultern. Weiß nicht, wie er es sagen soll, es gibt keine einfachen Worte dafür.

»Wir können ihn nicht laufen lassen, Deniz. Er ist ein Terrorist und hat mehrere Menschenleben auf dem Gewissen. Deniz, du bist Polizistin. Er hat dich vor langer Zeit zurückgelassen, einen anderen Weg eingeschlagen. Er ist es nicht wert.«

Sie funkelt ihn an.

»Er verschwindet von hier, sobald er wieder zu sich gekommen ist. Und du wirst ihn nicht daran hindern. Sonst liefere ich Abdula ans Messer. Meinst du, ich hab nicht gesehen, dass er das ist in dem Video? Selbst wenn er unter Androhung von Waffengewalt dazu gezwungen wurde, wird er dafür zur Rechenschaft gezogen. Wer ist zu so was fähig? Einem anderen Menschen die Lunge rausschneiden wie ein verdammter Kannibale.«

Deniz kocht geradezu vor Wut, und Zack schreckt vor ihr zurück.

»Jetzt hör mir mal zu«, sagt sie ein wenig ruhiger. »Erinnerst du dich an die Männer, die in Stallhagen gestorben sind, weil du den Wasserturm gesprengt hast? Einer davon war Bogan Ravis Bruder. Sarkawt hat erzählt, dass Bogan seither regelrecht davon besessen ist, es dir heimzuzahlen. Deshalb hat er dir Winda Purnema auf den Hals gehetzt. Hat dafür gesorgt, dass du dich in sie verliebst, bevor er sie dir auf die grausamste Art nahm. Kapierst du das? Bogan steckt hinter all dem. Er hat auch Sarkawt ausgenutzt, weil er mein Bruder ist und ich mit dir zusammenarbeite. Sarkawt glaubt, dass einer von Bogans Leuten die Frau im Club bezahlt hat, damit ich angezeigt werde.«

»Moment«, sagt Zack, der nicht mehr mitkommt, ihm dröhnt schon der Kopf. Stallhagen. Da sind sehr viele gestorben, so viele, dass Zack gar nicht alle Namen kennt. Aber offenbar war eins der Opfer Bogan Ravis Bruder.

Vielleicht beantwortet das ja ein paar seiner Fragen. Er hat das Gefühl gehabt, dass Amina nach ihm Ausschau hielt. Dann war es also kein Zufall, dass der Terroranschlag stattfand, als er am U-Bahnhof war, sondern von Bogan genau so geplant. Anschließend hat er sich Zack aus zwei Richtungen zugleich genähert – mit ein und derselben Person. Indha und Copper. Er hat Zack zum Sündenbock gemacht, der seine Kollegen mit falschen Informationen über Drogendeals fütterte, die es gar nicht gab, weil sie gar nicht mit Drogen handelten.

»Dann habe ich ja richtiggelegen«, sagt er. »Dann haben sie uns beide beschattet.«

»Und Abdula«, sagt Deniz. »Die haben von Anfang an gewusst, wer er ist.«

Abdula?

Zack selbst hatte ihn doch dem Drogenboss in die Arme getrieben.

Und dann fällt es ihm wieder ein: Abdula hatte schon Kontakt zu einem von Bogans Männern, bevor Zack ihn um Hilfe bat. Die hatten ihn in einem Club angesprochen und ihm ein Geschäft angeboten.

Am Abend des Terroranschlags.

Am selben Abend hat auch Indha Zack angetanzt und ihm die Hände um den Hals gelegt.

»Sie haben uns alle verarscht«, presst er hervor. »Dazu müssen sie uns im Vorfeld komplett durchleuchtet haben. Sonst hätten sie nicht gewusst, dass wir am Geisterbahnhof auf der Lauer liegen.«

Schnell erzählt er, dass Rudolf seine Dienstwaffe geprüft hat und sich sicher ist, dass Indha sie vertauscht haben muss.

Deniz sieht ungefähr so verwirrt aus, wie Zack sich fühlt. »Aber«, setzt sie an. »Wenn sie die wirklich vertauscht hat, wie bist du dann wieder an deine Waffe gekommen? Indha und Tobias wurden ja schließlich auch damit erschossen.«

»Ich weiß, das habe ich mich auch schon gefragt. Und ich habe keinen blassen Schimmer. Sie wurde ja nach dem Einsatz am Geisterbahnhof beschlagnahmt, dann muss also …« Er verstummt, als er an die Nacht im finsteren Wald in Kymlinge zurückdenkt. Er ist dem Einsatzleiter gefolgt, um seine Waffe am Gleis zu identifizieren. Und sie hatte nicht an dem Ort gelegen, wo er sie verloren hatte. Damals dachte er, er hätte sich einfach geirrt und es auf das allgemeine Chaos geschoben. Überall wurde geschossen, die Leute rannten wild umher, prügelten sich. Aber jetzt begreift er, was passiert sein muss.

»Tobias«, sagt er. »Der lag im Gleis, tödlich verletzt. Ich hab den Kerl losgelassen, den ich von den Schienen gezogen hatte, und bin zu ihm gerannt. Hab ihm den Helm abgenommen und … da war er schon tot. Der andere ist abgehauen, inklusive Geld, und vorher muss er meine Pistole zurückgetauscht haben. Anders kann ich's mir nicht erklären.«

Deniz sieht skeptisch aus, aber nach all den Merkwürdigkeiten, die sich in der letzten Zeit häufen, scheint keine Erklärung unmöglich zu sein. Und alles führt schlussendlich zu Bogan Ravi.

Sie drehen sich gleichzeitig zu Sarkawt um, als sie merken, dass er versucht, etwas zu sagen. Er räuspert sich und verzerrt bei jeder Silbe das Gesicht, als wären sie Rasierklingen.

»Sie wollen heute den Globen in die Luft jagen. Während der Gala mit Carola.«

»Wie bitte?«, keucht Deniz. »Wann denn? Die startet doch schon mittags, oder?«

Sarkawt nickt. »Sie wollen mehrere Tausend christliche Hunde auf einen Schlag kriegen. So hat Bogan das ausgedrückt. Er leitet die Operation.«

Deniz steht auf. »Und das erzählst du jetzt erst? Wir müssen sofort Meldung machen. Bist du ganz sicher? Wo ist Bogan jetzt? Wo sind seine Leute? Wie viele sind es? Womit rücken sie da an? Es sind schon genug Leute gestorben! Das muss dir doch klar sein!«

»Mehr weiß ich auch nicht. Man bekommt immer nur das gesagt, was man wissen muss. Hat sich bewährt.«

»Und was musst du wissen?«, fragt Deniz.

»Ich war bereit, mein Leben zu opfern. Mehr weiß ich nicht, weil ich abgehauen bin.«

Deniz seufzt. »Aber du musst doch noch mehr wissen. Welche Waffen will er einsetzen? Selbstmordattentäter? Brauchte er viel Geld dafür oder plant er doch nur irgendwas Kleineres?«

»Ich hab's doch grad schon gesagt: Der will den Globen in die Luft sprengen! Und Geld hat er massenweise. Es gibt viele, die so was sponsern, manche auch, ohne es wirklich zu wissen. Die glauben, ihr Geld landet ganz woanders, dabei unterstützen sie den IS. Aber Bogan ist halt auch kriminell. Betrug, Drogen und so weiter.«

»Also handelt er wirklich mit Drogen?«, fragt Zack und hofft, dass er richtig gehört hat. »Das war nicht nur inszeniert?«

»Inszeniert?« Sarkawt reibt sich den Hals und setzt sich auf. »Natürlich dealt der. Was glaubst denn du, wo die Hälfte der Kohle herkommt?«

Immerhin hat Zack die Kollegen mit den Informationen von Abdula und Copper zum Drogendeal also doch nicht komplett in die Irre geführt. Nur dieser Deal war inszeniert, um ihm mehrere Morde anzuhängen und schnell an das Geld zu kommen, das sie für den Terroranschlag im Globen brauchten.

»Wir müssen sofort los«, sagt er zu Deniz. »Du musst auf die Wache und einen Großeinsatz starten. Ich kann nicht mit, ich stehe nach wie vor unter Mordverdacht. Wenn die mich wegsperren, bin ich niemandem eine Hilfe. Ich bleib auf Abstand und versuche, mehr rauszufinden.«

»Aber … was machen wir mit ihm?« Sie nickt zu Sarkawt, als hätte sie ihre Drohung vergessen.

»Entscheide du. Solang du kein Wort über Abdula verlierst.«

78

Rudolf sitzt neben der frisch geduschten Sandra am Computer, hin und wieder fällt ein Tropfen aus ihrem noch nassen Haar auf seine Hand. Sie wälzen die Datenbanken, suchen nach »Sacrifice of falcons in Syria«, »ISIS warrior rituals«, »Sacrifice of humans like falcons«. Und dann endlich scheinen sie auf die richtige Fährte zu kommen. Sandra liest vor, dass es ein uraltes Ritual der Sunniten gibt, das vom IS praktiziert wird. Die Opfer werden getötet und aufgeschlitzt, sodass sie hinterher wie Falken aussehen.

Die Methode erinnert stark an das Ritzen des Blutadlers.

Sandra lehnt sich vor. »So wurden Roger und Indha doch gefunden. Abgehackte Rippen und die Lungenflügel aus dem Rücken gerissen.«

»Nach diesem Ritual gleichen die Opfer hinterher also Falken?«, fragt Rudolf, um es noch einmal ausdrücklich bestätigt zu wissen.

»Ja. Was hat Zack denn gefunden, was mit Falken zu tun hat?«

»Das weiß ich nicht. Er hat Sirpa nur gesagt, dass wir danach suchen sollen. Irgendeine Relevanz muss es also haben. Und er scheint ja definitiv auf der richtigen Spur zu sein.«

»Aber wo steckt er?«

»Das wissen nur die Götter«, sagt Rudolf und denkt darüber nach, welche Bedeutung diese neue Information für sie hat.

Es handelt sich nicht, wie sie anfangs geglaubt hatten, um das Ritzen des Blutadlers, also ein altes Wikingerritual, sondern um eines radikaler Islamisten. Die außerdem einen größeren Terroranschlag planen, worüber Rudolf bereits die Führungsebene bei Polizei, Säpo und der Regierung in Kenntnis gesetzt hat.

Alle sagen, sie nehmen die Warnung ernst, gleichzeitig ist es aber unmöglich, ganz Stockholm stillzulegen. Noch gibt es nichts Konkretes. Sie wissen nicht, wann, wo, wie etwas passieren soll, ja nicht einmal, ob überhaupt in Stockholm. Das Ziel könnte überall in Schweden sein.

»Ich hab hier vielleicht was«, sagt Sirpa.

Rudolf hört, wie ihre Knie knacken, als sie aufsteht und zu ihnen kommt. Die letzte Viertelstunde hat sie den Mobilfunkdaten von Roger Dahl gewidmet, die endlich von seinem Anbieter bereitgestellt wurden.

»Ich hab mir die Wochen vor seinem Tod angesehen«, sagt sie. »Fast alle Telefonate hat er in der Stadt geführt, mit wenigen Ausnahmen. Manche Gespräche gingen über Masten zwischen Stockholm und Malmö, was ja nicht weiter verwunderlich ist. Da war er wohl einfach auf dem Heimweg. Aber die restlichen lassen sich einem Funkmast in Botkyrka zuschreiben. Soweit ich das überblicken kann, war er dreimal dort. Was wollte er in Botkyrka?«

Rudolf schüttelt den Kopf. »Keine Ahnung.«

»Mir fällt auch nichts ein«, sagt Sandra. »Aber vielleicht ist es nicht so wichtig? Kann doch sein, dass er nur einen Freund besucht hat oder so was in der Art. Wir müssen erst mal die Leute ranholen, die wir kriegen können. Sadina und Chandler. Die können uns weiterhelfen.«

»Das hat die Säpo vor«, sagt Sirpa. »Aber die scheinen untergetaucht zu sein.«

»Wie bitte?«

»Sie wurden zu Hause nicht angetroffen, und auf der Arbeit sind sie auch nicht erschienen. Wo könnten sie stecken?«

»Gute Frage«, sagt Sandra. »Und wo ist Deniz?«

Rudolf entgeht die Sorge in ihrer Stimme nicht, auch wenn Sandra sich die größte Mühe gibt, die Frage möglichst professionell klingen zu lassen.

»Oh, Zack ruft an.« Sirpa geht sofort ans Telefon.

Gleichzeitig dröhnt »Did I tell you« von Jerry Williams aus dem Handy, das Rudolf aus der Brusttasche seines Hemds fischt.

»Ich schätze, das ist Deniz«, sagt er und spürt Sandras Blick auf sich.

»Angriffsziel ist der Globen«, schreit Deniz ihm ins Ohr. »Gib das sofort weiter! Sofort! Dort ist heute die Gala mit Carola. Die geht um zwölf los, aber die Leute stehen sicher schon an.«

»Der Globen ist das Angriffsziel!«, ruft nun auch Sirpa, die noch immer Zack am Telefon hat.

»Der Globen?«, fragt Sandra ungläubig.

»Der Globen!«, schreit Deniz noch mal.

Rudolf hält das Handy ein Stück vom Ohr weg, damit er nicht auch noch taub wird. Als Deniz leiser weiterspricht, hält er das Gerät wieder dichter an den Kopf.

»Woher weißt du das?«, fragt Rudolf.

»Das kann ich nicht sagen. Aber Zack und ich sind uns hundertprozentig sicher. Das wird heute passieren, es kann jeden Moment so weit sein. Ihr müsst die Leute warnen, die müssen da weg.«

»Und warum könnt ihr nicht sagen, woher ihr die Info habt? So läuft das nicht, das weißt du doch selber. Wir können doch nicht den gesamten Globen auf einen so vagen Verdacht hin evakuieren.«

»Die wollen den in die Luft jagen!«, fährt Deniz fort, und Rudolf hört ihr an, dass ihre Panik echt ist. »Das ist eine christliche Gala, und Islamisten hassen Christen. Das ist sogar logisch. Glaub mir.«

»Ich tu, was ich kann«, sagt er. »Aber wenn du es wirklich ernst meinst, musst du deine Quelle preisgeben. Wir brauchen einfach mehr. Gegen Zack und dich wird gerade ermittelt, das ist nicht gerade die beste Voraussetzung. Ich glaube euch, aber ob die Säpo und die anderen … Eure Glaubwürdigkeit ist gerade eher am Tiefpunkt.«

»Ich kann dazu nichts sagen. Wirklich nicht.«

Deniz schluchzt fast.

»Wo bist du gerade?«, fragt Rudolf.

»Auf dem Weg zum Globen.«

Rudolf seufzt und nimmt plötzlich ein Aftershave wahr. Douglas ist nicht entgangen, was hier passiert, jetzt hört er zu.

»Komm lieber her«, sagt Rudolf. »Du darfst eigentlich keinen Außendienst machen. Bist du überhaupt bewaffnet?«

»Nein, aber ich werde auf keinen Fall untätig im Büro sitzen, wenn Leute in die Luft gesprengt werden. Tu was! Schick das SEK her!«

Dann ist die Leitung tot, Deniz hat aufgelegt.

»Was hat sie gesagt?«, fragen Sandra und Douglas wie aus einem Mund.

»Ziel des Anschlags ist der Globen, und zwar heute, während dieser Gala mit Carola.«

»Zack hat dasselbe gesagt«, bestätigt Sirpa, die zu ihnen gestoßen ist. »Und er wollte auch nicht sagen, woher sie die Info haben. Aber irgendwoher wissen sie es. Zack war sogar schon in Botkyrka, in dem Gebiet, wo Dahls Handy geortet wurde.«

»Wie ist er denn darauf gekommen?«, fragt Rudolf.

»Er hat was von Tankbelegen erzählt, die er in Dahls Dienstwagen entdeckt hat. Er war diese Nacht schon dort, hat aber nichts gefunden, allerdings will er noch einmal hin, hat er gesagt. Jetzt, wo es hell ist.«

»Dann war er das also«, sagt Douglas, und als er merkt, dass ihm niemand folgen kann, fährt er fort: »Es wurde ein Saab aus der Tiefgarage gestohlen. Sie haben ihn unten am Riddarfjärden gefunden.«

»Oh weh«, seufzt Rudolf. »Unser lieber Held sammelt im Moment ja nicht gerade Pluspunkte. Aber gut, dass er nicht einfach aufgibt.«

»Und was machen wir?«, fragt Sandra. »Stehen hier rum und reden, während Deniz und Zack sich allein durchschlagen. Wer verständigt die Polizeibehörde? Du oder ich?«

Rudolf geht davon aus, dass sie die Frage an Douglas richtet, denn er antwortet auch.

»Ich mach das.«

»Dann verständige ich die Säpo«, sagt Sirpa.

Rudolf trommelt mit den Fingern auf den Schreibtisch, fühlt sich schrecklich machtlos. Noch nie hat er seine Blindheit als so frustrierend empfunden wie jetzt. Er kann nicht einfach mit seiner Einheit ausrücken und die anderen bei diesem außergewöhnlichen Einsatz unterstützen. Sondern ist gezwungen, hier zu sitzen und zuzuhören, was geschieht. Wie Douglas und Sirpa neben ihm in ihre Handys sprechen. Wie Sandra davonläuft und ruft, dass sie schon mal Schutzkleidung anlegt.

Was kann er nur tun?

Sich mehr in das sunnitische Ritual einlesen? Nein, das bringt sie gerade auch nicht weiter. Es muss etwas Besseres sein, etwas, das hilft, Menschenleben zu retten.

Er hört, dass Douglas und Sirpa mit einer Menge Gegenfragen zu kämpfen haben, Fragen, die sie nicht beantworten können. Es geht viel zu langsam, dabei sind heute ohnehin schon viele Polizeieinheiten in der Stadt unterwegs wegen des Konzerts und des Marathons. Aus dem, was Rudolf aufschnappt, schließt er, dass man nur die zuständigen Einheiten über die zusätzliche Gefahr in Kenntnis setzen will, damit sie noch stärker auf verdächtige Personen oder auffälliges Verhalten achten.

Rudolf seufzt laut. Wer verhält sich in dieser Stadt denn nicht auffällig?

»Mehr können wir für den Moment nicht tun«, sagt Douglas, nachdem er und Sirpa aufgelegt haben. »Seit dem Attentat in der U-Bahn gilt ja schon höchste Alarmstufe, deshalb werden so viele Menschen wie möglich überprüft – und niemand kommt ohne Durchsuchung aufs Konzert.«

»Wir müssen doch noch mehr tun können«, sagt Rudolf.

»Wir müssen uns in erster Linie darauf verlassen, dass alle ihr Bestes geben.« Douglas klingt resigniert.

»Nein.« Rudolf steht auf. »Zack und Deniz sagen die Wahrheit. Warum sollten Sadina und Chandler sonst plötzlich untergetaucht sein? Ich werde jedenfalls nicht einfach untätig hier rumsitzen.« Er greift nach dem Telefonhörer, und während er die Nummer eines alten Freundes beim Notruf eintippt, sagt er zu Douglas und Sirpa: »Wir müssen diese satanischen Raubvögel aufscheuchen. Damit sie sich zeigen, damit sie begreifen, dass wir Bescheid wissen. Damit sie nervös werden, denn wer nervös ist, macht Fehler. Bitte schick Sadina und Chandler eine SMS, Sirpa. Und eine an Bogan, wenn du eine Nummer hast. Erklär ihnen, dass wir wissen, was sie planen. Damit sie aufgeben. Jetzt geht es in erster Linie darum, Menschenleben zu retten.«

Dann geht sein Freund ran, und Rudolf kommt sofort zur Sache. »Du musst heute die Warnsirenen anschmeißen. Jetzt sofort. Der Globen ist Ziel eines Terroranschlags.«

79

Es wimmelt nur so vor Menschen vor dem Globen. Schon jetzt haben sich lange Schlangen gebildet, alle drängen in das riesige Veranstaltungsgebäude, das einem gigantischen Schneeball ähnelt, der im gleißenden Sonnenlicht badet, oder einem fremden Planeten, wo jederzeit das Böse zuschlagen kann. Deniz sieht plötzlich so klar wie nie zuvor, dank Adrenalin. Alles erscheint in einem neuen Licht.

Und das ist auch nötig.

Sie läuft schon die ganze Zeit herum, wedelt mit ihrer Polizeimarke und bittet die Menschen, sofort den Ort zu verlassen, warnt vor einem Terroranschlag. Doch sie schauen sie nur an, als wäre sie verrückt, denn die übrigen Polizisten, die dort eingesetzt sind, arbeiten alle wie immer. Als gäbe es keine Bedrohung, als wäre dies eine Veranstaltung wie jede andere. Schwer bewaffnet und trotzdem entspannt marschieren sie zu zweit durch die Menge und reden mit den Leuten. Durchsuchen diejenigen, die so aussehen, als müssten sie durchsucht werden. Unterstützen die Ordner dabei, betrunkenen Besuchern den Zutritt zu verweigern. Die Stimmung ist friedlich und locker.

Warum hört denn niemand auf sie?

Nicht einmal der Einsatzleiter hat ihr wirklich zugehört, als sie ihm sagte, er müsse den Ort sofort räumen.

»Woher kommt diese Information?«, hat er gefragt. »Das muss ich erst mal überprüfen.«

Aber nichts ist geschehen, offenbar gibt es andere Prioritäten. Man will vielleicht niemanden unnötig aufschrecken. Keine Panik verursachen.

Aber dann passiert etwas, das ihr zeigt, dass zumindest ein Mensch die Bedrohung ernst genommen hat.

Ihr Handy und alle anderen in ihrer direkten Umgebung piepsen gleichzeitig. Eine Symphonie aus unterschiedlichen Hinweistönen. Alle greifen nach ihren Telefonen. Lesen die SMS gleichzeitig.

Dies ist eine wichtige Nachricht an die Allgemeinheit. Wer sich im oder in der Nähe des Globen befindet, wird gebeten, den Ort umgehend zu verlassen. Bevorstehender Terroranschlag. Vermeiden Sie große Menschenansammlungen und den öffentlichen Nahverkehr. Bitte bewahren Sie Ruhe.

Die Menschen schauen verwirrt von ihren Displays auf, sehen sich um, wenden sich an andere, die ihnen am nächsten stehen.

»Hast du das auch bekommen?«

Nickende Köpfe.

Mütter und Väter, die ihre kleinen Kinder auf den Arm nehmen und die größeren an den Händen packen. Und alle rennen wie gejagte Kaninchen wild durcheinander. Gleichzeitig ertönt die Warnsirene Hesa Fredrik wie ein Aufruf zum Gebet über den Dächern der Stadt. Das sieben Sekunden dauernde Signal, das die meisten Menschen ignorieren, wenn es montags einmal im Quartal getestet wird. Diesmal gewinnt es an Substanz, weil es Erinnerungen an andere Terrorakte weckt.

Unser Leben ist in Gefahr.

Das jetzt ist ernst.

Wir müssen hier weg.

Los, los, los!

Deniz macht das genaue Gegenteil, sie kämpft sich durch die Masse, die durch die zu schmalen Ausgänge drängt. Hebt ein Mädchen auf, das hingefallen ist. Reicht sie ihrer Mutter, die weinend versucht, ihre anderen beiden Kinder mit sich zu zerren. Ein Jugendlicher hilft ihr schließlich.

Denk nach, Deniz. Denk nach. In der Arena könnten die Terroristen die meisten Menschen auf einmal töten. Aber auch hier draußen, besonders wenn sie jetzt zuschlagen, im größten Chaos.

Plötzlich sieht sie alles messerscharf.

Ein rauschendes, berauschendes Jetzt.

Deniz dringt weiter vor, bis in die Arena. Vielleicht kann sie ein paar der Terroristen erkennen. Aber wie sehen sie aus?

Wie Sarkawt?

Es versetzt ihr einen Stich ins Herz, dass ihr eigener Bruder an der Planung dieses Angriffs beteiligt war. Dass er jetzt eigentlich hier wäre. Bereit zu sterben, um die westliche Welt in Angst und Schrecken zu versetzen. Sie kann noch immer nicht verstehen, warum er in die Unterdrückung zurückkehren wollte, vor der sie geflohen waren. Und sie weiß nicht, was sie sich dabei gedacht hat, ihn laufen zu lassen. Ob das die richtige Entscheidung war? Denn jetzt ist sie ja sogar beteiligt, hat einem Terroristen zur Flucht verholfen. Und was, wenn er nur geblufft hat? Wenn er eigentlich noch an die Sache glaubt und jetzt hier irgendwo steht, mit einem Sprengstoffgürtel um den Bauch?

Panische Schreie mischen sich mit christlicher Musik, die aus den Lautsprechern dringt. Menschen stürzen die schmalen, steilen Treppen zwischen den Rängen hinunter, springen über Sitzreihen. Zurück bleiben vergessene Strickmäntel, dünne Jacken und Rucksäcke, die in der Hast liegengelassen werden.

Wonach soll sie suchen? Sie hat keine Vorstellung. Doch dann entdeckt sie eine große, schwarze Tasche neben einem der Betonpfeiler, und sofort blinkt ihr inneres Warnsystem rot.

Ein Knabenchor in weißen Hemden kommt durch eine Tür, ein Stück von der Tasche entfernt. Marschiert vor der Wand entlang, an der Fotos von Künstlern hängen, die bereits im Globen aufgetreten sind. Die Jungen nähern sich der Tasche.

Deniz schreit: »Ihr müsst hier weg! Sofort! Da ist eine Bombe!« Sie wedelt mit den Armen, zeigt auf die Tasche.

Die Jungen bleiben stehen. Wechseln Blicke und rennen dann in alle möglichen Richtungen davon.

Aber es sind immer noch Leute im Gebäude.

Menschen, die riskieren, in die Luft zu fliegen.

80

Zack sitzt auf seinem Motorrad, beide Beine am Boden.

Er fragt sich, wie die Lage im Globen ist. Es frustriert ihn, dass er nicht dort sein kann, aber stattdessen kann er ja die Basis der Terroristen suchen. Bogan finden.

Er klappt das Visier hoch, als Abdula um die Ecke des Einkaufszentrums von Skärholmen kommt. Er bleibt stehen, sie starren einander an. Beurteilen die Lage. Begutachten die Schäden, die sie einander am Flughafen zugefügt haben. Dann geht Abdula weiter, bleibt wenige Meter vor Zack stehen. Ballt die Hände zu Fäusten, sein Blick fragt: Was willst du?

Zack ist genauso angespannt. Sie sind in einer unmöglichen Lage nach einer Situation, die auf ewig ihr Verhältnis bestimmen wird.

Abdula hat seine Freundin ermordet.

Indha Gullander. Winda Purnema. Eine riesige Lüge, die so viel zerstört hat. Die sie für immer verfolgen wird.

Aber auch Abdula hat das gute Recht, wütend zu sein. Zack hat ihn ermuntert, mit Bogan ins Geschäft zu kommen. Dass Bogan bereits auf ihn zugegangen war, spielt dabei keine Rolle.

Zack wollte Einblicke in den Drogenring, und Abdula war sofort geil auf das Geld.

Sie sind beide keine Musterknaben.

Aber gleich und gleich gesellt sich bekanntlich gern.

Zack ist erstaunt darüber, dass Abdula überhaupt seinen Anruf angenommen hat und jetzt wirklich hergekommen ist. Dass er sofort zu allem bereit ist, weil das Kriegsbeil begraben scheint.

Abdula ist der Erste von ihnen, der etwas sagt. »Wollen wir es einfach gut sein lassen? Wir haben ja jetzt sogar die gleiche Frisur.«

Zack deutet hinter sich. »Spring auf. Ich brauch deine Hilfe.«

Sie fahren über Nebenstraßen nach Botkyrka, wollen zu der Tankstelle, wo Zack in der Nacht war. Irgendwas muss Zack übersehen haben, irgendeine Information, die Roger hatte und die ihn schlussendlich das Leben kostete. Die Basis? Ein Unterschlupf der Terroristen? Bogan Ravi selbst?

Bei Tag wirkt die Tankstelle wesentlich freundlicher. An der Kasse steht nicht mehr die junge Frau, sondern ein Mann mittleren Alters, der ihnen nachsieht. Zack fällt ein, dass Abdula keinen Helm trägt. Glotzt er deshalb so blöd? Zack fährt wieder hinaus auf die Straße und weiß plötzlich, was ihm entgangen ist. Ein Holzschild, das gestern von einem LKW verdeckt wurde. Es hat die Form eines Pfeils und deutet zu einem schmalen Pfad. Verrät, dass es dort zu Gretas Trödelladen geht.

Zack fährt über die Straße und biegt auf den Pfad, weicht Steinen und Schlaglöchern aus. Spürt, wie Abdula hinter ihm immer angespannter wird, als würde er merken, dass sie sich einem Ort nähern, den er am liebsten vergessen würde.

81

Im Wagen der Bombenentschärfung herrscht konzentrierte Stille, intensiv starren sie auf die Monitore. Ein ferngesteuerter Roboter nähert sich der schwarzen Tasche in der Arena. Er sieht aus wie ein Panzer im Miniformat, der sich so langsam bewegt, als hätte er Angst, durch die geringste Erschütterung den verdächtigen Gegenstand zum Explodieren zu bringen.

Douglas löst die Krawatte und öffnet den obersten Hemdsknopf. Er weiß, dass er dunkle Flecken unter den Achseln hat, aber das ist ihm jetzt egal. Es gibt gerade Wichtigeres.

Deniz sitzt neben ihm, genauso verschwitzt. Für den Moment ist es ihm sogar egal, dass sie ihre Auflagen missachtet und im Außendienst mitmischt. Die wesentliche Frage ist und bleibt, von wem sie und Zack die Informationen bekommen haben, wen sie schützen. Und ob sie gegen das Gesetz verstoßen haben und dafür büßen müssen. Aber so weit kann und will er gar nicht denken, denn das letzte Telefonat mit Olympia lastet noch auf seinem Gemüt. Sie haben vor ungefähr fünf Minuten aufgelegt, und Douglas hat ihren bissigen Tonfall noch im Ohr.

»Wenn mein Geld in den Händen von Terroristen gelandet ist, dann kannst du dich schon mal nach einem neuen Job umsehen.«

Das Glück nach ihrer letzten gemeinsamen Nacht war wie weggeblasen. Der Kuss, der zu ihrem wolkengleichen Bett führte, ihrem harten Körper, ihrer Art zu lieben, die sich nur um sie und ihre Befriedigung drehte, als wäre er die Welt, die sie dominieren wollte. Wie eh und je.

Douglas hat gar nicht auf die Anschuldigung reagiert, hat behauptet, er habe gerade keine Zeit. Aber sie schimpfte ihn weiter aus, erwähnte irgendwas über Sam Koltberg, was er nicht verstand. Dass Douglas ihn in die Schranken weisen müsse, damit seine Kapriolen ein Ende hätten.

Douglas hat Mut geschöpft und einfach aufgelegt. Er weiß, dass er dafür noch zahlen wird.

Er richtet seine Aufmerksamkeit wieder auf den Roboter, der ruckartig um die Tasche kreist, nach dem Stoff greift, den Reißverschluss öffnet.

Um wie viel Sprengstoff handelt es sich? Wird der gesamte Globen explodieren?

Der Bereich wurde weiträumig abgesperrt, aber er weiß, dass sich trotzdem noch Hunderte Menschen dort aufhalten könnten. Sie befinden sich schließlich in einer Großstadt, es ist unmöglich, in so kurzer Zeit ganze Straßen und Gebäude zu evakuieren.

Das einzige Gute ist, dass sie offenbar wirklich die Raubvögel aufgeschreckt haben, wie Rudolf sich ausgedrückt hat. Vielleicht ist es ihm und seinem beherzten Eingreifen zu verdanken, dass Tausende Leben gerettet wurden und die Terroristen sich zurückgezogen haben.

Aber wo sind sie jetzt? In einer anderen Menschenmenge?

82

»Und, was meinst du?«, fragt Zack, als sie vom Motorrad steigen. Sie stehen vor einem kleinen, roten Schuppen, der aussieht, als wäre er schon vor vielen Jahren vergessen worden. Die Farbe blättert großflächig von den Holzwänden, Dachziegeln haben sich gelockert und der Kiesplatz, auf dem sie stehen, ist von Unkraut verwachsen.

Der Schuppen hat keine Fenster, nur eine vernagelte Luke, die vielleicht verwendet wurde, um Heu hindurchzureichen. Über der Tür hängt ein schiefes Schild: *Gretas Trödelladen.*

»Ich weiß es nicht«, antwortet Abdula. »Mir waren die Augen verbunden. Aber ich habe überhaupt keine Lust, da reinzugehen. Ganz schlechte Vibes, wenn du mich fragst. Bist du bewaffnet?«

Zack klopft sich gegen die Hüfte. Dann zeigt er mit der Spitze seiner Turnschuhe auf den Boden. »Reifenspuren«, sagt er. »Hier muss vor kurzem jemand gewesen sein. Ich geh mal außen rum.«

Er sieht, dass Abdula sich einen Stock sucht und auf der Vorderseite Stellung bezieht, während Zack sich umschaut.

Das Gras steht hoch, hier war offenbar schon lange niemand mehr. Die Sonne knallt auf die Rückseite des Schuppens, es herrschen fast tropische Temperaturen. Sofort brennt es auf seinem Kopf, der es nicht gewohnt ist, so ungeschützt zu sein. Zack kämpft sich weiter durch Brennnesseln und Disteln. An der schattigen Kurzseite wächst Rhabarber. Auch hier keine Fenster. Als er um die Ecke biegt, signalisiert er Abdula, dass die Luft rein ist. Er löst den Riegel an der Tür und öffnet sie.

Sofort schlägt ihnen ein wohlbekannter Geruch entgegen. Ein Geruch, der sich in den Nasenhaaren verfängt und über Tage nicht verschwindet.

Verwesende Leichen.

Abdula verzieht das Gesicht und atmet in die Armbeuge, während sie sich leise vorwagen.

Zack bleibt vor einem Gemälde stehen, das an der Wand hängt. Es passt hier nicht hin, aber der Grund, weshalb er davor stehenbleibt, ist das Motiv. Es ist ein Falke, der an Indhas Tattoo erinnert. Der einzige Unterschied: Die Flügel dieses Vogels scheinen aus Kupfer zu bestehen. Darunter steht in roten Buchstaben *Falco*. Zack wiederholt das Wort leise. Begreift, dass der Falke für diese Terrororganisation eine Bedeutung haben muss, denn er war schließlich auch auf den Zeichnungen in Indhas Keller. Vielleicht nennen sie sich so? Falco. Soweit er weiß, gehören Falken zu den typischen Raubvögeln im Nahen Osten und werden für ihre Fähigkeiten und ihre Kälte verehrt. Er betrachtet noch einmal die Flügel aus Kupfer.

Copper. Indhas Deckname.

Er spürt Enttäuschung. Irgendwie hatte er immer noch auf einen Hinweis gehofft, dass Indha ihn nicht verarscht hat, dass er das alles falsch gedeutet hat. Aber jetzt weiß er es. Sie war Copper.

Ein Falke mit messerscharfen Kupferflügeln.

Weil Abdula ihm auf die Schulter tippt, schaut er auf. Abdula signalisiert, dass sie weitermüssen, auch wenn ihm Panik ins Gesicht geschrieben steht.

Zack stößt eine Tür auf. Vor ihnen auf dem Boden liegen Männer in schwarzer Ledermontur. Kreuz und quer, je nachdem wie sie standen, als sie von den tödlichen Kugeln getroffen wurden. Zack muss sofort an die Männer auf den Motorrädern denken, die sie in Kymlinge überrascht haben. Sie waren genauso gekleidet. Sind sie das?

Überall Blut, doch selbst die größeren Pfützen sind geronnen. Die Männer müssen schon eine Weile hier liegen. Darauf deutet auch der Gestank hin. Ein dumpfes Summen umgibt die Leichen.

Er dreht sich zu Abdula um, will wissen, ob alles in Ordnung ist. Er schaut in ein unfassbar blasses Gesicht. Abdulas Kinnpartie zittert. Zack folgt seinem Blick und begreift, dass er gar nicht die Leichen anstarrt, sondern zwei Bretter, die ein Kreuz bilden, das mitten im Raum steht.

»Das war hier …«, stottert Abdula. »Das war hier …«

Jedes Haar an Zacks Körper stellt sich auf, als er begreift, was hier passiert sein muss. Er zwingt sich, noch einmal genauer hinzusehen, hat es nun vor Augen. Wie sie dort am Kreuz hängt, wie Abdula ihr die Klinge an den Hals setzt und schneidet. Wie im Film. Einem Film, der unbedingt verschwinden muss.

Für immer.

Vor dem Kreuz liegen Seile und eine Axt am Boden. Die Axt, mit der …

Zack kämpft gegen aufkommende Übelkeit an. Wut erfüllt ihn, verspannt jeden seiner Muskeln. Sie war trotz allem seine Freundin, in seinem Herzen war sie das.

»Geh doch kurz raus«, sagt er zu Abdula, der noch immer hinter ihm zittert. »Geh raus und schnapp frische Luft.«

Abdula blinzelt ein paar Mal, dreht sich dann um und wackelt auf Beinen davon, die ihn kaum tragen können.

Zack schaut sich um, muss etwas finden. In einer Ecke steht ein Sessel mit Fransen, ein Dreirad. Sind die noch von Gretas Trödelladen übrig? Dann entdeckt er Munitionskisten, leer. Auf manchen steht: *High explosives* – DANGEROUS. Ist der Sprengstoff darin gewesen? Und wo ist er jetzt? In den Händen der Terroristen im Globen?

Weiter hinten ist eine andere Tür. Zack versucht, so gut es geht, den Blutlachen auszuweichen, und bahnt sich den Weg dorthin.

Dahinter verbirgt sich ein weiterer Toter. Er sitzt auf dem Boden, trägt eine Hose mit Bügelfalten, lehnt schief an der Wand. Seine ausgestreckten Füße stecken in cognacfarbenen Schuhen, die über einem Abfluss in der Mitte des kleinen Raums liegen. Er hat eine Schusswunde an der Stirn, sein Oberkörper weist frische blaue Flecken und Verbrennungen auf.

Irgendwie kommt er Zack bekannt vor. Er tritt näher, hebt den Kopf des Toten an und schaut in blutunterlaufene Augen. Woher kennt er ihn? Er lässt den Kopf wieder los, greift zu seinem Handy und klickt sich zu den Nachrichten, die er gestern Nacht gelesen hat. Betrachtet das Bild zum Artikel. Das ist er, der Ingenieur, der seit ein paar Wochen verschwunden ist und von seiner Familie gesucht wird.

Was macht er hier?

Zack steckt das Handy weg und geht zu einer Stahlbank, auf der Dokumente liegen. Merkt sofort, dass er etwas gefunden hat. Es sind detaillierte Zeichnungen des Globen. Dazu noch ein paar Skizzen, die nicht so leicht zuzuordnen sind.

Sie hatten recht. Bogan hat einen Terroranschlag auf den Globen geplant. Aber ist er schon hochgegangen? Wie geht es Deniz? Zack überfliegt die Zeichnungen, versucht zu erkennen, wo der Sprengstoff deponiert wurde, findet aber nichts.

Erneut greift er zum Telefon und ruft Deniz an. Geht im Kreis, während er wartet. Entdeckt eine Sauerstoffflasche unter der Bank. Was macht die hier? Aber der ganze Schuppen ist voll von sonderbarem Zeug.

Deniz klingt erleichtert und panisch zugleich, als sie antwortet: »Der Globen ist evakuiert, aber wir haben nichts gefunden. Zwar war hier eine Tasche, aber das war Fehlalarm. Und die Sprengstoffhunde haben auch nichts gefunden.« Sie verfällt ins Flüstern. »Ich habe ihn laufen lassen, Zack. Himmel, was hab ich getan? Meinst du, er hat gelogen?«

Zack antwortet nicht, ist erst mal erleichtert, dass sie nicht verletzt ist. Er erzählt von dem Schuppen, von allem, was er hier gefunden hat. »Aber der Globen muss ihr Ziel sein, es gibt hier sogar Zeichnungen.«

»Dann haben wir sie noch rechtzeitig verscheucht. Aber glaubst du wirklich, dass er mich angelogen hat?« Deniz' Stimme bricht. »Ist Sarkawt noch immer ein Terrorist?«

Zack versteht ihre Sorge, will sie beruhigen. »Nein, dann hätte er gar nichts gesagt.«

»Ja, oder?« Sie klingt eher so, als wollte sie sich selbst davon überzeugen. »Hätte er nicht.« Dann fällt ihr etwas ein. »Was, wenn die jetzt schnell umdisponieren? Vielleicht hatten sie ja von vornherein mehrere Ziele? Ist da sicher nicht noch was? Hast du überall gesucht?«

»Nein, aber der Schuppen muss definitiv durchkämmt werden. Hier liegen überall Tote.« Er hört, dass Douglas im Hintergrund aufgetaucht ist und etwas zu Deniz sagt. Zack betrachtet den Ingenieur, während sie über die Tasche diskutieren.

Auch er wurde gefoltert.

Wie bist du hier gelandet? Was wollten sie von dir?

Der Mann ist mit einem Arm an ein Rohr gefesselt, Blut klebt an den Kacheln hinter ihm. Hirnmasse. Zack macht einen Schritt auf ihn zu, bemerkt, dass das Blut an einer Stelle auffällig anders aussieht. Es ist verschmiert und ähnelt einem V. Absichtlich? Wollte der Ingenieur noch etwas mitteilen?

Er kehrt zu den Zeichnungen zurück und blättert sie durch. Globen, Globen, noch einmal Globen. Dann eine Skizze von mehreren breiten Pfeilern, die eine gerade Linie ergeben. Sie erinnert an Brückenverankerungen. Er verspricht Deniz, sich gleich noch mal bei ihr zu melden. Dann legt er auf und läuft mit der Skizze hinaus ins Tageslicht, um sie genauer ansehen zu können.

Abdula kommt zu ihm und schaut ihm über die Schulter. »Was ist das?«

»Eine Brücke. Ich weiß nur nicht, welche.«

Abdula deutet auf das turmähnliche Gebäude im Hintergrund, das Zack noch gar nicht aufgefallen ist. »Das müsste doch das Stadshuset sein. Damit wäre die Auswahl schon mal kleiner.«

»Västerbron.« Langsam wird Zack alles klar. »Ich habe da drin noch einen Toten gefunden, der mir bekannt vorkam. Er ist Ingenieur und hat ein V in sein eigenes Blut gemalt. Aber warum …?« Doch plötzlich fällt ihm etwas ein. »Der Marathon!«, keucht er. »Heute ist doch der Stockholm-Marathon. Die Brücke quillt über vor Menschen!«

Ist Bogan Ravi mit seinen Männern bereits unterwegs dorthin? Wusste Sarkawt davon, oder wurde auch er reingelegt? Wie Bogan Ravi ja offenbar alle reinlegt. Der Globen war nur ein Täuschungsmanöver. Die Västerbron und der Marathon sind das eigentliche Ziel.

Zack wirft noch einen Blick auf die Skizze. Entdeckt ein paar Kreuzchen an einer der Brückenverankerungen.

»Wir müssen los«, sagt er, rennt zu seiner Hayabusa und startet sie. Abdula springt auf, als er schon losfährt. Denn jetzt eilt es. Tausende von Läufern und ein riesiges Publikum befinden sich auf der Brücke.

Außerdem läuft Peter den Marathon.

Der Mann, der vielleicht sein Bruder ist.

Zack fischt sein Handy heraus und steuert einhändig um die Schlaglöcher, die irgendwie tiefer und zahlreicher geworden sind seit der Hinfahrt. Außerdem kommt ihm der Pfad länger vor, fast unendlich. Er tippt auf die App, die er heruntergeladen hat, checkt Peters Position.

Er ist noch knapp drei Kilometer von der Västerbron entfernt. Bei seinem Tempo heißt das, circa eine Viertelstunde.

Und die Falken können jederzeit zuschlagen.

Sein Handy piept.

Eine SMS von Hebe.

Nein.

Er kann nicht glauben, was er da liest.

Ich stehe auf der Västerbron. Feuere meinen Bruder an. Komm doch auch. Ein bisschen Spaß tut uns gut.

Ein Herz-Emoji.

Verdammt.

Sie haben keine Zeit zu verlieren.

83

Deniz lehnt sich gegen den hinteren Reifen des Busses, den Kopf auf den Knien. Was hab ich da in Gang gesetzt? Den gesamten Globen evakuiert wegen etwas, das mein Bruder gesagt hat. Ein Terrorist. Wann begreift sie, dass er sie getäuscht hat? Dass das Gerede von den christlichen Hunden nichts als ein Ablenkungsmanöver von dem Anschlag war, den sie irgendwo anders in der Stadt planen? Oder lag sie trotz allem richtig, hat eine Katastrophe abgewendet und unfassbar viele Menschenleben gerettet?

Zack hat schließlich Zeichnungen gefunden, der Globen muss ein Angriffsziel gewesen sein. Dennoch wird ihr erst mal niemand danken.

Der Veranstalter der Gala hat Douglas angeschrien und damit gedroht, die Polizei auf Schadensersatz von mehreren Millionen zu verklagen.

Douglas hat das alles geschluckt, hat kein Wort über Deniz' Verwicklung in die ganze Sache verloren, hat ihr nicht mal einen vorwurfsvollen Blick zugeworfen.

Am liebsten würde sie im Erdboden versinken. Oder sich in ihr Bett verkriechen, stundenlang schlafen. Und dann, wenn sie aufsteht, ist ein neuer Tag angebrochen, und das alles ist nie passiert. Und sie könnte es besser machen. Bloß wie?

Ihr Handy klingelt, es ist Zack. Schwach meldet sich die Hoffnung, dass er etwas gefunden hat. Sie geht dran, und sofort brüllt er in ihr Ohr:

»Es ist die Västerbron! Deniz, hör zu, sie haben es auf den Marathon abgesehen, und die Brücke ist voller Menschen! Ihr müsst sofort hin!«

In ihr rumort es. Ihre Energie reicht nicht, um ein zweites Mal loszuziehen. Ihr Selbstbewusstsein auch nicht.

»Woher weißt du das?«, fragt sie matt. Das Motorengeräusch verrät, dass er auf seiner Maschine sitzt. »Diesmal müssen wir sicher sein.«

»Ich habe eine Skizze gefunden. Sie lag neben der Leiche des Ingenieurs, der schon eine Weile vermisst wird. Außerdem hat jemand in einen Blutfleck ein V gemalt, vermutlich der Ingenieur selbst. Kannst du ihn bitte googeln? Thomas Soundso.«

Deniz schaut die jüngsten Nachrichten durch und gibt den Namen des Ingenieurs in die Suchmaske ein. Wartet, während die Suchmaschine ihre Arbeit macht. Die Sekunden vergehen im Schneckentempo. Dann endlich erscheint die Trefferliste.

»Okay, hier ist ein Forschungsbericht von ihm über ein Projekt in China.« Sie überfliegt die Treffer, in denen es um sein Verschwinden geht, dann tippt sie auf einen Artikel in der *DN*, in dessen Teaser etwas über eine Brücke steht. »Hier ist was, warte mal kurz.« Ihr Herz setzt aus, als sie weiterliest. »Er hat bei der Renovierung der Västerbron mitgewirkt und ihr neues Design entworfen. Hier steht, dass … Hallo? Bist du noch dran?«

Aber Zack hat natürlich aufgelegt. Und sie weiß auch genau, wohin er unterwegs ist.

Sie steht auf und rennt zu Douglas, der selbst das Handy am Ohr hat. Er scheint mit jemandem zu sprechen, der Erklärungen will. Sie spürt die Blicke der Kollegen auf sich, die die Absperrungen kontrollieren.

War das die Kollegin, die das hier alles ins Rollen gebracht hat?

Doch das ist ihr jetzt scheißegal, sie greift nach Douglas' Arm.

»Anschlagsziel ist die Västerbron! Ich hab's grad erfahren. Der Marathon!«

»Was zur Hölle …« Douglas starrt sie an. Spricht dann ins Telefon: »Nein, nein, das galt nicht Ihnen.« Er beendet das Telefonat und wendet sich mit hochgezogenen Augenbrauen an Deniz. »Und wie sicher sind wir uns diesmal?«

»Hundert Prozent!« Schnell gibt sie wieder, was sie erfahren hat. Sie kann Douglas ansehen, dass er mental alles durchspielt, was er berücksichtigen muss, während er seinen Entschluss fasst. Dann schaut er sie an und sagt:

»Ich verständige den Führungsstab. Aber diesmal gibt es keine verdammte Warn-SMS an die Bevölkerung.«

84

Auf der Västerbron herrscht Volksfeststimmung. Der klare Himmel ist daran nicht ganz unschuldig.

Verschwitzte Oberteile, geplagte Gesichter und freudige Anfeuerungsrufe von den Seitenlinien.

Und schon bald werden sie alle sterben.

Bogan Ravi steht am Geländer und beobachtet mit dem Fernglas die Leute, die über die Brücke hecheln. Schnaubt, weil er das so idiotisch findet. Wer bezahlt denn dafür, dass er laufen darf? So etwas unterscheidet die Ungläubigen von ihnen. Die Unfähigkeit, sich auf das Wichtige zu konzentrieren. Aber heute wird die Welt die Stärke des Islamischen Staats bestaunen können. Seine Macht spüren und ihre Dummheit mit Fleisch und Blut bezahlen.

Sterben. Wie sein Bruder in Stallhagen.

Er dreht sich um und zoomt das Motorboot heran, das vor Långholmen auf dem Wasser schaukelt. Es ist eine Princess S65, schnell, ausreichend groß und nicht auffälliger als nötig. Er sieht, dass eine seiner Kämpferinnen an der Reling steht und ins Wasser schaut. Sie fragt sich vermutlich das Gleiche wie er:

Ist was schiefgelaufen? Die Taucher sollten doch längst zurück sein.

Ließen die Bomben sich nicht anbringen wie geplant?

Vielleicht hat dieser Hund von Ingenieur gelogen. Bogan bereut, ihn erschossen zu haben. Er hätte ihn lieber noch gefoltert, ihm gezeigt, was man mit Leuten macht, die ihnen das Leben erschweren.

Ihnen stellt sich niemand in den Weg.

Er weiß, dass die Polizei wachsam ist, schließlich wurde vorhin die Bevölkerung gewarnt. Aber davon lässt er sich nicht beunruhigen, denn das, was er vorhat, ist Schicksal.

Er zoomt das Boot noch einmal näher heran, als er sieht, dass sich etwas an der Wasseroberfläche regt. Zwei Taucher klettern aus dem Wasser und setzen die Brillen ab. Wenige Sekunden später bekommt er eine SMS, dass alles am Platz ist. Er lächelt breit, legt das Fernglas weg und aktiviert die Operation, indem er eine SMS an all seine Kämpfer schickt, die nur auf diesen Tag gewartet haben. Nickt den beiden Männern zu, die hinter ihm stehen, das Zeichen, dass der Moment gekommen ist. Sie alle tragen Funktionskleidung und haben große Taschen mit Colaflaschen für die Läufer bei sich. So sieht es zumindest aus. Sie setzen sich in Bewegung und mischen sich unter die Mütter, Väter und Kinder, die die Läufer anfeuern. Stimmen mit ein:

»Los, los, los!«

Ein Mann mit einem Megafon brüllt in Bogans Ohr: »Come on, let's run like there is no tomorrow!«

Bogan lächelt nur und denkt: Dabei bist es du, der laufen sollte.

85

Zack und Abdula bilden eine Einheit auf der Hayabusa. Gekonnt fädeln sie sich durch das abgesperrte Stockholm, verstoßen gegen jede denkbare Verkehrsregel. Der Wind braust um ihre kahlen Köpfe, in denen sich Zweifel und Frust abwechseln. Werden sie überhaupt noch etwas ausrichten können?

Werden sie die unschuldigen Menschen retten, die sich auf der Brücke befinden?

Das hier darf kein zweiter Boston-Marathon werden.

Der Riddarfjärden funkelt im Sonnenlicht und umspielt die kleinen Inseln, als wäre keine Katastrophe im Anmarsch.

Sie fahren durch eine provisorische Absperrung, die die Zuschauer leiten soll, lassen das Motorrad zurück, als es zu eng wird.

Die Streifenwagen erreichen gleichzeitig mit ihnen die Västerbron. Sie versuchen, die Brücke abzusperren, aber die Leute scheinen die Bedrohung nicht ernst nehmen zu wollen.

Das hier ist ein Volksfest.

Niemand darf und wird es stören.

Zack rennt, schiebt sich durch die Masse der Läufer auf die Brücke und wirft einen Blick auf die App. Peter muss kurz vor ihm sein. Ist Hebe hier auch irgendwo?

Er hat sie angerufen, aber sie ist nicht drangegangen. Inzwischen hat er ihr mehrere SMS geschrieben, sie gewarnt. Aber hat sie die auch gelesen?

Er wird wieder schneller und überholt die Läufer, die sich gerade von Södermalm aus an die lange Steigung machen. An einer Lautsprecheranlage bleibt er stehen, reißt der Frau das Mikro aus der Hand, sagt, dass alle die Brücke verlassen sollen, muss aber schnell einsehen, wie wenig Sinn das hat. Die meisten lachen, halten das wohl für einen blöden Gag und jubeln noch ein bisschen lauter.

Er rennt weiter. Gleich ist er am höchsten Punkt der Brücke.

Irgendwo hier muss Peter doch sein.

Zack versucht, seine Nummer zu entdecken: 5076. Aber es wimmelt nur so vor Zahlen um ihn herum. Zack konzentriert sich, muss ihn unbedingt finden.

Er erhascht einen Blick auf ihn, aber schon im nächsten Moment ist er wieder in der Menge verschwunden. Dann entdeckt Zack ihn doch wieder. Gleichzeitig bemerkt er Bogan Ravi auf der Brücke, der eine große Tasche ans Geländer stellt, etwa zwanzig Meter vor Peter.

Zack wird schneller, legt sich die Hände an den Mund, brüllt: »Peter!«

Mehrere Köpfe drehen sich zu ihm um. Auch Peter wird langsamer, wendet sich um und sieht stirnrunzelnd zu, wie Zack mit wedelnden Armen auf ihn zukommt.

»Weg hier! Weg! Da ist eine Bombe!«

Da bemerkt er Hebe, nur wenige Meter von Bogan entfernt.

Sie lächelt ihn an, scheint erst nicht zu verstehen, was passiert – im Gegensatz zu Peter, der sofort in die Richtung zurückrennt, aus der er gekommen ist, sich durch die entgegenkommende Masse schlägt, zurück nach Södermalm.

Seine Schwester ist ihm wohl egal. Wenn er sie denn überhaupt gesehen hat.

Unwichtig.

Denn Bogans finsterer Blick lastet auf Zack, auch wenn ständig Läufer an ihm vorbeidrängen, die immer noch nicht begriffen haben, was hier vorgeht. Nur Vereinzelte haben das Wort »Bombe« aufgeschnappt und schauen sich verwirrt um. Ein paar rennen in mörderischem Tempo weiter, aber die meisten scheinen dieses Verhalten auf einen plötzlichen Energieschub zurückzuführen, den das Bezwingen der Brücke mit sich bringt.

»Weg hier!«, schreit Zack noch mal. »In der Tasche ist eine Bombe! Hebe! Runter von der Brücke! Terroristen!«

Das letzte Wort erregt endlich Aufmerksamkeit. »Was hat er da gesagt?«, fragt jemand. »Terroristen?« Sie stieben in unterschiedliche Richtungen davon, ein paar von ihnen weichen auf die Laufstrecke aus, wo die Läufer gerade Gas geben. Sie stoßen zusammen, das Chaos vergrößert sich. Panische Schreie. Eltern, die versuchen, ihre Kinder zu schützen, aber weder wissen, was da gerade passiert, noch, wohin sie sollen. Ein grauhaariger Mann klettert aufs Geländer, überlegt es sich dann aber anders und klettert wieder herunter.

Hebe steht unbeweglich da, reglos vor Schreck.

Zack schiebt sich durch die Menge, will näher zu Bogan, zieht seine Waffe, aber es sind immer noch zu viele Menschen zwischen ihnen.

Wo steckt Abdula?

Zack wirft einen Blick über die Schulter, kann ihn aber nirgendwo sehen.

Er drängt weiter vorwärts. Bogan und die Tasche. Hebe, die in ihrer hellen Hose und dem hellen T-Shirt neben ihm steht. Der Wind in ihrem dunklen Haar. Er brüllt, dass sie weglaufen soll, aber seine Worte versinken im Lärm. Dann ertönt ein Knall, der die Panik noch weiter verstärkt.

Bogan schießt auf ihn, und außerdem noch zwei weitere Männer, die Zack gerade erst bemerkt.

Eine Frau fällt neben ihm zu Boden.

Ein Kind.

Eine weitere Frau.

Hebe steht noch, Gott sei Dank.

Wie viele Tote? Die Leute stürzen über die am Boden Liegenden, trampeln über sie.

Ich muss das hier beenden, bevor noch mehr zu Schaden kommen, bevor noch mehr Menschen sterben. Und die Brücke kann in die Luft gehen. Jederzeit.

Er hebt den Arm mit der Waffe, versucht zu zielen. Da hört er eine Stimme, lauter als alle anderen.

»Polizei! Räumen Sie die Brücke! Sofort!«

Klingt wie Douglas. Ist er hier irgendwo? Vielleicht sind es Deniz' schwarze Haare, die er da hinten erahnt, aber er hat keine Zeit, sich zu vergewissern. Er muss Bogan ausschalten, muss der Sache ein Ende setzen. Erneut zielt er auf ihn, aber er kann nicht schießen, zu viele Menschen überall.

Wie aus dem Nichts stürzt Abdula sich auf einen der Männer, sie gehen zusammen zu Boden, kämpfen wie zwei MMA-Fighter ohne Schiedsrichter und Regeln.

Zack versucht, sie aus den Augenwinkeln zu beobachten, weil er den Blick nicht von Bogan lösen will.

Wir brauchen Verstärkung.

Und dann passiert, was nicht passieren darf. Bogan nimmt eine Frau in den Schwitzkasten, drückt ihr den Lauf der Pistole gegen die Schläfe.

Hebe. Er hat Hebe zur Geisel genommen.

Panik ergreift Zack.

Wenn sie stirbt, ist das meine Schuld. Ich hätte nicht nach ihr rufen dürfen. Ich habe ihm gezeigt, dass wir uns kennen.

Eine Kugel zischt an seinem Kopf vorbei, trifft den Mann neben ihm, der zusammensackt. Zack würde ihm gern helfen, muss aber weiter. Bevor noch mehr Menschen sterben. Er sieht, wie Bogan Hebe zum Geländer zerrt. Zu seiner Verwunderung stößt er sie plötzlich von sich, klettert auf das verstärkte Geländer, holte etwas hervor, was er am obersten Drahtseil befestigt.

Dann springt er.

Zack atmet heftig ein, drängt sich die letzten Meter voran und schaut hinunter in die Tiefe. Begreift, dass Bogan nicht vorhatte, selbst bei dem Angriff zu sterben. Er baumelt wie ein Jojo unter der Brücke, während sich ein großes Motorboot nähert. Dunkel gekleidete Menschen stehen bereit, um ihren Anführer einzusammeln.

Zack will zu Hebe, will sie in den Arm nehmen, aber die Gefahr ist noch lange nicht gebannt.

Er handelt, ohne nachzudenken. Steckt seine Waffe ins Holster und klettert ebenfalls auf das Geländer. Hört, wie jemand hinter ihm schreit:

»Nein, nein, nein!«

Aber Zack ist schon gesprungen, stürzt auf das blaue Dunkel zu und hat nur eine Frage im Kopf.

Überlebe ich dreißig Meter?

86

Deniz rennt zum Geländer und wird von Leuten dagegen gepresst, die fortwollen. Sie sucht nach Zack, kann ihn aber nirgendwo entdecken. Dort unten markieren nur ein paar Kreise die Stelle im Wasser, an der er vermutlich aufgekommen ist.

Jetzt setzt die Panik richtig ein, der Tunnelblick, das Rauschen in den Ohren. Sie holt ein paar Mal tief Luft, damit sie sich wieder konzentrieren kann. Dreht sich um. Sieht, dass Abdula einen der Terroristen k.o. geschlagen hat.

Wo ist Douglas? Wo Sandra? Sie hat ihre Stimme vorhin über Funk gehört, da hat sie gesagt, sie sei unterwegs.

Ein Hubschrauber schwebt über ihnen. Überall heulen Rettungswagen. Verzweifelte Rufe. Eine ungewöhnliche Geräuschkulisse für einen Ort, von dem man normalerweise einen idyllischen Blick auf die Attraktionen der Stadt werfen kann.

Deniz schlägt sich zu Abdula durch, fasst nach seinem Arm.

»Wir müssen die Taschen ins Wasser schmeißen! Die von Bogan und seinen Männern. Hilf mir! Nimm die da!« Sie zeigt auf die, die am weitesten entfernt ist, sie selbst nimmt die direkt hinter sich. Weiß, dass sie jederzeit in die Luft gehen könnte, aber was bleibt ihr anderes übrig?

Sie versucht, die Tasche übers Geländer zu wuchten, schafft es aber nicht. Muss hinaufklettern. Flucht über die Schutzgitter, die angebracht wurden, um lebensmüde Menschen zu stoppen. Denn wer hier runterspringt, stirbt.

Was ist mit Zack? Ob er noch lebt?

Sie hievt die Tasche hinüber und springt wieder auf die Brücke. Will zur nächsten Tasche, aber sieht, dass Abdula sie bereits entfernt hat. Sie schaut sich um, gibt es noch mehr davon? Unmöglich zu sagen in diesem Chaos.

Sie kämpft sich wieder zu dem Punkt vor, von dem Zack gesprungen ist. Wut keimt in ihr auf. Du verdammter Idiot! Was hast du dir denn dabei gedacht?

Dann verblasst die größte Wut, weil sie jemanden dort unten durchs Wasser kraulen sieht. Er schwimmt zu einem Boot und verschwindet kurz aus dem Sichtfeld. Sie weiß, dass das Zack ist, denn die Besatzung hilft jemand anderem aufs Boot, bevor sie den ungebetenen Gast entdeckt, der sie von hinten angreift.

Vier gegen einen, soweit sie das sehen kann.

Und von hier oben kann sie nichts ausrichten.

Sie muss zusehen, wie dort unten eine Schlägerei ausbricht, während die Menschenmasse hinter ihr auf der Brücke herumirrt wie aufgescheuchte Lämmer auf der Weide.

Zack hat den Mann im Neoprenanzug fest im Griff und dreht seinen Kopf, bis es knackt. Lässt ihn fallen und greift nach der Pistole, die seinem Gegner aus der Hand gerutscht ist. Nimmt sie und erschießt den Mann, der gerade auf ihn zielt. Trifft ihn mitten in den Brustkorb, woraufhin dieser zusammensackt. Zack erkennt ihn, es ist Chandler Smith, der Athlet von Exxon. Dann stellt er fest, dass die beiden anderen im Bauch des Bootes verschwunden sind. Bogan und eine Frau mit schwarzem Zopf. Zack ahnt, dass es sich um Sadina Haloud handelt, kann aber nicht weiter darüber nachdenken, denn der Motor wird gestartet, und das Boot fängt an zu vibrieren. Zack eilt zum Bug und will durch die Scheibe schauen, aber die reflektierende Sonne blendet ihn. Also schießt er einfach drauflos. Schuss für Schuss, bis die Scheibe zersplittert und er Sadina tot am Boden liegen sieht. Sie und Chandler waren also tatsächlich zwei der Schläfer einer perfekt organisierten IS-Terrorzelle.

Ein wohlbekanntes Geräusch lässt ihn herumfahren. Eine Waffe, die durchgeladen wird.

Werde ich jetzt sterben? Ist das mein Ende? Und das von allen, die noch oben auf der Brücke sind? Denn ihre Schreie kann er auch hier hören, obwohl sie sachte davongleiten.

»So leicht kommst du mir nicht davon«, sagt Bogan. »Was hab ich mir für eine Mühe mit dir gegeben. Das Attentat in der U-Bahn. Deine Freundin.«

Bogan lacht ein freudloses Lachen. »Dass das so einfach war. Eine Hure tanzt dich an, und das war's. Aber sie war wirklich schön, das versteh ich ja. Und sie hat ihr Handwerk verstanden. Ehre, wem Ehre gebührt.«

»Sie war Polizistin.« Aus den Augenwinkeln sieht Zack, dass sich ein kleineres Motorboot nähert. Aber er lässt sich nichts anmerken, konzentriert sich auf Bogan. Wie weit steht er weg? Zack dreht den Kopf leicht, kommt aber zu dem Schluss, dass er zu weit weg ist, um ihm die Waffe aus den Händen zu schlagen. »Ihr habt drei Polizisten umgebracht«, sagt er.

»Und alle glauben, du warst es.« Bogans Augen funkeln wie das Wasser rund herum. »So kann das enden, wenn man nicht auf seine Sachen aufpasst. Die Dienstwaffe einfach im Flur daheim deponieren. Wie unprofessionell.« Er schüttelt den Kopf, als würde er sich an gute, alte Zeiten erinnern. »Und was Winda angeht, hat mich dein Freund ein bisschen enttäuscht, das muss ich zugeben. Er hat ihr einfach die Kehle durchtrennt, ich hatte mit ein bisschen mehr Action gerechnet.«

Zacks Blut fängt an zu kochen, er ballt die Fäuste. Deniz' Worte kommen ihm in den Sinn. Dass Zack Bogans Bruder getötet hat. Und dass Bogan die ganze Zeit wusste, dass Zack und Abdula Freunde sind.

»Stallhagen«, sagt er. »Dein Bruder?«

»Dann weißt du es also?« Bogans Gesicht verfinstert sich. »Du hast ihn ertränkt und mit ihm zwei meiner Waffenbrüder. Als du den Wasserturm in die Luft gejagt hast. Wenn ich dich einfach nur getötet hätte, wärst du viel zu leicht davongekommen. Und nur dass du's weißt, ich hatte massenweise Gelegenheiten. Winda ist nur ein Beispiel. Sie hätte dich im Schlaf abmurksen können. Aber ich wollte, dass du lebst. Ich wollte, dass du leidest. Dass du wegen Mordes an deinen eigenen Leuten verurteilt wirst, nur um dann im Gefängnis totgeschlagen zu werden.«

Bogan schnaubt.

»Du wirkst erstaunt. Ich habe überall Verbündete, in ganz Schweden, und es werden immer mehr. Ihr werdet euch nie wieder sicher fühlen können.«

Das kleinere Boot nähert sich brummend, nun fällt es auch Bogan auf. Die Silhouetten von zwei Menschen zeichnen sich vor dem starken Sonnenlicht ab, aber Zack kann nicht erkennen, wer es ist.

Bogan grinst. »Weißt du, der Unterschied zwischen dir und mir ist, dass ich keine Angst vorm Sterben habe. Ich bin dafür geboren. Du hingegen, du möchtest nichts lieber, als in diesem sogenannten Wohlfahrtsstaat weiterleben.«

»Amina«, sagt Zack, um Zeit zu schinden. »Sie war noch ein Kind.«

»Genau. Die lassen sich viel leichter beeinflussen. Ich musste nur ein paar Minuten mit ihr chatten, schon gehörte sie mir.« Bogan streckt den Arm aus, die Waffe direkt auf Zacks Kopf gerichtet.

»Warte!« Er sucht panisch nach etwas, was er sagen könnte, etwas, das das Unausweichliche verhindern könnte. Was auch immer, nur damit er nicht mit einer Kugel in der Stirn endet.

Dann hört er einen Schuss.

Fühlt es sich so an, zu sterben?

Bis er merkt, dass nicht er getroffen wurde, dass nicht Bogan geschossen hat, sondern jemand von dem kleinen Motorboot, das nur noch wenige Meter von ihnen entfernt auf dem Wasser schaukelt.

Bogan schießt zurück, schießt auf die beiden Personen, die nicht länger Silhouetten sind. Aber gerade als Zack erkennt, dass es sich um Rudolf und Sandra handelt, sackt Sandra in sich zusammen.

Wurde sie getroffen?

Rudolf geht in Deckung oder hockt er sich nur hin, um Sandra zu helfen? Doch dann sieht Zack, dass er sich wieder hinstellt – mit Sandras Sig Sauer in der Hand. Versucht in die Richtung zu zielen, aus der die Schüsse gerade kamen. Aber die Boote haben sich bewegt, weshalb Rudolf die Waffe unschlüssig vor sich hält.

Bogan grinst und richtet die Waffe wieder auf Zack. »Na, das nenn ich mal Pech. Da kommt zwar Rettung, und dann ist es nur ein blinder, alter Mann.«

»Ich sehe das ganz anders, ich habe wahnsinniges Glück.« Zack wägt schnell die Position der Boote zueinander ab. Schreit dann: »Viertel vor zwölf!«

Der Schuss fällt so schnell, dass Zack nicht mal reagieren kann.

Bogans Kopf explodiert, Blut und Hirnmasse färben das weiße Kabinendach rötlichgrau, wie ein Ölgemälde von einem Künstler auf Drogen.

Rudolf lässt die Waffe sinken. Im selben Moment explodiert eine Unterwasserbombe ein Stück von ihnen entfernt. Eine gewaltige Schaumwelle steigt vom Boden auf wie eine wütende Qualle, ein Seeungeheuer, dass die Brücke in Stücke reißen will.

87

Das Boot schwankt heftig in den riesigen Wellen, Zack rutscht mit seinen nassen Schuhen an Deck herum.

Was war das?

Ist die Brücke etwa explodiert? Nein, die Erschütterung kam von unten, nicht von oben. Zack schaut sich um.

Die Brücke steht noch. Die Menschen oben bewegen sich schneller, schreien lauter, und Zack sieht, dass mehrere von ihnen springen. Ihre Kleidung flattert im Wind, bevor sie auf die Wasseroberfläche aufschlagen, die hart wie Beton ist, wenn man nicht richtig landet. Und das tun die wenigsten.

Das Motorboot mit Rudolf und Sandra ist noch weiter abgetrieben. Lebt sie? Zack kann sie nicht sehen.

Bogan liegt tot zu seinen Füßen und kann trotzdem noch das Leben Tausender Menschen beenden. Irgendwie muss das doch zu verhindern sein. Wie viele Bomben gibt es noch? Auf der Skizze des Ingenieurs waren zwei Kreuze an einer der Verankerungen.

Er greift nach einer der Sauerstoffflaschen, die an der Reling lehnen, streift sie über und springt ins Wasser. Er hat keine Zeit zu verlieren. Schwimmt zum Betonfundament, das auf der Skizze markiert war, klemmt das Mundstück zwischen die Lippen und taucht. Mit kräftigen Arm- und Beinzügen umschwimmt er das gesamte Fundament, sieht aber nichts als Dunkelheit. Er taucht tiefer und erahnt einen grünen Schimmer. Als er näherkommt, sieht er einen Timer, der an einem Kasten klebt, der wiederum mit Ketten gesichert ist. Ohne Werkzeug bekommt er ihn unmöglich ab.

Der Timer zählt runter. Noch eine Minute und achtundvierzig Sekunden.

Er weiß, was er tun muss.

Die Bombe entschärfen.

Auf gut Glück. Zwar hat er das schon mal gemacht, aber jede Bombe ist ein Unikat. Er sucht das Zündhütchen, tastet den Kasten ab. An der Unterseite ist ein kleiner Stift. Soll er es wagen, ihn rauszuziehen? Wenn er es nicht tut, explodiert die Bombe. Alle werden sterben, auch Hebe. Also zieht er daran.

Er versucht zu atmen, aber es geht nicht. Der Sauerstoff muss ausgegangen sein. Er löst die Gurte, lässt die Flasche zum Boden sinken und schwimmt noch eine Runde ums Fundament, sucht nach weiteren Bomben.

Entdeckt einen weiteren grünen Schimmer, taucht hin und tastet an der gleichen Stelle wie bei dem anderen Kasten. Findet das Zündhütchen, zieht es heraus.

Seine Lunge droht zu platzen. Er lässt immer nur ein bisschen Luft raus, will, dass sie so lange wie möglich reicht. Dann kann er nicht mehr weitersuchen, muss an die Oberfläche. Er schwimmt, so schnell er kann, aber bis nach oben ist es weit. Der Kopf pfeift, die Lunge krampft, die Ohnmacht ist nicht weit.

Dunkelheit.

Kein Tageslicht in Sicht.

Sein ganzer Körper schmerzt, die Muskeln sind kurz davor, den Dienst zu versagen.

Nur noch ein Stück. Ein winziges Stück. Aber er begreift, dass es vorbei ist, als eine Frau vor ihm erscheint. Sie ist nackt, ihre Brüste ähneln schwimmenden Wolken. Das lange Haar wie Feuer im Wasser. Sie klammert sich mit den Beinen an ihn, flüstert ihm ins Ohr.

»Komm, ich bin Aphrodite. Ich beschütze dich.«

88

Seine Augen brennen, als er sie öffnen will, also presst er sie wieder zu. Keucht. Hustet Schleim und Brackwasser. Sein Brustkorb fühlt sich an, als würde er gleich explodieren.

Explodieren.

Sofort denkt er an die Brücke. Die Zündhütchen. Die Menschen, die schreiend geflohen sind. Er dreht den Kopf, spürt, wie ihm etwas Warmes aus dem Ohr läuft. Dann kehren die Geräusche zurück, die Schreie, die durch die Stadt hallen. Er stützt sich auf die Ellbogen, blinzelt.

Eine Felsplatte. Eine Oase aus grünen Bäumen. Wasser.

Wo bin ich?

Dann erinnert er sich an die Frau, die ihm erschienen ist. »Ich bin Aphrodite«, hat sie gesagt. Sie muss ihn hergebracht, vor der ewigen Finsternis gerettet haben. Eine Illusion, aber trotzdem so real. Und er verspürt tiefe Dankbarkeit, als wäre die Frau echt gewesen, als würden sie auf irgendeine Weise zusammengehören. Zwei Götter in menschlicher Gestalt. Herbeigerufen, um die Welt zu retten.

Wacklig kommt er auf die Beine, schaut durch das Blattwerk. Entdeckt die Västerbron ein Stück entfernt und atmet erleichtert auf. Sie steht noch. Verbindet noch immer Kungsholmen mit Södermalm, wie sie es seit 1935 tut. An beiden Enden der Brücke blinkt Blaulicht. Polizei, Feuerwehr, Rettungswagen.

Wie viele sind gestorben? Wie viele verletzt? Gab es noch mehr Bomben an den anderen Verankerungen? Aber die Brücke steht noch, ich scheine alle gefunden und unschädlich gemacht zu haben.

Er schließt die Augen. Fragt sich, wie es Hebe und Peter ergangen ist. Haben sie überlebt? Sind sie unverletzt?

Er setzt sich wieder, dämmert sofort weg.

Will tausend Jahre schlafen.

89

Sonntag, 3. Juni

Zack nimmt gegenüber von Douglas Platz. Sein Chef richtet seinen knittrigen Leinenanzug und sieht aus, als würde er die ganze Last der Welt tragen. Dann zeigt sich ein Hoffnungsschimmer in seinen Augen. Zack kennt den Grund, ist selbst aber skeptisch. Kann nicht glauben, dass die Staatsanwaltschaft wirklich auf eine Festnahme verzichten will. Warum denn? Seit wann lässt sich die Staatsanwaltschaft davon beeindrucken, dass ein Verdächtiger in den Abendzeitungen als Held gefeiert wird? Zack hat sich gestern noch durch die Schlagzeilen gescrollt, aber schon bald aufgehört, weil er es nicht mehr ertragen hat, noch ein Wort über sich, den Helden, zu lesen.

Er fühlte sich eher wie ein Loser, als er wie ein entlaufender Verbrecher in Indhas Wohnung zurückkehrte. Er versuchte, sich an die charmante, lebensfrohe Frau zu erinnern, die er vor etwas über einem Monat kennengelernt hatte. Aber das Böse, das in ihr gelebt haben muss, schien in alle Ritzen der Wohnung gesickert zu sein. Jedenfalls wurde ihm innerhalb kürzester Zeit übel.

Die Nacht war lang gewesen, weil ihm die Szenen von der Västerbron nicht aus dem Kopf gingen. Menschen, die hinuntersprangen und auf die harte Wasseroberfläche knallten. Menschen, die auf der Brücke erschossen oder totgetrampelt wurden. Elf Personen waren gestorben. Elf zu viel. Dabei hätten es bedeutend mehr sein können.

Die Zahl der Verletzten lag zuletzt bei achtundneunzig, aber sie steigt mit jedem weiteren Polizeibericht, wenn wieder eine Meldung aus dem Krankenhaus kommt.

Sandra gehört zu den Verletzten. Douglas hat erzählt, dass sie in den Bauch getroffen wurde, die Kugel schlug genau unterhalb der schusssicheren Weste ein. Sie wurde bereits operiert, aber ihr Zustand ist kritisch.

»Ich hab mit den internen Ermittlern gesprochen«, sagt Douglas. »Rudolf hat ausgesagt, dass du beim letzten Schießtraining eine andere Waffe hattest, dass sie jemand ausgetauscht haben muss. Und dann haben sie den Bericht von der …« Douglas räuspert sich. »Von der Handschellengeschichte geprüft. Die Nummer, von der der anonyme Anruf einging, lässt sich mit Winda Purnema in Verbindung bringen. Selbstverständlich bedeutet das nicht zwingend, dass sie auch deine Waffe ausgetauscht hat, aber es beweist, dass sie im fraglichen Zeitraum bei dir gewesen ist. Die Summe macht's. Also …«

Zack verschränkt die Arme vor der Brust. »Douglas, was willst du mir eigentlich sagen?«

»Dass viel dafür spricht, dass du nicht an den Morden beteiligt warst. Auf dem Papier wirst du noch immer verdächtigt, die Ermittlungen müssen ja ordnungsgemäß geführt werden, und das dauert seine Zeit. Aber wie schon angedeutet, die Staatsanwaltschaft ist bereit, auf eine Festnahme zu verzichten, sofern du kooperierst und verfügbar bist.« Douglas lehnt sich vor, scheint seine Hand auf Zacks legen zu wollen, sich jedoch auf halber Strecke dagegen zu entscheiden. »Alles, was passiert ist, tut mir schrecklich leid. Ich weiß nicht, was ich sagen soll. Es kam mir schon so unwahrscheinlich vor, als die Ergebnisse der ballistischen Untersuchung nahelegten, dass du das gewesen sein solltest …«

Er zögert, bevor er fortfährt.

»Mehr oder weniger alles, was du auf der Västerbron gemacht hast, wurde gefilmt und mittlerweile auf allen Sendern gezeigt. Du hast eine ganze Stadt gerettet. Alle sehen einen Helden in dir. Der Rest gibt sich mit der Zeit. Das kollektive Selbstvertrauen ist hoch, und das Ansehen der Polizei ebenfalls.«

Zack schnaubt. »Alles super – mal abgesehen von den Opfern und dem Heralduskonzern, dem zwölf Millionen fehlen.«

Douglas seufzt so schwer, dass seine Lippen zittern. »Ich übernehm das mit Olympia, ich glaube, ich weiß auch schon, wie …«

Er steht auf und tritt ans Fenster, um hinauszusehen.

Hab ich was verpasst? Douglas und Olympia?

Dann muss Zack an Abdula denken. Seit den Geschehnissen auf der Brücke hat er nicht mehr mit ihm gesprochen.

Ist ihre Freundschaft vorbei?

90

Zack setzt sich zu Abdula auf die Bank in Djurgården. Dieselbe Bank, auf der er mit Peter saß.

Er spielt an einem Loch in seiner Jeans, reißt es noch weiter auf.

Abdula wühlt mit der Schuhspitze im Kies herum.

Zwei Vorstadtjungs in exotischer Umgebung. Aus irgendeinem Grund völlig vom Weg abgekommen.

Luxusjachten schippern an ihnen vorbei. Vom Djurgårdsbrunn dringt Stimmengewirr zu ihnen herüber. Eine Idylle in einer Stadt, in der auch das Schlimmste passieren kann.

Sie schauen sich genau gleichzeitig an.

Zack schüttelt den Kopf. »Sag einfach nichts.«

Zwei Jogger im Partnerlook laufen an ihnen vorbei, der Klang ihrer Schritte verebbt in der lauen Nacht. Die Gedanken wandern zu den Geschehnissen auf der Västerbron. Hat er gestern seinen Geschwistern das Leben gerettet? Wo sind sie jetzt? Was machen sie?

Aber nein, Koltberg hat ihre Verwandtschaft ausgeschlossen.

Und die Freundschaft mit Abdula steht am Abgrund. Ob sie sich retten lässt?

Die Stille wie eine Mauer zwischen ihnen.

Nach einer Weile steht Abdula auf. »Mir tut das alles wahnsinnig leid.«

»Du musst dich nicht …« Zack hat einen Kloß im Hals. »Das war meine Schuld.«

»Ich hau jetzt ab. Weit weg.«

»Wie lange?«

»Bis mir die Kohle ausgeht.«

Zack schluckt. Er kann nachvollziehen, dass Abdula der Scheiße entkommen will, die ihm auf den Fersen ist. Das Video von dem Ritualmord könnte jederzeit auftauchen. Sirpa hat es zwar gelöscht, aber das Internet vergisst nie.

»Dann wird es eine Weile dauern, bis wir uns wiedersehen«, sagt Zack und steht ebenfalls auf. »Wie viel von dem Geld hast du behalten?«

»Zwei.«

»Nur zwei?«

Ein Hoffnungsschimmer, denn Zack weiß, wie schnell Abdula Geld auf den Kopf hauen kann. Er klopft ihm auf den Rücken und entfernt sich langsam. »Du hast nachgelassen, mein Freund.«

91

Das Jahrbuch der Polizeischule liegt aufgeschlagen vor ihm auf dem Couchtisch. Er beugt sich darüber, betrachtet ihr Gesicht, die hellblaue Uniform, das Haar, das zu einem Zopf zusammengefasst ist.

Schön wie wenige. Gefährlich wie wenige.

Copper.

Ein schwaches Klopfen an der Tür. Er wirft einen Blick aufs Handy. 23.17 Uhr. Runzelt die Stirn. Wer kommt denn um die Uhrzeit noch vorbei? Eigentlich will er sich nur noch hinlegen. Sich von der Außenwelt abschirmen, vor allen Journalisten verstecken und den Kollegen, die ihn beglückwünschen wollen, um ihre voreiligen Anschuldigungen wettzumachen. Er hat eine Ahnung, wer es sein könnte, und er schuldet ihr eine Entschuldigung. Geht zur Tür, schaut durch den Spion, öffnet.

Ester betrachtet seinen nackten Oberkörper mit gehobener Augenbraue, duckt sich dann unter seinem Arm hindurch und geht direkt ins Wohnzimmer.

Zack schließt die Tür und folgt ihr. »Na, immerhin hast du geklopft.«

»Ja, genau.« Sie lässt sich aufs Sofa plumpsen und zieht die Füße unter sich. Dann legt sie den Kopf schief und schaut ihn mit einer Miene an, die sagt: Hab ich gut gemacht, nicht? »Ich hätte schließlich auch einfach reinkommen können.«

»Ja, leider. War ein Fehler, dir einen Schlüssel zu geben.«

Ester lächelt. »Gibt's was zu trinken?«

Zack zuckt mit den Schultern. »Du kennst dich hier doch bestens aus.«

»Stimmt.« Sie steht auf und verschwindet in der Küche.

Es klirrt im Kühlschrank, eine Schublade wird aufgezogen, Kohlensäure zischt.

Vielleicht war das trotz allem keine gute Idee. Er ist müde, die Augen brennen, und sein ganzer Körper schmerzt noch von der gestrigen Anstrengung. Gleichzeitig bedeutet sie eine willkommene Pause von allen anderen Ereignissen.

Sie kommt mit einer Cola und einem Heineken zurück und reicht Zack das Bier.

»Prost.« Sie stößt mit ihrer Flasche gegen seine. Setzt sie an die Lippen, trinkt und schaut ihn dabei an.

Er schüttelt den Kopf, muss aber trotz allem lächeln. Trinkt ein paar Schluck und setzt sich dann aufs Sofa. Schon sitzt sie dicht neben ihm und schlingt die Arme um ihn.

»Du, Ester ...«

»Psst. Sag nichts.« Sie sieht zu ihm hoch, schenkt ihm einen verträumten Blick, dreht dann den Kopf wieder ab und trinkt weiter von ihrer Cola. »Ich möchte diesen Augenblick nur kurz genießen. Nur ganz, ganz kurz.«

Also lässt er es zu. Wagt aber kaum, zu atmen, wagt kaum, sich zu bewegen. Wie gut ihr Haar riecht, dieselbe Farbe wie die der nackten Frau im Wasser.

Aphrodite.

Ist das ein Zeichen? Die Nähe, die er gespürt hat. Dass sie zusammengehören.

Aber das hier in seinen Armen ist Ester.

Er windet sich, versucht, sie ein bisschen auf Abstand zu bringen. Fühlt sich nackt, so ohne Oberteil. Will etwas sagen, doch sie kommt ihm zuvor.

»Ich weiß, dass es nicht jetzt passieren wird. Und auch nicht morgen. Aber eines Tages heiße ich Ester Herry.«

Überzeugung leuchtet in ihren Augen. Ein solches Selbstbewusstsein kann er nicht zerschlagen. Deshalb zieht er bloß die Mundwinkel hoch und betrachtet das kleine Mädchen, das sich in eine schöne junge Frau verwandelt hat.

Zu seiner großen Erleichterung klingelt sein Handy und rettet ihn aus dieser Situation, ohne dass er etwas sagen muss, was etwas zwischen ihnen zerstören könnte.

Es ist Koltberg, der ihm etwas ins Ohr nuschelt.

»Du musst jetzt ganz genau zuhören. Diese Höllenfrau hat gedroht, meine Familie auszulöschen, wenn ich es nicht tue.«

»Was?« Zack steht auf und fragt sich, wie viel Koltberg getrunken hat.

»Und Douglas …« Koltberg schnaubt. »Er tut alles, um sie zu schützen.«

»Wen denn? Wovon redest du?«

»Hast du die Nachrichten noch nicht gesehen? Sie übernimmt die Verantwortung für die ganze Scheiße. Behauptet, dass sie der Polizei zwölf Millionen geschenkt hat, um den Terror zu bekämpfen. ›Das ist ein gesellschaftliches Anliegen, da helfe ich natürlich gern‹, hat diese verdammte Hyäne gesagt. Und Douglas steht einfach daneben und bestätigt alles. Es tut mir leid, Zack. Alles. Hebe und Peter …«

Es klingt so, als würde er über etwas stolpern. Zack hört ihn fluchen, dann wird ein Möbelstück gerückt.

Er presst sich das Handy näher ans Ohr, bekommt das beunruhigende Gefühl, dass er weiß, worauf dieses Telefonat hinauslaufen wird. »Was ist mit Hebe und Peter?«

»Ich hab den DNA-Test manipuliert. Sie sind deine …«

Zack zuckt zusammen, als es im Hörer knallt.

Ein Schuss.

»Hallo? Sam!« Er starrt das Display an. Hält sich das Handy wieder ans Ohr. »Koltberg?«

»Was ist los?« Ester sieht ihn erschrocken an.

Aber er bekommt kein Wort heraus, lässt sie einfach allein in seiner Wohnung zurück.

Sein Kopf droht zu platzen, während er auf seiner Hayabusa durch die erleuchtete Stockholmer Nacht rauscht. Ich hatte recht, Peter und Hebe sind meine Geschwister.

Und Koltberg. Was hat er getan? Was ist passiert?

Zack hat die Kollegen verständigt wegen des Schusses. Aber er ist nicht unterwegs nach Tyresö zu Koltbergs Haus.

Nein, er biegt in die Auffahrt, die zur Luxusvilla auf Lidingö führt. Stellt das Motorrad vor einer Löwenskulptur ab, die ihn tonlos anbrüllt. Schaut zu den hohen Fenstern hinauf.

Eine Gardine wird beiseitegeschoben.

Und da steht sie und schaut zu ihm hinunter.

Olympia.

Seine Mutter.